U0524087

书读完了

增订版

金克木 著

上海文艺出版社

目 录

有这样一个老头 / 黄德海　　001

"书读完了"

"书读完了"　　013
谈读书和"格式塔"　　021
传统思想文献寻根　　027
"古文新选"随想　　038
世纪末读《书》　　041
上古御前会议　　052
谈《西伯戡黎》　　055
兵马俑作战　　058
《春秋》数学·线性思维　　062
《春秋》符号　　067
重读"殽之战"　　076
古书试新读　　079
《论语》"子曰"析　　084

公孙龙·名家·立体思维	095
范蠡商鞅：两套速效经济软件	115
——读《史记·货殖列传》	
"道、理"·《列子》	131
《四书》显"晦"	139
读《大学》	159
读徐译《五十奥义书》	173
《心经》现代一解	180
再阅《楞伽》	194
孤独的磨镜片人	204

福尔摩斯·读书得间

《存在与虚无》·《逻辑哲学论》·《心经》	217
读书得间	231
九方皋读书	233
读书法	235
古今对话：读书	238
与书对话：《礼记》	242
读古诗	246
与诗对话：《咏怀》	249
与文对话：《送董邵南序》	253

谈《千字文》	257
秋菊·戴震	261
谈谈汉译佛教文献	267
怎样读汉译佛典	277
——略介鸠摩罗什兼谈文体	
甘地论	289
谈外语课本	320
奥卡姆剃刀	328
约伯与浮士德	334

读书·读人·读物

读书·读人·读物	339
读书——读语言世界	345
闲话天文	349
虚字·抽象画·六法	352
文体四边形	360
文化三型·中国四学	369
显文化·隐文化	379
"治"序·"乱"序	393
从孔夫子到孔乙己	407
台词·潜台词	420

古"读书无用论"	429
一梦三千年：周公	436
荒诞颜回传	441
试说武则天	445
九方子（又名《古今对话录》）	450
三访九方子	465
孔乙己外传	469
占卜术	478
后记 / 金木婴	481
增订本后记 / 黄德海	483

有这样一个老头

一

读书的时候,一个学哲学的朋友经常到我的宿舍聊天。像任何喜欢书的年轻人一样,我们的话题最后总是到达自己心目中的学术大家。有一次,他信誓旦旦地对我讲,在当代中国,只陈寅恪和钱锺书堪称大家,其余不足论。他讲完后,我小心翼翼地问,这两人后面,可不可以再加上一个呢?他毫不犹豫地说,不可能,中国再也没有这个级别的人物了。然后,我给了他一个老头的小册子,并且告诉他,我认为这个老头也堪称大家。

第二天,这位朋友又到我的宿舍来了。他略显得有些疲惫,但眼睛里却充满了光芒。他兴冲冲地告诉我,他有点认同我的看法了,这个老头或许可以列到他的当代大家名单中。临走,他又从我的书架上抽去了这个老头的几本小册子。等我书架上这老头的书差不多被借完的时候,他也开始了辛苦地从各个渠道收集这老头的书的过程,跟我此前一样。

不用说,这个老头就是这本书的作者金克木。为了看到更多如那位朋友样充满光芒的眼睛,我起意编这样一本书。

二

金克木，祖籍安徽寿县。1912年生于江西，1930年北平求学，1935年在北京大学图书馆任馆员，1938年至香港任《立报》国际新闻编辑，1939年到湖南省立桃源女子中学和湖南大学任教。1941年，经友人介绍，金克木到印度加尔各答的中文报纸《印度日报》任编辑，1943年至印度佛教圣地鹿野苑钻研佛学。1946年，金克木回国任武汉大学哲学系教授，1948年起任北京大学东方语言文学系教授。1949年之后，金克木的经历跟中国大多数知识分子没有什么两样。上世纪七十年代以还，金克木陆续重印和出版的著作有《印度文化论集》《比较文化论集》《旧学新知集》《末班车》《探古新痕》《孔乙己外传》《风烛灰》等，译作有《通俗天文学》《三自性论》《伐致呵利三百咏》《印度古诗选》《摩诃婆罗多·初篇》等。金克木的一生值得好好写本传记，肯定好玩和复杂得要命。现在，我们来看看这个奇特老头的几个人生片断。

1936年，金克木和一位女性朋友到南京莫愁湖游玩。因女孩淘气，他们被困在一条单桨的小船上。两人谁也不会划船，船被拨得团团转。那女孩子"嘴角带着笑意，一副狡黠神气，仿佛说，'看你怎么办？'"年轻气盛的金克木便专心研究起了划船。经过短时间摸索，他发现，因为小船没有舵，桨是兼舵的，"桨拨水的方向和用力的大小指挥着船尾和船头。明是划水，实是拨船"。在女孩的注视下，金克木应对了人生中一次小小的考验。

1939年，金克木在湖南大学教法文，暑假去昆明拜访罗常培先生。罗常培介绍他去见当时居于昆明乡间，时任历史语言研究所所长的傅斯年。见到傅斯年，"霸道"的傅所长送他一本有英文注解的拉丁文《高卢战记》，劝他学习。金克木匆匆学了书后所附的拉丁语法概要，就从头读起来。"一读就放不下了。一句一句啃下去，越来兴趣越大。真是奇妙的语言，奇特的书。"就这样，金克木学会了拉丁文。

上世纪四十年代，金克木在印度结识"汉学"博士戈克雷。其时，戈克雷正在校勘梵本《集论》，就邀请金克木跟他合作。因为原写本残卷的照片字太小、太不清楚，他们就尝试从汉译本和藏译本先还原成梵文。结果，让他们吃惊的"不是汉译和藏译的逐字'死译'的僵化，而是'死译'中还有各种本身语言习惯的特点。三种语言一对照，这部词典式的书的拗口句子竟然也明白如话了，不过需要熟悉他们各自的术语和说法的'密码'罢了"。找到了这把钥匙，两人的校勘工作越来越顺利。

上面三个故事，看起来没有多大的相关性，但如果不拘泥于表面的联系，而把探询的目光深入金克木思考和处理问题的方法，这些不相关的文字或许就会变得异常亲密。简单说，这种方法是"眼前无异路"式的，集全部心力于一处，心无旁骛，解决目前遇到的问题。上世纪七十年代末，金克木把自己解决问题的特殊方法和丰富人生经历结合起来，写出了一篇篇珠玉之文。我们选编本书的目的，就是把这些珠玉相关联的一些收集起来，看能否穿成一条美丽的项链。在编选过程中，我小心翼翼地克制自己，尽量把选文控制在谈读书的范围内——否则，这个选本将是全集的规模。

三

在一个知识越来越复杂，书出版得越来越多的时代，我们首先关心的当然是读什么书。如果不加拣择，见书就读，那每天以几何数量增长的图书，恐怕会炸掉我们的脑子，还免不了庄子的有涯随无涯之讥。那么，该选择哪些书来读，又如何读懂呢？

"有人记下一条轶事，说，历史学家陈寅恪曾对人说过，他幼年时去见历史学家夏曾佑，那位老人对他说：'你能读外国书，很好；我只能读中国书，都读完了，没得读了。'他当时很惊讶，以为那位学者老糊涂了。等到自己也老了时，他才觉得那话有点道理：中国古书不过是那几十种，是读得完的。说这故事的人也是个老人，他卖了一个关子，说忘了问究竟是哪几十种。现在这些人都下世了，无从问起了。"可是，光"中国古书"就"浩如烟海"，"怎么能读得完呢？谁敢夸这海口？"夸这海口的，正是嗜好猜谜的金克木——"只就书籍而言，总有些书是绝大部分的书的基础，离了这些书，其他书就无所依附，因为书籍和文化一样总是累积起来的。因此，我想，有些不依附其他而为其他所依附的书应当是少不了的必读书或则说必备的知识基础。""若为了寻求基础文化知识，有创见能独立的旧书就不多了。"就中国古书而言，不过是《易》《诗》《书》《左传》《礼记》《论语》《孟子》《荀子》《老子》《庄子》等数种；就外国书而言，也不过《圣经》《古兰经》和柏拉图、亚里士多德、笛卡尔、狄德罗、培根、贝克莱、康德、黑格尔、荷马、但丁、塞万提斯、莎士比亚、歌德、巴尔扎克、托尔斯泰等人的著作。

略微深入接触过上列之书的人都不免生疑，这些"'太空食品'一样的书，怎么消化？"选在第一辑里的文章，前一部分是金克木勾画的"太空食品"谱系，有了这个谱系，我们可以按图索骥，不必在枝枝杈杈的书上枉费精神。后一部分，则是对这些书的消化之道，体现了金克木自己主张的"生动活泼，篇幅不长"风格，能让人"看懂并发生兴趣"。认真看完这些文章，直接接触原作（即便是抽读或跳读），再配合简略的历史、哲学史、文学史之类，"花费比'三冬'多一点的时间，也可以就一般人说是'文史足用'了"。照此方法读下去，不知道我们是不是有幸某天会惊喜地发现——"书读完了"。

可是，古代的书跟我们的时代差距那么大，西方的书跟我们的思维习惯那样不同，印度的书有着各种不可思议的想象，如何拆除这些壁垒，明白作者的弦外之音，从容地进入书的世界，跟那些伟大的写作者共同探讨人心和人生的奥义呢？金克木提供的方法是"福尔摩斯式读书法"与"读书得间"——这是本书第二辑的内容。

四

在金克木看来，要真正读懂一本书，不能用"兢兢业业唯恐作者打手心读法，是把他当作朋友共同谈论的读法，所以也不是以我为主的读法，更不是以对方为资料或为敌人的读法。这种谈论式的读法，和书对话……是很有趣味的"。"一旦'进入角色'，和作者、译者同步走，尽管路途坎坷，仍会发现其中隐隐有福尔摩斯在侦探什么。要求剖解什么疑难案件，猜谜，辩论，宣判。"这里面有两层意思，一层是要有尚友古人的胸襟和气魄，敢于并且从容地跟作者交朋友（却并不自认能比作者更好地理解他本人）；一层是跟着作者的思路前进，看他对问题的描述或论证能否说服我们。这样做也有两重收获，一是读书时始终兴致昂然，二是读会的书就成了自己生命的一部分。

有字的部分有了方法，怎么读那些书间的空白呢？——这或许是一个更大的问题。

"古人有个说法叫'读书得间'，大概是说读出字里行间的微言大义，于无字处看出字来。其实行间的空白还是由字句来的；若没有字，行间空白也没有了。""古书和今书，空白处总可以找出问题来的。不一定是书错，也许是在书之外，总之，读者要发现问题，要问个为什么，却不是专挑错。"这就是金克木的"得间读书法"。用这个方法读书，可以明白写书者的苦心孤诣和弦外之音，进而言之，说不定还会发现古人著述的秘密。

金克木曾提到佛教文献的一个特点："大别为二类，一是对外宣传品，一是内部读物。"照此分类，金克木认为，佛教文献里的"经"，大多是为宣传和推广用的，是"对外读物"。"内部读物"首先是"律"，其次是算在"论"里的一些理论专著，另外就是经咒。如此一来，佛教典籍，除了"经"，竟大部分是"对内"的（"经"里还包含很多对内部分）。对内的原因，或是记载了"不足为外人道"的内容，外人最好不要知道；或是满纸术语、公式，讨论的问题外人摸不到头脑，看了也不懂。更深层的原因是，"佛教理论同其他宗教的理论一样，不是尚空谈的，是讲修行的，很多理论与修行实践有关。当然这都是内部学习，不是对外宣传的"。

"不但佛书，其他古书往往也有内外之别。讲给别人听的，自己人内部用的，大有不同。这也许是我的谬论，也许是读古书之一诀窍。古人知而不言，因为大家知道。"在金克木看来，恍兮惚兮的《老子》和思维细密的《公孙龙子》，里面本有非常实在的内容，"不过可能是口传，而记下来的就有骨无肉了"。现在觉得浅显，仿佛什么人都能高谈一番的《论语》，也因为"是传授门人弟子的内部读物，不像是对外宣传品，许多口头讲授的话都省略了；因此，书中意义常不明白"。连公认为历史作品、仿佛人人了解的《史记》，金克木也看出是太史公的"发愤之作"，所谓"传之其人"，就是指不得外传。正因如此，书中的很多问题，"'预流'的内行心里明白，'未入流'的外行莫名其妙"。知道了这些古人的行间甚至字间空白，或许书才会缓缓地敞开大门，迎我们到更深远的地方去。

当然，读过了书，如果不能让书活在当下，"日日新，又日新"，那也不过是"两脚书橱"。如何避免这个问题，怎样才能在书和现实的世界里出入无间？这正是本书第三辑的内容——"读书·读人·读物"。

五

金克木写过一篇题为《说通》的小文章，里面说："中国有两种文化，一个可叫'长城文化'，一个可叫'运河文化'。'长城文化'即隔绝、阻塞的文化。运河通连南北，是'通'的文化。"对社会，对读书，金先生都反对隔绝、阻塞的长城文化，倡导"通"的运河文化。

金克木出版的单行本中，如《旧学新知集》《探古新痕》《蜗角古今谈》等，书名都蕴含着"古""今""新""旧"的问题。如他自己所说，他的文章，"看来说的都是过去……可是论到文化思想都与现在不无关联"。"所读之书虽出于古而实存于今……所以这里说的古同时是今。"金克木关注的，始终是古代与现在的相通性，且眼光始终朝向未来。对他来说，"所有对'过去'的解说都出于'现在'，而且都引向'未来'"。脱离了对"现在"的反应和对未来的关注，古书不过是轮扁所谓"古人之糟粕"，弃之不足惜的。

只是，在金克木看来，单单读通了书还不行，"物是书，符号也是书，人也是书，有字的和无字的也都是书"，因此需要

"读书·读人·读物"。"我读过的书远没有听过的话多,因此我以为我的一点知识还是从听人说话来的多。其实读书也可以说是听古人、外国人、见不到面或见面而听不到他讲课的人的话。反过来,听话也可以说是一种读书。也许这可以叫作'读人'。""读人"很难,但"不知言,无以知人也","知言"正是"知人"和"知书"的重要一步。最难的是读物,"物比人、比书都难读,它不会说话;不过它很可靠,假古董也是真东西"。"到处有物如书,只是各人读法不同。"读书就是读人,读人就是读物,反过来,读物也是读人,读人也是读书。这种破掉壁垒的读书知世方法,大有古人"万物皆备于我"的气概,较之"生死书丛里"的读书人,境界要雄阔得多。

钱锺书力倡"东海西海,心理攸同;南学北学,道术未裂",意在沟通东西,打通南北,要人能"通"。金克木"读书·读人·读物"的"通",与钱锺书的东西南北之"通",是一是二,孰轻孰重,颇值得我们好好思量。毫无疑问的是,有了这个"读书·读人·读物"的通,金克木那些看起来不相联属的人生片断和东鳞西爪的大小文章,就有了一个相通的根蒂。

当然,书是否真的能够读完,书、人和物是不是真的能通,是"如人饮水,冷暖自知"的事,要亲身体味领受才好。能确定的只是,金克木提示了一个进入书的世界的方便法门。

六

临了,要说明一下书中数字、标点的用法和文章的写作年份问题。为尊重原作,我们不对金克木先生与现行规定不一致的数字和标点符号用法强做统一,而是按其习惯照排。文章末尾原有年份的,一仍其旧。部分未标明年份的,编者根据各种资料推定写上，为与原标年份区别，加括号——如（一九八四年）——标明。另有少数年份尚难确定的，阙疑。部分文章在发表之后，结集时金先生另加了"评曰"，或指点文章读法，或又出新意，本书一起收入，以观其妙。

最后，感谢金木婴女士授权此书出版，并应编者之邀写了后记。

黄德海

2005 年 12 月写

2016 年 10 月改写

「书读完了」

"书读完了"

有人记下一条轶事,说,历史学家陈寅恪曾对人说过,他幼年时去见历史学家夏曾佑,那位老人对他说:"你能读外国书,很好;我只能读中国书,都读完了,没得读了。"他当时很惊讶,以为那位学者老糊涂了。等到自己也老了时,他才觉得那话有点道理:中国古书不过是那几十种,是读得完的。说这故事的人也是个老人,他卖了一个关子,说忘了问究竟是哪几十种。现在这些人都下世了,无从问起了。

中国古书浩如烟海,怎么能读得完呢?谁敢夸这海口?是说胡话还是打哑谜?

我有个毛病是好猜谜,好看侦探小说或推理小说。这都是不登大雅之堂的,我却并不讳言。宇宙、社会、人生都是些大谜语,其中有日出不穷的大小案件;如果没有猜谜和破案的兴趣,缺乏好奇心,那就一切索然无味了。下棋也是猜心思,打仗也是破谜语和出谜语。平地盖房子,高山挖矿井,远洋航行,登天观测,难道不都是有一股子猜谜、破案的劲头?科学技术发明创造怎么能说全是出于任务观点、雇佣观点、利害观点?人老了,动弹不得,也记不住新事。不能再猜"宇宙之谜"了,自然而然就会总结自己一生，也就是探索一下自己一生这个谜面的谜底是什么。一个读书人，比如上述的两位史学家，老了会想想自己读过的书，不由自主地会贯串起来，也许会后悔当年不早知道怎样读，也许会高兴究竟明白了这些书是怎么回事。所以我倒相信那条轶事是真的。我很想破一破这个谜，可惜没本领，读过的书太少。

　　据说二十世纪的科学已不满足于发现事实和分类整理了，总要找寻规律，因此总向理论方面迈进。爱因斯坦在一九〇五年和一九一五年放了第一炮，相对论。于是科学，无论其研究对象是自然还是社会，就向哲学靠拢了。哲学也在二十世纪重视认识论，考察认识工具，即思维的逻辑和语言，而逻辑和数学又是拆不开的，于是哲学也向科学靠拢了。语言是思维的表达，关于语言的研究在二十世纪大大发展，牵涉到许多方面，尤其是哲学。索绪尔在一九〇六到一九一一年的讲稿中放了第一炮。于是本世纪的前八十年间，科学、哲学、语言学"搅混"到一起，无论对自然或人类社会都仿佛"条条大路通罗马"，共同去探索规律，也就是破谜。大至无限的宇宙，小至基本粒子，全至整个人类社会，分至个人语言心理，越来越是对不能直接用感官觉察到的对象进行探索了。现在还有十几年便到本世纪尽头，看来越分越细和越来越综合的倾向殊途同归，微观宏观相结合，二十一世纪学术思想的桅尖似乎已经在望了。

　　人的眼界越来越小，同时也越来越大，原子核和银河系仿佛成了一回事。人类对自己的生理和心理的了解也像对生物遗传的认识一样大非昔比了。工具大发展，出现了"电子计算机侵略人文科学"这样的话。上天，入海，思索问题，无论体力脑力都由工具而大大延伸、扩展了。同时，控制论、信息论、系统论的相继出现，和前半世纪的相对论一样影响到了几乎是一切知识领域。可以说今天已经是无数、无量的信息蜂拥而来，再不能照从前那样的方式读书和求知识了。人类知识的现在和不久将来的情况同一个世纪以前的情况大不相同了。

因此，我觉得怎样对付这无穷无尽的书籍是个大问题。首先是要解决本世纪以前的已有的古书如何读的问题，然后再总结本世纪，跨入下一世纪。今年进小学的学生，照目前学制算，到下一世纪开始刚好是大学毕业。他们如何求学读书的问题特别严重、紧急。如果到十九世纪末的几千年来的书还压在他们头上，要求一本一本地去大量阅读，那几乎是等于不要求他们读书了。事实正是这样。甚至于第二次世界大战前的本世纪的书也不能要求他们一本一本地读了。即使只就一门学科说也差不多是这样。尤其是中国的"五四"以前的古书，决不能要求青年到大学以后才去一本一本地读，而必须在小学和中学时期择要装进他们的记忆力尚强的头脑；只是先交代中国文化的本源，其他由他们自己以后照各人的需要和能力阅读。这样才能使青年在大学时期迅速进入当前和下一世纪的新知识（包括以中外古文献为对象的研究）的探索，而不致被动地接受老师灌输很多太老师的东西，消磨大好青春，然后到工作时期再去进业余学校补习本来应当在小学和中学就可学到的知识。一路耽误下去就会有补不完的课。原有的文化和书籍应当是前进中脚下的车轮而不是背上的包袱。读书应当是乐事而不是苦事。求学不应当总是补课和应考。儿童和青少年的学习应当是在时代洪流的中间和前头主动前进而不应当是跟在后面追。仅仅为了得一技之长，学谋生之术，求建设本领，那只能是学习的一项任务，不能是全部目的。为此，必须想法子先"扫清射界"，对古书要有一个新读法，转苦为乐，把包袱改成垫脚石，由此前进。"学而时习之"本来是"不亦悦乎"的。

文化不是杂乱无章而是有结构、有系统的。过去的书籍也应是有条理的，可以理出一个头绪。不是说像《七略》和"四部"那样的分类，而是找出其中内容的结构系统，还得比《四库全书提要》和《书目答问》之类大大前进一步。这样向后代传下去就方便了。

本文开始说的那两位老学者为什么说中国古书不过几十种，是读得完的呢？显然他们是看出了古书间的关系，发现了其中的头绪、结构、系统，也可以说是找到了密码本。只就书籍而言，总有些书是绝大部分的书的基础，离了这些书，其他书就无所依附，因为书籍和文化一样总是累积起来的。因此，我想，有些不依附其他而为其他所依附的书应当是少不了的必读书或则说必备的知识基础。举例说，只读过《红楼梦》本书可以说是知道一点《红楼梦》，若只读"红学"著作，不论如何博大精深，说来头头是道，却没有读过《红楼梦》本书，那只能算是知道别人讲的《红楼梦》。读《红楼梦》也不能只读"脂批"，不看本文。所以《红楼梦》就是一切有关它的书的基础。

如果这种看法还有点道理，我们就可以依此类推。举例说，想要了解西方文化，必须有《圣经》(包括《旧约》《新约》)的知识。这是不依傍其他而其他都依傍它的。这是西方无论欧、美的小孩子和大人在不到一百年以前个个人都读过的。没有《圣经》的知识几乎可以说是无法读懂西方公元以后的书，包括反宗教的和不涉及宗教的书，只有一些纯粹科学技术的书可以除外。古希腊和古罗马的书与《圣经》无关，但也只有在《圣经》的对照之下才较易明白。许多古书都是在有了《圣经》以后才整理出来的。因此，《圣经》和古希腊、古罗马的一些基础书是必读书。对于亚洲，第一重要的是《古兰经》。没有《古兰经》的知识就无法透彻理解伊斯兰教世界的书。又例如读西方哲学书，少不了的是柏拉图、亚里士多德、笛卡尔、狄德罗、培根、贝克莱、康德、黑格尔。不是要读全集，但必须读一点。有这些知识而不知其他，还可以说是知道一点西方哲学；若看了一大堆有关的书而没有读过这些人的任何一部著作，那不能算是学了西方哲学，事实上也读不明白别人的哲学书，无非是道听途说，隔靴搔痒。又比如说西方文学茫无边际，但作为现代人，有几个西方文学家的书是不能不读一点的，那就是荷马、但丁、莎士比亚、歌德、巴尔扎克、托尔斯泰、高尔基，再加上一部《堂吉诃德》。这些都是常识了，不学文学也不能不知道。文学作品是无可代替的，非读本书不可，译本也行，决不要满足于故事提要和评论。

若照这样来看中国古书，那就有头绪了。首先是所有写古书的人，或说古代读书人，几乎无人不读的书必须读，不然就不能读懂堆在那上面的无数古书，包括小说、戏曲。那些必读书的作者都是没有前人书可读的，准确些说是他们读的书我们无法知道。这样的书就是：《易》《诗》《书》《春秋左传》《礼记》《论语》《孟子》《荀子》《老子》《庄子》。这是从汉代以来的小孩子上学就背诵一大半的，一直背诵到上一世纪末。这十部书若不知道，唐朝的韩愈、宋朝的朱熹、明朝的王守仁（阳明）的书都无法读，连《镜花缘》《红楼梦》《西厢记》《牡丹亭》里许多地方的词句和用意也难于体会。这不是提倡复古、读经。为了扫荡封建残余非反对读经不可，但为了理解封建文化又非读经不可。如果一点不知道"经"是什么，没有见过面，又怎么能理解透鲁迅那么反对读经呢？所谓"读经"是指"死灌""禁锢""神化"；照那样，不论读什么书都会变成"读经"的。有分析批判地读书，那是可以化有害为有益的，不至于囫囵吞枣、人云亦云的。

　　以上是算总账，再下去，分类区别就比较容易了。举例来说，读史书，可先后齐读，最少要读《史记》《资治通鉴》，加上《续资治通鉴》(毕沅等的)、《文献通考》。读文学书总要先读第一部总集《文选》。如不大略读读《文选》，就不知道唐以前文学从屈原《离骚》起是怎么回事，也就看不出以后的发展。

　　这些书，除《易》《老》和外国哲学书以外，大半是十来岁的孩子所能懂得的，其中不乏故事性和趣味性。枯燥部分可以滑过去。我国古人并不喜欢"抽象思维"，说的道理常很切实，用语也往往有风趣，稍加注解即可阅读原文。一部书通读了，读通了，接下去越来越容易，并不那么可怕。从前的孩子们就是这样读的。主要还是要引起兴趣。孩子有他们的理解方式，不能照大人的方式去理解，特别是不能抠字句，讲道理。大人难懂的地方孩子未必不能"懂"。孩子时期稍用一点时间照这样"程序"得到"输入"以后，长大了就可腾出时间专攻"四化"，这一"存储"会作为潜在力量发挥作用。错过时机，成了大人，记忆力减弱，理解力不同，而且"百忧感其心，万事劳其形"，再想补课，读这类基础书，就难得多了。

　　以上举例的这些中外古书分量并不大。外国人的书不必读全集，也读不了，哪些是其主要著作是有定论的。哲学书难易不同；康德、黑格尔的书较难，主要是不懂他们论的是什么问题以及他们的数学式分析推理和表达方式。那就留在后面，选读一点原书。中国的也不必每人每书全读，例如《礼记》中有些篇，《史记》的《表》和《书》，《文献通考》中的资料，就不是供人"读"的，可以"溜"览过去。这样算来，把这些书通看一遍，花不了多少时间，不用"皓首"即可"穷经"。依此类推，若想知道某一国的书本文化，例如印度、日本，也可以先读其本国人历来幼年受教育时的必读书，却不一定要学校中为考试用的课本。孩子们和青少年看得快，"正课"别压得太重，考试莫逼得太紧，给点"业余"时间，让他们照这样多少了解一点中外一百年前的书本文化的大意并非难事。有这些作基础，和历史、哲学史、文学史之类的"简编"配合起来，就不是"空谈无根"，心中无把握了，也可以说是学到诸葛亮的"观其大略"的"法门"了。花费比"三冬"多一点的时间，也可以就一般人说是"文史足用"了。没有史和概论是不能入门的，但光有史和概论而未见原书，那好像是见蓝图而不见房子或看照片甚至漫画去想象本人了。本文开头说的那两位老前辈说的"书读完了"的意思大概也就是说，"本人"都认识了，其他不过是肖像画而已，多看少看无关大体了。用现在话说就是，主要的信息已有了，其他是重复再加一点，每部书的信息量不多了。若用这种看法，连《资治通鉴》除了"臣光曰"以外也是"东抄西抄"了。无怪乎说中国书不多了。全信息量的是不多。若为找资料，作研究，或为了消遣时光，增长知识，书是看不完的；若为了寻求基础文化知识，有创见能独立的旧书就不多了。单纯资料性的可以送进计算机去不必自己记忆了。不过计算机还不能消化《老子》，那就得自己读。这样的书越少越好。封建社会用"过去"进行教育，资本主义用"现在"，社会主义最有前途，应当是着重用"未来"进行教育，那么就更应当设法早些在少年时结束对过去的温习了。

一个大问题是，这类浓缩维他命丸或和"太空食品"一样的书怎么消化？这些书好比宇宙中的白矮星，质量极高，又像堡垒，很难攻进去，也难得密码本。古时无论中外都是小时候背诵，背《五经》，背《圣经》，十来岁就背完了，例如《红与黑》中的于连。现在怎么能办到呢？看样子没有"二道贩子"不行。不要先单学语言，书本身就是语言课本。古人写诗文也同说话一样是让人懂的。读书要形式内容一网打起来，一把抓。这类书需要有个"一揽子"读法。要"不求甚解"，又要"探骊得珠"，就是要讲效率，不浪费时间。好比吃中药，有效成分不多，需要有"药引子"。参观要有"指南"。入门向导和讲解员不能代替参观者自己看，但可以告诉他们怎么看和一眼看不出来的东西。我以为现在迫切需要的是生动活泼，篇幅不长，能让孩子和青少年看懂并发生兴趣的入门讲话，加上原书的编、选、注。原书要标点，点不断的存疑，别硬断或去考证；不要句句译成白话去代替；不要注得太多；不要求处处都懂，那是办不到的，章太炎、王国维都自己说有一部分不懂；有问题更好，能启发读者，不必忙下结论。这种入门讲解不是讲义、教科书，对考试得文凭毫无帮助，但对于文化的普及和提高，对于精神文明的建设，大概是不无小补的。这是给大学生和研究生作的前期准备，节省后来补常识的精力，也是给工人、农民、知识分子放眼观世界今日文化全局的一点补剂。我很希望有学者继朱自清、叶圣陶先生以《经典常谈》介绍古典文学之后，不惜挥动如椽大笔，撰写万言小文，为青少年着想，讲一讲古文和古书以及外国文和外国书的读法，立个指路牌。这不是《经典常谈》的现代化，而是引导直接读原书，了解其文化意义和历史作用，打下文化知识基础。若不读原书，无直接印象，虽有"常谈"，听过了，看过了，考过了，随即就会忘的。"时不我与"，不要等到二十一世纪再补课了。那时只怕青年不要读这些书，读书法也不同，更来不及了。

（一九八四年）

谈读书和"格式塔"

现在人读书有个问题：书越来越多，到底该怎么读？

汉朝人东方朔吹嘘他"三冬，文史足用"。唐朝人杜甫自说"读书破万卷"。宋朝以后的人就不大敢吹大气了。因为印刷术普及，印书多，再加上手抄书，谁也不敢说书读全了。于是只好加以限制，分出"正经书"和"闲书"，"正经书"中又限制为经、史，甚至只有"九经、三史"要读，其他书可多可少了。

现在我们的读书负担更不得了。不但要读中国书，还要读外国书，还有杂志、报纸，即使请电子计算机代劳，我们只按终端电钮望望荧光屏，恐怕也不行。一本一本读也不行，不一本一本读也不行。总而言之是读不过来。光读基本书也不行：数量少了，质量高了，又难懂，读不快，而且只是打基础不行，还得盖楼房。怎么办？不说现代书，就说中国古书吧，等古籍整理出来不知何年何月，印出来的只怕会越多而不是越少，因为许多珍贵古籍和抄本都会印出来。而且古书要加上标点注释和序跋之类，原来很薄的一本书会变成一本厚书。古书整体并没有死亡，现在还在生长。好像数量有限度，其实不然。《易经》《老子》从汉墓里挖出了不同本子。《红楼梦》从外国弄回来又一个抄本。难保不再出现殷墟、敦煌、吐鲁番之类。少数民族有许多古书还原封未动，或口头流传。古书像出土文物，有增有减，现在是增的多减的少。也许理科的情况好些，不必再去读欧几里得、哥白尼、牛顿的原著了，都已经现代化进了新书里了；可是新书却多得惊人，只怕比文科的还生长得快。其实无论文理法工农医哪一行，读书都会觉得忙不过来吧？何况各学科的分解、交叉、渗透越来越不可捉摸，书也跟着生长。只管自己一个研究题目，其他书全不看，当然也可以，不过作为一个社会活动中的人若总是好像"套中人"，不无遗憾吧？

现在该怎么读书？这个问题只怕还没到有方案要作可行性审议的时候。不过看来对这问题感到迫切的是成年人或则中年人。儿童和青少年自己未必有此感觉。他们读书还多半靠别人引导。一到成年，便算一进大学吧，开始有人会感觉到了，也未必都那么迫切。有幸进大学的人多半还忙于应付考试，其他人也忙于为各种目的而自学或就业，无暇也无心多读书。老年人还有那么大的好奇心和读书兴趣的怕不太多。读书能力，至少是目力和记忆力，到老年也会大不如前了。所以书读不过来的问题只怕主要是从二十几岁到五六十岁以知识为职业的人的烦恼。实际上，范围恐怕还要小。从事某一专题研究的人未必都有此感觉。读书无兴趣的人也未必着急要读书。所以真正说来，这问题只是少数敏感的大约二十岁到四十岁的人感到迫切。对这些人讲读基本典籍当然对不上口径。这也许是有人想提倡读基本书而未得到响应的原因之一吧？卖得多的书未必读的人多，手不释卷的人也许手中是武侠和侦探小说或则试题答案，嚷没工夫读书的人说不定并不是急于读书，所以不见得需要讲什么读书方法和经验，不过闲谈几句读书似也无妨。

照我的想法，同是读书人，读同类的书，只讲数量，十八岁的不会比八十岁的读得多。这不成问题，所以刚上大学不必为不如老教授读书多而着急。应当问的是：自己究竟超过了那位八十岁的老人在十八岁时的情况没有？若是超过了或大致相等，就可放心；若是还不如，那就该着急了。不会件件不如，应当分析比较一下，再决定怎么办。读书还不能只比数量，还得比质量，读的什么书，读到了什么。我想，教书的人，特别是教大学的人，应当要求十八岁的学生超过十八岁的自己，不应当要求学生比上现在的自己。我教过小学、中学、大学，每次总觉得学生有的地方比我强。这自然是我本来不行之故，却也可供参考。我自己觉得有不如学生之处，也有胜过学生之处，要教的是后者，不是前者。也许这就是我多次教书都尚未被学生赶走之故吧？甚至还有两三次在讲完课后学生忽然鼓掌使我大吃一惊的事，其实那课上讲的并不是我有什么独到之处。由此我向学生学到了一点，读书可以把书当作教师，只要取其所长，不要责其所短。当然有十几年的情况要除外，正如有些书要除外一样。

话说回来，二三十岁的人如果想读自己研究以外的书，如何在书海之中航行呢？我的航行是迷了路的，不能充当罗盘。我也不知道有没有什么诀窍。假如必须说点什么，也许只好说，我觉得最好学会给书"看相"，最好还能兼有图书馆员和报馆编辑的本领。这当然都是说的老话，不是指现在的情况。我很佩服这三种人的本领，深感当初若能学到旧社会中这三种人的本领，读起书来可能效率高一点。其实这三样也只是一种本领，用古话说就是"望气术"。古人常说"夜观天象"，或则说望见什么地方有什么"剑气"，什么人有什么"才气"之类，虽说是迷信，但也有个道理，就是一望而见其整体，发现整体的特点。用外国话说，也许可以算是一八九〇年奥国哲学家艾伦费尔斯（Ehrenfels）首先提出来，后来又为一些心理学家所接受并发展的"格式塔"（Gestalt 完形）吧？二十世纪有不少哲学家和科学家探讨这个望其整体的问题，不过不是都用这个术语。从本世纪初到现在世纪末，各门学术，又是分析，又是综合，又是推理，又是实验，现在仿佛有点殊途同归，而且越来越科学化、数学化、哲学化了。这和技术发展是同步前进的。说不定到二十一世纪会像十九世纪那样出现新局面，使人类的眼光更远大而深刻，从而恢复自信，减少文化自杀和自寻毁灭。

从前"看相"的人常说人有一种"格局"。这和看"风水"类似。王充《论衡》有《骨相》篇，可见很古就有。这些迷信说法和人类学、地理学正像炼丹术和化学，占星术和天文学一样，有巫术和科学的根本区别，却又不是毫无联系，一无是处。不论是人还是地，确实有一种"格局"（王充说的"骨法"），或说是结构、模式，不过从前人由此猜测吉凶祸福是方向错了，结论不对。但不必因此否认人和物自有"格局"。

从前在图书馆工作的人没有电子计算机等工具。甚至书目还是书本式，没有变成一张张分立的卡片。书是放在架上，一眼望去可以看见很多书。因此不大不小的图书馆中的人能像藏书家那样会"望气"，一见纸墨、版型、字体便知版本新旧。不但能望出书的形式，还能望出书的性质，一直能望到书的价值高低。这在从前是熟能生巧之故。不过有些人注意了，可以练得出一点这种本事；有些人对书不想多了解，就不练这种本事。编书目的，看守书库查找书的，管借书、还书的，都可能自己学得到，却不是每人都必然学得到。对书和对人有点相似，有人会认人，有人不会。书也有点像字画。

从前报馆里分工没有现在这么细，没有这么多栏目互相隔绝，也没有这么多人合管一个版面，更没有电子计算机之类现代工具。那时的编辑"管得宽"，又要抢时间，要和别的报纸竞争，所以到夜半，发稿截止时间将到而大量新闻稿件正在蜂拥而来之时，真是紧张万分。必须迅速判断而且要胸有全局。一版或一栏（评论、专论）或一方面（副刊、专栏）或整个报纸（总编辑负责全部要看大样），都不能事先印出、传来传去、集体讨论、请示、批准，而要抢时间，要自己动手。不大不小的报纸的编辑和记者，除社外特约的以外，都不能只顾自己，不管其他；既要记住以前，又要想到以后，还要了解别家报纸，更要时时注意辨识社会和本报的风向。这些都有时间系数，很难得从容考虑仔细推敲的工夫，不能慢慢熬时间，当学徒。这和饭碗有关，不能掉以轻心。许多人由此练出了所谓"新闻眼""新闻嗅觉""编辑头脑"。当校对也很不容易，要学会一眼望去错别字仿佛自己跳出来。慢了，排字工人不耐烦；错了，编辑会给脸色看。工资不多，地位不高，责任很重，非有本领不可。

以上说的都是旧社会的事。"看相"早已消灭了，图书馆和报馆也不是手工业式了，人的能力很多都让给机器了。可是读书多半还是手工业式，集体朗诵也得各人自己听，自己领会，所以上面说的"望气"本领至少现在对于读书大概还有点用处。若能"望气"而知书的"格局"，会看书的"相"，又能见书即知在哪一类中、哪一架格上，还具有一望而能迅速判断其"新闻价值"的能力，那就可以有"略览群书"的本领，因而也就可以"博览群书"，不必一字一句读下去，看到后头忘了前头，看完了对全书茫然不知要点，那样花费时间了。据说诸葛亮读书是"但观大略"，不知是不是这样。这也不见得稀奇；注意比较，注意"格局"，就可能做到。当然搜集资料、钻研经典、应付考试都不能这样。

  其实以上说的这种"格式塔"知觉在婴儿时期就开始了。辨别妈妈和爸爸的不同不是靠分析、综合、推理而来，也不是单纯条件反射。人人都有这种本领，不过很少人注意自己去锻炼并发展。科学家对此的解说还远未完成，所以好像有点神秘，实际上平常得很。可惜现在图书馆不让人人进书库，书店不让人人走到书架前自己翻阅，书摊子只卖报纸杂志通俗书，报馆不让人人去实习，而且分工太细又互不通气，时间性要求不强，缺少紧迫感，要练这种"略览"又"博览"的"望气"工夫比学武术和气功还难。先练习看目录、作提要当然可以，另外还有个补救办法是把人代替书，在人多的地方练习观察人。这类机会可多了。书和人是大有相似之处的。学学给人作新式"看相"，比较比较，不是为当小说家、戏剧家，为的是学读书，把人当作书读。这对人无害，于己有益。"一法通，百法通"，有可能自己练出一种"格式塔"感来。也许这是"宏观""整体观"的本领，用来读书总是有益无害的吧？

  我来不及再学这种读书本领了，说出来"信不信由你"，至少是无害的吧？再重复一句：这说的是"博览""略览"，不是说研究，只是作为自我教育的一个部分，不是"万应读书方"。

（一九八六年）

传统思想文献寻根

　　传统是什么？我想指的是从古时一代又一代传到现代的文化之统。这个"统"有种种形式改变，但骨子里还是传下来的"统"，而且不是属于一个人一个人的。文化与自然界容易分别，但本身难界定。我想将范围缩小定为很多人而非个别人的思想。例如甲骨占卜很古老了，早已断了，连卜辞的字都难认了，可是传下来的思想的"统"没有断。抛出一枚硬币，看落下来朝上的面是什么，这不是烧灼龟甲看裂纹走向吗？《周易》的语言现在懂的人不多，但《周易》的占卜思想现在还活在不少人的心里而且见于行为可以察考。又如《尚书·汤誓》很古老了，但字字句句的意思不是还可以在现代重现吗？人可以抛弃火把用电灯，但照明不变。穿长袍马褂的张三改穿西服仍旧是张三。当然变了形象也有了区别，但仍有不变者在。这不能说是"继承"。这是在变化中传下来的，不随任何个人意志决定要继承或抛弃的。至于断了的就很难说。已经断了，早已没有了，还说什么？那也不是由于某个人的意志而断的。要肯定过去而否定现在，或者要否定过去而肯定现在，都是徒劳无功的，历史已经再三证明了。

　　传统思想要古今互相印证。今人思想可以凭言语行为推断，古人思想只有凭文献和文物。可以由今溯古，也可以由古见今，将古籍排个图式以见现代思想传统之根。我想来试一试。

想看清自己的可以先对照别人的。有个参照系可以比较明白。那就先从国外当代思潮谈起。

二十世纪，再短些说是从二次大战结束到现在的五十年间，国外的文化思想有一点很值得重视，那便是对语言各方面的再认识。向来大家以为语言只是工具，思维的工具，思想交流或通讯即互通信息的工具，手段，是载体，容器，外壳。现在认识到语言不仅是工具，它本身又是思想，又是行为。语言不止有一种形式。口语、书面语以外不仅有手势语，艺术语言，科学符号语言，还有非语言。语言还原到逻各斯。这个希腊字在《新约·约翰福音》开头译作汉语的"道"："太初有道。"恰好，汉语的道字是说话，又是道理，又是道路。道和逻各斯一样，兼有语言、思想、行为三义，是言、思、行，也是闻、思、修。由此，对语言分析出了两个方面：一是语言和道的结构性和非结构性。二是语言思维和非思维，或说潜在的意识。前一条是通过语言学的认识。后一条是通过心理学的认识。这也可以用从逻各斯衍化出来的另一个字来表示：逻辑。那就是逻辑结构的，或说是理性的；以及非逻辑结构的，或说是非理性的。这样较易理解，但不如用逻各斯包孕较全。就我前些年见到不多的外国有关新书原文说，平常所谓人文科学或思想文化或文化思想中争论的问题，核心就在这里。包括文学艺术在内，文化上到处是两套思想和说法好像水火互不相容。我看这可以和我们的传统思想的坐标轴通连起来观察。老子说："道可道，非常道。"两种道：常道，非常道。孔子说："天下有道"，"天下无道"，也是两种道：有道的道和无道时行的另一种道，或说是无道的道。他们说的是不是逻辑的和非逻辑的，理性的和非理性的，结构性的和非结构性的，语言的和非语言的？确切说，彼此大有不同，但概括说，是不是穿长袍马褂和穿西服的不同？是不是中国话和外国话的不同？我看中国和外国的思想的不同不能笼统说是上述两套道的不同。中外不是"道不同，不相为谋"，而是各自有这两套道。外国的，例如古希腊的苏格拉底前后有不同，或说是毕达哥拉斯和柏拉图的不同。后苏格拉底的柏拉图和亚里士多德的不同，不论怎么大，仍属于逻各斯一类，不属于非逻各斯。前苏格拉底的毕达哥拉斯却能把勾股定理看成是神秘的原理，逻辑的仿佛成为非逻辑的，数学变成非数学。赫拉克利特论逻各斯和亚里士多德的思想不同，而和印度有些佛经中说的惊人相似。基督教神学采纳了柏拉图和亚里士多德的学说，而奥古斯丁和阿奎那好像又回到了苏格拉底以前。我们震惊于外国的科学发达，常忘记或不注意他们的神学也比中国发达。牛顿、达尔文、爱因斯坦都通晓神学。

现在回到中国的坐标轴。孔子和老子的道是在一条线上各讲两种道，彼此不是两极端，所以当出现另一条线上的异端的道时就混乱了。那一端不叫道而叫法：佛法。汉代开始在西域流行，汉以后迅速扩展到中原以至全中国。这法和原来的道似乎在许多方面都是"誓不两立"的。这是不是逻各斯和非逻各斯的对立？有一些，但不全是，因为佛法本身也包含了这两种的对立。佛法内部的争吵和斗争以及对外的努力一致，比中国原来的孔子之道和老子之道的对立更激烈得多。仔细看看，孔、老两家的道，也像佛家的法一样，本来也包含着这种对立。因此异端来后可以由斗争而合并。说中国和外国的思想对立不是确切的说法。说有两种思想的对立，在中国和外国的表现不同，主从不同，比较合乎实际。

从以上所说看来，很明显，我是站在逻各斯或道或逻辑或结构一边说话的，因为我要用语言说话。若是要我从另一边说话，那我只好不说话，无法说话，或者只有用另一种语言说话，用非结构性语言说话，或者用形象的或非形象的艺术语言说话，可惜连艺术语言中也避免不了这种对立。

现在我把上面想讲出的意思缩小到文献范围以内，再缩小到中国的汉语文献，包括翻译文献，试试看能不能理出一个系统来。凡是系统都有漏洞。没有网眼不能成为网。但是有建构就容易看清楚。当然这是"但观大略"，好比格式塔心理学的看法，一眼望去看那张脸，不必仔细分辨眉毛眼睛鼻子嘴的几何图形，就立刻能看出是美人西施还是丑女嫫母，不论她是微笑着还是皱眉毛。这样一眼望去其实并不是模糊笼统，而是积累了无数经验，包含着经过分析综合成立的不自知觉不必想到的"先识"的，否则就下不了格式塔（完形）的判断。婴儿初生，可以认识乳，但要分辨出乳以外的母亲和其他女性还需要积累。他不会说话，用的是非语言思维。我这样用心理学比喻，正像国际上近几十年不少人试从逻各斯去说非逻各斯那样。其实这也是中国从前人用语言说明非语言那样的。以上我所说的太简略，不能再展开，对于已知近几十年中外有关情况的读者来说，不论他们同意或不同意的程度怎样，都会知道我所说的是什么以及为什么要这样说。每人心中都有自觉和不自觉的自己的思维线路，网络系统。我所说的可能对别人有参照的价值。

简单说，我想从文献中追中国传统思想之根，追到佛"法"的"六经"和孔、老的"道"的"六经"。先说"法"，后说"道"。文献中只列出"经"，因为这在事实上和理论上都是思想的根。蔡伯喈的《郭有道碑》文中说："匪唯摭华，乃寻厥根。"可见现在常用的"寻根"一词在文献中也是有根的。莫看枝叶茂盛四方八面，追到根只是一小撮。人人知道的才是根，但是彼此题目相同，作的文章不一样。

先说外来的佛法的根，只看译出来又流行的经中六部。

一、《妙法莲华经》。这是一部文丛。思想中心是信仰。任何宗教离不开信仰，没有信仰的不是宗教。有信仰，不叫宗教也是宗教。信仰属于非逻各斯或非"道"，不能讲道理。讲道理无论讲多少，出发点和归宿处都是信仰。有理也信，无理也信。信的是什么？不用说也说不清楚。讲道理的方式多是譬喻或圣谕。对一个名字，一句话，一个符号，无限信仰，无限崇拜，这就是力量的源泉。这部经从种种方面讲说种种对佛法的信仰，不是讲佛法本身。信仰是不能分析的。信仰就是好。"就是好来就是好。"这就是非结构性语言。妙法或正法如莲华，也就是莲花。经中有大量譬喻。通行鸠摩罗什译本。读任何一品都可见其妙。有原文本，但不一定是鸠摩罗什依据的本子。这类文献在古时都是口传和抄写流通的。

二、《华严经》。这是更大规模的文丛。思想中心是修行。仅有信仰还不成为宗教，必须有修行。修行法门多种多样。修行有步骤。经中说明"十地""十迴""十行""十无尽藏""十定""十通""十忍""十身"以及"五十三参""入法界"等等境界、层次、程序。不管怎么说，切实修行才知道。空口说信仰不能算数，要见于行动。没有行为，一切都是白说。修行境界如何美妙，那就请看"华严世界"。"华严"就是用华（花）庄严（装饰）。汉译有八十卷本流行。还有六十卷本、四十卷本。部分有原文本。

三、《入楞伽经》。这也是文丛。和前两部经的兼有对外宣传作用不同，这部经好像是内部高级读物，还没有整理出定本。思想中心是教理，要求信解，本身也是解析一切，所谓"五法、三自性、八识、二无我"。宗教也要讲道理，佛教徒尤其喜欢讲道理，甚至分析再分析，但不离信仰和修行。这是逻各斯，又是非逻各斯，是神学中的哲学，所以难懂。不是入门书，不是宣传品，仅供内部参考。讲信仰的，讲修行的，道理比较好懂，然而"佛法无边"，所以讲宗教道理深入又扩大到非宗教，其中包孕了种种逻各斯和非逻各斯道理，可以用现代语言解说，也就是说很有当代新义，几乎是超前的预测。对比另一部同样专讲道理的《解深密经》，就可以看出，那经后半排列三大菩萨说教，是整理过的著作。《楞伽经》的涵量广大，辨别佛法与外道的理论同异，更可显示佛法要讲的道理的特殊性。经中少"中观"的破而多唯识的立，又有脱离语言的"不可说"，在中国曾有很大影响，出现过"楞伽师"。译文有四卷本、七卷本、十卷本。有原文本，不是译文所依据的本子。各传本互有歧异，详略不同，可见原始面貌尚未确定。鸠摩罗什、真谛、玄奘都没有译，若为更多读者需要，应有一个现代依据原文整理并加解说的本子。

　　四、《金刚经》(《能断金刚》)。这像是一篇文章，是对话记录体。思想中心是"智慧"，要求悟。这种智慧是佛法特有的，或说是其他宗教含有而未发挥的。讲的是逻各斯和非逻各斯的同一性，用现代话说，仿佛是理性与非理性的统一。这与《楞伽经》的分别层次不同。经中一半讲深奥的道理，一半宣传信仰本经。所说的道理不是一项而统一于所谓智慧即般若。本经编在更大的结集《大般若经》中，有玄奘译本。另有几种译本。通行鸠摩罗什译本。有原文本，不一定是翻译依据本，但歧异不大。《楞伽》《金刚》都说要脱离语言文字，而语言越说越繁、术语越多。

　　五、《般若波罗密多心经》，简称《心经》，或《般若神咒》。

这是一篇短短的咒语体的文章。思想中心是"秘密",或用现代话说是神秘主义。经中网罗了佛法从简单到复杂的基本思想术语而归结于神咒,或般若,即"智慧"。这本来是六波罗密多即到彼岸法门之一,现已成为独立大国包罗一切。这可以说是佛法道理的总结本而出以咒语形式。不仅末尾几句不可译,全文都是咒语。咒语就是口中念念有词,把几句神谕不断重复以产生无边法力。我们对此并不生疏。不过真正咒语读法是要有传授的。"心"是核心,不是"唯心"的心。有多种译本,包括音译本。通行玄奘译本。有原文本。音译本也就是用汉字写的原文本,或说咒语本。

六、《维摩诘所说经》。这是一部完整的书,可以说是教理哲理文学作品。《心经》是密,对内;这经是显,对外。看来这是供非出家人读的。思想中心是融通。中心人物是一位居士维摩诘。他为种种人以种种方式说法。说法的还有散花的天女。经中故事和道理都可以为普通人所了解接受。若说前面五经都是内部读物,《法华》《金刚》不过是包括了对外宣传,这经就是对外意义大于对内。有三种译本,通行鸠摩罗什本,文体特似中国六朝文。玄奘译本未流行。未见原文本,有藏译本。我不知道近年有无原文发现。

以上佛法六经,分别着重信、修、解、悟、密、显,又可互相联系结合成一系统。这里不是介绍佛典,只是查考深入并散播于本土传统思想之根中的外来成分。伏于思想根中,现于言语行动,不必多说,读者自知。

现在再说中国本土自己思想在文献中的根,也是六部经。因为是我们自己的,所以只需要约略提一提。书本情况和佛典的原来情况类似。传授非一,解说多端,影响极大,寻根实难。

一、《周易》。这是核心,是思想之体,不必远溯殷商,从东周起一直传到如今。这是一部非常复杂而又有相当严密的程序或体系的书。有累积的层次,又可说是一个统一体。累积上去的有同一性。思想中心能不能说是乾坤即天地的对立统一?统一于什么?统一于人。人也就是自然。统一中的基本思想是一切有序又有变。"用九,见群龙无首,吉。"真妙!这一思想成立之后就绵绵不绝持续下来,或隐,或显。"《易》之兴也,其于中古乎?作《易》者其有忧患乎?"(《系辞》)这话好极了,千言万语说不尽。

二、《老子》。《易》是体,《老》是用。这在两汉是不成问题的。司马迁的父亲司马谈讲得很明白。汉文帝好"黄、老"之术。所谓汉武帝崇儒术不过是太学中博士的专业设置,是士人的做官途径,与帝王官吏无大关系。皇帝喜欢的照旧是神仙。《易》《老》都是符号的书。《易》密,《老》显,所用的代码系统不同。两者都是一条一条的竹简书,不过《易》可以有序排列,而《老》似乎无序。两书相辅相成,是中国传统思想核心的两面,都是上供帝王下供世人用的。如果古人不通密码,也像现在的人一样连文字都看得那么难懂,怎么能传下来?早就亡了。古人当然也是各懂其所懂,不懂就尊为神圣。由《易》《老》发展出两翼:记言,记事。

三、《尚书》。西汉初的伏胜是秦朝的博士官。主要由他口传的《尚书》二十八篇是政府原有的和增加的和构拟的档案,自然有缺失。这是甲骨钟鼎刻石以外的官府文告集,也就是统治思想大全,是《易》《老》的具体发展验证。这是记言的书,包括了政治、经济、法律、军事,还有和《易》的序列思维同类的《禹贡》九州,《洪范》九畴、五行等等。

四、《春秋》。《公羊传》本,参照《谷梁传》本。《左传》本另案办理。这本来是鲁国记政事的竹简书,一条一条的,依年排列,是有序的档案,是记事的书。由《公羊传》发挥的《春秋》的事加上《尚书》的言,是秦汉思想发展《易》《老》的两方面。《公羊》尊王、一统、"拨乱世,反诸正"等等思想贯串于全部中国历史。

五、《毛诗》。西汉毛亨所传本。本来不是官书,从东汉起,官定的齐、鲁、韩三家《诗》不传,独传下《毛诗》,成为《诗经》。这是官民合一的又一传统思想表现。《书》记言,《春秋》记事,《诗》记情。《风》是中原各国民谣和个人创作由官府选集配乐舞的歌词。《雅》《颂》是帝王的雅乐,专业歌手及官吏的作品。后来天子失势,大约从东周起,中央政府便没有这种文化职能了。所以《孟子》说:"王者之迹熄而《诗》亡,《诗》亡而后《春秋》作。"这是说,中央政府名存实亡,统一的天子的"采风"(汉代又建乐府)没有了。各国不编集诗而记自己的政事了。孟子说的决不会是没人作诗了,没有民谣了,说的是政府。《毛诗》的思想中心是官民一致歌颂帝王统一天下。《毛诗》的《序》就是说明诗的政治用意。《大序》还说:"言之者无罪,闻之者足以戒,故曰风(讽)。"这也许就是四家《诗》中《毛诗》独存之故吧?这传统一直未断。四十年前,我们不是全国上下都是诗人,民谣铺天盖地吗?

六、《论语》。这不是官书,是孔子办私学传授礼,传授《诗》,传授《春秋》以后,各派弟子一传再传下来的言行杂记。在汉代不显。好像与《易》《老》不合,其实孔、老思想之间有渊源脉络可寻。唐以后成为首要典籍。东汉郑玄合编三种传本为一部以后有种种解说。元、明、清三朝由帝王钦定朱熹一家《集注》独尊。为什么在佛教思想进来以前和以后《论语》地位大变?此问难答。除思想有特色外,还有一点很明显,那就是文体。书中有很多对话，不属官府，而属民间，还不限于师徒。有一些个人思想感情活动的简要生动记录。人物性格相当鲜明，不是道具。书中包含了最初的小说戏剧片断。不过多数仍是君臣、师徒对话，不是地位平等的讨论，所以和前五部经一样，陈述及判断多，缺少推理论证。值得注意的是书中有了一些未完整表达出来的推理而不是名家的悖论。例如有子论"本"，孔子驳冉有等等。这是古籍中稀有的，是中国式逻辑。此经的思想中心可以认为是说理。二十多年前此书还是"大批判"的对象，可见至今还是一个幌子。

以上六《经》中，《易》《老》用的是符号语言。《尚书》记言，《春秋》记事，用的是官府语言，另有一种密码本。《毛诗》用了官民间通行的带暗示性的艺术语言以配合乐舞。这对于由中原而达全国的通行语"官话"的形成有很大作用，所以孔子说："不学《诗》，无以言。"又说："诵《诗》三百，使于四方。"独有《论语》与众不同，声名后起而一千多年来影响最大，甚至进入谜语、笑话。其中原因有一条是不是由于个人在社会中的地位改变以及文体更接近外来的佛经对话？《论语》比前五经更确认个人是显然的。此点应重视。

佛法六经和儒、道六经相比，差别显然。佛法的个人性明显，倾向于分散。儒、道这方面则政治性极强，倾向于全体，集中。也可以说，双方的轴线一致而方向相反。佛法是从个体到全体，无序。孔、老是从全体到个体，有序。《老子》骂统治者决不是反政治，倒是提出了一套更高明的政治见解。所以汉、唐、宋大皇帝都自以为懂得并且欣赏这一套。小国寡民自给自足的小单位如公社更有利于大帝国天子的统治。工商业交通发达，诸侯强盛，帝国就不容易照原样维持安定了。中国的神仙也是非常世俗的。印度本土缺少大皇帝。佛法赞转轮王，佛国气魄浩大，更接近中国的多方一统。在印度，佛法除在三个大帝国时期兴旺以外，终于灭亡，传到中国反而发展，尤其是为兴盛起来的少数非汉族民族的帝王崇奉。孔、老思想离不开天下和天子。佛国无量构成"世界"，可以合于"天下"。至于逻各斯和非逻各斯，双方都有两套，前面已说过了。

以上云云不过是老人闲谈。以下列出两个图式：

图式一：本土的，偏重逻各斯

从全体到个体

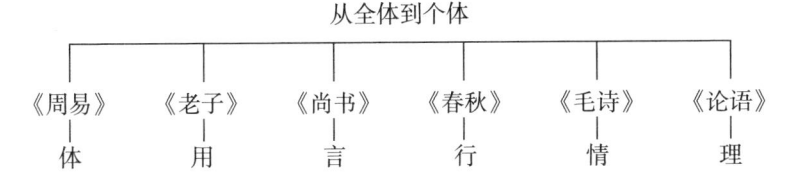

《周易》	《老子》	《尚书》	《春秋》	《毛诗》	《论语》
体	用	言	行	情	理

图式二：外来的，偏重非逻各斯

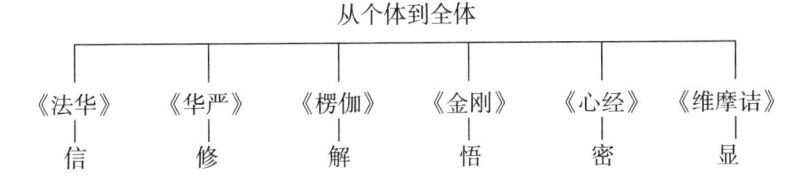

从个体到全体

《法华》	《华严》	《楞伽》	《金刚》	《心经》	《维摩诘》
信	修	解	悟	密	显

一九九五年八月

评曰：大题小做不算小，说来说去一张表。

"古文新选"随想

闲来遐想,《古文观止》的流行大概截止了。那是元明清四书义八股文时代古文读物中的畅销书。古文是对"时文"即八股而言,继承但不等于韩愈的和唐代时文骈文对立的古文。这个以唐宋八大家为主流的框架并未被桐城派、阳湖派等所突破。突破者是曾国藩的《经史百家杂钞》。它不但突破了姚鼐的《古文辞类纂》,而且突破了第一部文学选集、昭明太子萧统主编的《文选》。萧统声明不选经、史、子,而曾国藩选了。这部《杂钞》实际上是清代后期一些人对中国文化思想史作总结倾向的开端。将古籍平等对待,不把古文当作"时文"或"骈文"的对立物,名为选文章,实为选思想。(洪秀全的上帝教没有作文化总结。)这部书不很流行,但是有影响。现在的古文选本好像还没有真正突破它。其中原因恐怕在于难得打破它对文化思想史的看法。颠倒不是打破。破多于立或套用外国人的说法也不是真破。把古文当作"古代汉语"不是依照古今语言差别,而是依照书面口头差别。恐怕一千年前就有白话即"现代汉语"了。古文也许是在批判《三字经》时才断气的。外国人不易体会此点。

我已无力读书作文,但还免不了胡思乱想。我想,若把古文和古代文化联系起来，有几篇短文似乎可以入"新选"。这些文中都包含着有中国特色的逻辑思想和文体。成为问题的是对作者的评价。但他们都是历史人物，不能回避的。

第一篇是李斯上秦始皇《谏逐客书》。这是影响中国历史的关键性文章。文中说，逐客就是"所重者在乎色乐珠玉而所轻者在乎人民也。此非所以跨海内制诸侯之术也"。岂止两千多年前？今天的美国不是依靠"客"吗？近年美国得诺贝尔奖金的不是有几个中国移民吗？除开国的华盛顿、杰弗逊、富兰克林和建国的林肯等政治人物以外，美国文化不靠外来客人吗？还有日本，自从了不起的圣德太子直到如今，就是一个不怕吸收别人长处的国家。李斯和秦始皇在世界上没有断种。中国历史上若抹去这两个人，最低限度是万里长城和兵马俑的旅游点没有了。

第二篇是刘歆的《移让太常博士书》。这是汉代学术思想源流中的关键性文章。先秦古籍几乎都是经过汉朝人之手的。刘歆主要是为他从古文字校订整理出来的《左传》说话，要求在最高学府中设立专业。后来流行的《左传》是西晋杜预大将军编订的。关于这部书的争论是汉代思想的一个缩影，是后来一直争到清朝、民国的"今文、古文"对立思想的开端。

第三篇是唐太宗李世民为玄奘译佛经而作的《圣教序》。不仅文章是骈文的佳作，而思想更是打通儒、道、佛统一天下的帝王口气。由于他，唐代对古代及外国的文化全面吸收而光辉灿烂。此文岂可不读？

第四篇是朱熹在《四书集注》的《孟子》注中最后一段。他引程颐给程颢作的墓碑记作为全书的总结。孟子暗示自己继承尧、舜、汤、文王、孔子（没有周公）而结束。朱熹接着在注中引来此文，明示程氏兄弟继承周公、孟子。"有宋元丰八年，河南程颢伯淳卒"云云，不过两百多字，若抄出来大家一看便知其中奥妙和文体特色。可惜我这小文字数是有定额的，不能抄了。

　　第五篇我想选曾国藩的，但手头无书，只凭记忆，不能定下是选《求阙斋记》还是《圣哲画像记》。我倾向于前者，因为后者还有门面话和八股气，前者是借《易·临卦》发挥。曾国藩是湘军统帅，又是淮军统帅李鸿章的老师，是谈判改订伊犁条约并协办北洋水师主张先强兵后富国的曾纪泽的父亲。他同时破坏了太平天国和满清王朝而培植起东南势力。（八国联军时倡"东南互保"的刘坤一是湘军将领。在台湾抗击外国并开发经济的刘铭传是淮军将领。）他又能保全自己一家，还著书立说构成一套思想体系有长远影响。说好，说坏，正面，反面，他都是近代史的开端人物，跳不过去，比得上李斯而未遭车裂。

　　我想到的还有《文选·序》。这是开辟一个文学思想传统的，可与同时的《文心雕龙》互相发明。还有一篇，我很想选入，又有点犹疑。那是《汉书》中徐乐的一篇《上皇帝书》。班固只抄此文，不知何故传中无一字评述这个人。文中论的是"今天下大患在于土崩，不在瓦解，古今一也"。土崩指老百姓造反。瓦解指诸侯强大。他对皇帝说，手无寸铁的穷百姓比有坚甲利兵的富诸侯更危险。立意严峻而措词委婉，似可选入以备一格。

　　七篇文，秦、汉、六朝、唐、宋、清都有了。中国文化思想要目也有了，我的小文也该画上最后的句号了。

（一九九三年）

世纪末读《书》

二十世纪已到尾声了。回想世纪初年，几大科学理论不声不响打开了人类窥探世界和自身的新窗口，那时谁能想得到以后的变化呢？当上一世纪中叶，一八五九年，同时出现达尔文的《物种起源》和马克思的《政治经济学批判》时，科学、进化论如太阳上升，几乎无坚不摧。"超人"尼采叫喊"上帝死了！"那时对资本、技术、市场、劳动力（总之是利润）的追求大潮弥漫全世界。一个东印度公司吞下了印度次大陆。一个英国代表团来中国探路，认为大炮加军舰就可以毫不费力吞下这个自命不可一世的天朝大国。世上一切仿佛都照科学的预见进行。但是科学本身走向何方？就只会供资本利用，杀人，吃人，然后毁掉人类吗？

本世纪初出现了爱因斯坦的相对论，普朗克的量子论，对世界的认识不受牛顿管辖了。又出现了索绪尔的语言学，弗洛伊德的心理学，对人类自身的认识也变化了。人类学调查了世界上的偏僻角落的人并有新解说。现在是要从只追求新的转向注意解说旧的了。懂得了才有用，不懂就无用，再多也白搭，自己反会成为俘虏。尤其是要懂得人，征服者和被征服者都需要懂得对方。两次世界大战以后，地球变得非常狭小了。十九世纪的疯狂追寻此时要指向天上了。地上的浪潮仍在汹涌，但已经是后起的向前追赶。原来十九世纪的前锋浪头在思想上要停下来探索自己了。追赶的人还在和十九世纪竞走，被追的人已觉得二十世纪到了尽头，上天也无路可走，只有原地踏步疯狂跳舞了。然而科学是冷酷的，不声不响的，孤独的，本身就是哲学的。研究的对象是"形而下"，研究本身却是"形而上"。科学不得不由向外转向内而"反思"。

古希腊哲人喊出"认识你自己"。但是两千多年来人类认识自身远远没有认识外界多。科学、哲学、宗教、艺术无不如此。有人苦思冥想，被称为神秘主义。这在个人可能有所得，而人作为一个类，不能靠冥想认识自己。由索绪尔开始的发现是，人区别于动物在思想，而思想的活动不离语言。语言的声音符号用上文字符号就可以保存而流传，破空间和时间限制。遗传信息不专靠内在基因而有外在符号，这是动物做不到的。语言发展了人又限制了人。人只能用语言思考。要懂得人必须懂得语言。不是只作外在形式的语音语法结构的测算而要深入内层。语言和思想同样是有语音学的（phonetic, etic）和音位学的（phonemic, emic）两条研究道路。一个只管客观存在，可以建构符号系统，没有条件限制。一个探索有限范围内的本身内在建构，有条件限制。例如"马家军"跑马拉松，时间和速度是语音学的，什么人在什么时候什么地方加速和怎么样加速是音位学的。两者的变化不同，研究也不同。由索绪尔开头的这种思路发展到了和语言及思想有关的其他方面。有人建构符号本身系统。有人探讨符号的意义的解说。由意义发现符号，认识了符号王国，但若不再由符号追索深层意义，依然是"形而下"。符号由于有意义而存在，离开意义，符号就不成其为符号。这又是语音学的和音位学的两种思路。由弗洛伊德开始的心理学发现了人的潜在意识，将对人的考察引向人自己意识不到的深层。但他过早地建立体系，难以成立。尽管印度古人，特别是佛教徒，早已注意到了人的潜在意识，但是由医学和心理学从人的行为来发现，是从弗洛伊德开始的。这样，语言学和心理学对人的内在思想意识的探索使我们对于行为如何接受自觉的和不自觉的内在的和外在的指导，形象和语言如何由外而内又由内而外，出自内心又影响内心，模模糊糊认出了一条道路。社会集团的共同心理同样指导行为，可以由行为追溯，但不等于个人心理相加的总和。社会心理学对集团行为的心理研究不同于以个人为对象，因此受到有利害关系的多方面的极大限制，又不能做实验室的封闭测验，至今还难说已经发展起来。个人心理中有很大成分受社会心理制约，两者密切有关。这一条由外而内的认识人自身的道路在二十世纪不过是开端，到二十一世纪将历尽坎坷而成长。人是不愿意认识自己的，尤其不愿意别人认识自己。人必须穿衣，必须有所遮掩。揭底决不是容易的事，在揭者和被揭者双方都一样。

调查活人有种种障碍，何妨调查死人、古人？以文字符号组成的，表达语言而暗藏思想的，和产生时的内外背景息息相关的，是文献。二十世纪对远古文献有重大发现。考古发掘差不多在同一时期在三处获得最古文献。一是在印度河流域出现的两处古城遗址。有许多印章式的带有文字的古物。虽有不少人试图辨认，但因为主观客观障碍太多，至今恐怕还没真正认出来。二是西亚两河流域发掘出来的苏美尔人的泥版文书，有几万枚之多。上面的文字已经辨认出来，对于了解其他处古文献可以大有帮助，可惜至今中国还没有人注意。第三便是河南安阳的殷墟发掘。大量甲骨文献的出现使我们对于中国古史有了确凿无疑的依据。可惜《甲骨文合集》近年才出来,而研究虽比印度河区文字少了一些现代麻烦,但也有先天结论的障碍,不过到二十一世纪必有新进展。

世界古国中,印度的古文献至今还有极大数量的写本藏在公私书库里,另有不少仍在口传中,刊印本已有现代解说的痕迹。中国古文献保存最多,各种形式都有。可惜《金石萃编》式的资料整理及刊行远远不够。写本也不少,从汉代帛书、唐宋人手迹到明清抄本都有,可惜历来只讲版本不讲写本,情况不明。这样,对于寻觅并摘取文献来证明已有的或借来的结论式假说就非常方便了。真要达到欧洲人对于古希腊罗马文献研究在十九世纪到二十世纪的成就,我们还得努力。

文献必出于识字人之手,而古来的识字人的注意方向各国并不都一样。例如印度的识字人,无论婆罗门或出家的沙门多少年都靠"施主"养活,而且到老了便进入森林或移居恒河边上修道,或在庙宇内著书立说,所以他们不关心政治变化。他们与宗教密切有关,但并非依赖政府式的教会。欧洲的基督教教会和政府平行。识字人多年都是在修道院依傍教会。这和古希腊罗马城邦的情况大不相同,产生不出"智者"之群。十八世纪反教会的便依靠帝王。十九世纪的改依靠资本。至于政教合一的元首,如伊斯兰教的"哈里发"(奥斯曼帝国元首),其治下的识字人又有另一种情况。和以上这些人相比,中国古代识字人的显著特点便是依傍政权。从卜筮者和观测天文定四时历法的星历推算者起便直接间接和政治首领结下不解之缘。中国古文献的作者和读者都不能和政治绝缘。为学和为政,山林和廊庙,是同一件事的两面。探索古文献的内涵不能脱离这些文献的著述者、传播者、应用者。《易经》爻辞一开头就从"潜龙"说到"飞龙""亢龙"。识字人自比是"卧龙"。都是"龙"（乾），不是"牝马"（坤）。

《尚书》或《书经》，这部最古的政治文献集，是我的一位生疏的老友。我十来岁时曾蒙塾师陈先生教过，像念咒一样背诵过一遍。从此一别不再见面。直到一九三九年我在湖南大学滥竽充数教课时才在曾星笠（运乾）先生处见到他的《尚书正读》讲义，上面满是朱笔墨笔的批注。这是第二次见面，但重逢老友也没有话旧，交臂错过。到我八十岁时有人将《尚书正读》的中华书局一九六四年印本拿给我看，这才回到了童年，青年，如在梦中。这部书连韩愈老前辈都说是"诘屈聱牙"的，曾先生告诉我，他能讲得"文从字顺"，只因看通了古文文法。现在我翻阅他的书，想起他所说的几句话，发现他读通了的一是词序，二是省略，三是通假。照他的读法果然是古文如同白话。可惜他对先秦文献语言没有作比较分析，留给了后人。《马氏文通》到现在已经一百年了吧？曾先生冥寿今年也是一百一十岁了。

闭户闭目遐想，是否可以有一种钻探读书法，找几个点深钻一下，由点及面，由表及里，又由内而外，仿佛想绘出潜在的地质图。文献的表层是语言文字，是"文体"，可否由此深入其中潜在思想，再从功能或效用方面结合其作者、读者、传播者、有意无意应用者，由此可能窥见其共识和异识，测出变化。这种读书思路和接受现成结论去求证及推演不同，是发现疑问去探索解说，也许少费工夫抄写而多用心思考问题。

何妨试看《尚书》的语言文体？无论典、谟、诰、誓全是对话体。有的表面不是，如《禹贡》，实际也是在作者心中有个预定读者即听话者的范围的。《禹贡》《洪范》甚至全《书》都不是写下来给足不出村的不识字的农民看的。从对话人到对话的话题，即所提问题及答案和怎么提出问和答的方式，都是这样。这里有明有暗，而答案常有趋向，指向其预定的效果，也提示其功能，并且透露其背景及用意。因为是古代的书，所以还可以检查以后的实际效果。"今文"《尚书》二十八篇，据说是先由秦代"博士"伏生（伏胜）在汉初背诵出来，后由大小夏侯二人传授写定，这是下限。若作为历史资料引用自然必须分析，如同对待《论语》（不等于孔子）、《孟子》（不等于孟子）、《左传》（不等于《春秋》）那样。《书》中的尧、舜和《论》《孟》中的尧、舜若都当作人，文本就必须分别层次。对人和文本定性就不必这样。"六亿神州尽舜尧"和两千多年前"言必称尧舜"用的是同一符号，有同一意义。

《尚书》中的对话人可以作为实体，也可以作为符号。一个个人可以作为一种身份的符号。不难看出，书中从尧到秦穆公（照文献传统说法）都是帝王，从舜、禹、皋陶到周公姬旦都是大臣。（舜、禹是先为臣，后为君。）从发言人可以看出这部文献集是什么书。不论本来有多少篇，或者照孟子说法一篇只能"取二三策"，也不论作者是哪些人，这都是一部政治书，是"经世文编"，类似上古拟作的"策论"，准备给帝王将相阅读采纳应用的。帝王常是有决定权而不自己办事，办事的宰相常是身兼文武（如曹操、诸葛亮、文天祥、史可法和未当上宰相的王守仁阳明先生），所以此书可称为宰相读本。《尚书》中最大部分是《周书》，其中主要人物是周公。他正是宰相还兼摄政王。周朝开国元勋是"太公望"姜尚，姜子牙，是助周武王打仗夺天下的，所以后代兵书战策托名于他。周公则是"制礼"定天下的。梁襄王问孟子："天下乌乎定？"孟子"对曰：定于一"。这个"一"当然是帝王，但办实事的是将相。刘邦定了汉朝天下，靠的是张良、韩信、萧何。张出谋划策，韩打仗，萧办后勤。最后萧当了宰相，韩被杀，张躲了起来。这三个人才是定天下的，尤其是萧何。他的继任者曹参是"萧规曹随",按既定方针办,照前任定下的老规矩办事。将《尚书》定为宰相读本可以概括内容及功能。不用说,这只是定性的一种,若当作史料或文章又当别论。

再看对话中所提问题及问答方式及内容。这就多了,只说开篇的《尧典》。前半叙述帝尧派定观天授时的官。这说明农业是经济本体。不定四时不能定种植收获。收不上贡税,财政受影响。老百姓没饭吃,天下不能定。忆苦顶不住挨饿。随即是御前会议。帝尧和大臣们对话。中心议题是政权接班人问题。这是中国古代所有王朝中的头等大事。从娃娃周成王到娃娃清宣统皇帝,从少年秦始皇、汉惠帝到明建文帝,还有明末三大疑案,清初三大疑案,全是围绕着这个中心的。《春秋》从鲁隐公开始,也是这个问题。霸主齐桓公、晋文公也有继位问题。武则天皇帝、慈禧太后也是这个问题。还不仅中国,英国的玫瑰战争、印度莫卧儿帝国的王位继承,全是同一问题。《尚书》第一篇在论天时以后便揭出这一问题,仿佛有预见。定天下,首先是定天时(还派鲧治水),经济第一,老百姓先要吃饱,政府得有贡税。(不是抢夺、没收、铸币,那是一次性的。)孟子说的"不违农时"就是此意。工业社会也不能饿肚子,不管农产品。现在世界上还闹农产品出入口关税问题。其次便是定传位。传位不妥当,天下也定不下来,还会乱。

如何传天下?孟子说:"天子不能以天下与人。"是说不能个人私相授受。《尧典》里讲了个戏剧性故事,写出皇帝和大臣的生动对话,讨论传位问题。不说思想,只论文章,也是构思下笔极其巧妙。因为这不是讲道理摆条条能答复的问题,所以不能像文章前半论述定天时那样四平八稳排列整齐而要采用文学创作形式了。我曾有一小文《上古御前会议》谈这一段,这里不重复,只想再谈一个问题。这出戏中，尧将传位，挑选接班人，为什么那么彬彬有礼？为什么大臣个个"谦让为怀"，终于找了个老百姓来做皇帝的女婿，接受几次考验，才定下来？不必引后来的历史事实，便在《尚书》中，商王汤的《汤誓》是伐夏王桀的。周武王的《牧誓》是讨殷纣王的，全不是客客气气的"禅让"，更谈不到尧对舜那样培养接班人。为什么偏偏在《尧典》中要写下禅让传位故事？如是记传说，为什么要选择这一个？《孟子》里不是有种种说法吗？

《尧典》明显是一篇拟作，不会是甲骨文以前的实录。说是对往古公社的回忆也不像。酋长传位各有传统方式，并不那么文雅。何况回忆而记下来也必有原因，不会无缘无故。拟作《尧典》发表政见时期，不论在东周何时，甚至在西周幽王亡国以前，传位都是传子而众子中不能选贤以致出问题。着重描绘禅让的一个可能是由此见反差，树理想，有讽喻之意。另有可能是提出另一种传位方式。从后来多次禅让史事来看，后者更显示其功能，不一定是其意图。传位即授权，对方即得权者。《尚书》中的权位传递方式有三种。一是以武力打仗夺取，如商汤的《汤誓》，周武王的《牧誓》。二是尧舜禅让，见于《尧典》。三是周公，不居其位，无虚名而掌实权，也还要让来让去如《洛诰》中的对话。在周秦以后两千多年政治史中，将后二者合并而成功的有王莽、曹丕、司马炎。暗害篡位的除了《尚书》设计模式以外，那是《春秋》开篇记录的鲁隐公、桓公的事。到《通鉴》开篇，三家分晋，已不是传位了。

这部周代文献集，宰相治天下读本，有许多可供探索之处。性质和功能类似其他民族的口传史诗。中国早有文字，不仅靠口传，文字统一，语音纷歧，而且没有职业歌人如荷马。后来才有"变文"说唱。各民族并非都先有史诗形式（看《旧约》）。《孟子·万章》上篇中有不少尧舜故事，尚未定型。孟子说这是"齐东野人之语"。大约当时齐鲁一带有人创作并流传史诗型而用散文讲故事的政治总结。（楚语另有一套。）中国古识字人善于总结历史。例如西汉徐乐据战国及秦末历史结合汉初形势，总结出"土崩、瓦解"论，比贾谊高明。"土崩"指老百姓造反。"瓦解"指诸侯分裂。这就是在公元前约一百年概括了前后三千年政治形势变化的基本模式。《尚书》中的总结性报告有《禹贡》九州（经济地理），《洪范》九畴（治国大纲），《吕刑》五刑（法律要旨）。这些文中以数排列，以事归数，展示了有条理的数字式丰富思想，也便于记诵。背后应当有故事供口头解说，文中只留引子。从文学角度说，《尚书》中有极为生动的古代口语和故事。这要从古文中得其神气，白话只能译解或改作，不能代替。照字句译便索然无味，好像古人都是傻瓜。我尝试写过《读西伯戡黎》和《兵马俑作战》两小文，此处不重复，只想再略谈一点：《尚书》写定时的东周形势和在书中反映出来的对形势的认识及心态。

战国时，也就是《孟子》和《尚书》等作者由认识当代而总结古史时，分崩的列国已趋向统一。齐、楚、秦三强鼎立，好像后来的魏、吴、蜀三国，又像南北朝时的齐、周、南朝。统一局面必然到来已经为关心政治的有知识的识字人（士，文士，辩士）所觉察到。他们（包括老、庄、墨、苏、张）纷纷以种种形式出谋画策为帝王将相设计一统江山的方案。《禹贡》《洪范》《吕刑》以及《周书》中主要由周公出面作的不少总结性发言都指向这一点。这是乐观心态。另一方面，悲观心态也出现了。《无逸》中周公指出了"代沟"，描画了青年造反派的形象和言论。"厥（他们的）父母勤劳稼穑。厥子乃不知稼穑之艰难，乃逸，乃谚，既诞，否则（不仅如此，而且）侮厥父母，曰：昔之人无闻知（老家伙知道什么）。"不知稼穑即不懂经济。不追字义、句义只凭语气也可读出其愤慨和忧虑。更严重的是，等不到下一代，老百姓已站起身来讲话了。《汤誓》中说："汝曰：我后（王）不恤我众，舍我穑事而割正夏（干涉夏国）。""今汝其曰：夏罪其如台（yí我，如台，奈何）。"农民抱怨王爷不顾庄稼而出兵打仗，即不管国内经济而出兵到外国去干涉内政。"外国王爷有罪又怎么样？与我们有什么相干？"大有当年美国人民反对出兵越南的口气。最后还是只有用恩威两种手段，胡萝卜加大棒。"予（我）其大赉（赏赐）汝。尔（你们）无（勿）不信。朕（我）不食言。尔不从誓言，予则孥戮汝，罔有攸赦。（杀你全家，一个也不饶恕。）"《盘庚》中更严重。老百姓不愿迁移，聚众请愿。盘庚只好再三发表讲话，甚至说："今予（我）其敷心腹肾肠，历告尔百姓于朕（我的）志（意思）。罔（不）罪尔众。尔无（勿）共怒，协比逸言予一人。"他对"共怒"的舆论有点担心了，觉出了"土崩"趋向。《皋陶谟》中说："天聪明，自我民聪明。天明畏，自我民明威。"对照《论语》末篇《尧曰》中帝尧的话："四海困穷，天禄永终。""朕躬有罪，无以万方。万方有罪，罪在朕躬。"这不是《尧典》中口气了。《孟子》末尾说圣人"然则无有乎尔，则亦无有乎尔"。读来如闻叹息之声。一方面见到一统江山的必然出现，一方面又预感到江山一统后会有新的不幸。是不是"百姓"起而"圣人"亡？是不是政治一统后思想也必趋一统，百家游说从此绝响？这些圣贤预感的是"焚书坑儒"吗？未见得。但"一则以喜，一则以惧"的心情是有的。古卜筮书《周易》的《系辞》中说："易之兴也其于中古乎？作易者其有忧患乎？"同样的话可以用于《尚书》。其他同时同类书中也有同样悲观论调。至于乐观与自信，请看《尚书》最后一篇《秦誓》。秦穆公打了败仗，提出"责人斯无难，惟受责俾如流，是惟艰哉"。批评别人不难，接受批评，"从善如流"，可不容易啊！他认为这就是"群言之首"，第一条原则。只有具备充分自信，毫不心虚，才能接受责备。他提出选大臣的标准是："人之有技，若己有之。人之彦圣，其心好之。"能够容人。坏的便是："人之有技，冒疾以恶之。人之彦圣，而违之俾不达。"妒贤嫉能。只有具备充分自信，才能容下别人长处，不怕胜过自己。秦穆公提倡"休休""有容"，又以身作则，打败仗不怪手下将领，怪自己用人不当。所以他能用五张羊皮换来奴隶百里奚作宰相。这便是秦国必兴之道。《尚书》编定时以此文结束。

二十世纪不是白白过去的。十九世纪提出的许多问题和答案，不少已经如同欧洲中世纪的神学一样逐渐退隐。圣经圣训锁不住人的思想。特别是在两次世界大战后，新问题如潮水一般涌来。人类还在互相残杀，而且加速毁坏环境而自杀，对于现在并不容易乐观。但对过去，包括对古文献，好像比以前看得明白一些了。那么对未来呢？正如古印度诗人迦梨陀娑的诗句："光明又黑暗，仿佛明暗山。"（印度神话：环绕可见世界的大山，一边光明，另一边黑暗，故名"明暗山"。）

一九九三年十二月

上古御前会议

日本结束了昭和时代,改元"平成"。这两个汉字在中国的《尚书》中连成一句话:"地平天成。"我由此想起幼年读的古书有一部便是《书经》,即《尚书》。那是大人要我读的,不是我自己要读的。过了几十年,老了,足不出户,看不到新书,想起古书。忽然觉得《尚书》和《旧约》这两部书似可归于一大类。两书不仅都是"圣经",而且同样都既是历史书,又是文学书。因为记的是历史,但不全是录音报道,不仅有加工,恐怕还有虚构。外国的不说,谈谈《尚书》。这书是些"典、谟、训、诰"政治文件,像档案。文字很难懂,不知有没有今译(外文的不算)。不过仗着小时候背诵过词句,还记得大意,只翻翻手头的"白文"本,不去查注疏也能胡乱说几句,当然未必正确,只是闲谈。

开头的《尧典》《舜典》《大禹谟》三篇中,我觉得有意思的是作者所描述的御前会议。如果作为古人构拟的文学作品,这也许可以算是我国最古的戏剧片断吧?共三幕,第一幕有两场。

帝尧要选人任命,召开御前会议。第一位大臣推荐"胤子朱",即尧的儿子丹朱。尧指出缺点,反问一句"可乎?"(能行吗?)否定了。再要求推荐。有人举共工,或许就是触不周山的那位，但书中说的仿佛是有功的工程师。他也被尧指出缺点，又否定了。于是尧说出当前的急务是治理洪水。大家都说："於（wū）！鲧哉！"尧又说鲧不行。有人提议说："试可乃已。"（不妨试他一试嘛。）"帝曰：往！钦哉！"（去吧。可要好好干啊！）结果是九年也没成功。

接下去是第二场戏。尧又提出说："朕（我）在位七十载"，要四岳接班。岳说自己不行。尧又说："明明扬侧陋。"他要求到基层去找知名度还不高的人。于是有人提出民间一个单身汉虞舜。尧说："俞（不错），予闻。如何？"他听说过，但不知究竟怎样。大臣说，舜是"瞽子，父顽，母嚚，象傲"，父、母、弟弟都很坏，可是他处得很好。于是尧说："我其试哉。"把女儿嫁给舜，招做驸马，大概是要看他对妻子怎么样。选大臣，当皇帝，为什么要看他家里怎么样呢？想来那时所谓帝还不过是个酋长。家和族相连，族以家为细胞。发展成为部落时也还是这样。现在考古发掘出来的上古住宅地基可以作证。上古时"治国"必先"齐家"，大概就是这场戏的素材和背景吧？

接下去是《舜典》，是第二幕，气派就大了。尧用了舜，不但要他做官看成绩，又另给一次考验。"纳于大麓，烈风雷雨弗迷。"那时不仅没有天气预报，也没有地图和指南针，能在暴风雨中不迷失方向是很不容易的。在上古生活还靠狩猎牧畜时这又是必要的本领。家庭、官职、暴风雨三场考试通过了。尧让位。舜不受，实际上掌了大权。尧死了，"百姓如丧考妣"。舜要任命大臣，又开御前会议，一一推荐，一一任命。

再接下去是《大禹谟》，是第三幕，气派又不一样。其中有一些统治格言，不妨摘抄几句容易懂的。"任贤勿二。去邪勿疑。疑谋勿成。百志惟熙（安定）。罔（不要）违道以干百姓之誉。罔咈（违背）百姓以从己之欲。"当舜要让位给禹时，禹又谦让说自己德行不够，"民不依"。他推荐皋陶（yáo）继位。舜称赞皋陶。皋陶又归功于舜。他是司法之官，说了一通量刑原则："罚弗及嗣（子孙）。赏延于世（后代）。宥过（无心过失），无大。刑故（故意犯罪），无小。罪疑，惟轻。功疑，惟重。与其杀不辜，宁失不经。"照现在说法，这能不能算法治？舜最后还是选中了禹，夸他说："汝惟不矜，天下莫与汝争能。汝惟不伐，天下莫与汝争功。"（你不吹自己，不骄傲，天下没有人跟你争了。）又表示决心说："朕（我）言不再。"禹还要求以占卜决定。舜说："朕（我）志先定，询谋佥同，鬼神其依，龟策协从。"禹仍磕头"固辞"。舜不准。于是禹召开大会，宣誓就职了。

看来这些都像是演戏，像仪式，活灵活现。这和美国的竞选总统不大相同。尧、舜和华盛顿、林肯毕竟不一样。不同的还不仅是时代吧？禅让的传说好像是中国独有的。

一九八九年

谈《西伯戡黎》

周文王姬昌是个神化了的人物。传说他曾被殷朝末代皇帝纣王拘禁，在被囚期间将伏羲的八卦扩大编为六十四卦成为周朝的卜筮官书《周易》，所以他是算"文王卦"的祖师爷。汉朝司马迁却说，他"演周易"是因为被拘留而"发愤"即生气发牢骚，是倒霉的著作。唐朝韩愈作诗"代圣人立言"，替他编了一句台词流传千载："臣罪当诛兮天王圣明。"他成为头号忠臣。曹操另有看法。据说有人劝他当皇帝，他说：我当周文王。这句话的意思是自己不当，让给儿子去当。曹操是周文王，曹丕成为得天下的周武王。可是两人的谥号颠倒了。曹操称为魏武帝，曹丕是魏文帝。总之，一文一武，自从孔子提倡"文武之道"以来，他们二位王爷就是圣人。可是照前面所说，对于圣人的传说和看法有种种不同，大概到唐朝以后才统一认识。

《尚书》即《书经》是很古的书。其中有一短篇《西伯戡黎》才一百二十四字。这是较古的"今文尚书"，口传下来用汉朝通行隶书记录的，不是后出的"古文尚书"。尽管是经书，大家背诵，却很少有人讲述引证这一篇。古人读书是有选择性的。我偶然翻开书一看，觉得这像一篇古散文小品，不妨闲谈几句。

这里讲的是周文王还在殷纣王之下封为"西伯"主管陕西一带时的事。他起兵把邻近的黎国吞并了。黎国在山西，离河南的殷朝都城朝歌已经不到一千里路了。殷朝有个臣子祖伊害怕了，赶忙跑去报告王爷。(西伯既戡黎。祖伊恐，奔告于王。)全篇是祖伊的报告和纣王的批答，以及祖伊的事后总结。照《韩非子》的说法，文王占领了三个小国，"而纣恶之"。说殷纣王爷很生气，和这篇大不一样。那是说文王并了另外三国，不是黎国，大概是不同时期的事。周的疆土是逐步扩大的。《史记》也有记载。

祖伊说得很利害，是提出严重警告。他首先就说，老天爷已经终止我们殷朝的命了。占卜人和大乌龟都不敢说吉利的话了。接着说，也不是祖宗不保佑子孙，是王爷你自己瞎胡闹"自绝"，所以天老爷抛弃我们，吃不到安稳饭了。(惟王淫戏用自绝，故天弃我，不有康食。)接下去说的更严重：现在老百姓没有不愿意你王爷朝廷丧亡的，说，天老爷怎么还不发威呀！(今我民罔不欲丧，曰，天曷不降威！)天，祖先，老百姓都抛弃你了。现在王爷你怎么办呢？(今王其如台？)纣王的回答只有一句："啊呀！我难道不是有'天命'的吗？"(王曰：呜呼！我生不有命在天？)这就是说，我"有命在天"，谁能把我怎么样？祖伊回去了，说：殷朝就要亡了。瞧你的所作所为，难道不会毁了你的国家吗？(殷之即丧。指乃功，不无戮于尔邦？)这一篇一百来字的小文把祖伊的远见和纣王的骄傲用对话表现出来了。这里的周文王很像曹操。

现在重复翻印古书之风大盛。这并不能证明阅读古书的人多了。标点和翻译也未必能有多大帮助。还是讲解谈论有点趣味。有些不是名篇，但文章生动，有意思。这篇用极少的字刻画出三个人和一件大事，竹简刻字是不能啰嗦的。我随手写下这些闲谈，已超过一千字，是原文的十倍了。

一九九一年

兵马俑作战

秦始皇墓出现兵马俑的文化意义说不定要到几年以后的下一个世纪才会一步步展现出来。现在除专家外一般人不过认为是用修补"还原"的古董吸引游客，和新修的长城差不多。这些威武雄壮的战士带着战车战马排成阵形摆出准备作战的姿态，当年自然是以活人为"模特儿"的。那时活人是怎么作战的？古代兵法都着重战略而不详写战术。好像直到戚继光的《纪效新书》才描绘"中平枪"之类的实用战术。幸而我们还有一部最古的政府档案集《尚书》。这书中年代最晚的是《秦誓》，可见编成书时秦已经或者将要统一天下，别的国都不在话下。以殷墟出土的甲骨文献为凭证和标志，《书》中从《盘庚》（"盘庚迁于殷"）那篇往前更古的文献多年是追记甚至拟作。只有周代的可能保存了一些真的档案。汉代流传的《今文尚书》二十九篇文告中的几篇作战命令虽不会是当场记录，也不会是凭空幻想。名为夏商周初年，实际是秦国兴起的初即东周。这样的临阵动员令，几十年前我在一本法文的《拿破仑远征埃及记》中见到。那是拿破仑的演说，很短，主要去争取更大光荣之类的话。我看那不比在他以前两千多年的中国统帅的临阵演说高明多少。当然古今中外不能相提并论。拿破仑打胜仗靠的是炮兵追击战术。兵马俑还是用马用车用人摆阵图拉架势。从前读恺撒的拉丁文的《高卢战纪》时见到他描述过"方阵"战术和兵马俑的排列类似。在冷兵器和短兵器的时代，这种不断整队的方阵好像人体组成的坦克，一定是很利害的。秦朝不是亡于战场，是亡于阵内出了陈胜、吴广，自己杀了大将蒙恬和丞相李斯，又重用宦官赵高。当然，在洲际导弹从天而降的现代谈这种打法未免落后。不过既然有人欣赏兵马俑，又何妨谈谈两三千年前的兵马阵战术和统帅号令？这样的文告，《尚书》中称为"誓"。《汤誓》等另外各有意义，不谈。谈的是周武王姬发打殷纣王的最后决战动员令《牧誓》和据说是夏朝大禹的儿子启打有扈氏族的动员令《甘誓》。依照原文讲，不是翻译，也不是改写，仿佛是译制片中的配音，让外国人讲中国话，古时人讲现代话。为证明我并未"离谱"，有些句子附注原文。文体成了电视剧，不是我改编，是依照原文越看越像现代化戏。

　　画外音或字幕：周武王姬发率领战车三百辆、勇士三百人（或照《孟子》说是三千人），和殷商王受（纣）在牧野作战。

　　甲子这一天，天刚刚亮，王爷到了商的首都朝歌的郊外叫做牧野的地方，发出作战命令。

　　王爷左手拿着象征权威的黄色大斧，右手举着白色的旄旗指挥全军。

　　王爷说：西方的人啊，你们辛苦了！

　　王爷说：啊哈！我的各友邦的冢君、御车、司徒、司马、司空、亚旅、师氏、千夫长、百夫长、还有庸、蜀、羌、髳、微、卢、彭、濮人，举起你们的戈，排好你们的干（盾），竖起你们的矛，我要发命令了。

　　王爷说：古时人说过，母鸡不能天亮打鸣。若是母鸡天亮打鸣,那一家就要完了。(王曰:古人有言曰:牝鸡无晨,牝鸡之晨,惟家之索。)

现在商王受只听从妇女的话,放弃了大祭祀不举行,放弃了祖辈的本家兄弟不用,反而专对四方犯罪逃来的人尊敬、扶持、信赖、重用,任做大夫、卿、士,去对百姓施暴虐,在商都大做坏事。(令商王受唯妇言是用,昏弃厥肆祀弗答,昏弃厥遗王父母不迪。乃惟四方之多罪逋逃是崇,是长,是信,是使,是以为大夫、卿、士,俾暴虐于百姓,以奸宄于商邑。)

现在我姬发恭恭敬敬服从并且执行上天的惩罚。(今予发惟恭行天之罚。)

今天大战,不超过六步、七步就要停下来看齐整队。大家,努力啊!不超过击刺四次、五次、六次、七次,就要停下来看齐整队。努力啊,大家!(今日之事,不愆于六步、七步,乃止齐焉。夫子勖哉!不愆于四伐、五伐、六伐、七伐,乃止齐焉。勖哉夫子!)

你们要威武雄壮,像老虎,像貔,像熊,像罴,在这商国首都的郊外。(尚桓桓如虎,如貔,如熊,如罴,于商郊。)

不迎战而能逃跑的可以到西方去做劳役。努力啊,大家!(弗迓,克奔,以役西土。勖哉夫子!)

你们若不努力,那就要自身受刑罚了。(尔所弗勖,其于尔躬有戮。)

为省篇幅,《甘誓》一篇只引号令本身如下:

左边的不好好在左边努力,你们就是不听从命令。右边的不好好在右边努力,你们就是不听从命令。驾马车的不正确指挥马,你们就是不听从命令。(左不攻于左,汝不恭命。右不攻于右,汝不恭命。御非其马之正,汝不恭命。)

服从命令的在祖宗牌位前面受奖。不服从命令的在社庙牌位前面杀掉。我要连你们的妻和子全家大小都杀掉。(用命,赏于祖。弗用命,戮于社。予则孥戮汝。)

假如兵马俑活了,是不是这样作战?和现代战争比,除武器外,有什么不一样?是人作战还是武器作战?

(一九九三年)

《春秋》数学·线性思维

近年来常见人用"反思"一词，不是哲学术语，是一般用语。可是怎么"反思"？恐怕先要问：怎么思？

《礼记·中庸》篇为朱熹收入《四书》，其中说到："博学之，审问之，慎思之，明辨之，笃行之。"若不管这些词的内在含义，只就学、问、思、辨、行五字看，正好是一道思维程序。加上的条件是博、审、慎、明、笃，也不难懂。

《瑜伽师地论·本地分》（玄奘译）开头排列总纲时说到："闻、思、修所立，如是具三乘。"以后有闻所成地，思所成地，修所成地三章加以说明。"三乘"即声闻乘、独觉乘、无上乘。这也就是说，闻所成慧、思所成慧、修所成慧。佛教法相宗的这种说法也是列举闻、思、修，并且排了一个和《中庸》的学、问、思、辨、行同样的思维程序。问是提问题，结果自然是闻，所以印度的闻、思、修和中国的问、思、行是同一过程。当然，双方用词的内含意义和具体内容是不同的。也许是因为用词相似，所以玄奘译成一样，只有修、行二字双方各用一个。

用现在的话说，学、问是从外界得来信息。思、辨是内在思考。修、行是付诸行动，再回到外界去，传出信息。思不孤立，有来源，有去路。无知无识如何思？那只好跟着感觉走，一冲动就骂人，有人指到哪里就跟着打到哪里了。然而也不能说那样就没有思，只能说是一种特殊的思。印度哲学把从得到信息到指导行动的思考称为"量"。有位菩萨陈那（约在五世纪）只承认两种"量"。一是现量，是从感觉来的。二是比量，是从推理来的。此外还有别的"量"。如：圣言量，以"子曰"或《圣经》或什么大师语录为真理来源，普遍应用，不容置疑。又有譬喻量，依据类推，以比喻为证明。这些都被陈那否定了。

近代以来世界上常得到承认的思维程序是：由感觉而来的观察、实验，由推理而来的代数式思考和几何式证明，由此而生的预测以及实际行动中（外界的，自己的）检验。这样的思维程序也就是：传进信息，化为符号作数字演算，再化为信息传出。不过这还只是初步描述，未经分析。例如语言、文字、声音、图像、符号、暗示所构成的"外界"，或简单说是巴甫洛夫第二信号系统，就尚未分析出来。

所谓科学研究的知、思、行程序也是这样：观察，数学思考，检验预测。三者必须完全而关键在于如何思考。这是中间环节。前后两节历来受到注意研究（知识、行为）。这一节却没有那么发展，似乎只有数学和逻辑学。科学的思考（不限于自然科学和技术科学）是数学式的。笛卡儿生于中国明末清初的十七世纪，发明了解析几何，使图形与代码互相转化，开辟了一般用语言思维所不能达到又不易说出的思维境界，创造了逻辑推导中的图形符号语言。这是近代世界上科学和哲学相通的开端，从此一直发展下来。

怎么思？以上说的思是数学的或说是逻辑的。事实上这只是正规的，偏于理想的，少数受过训练的人才会用的。绝大多数人的思维是非数学式的。假如用数学式表达，可能比拓扑学和模糊数学还要难懂。若不用数学式表达，那就是大家日常应用而不知不觉地成为习惯的。就我们中国人熟悉的说，思维往往是线性的，达不到平面，知道线外还有点和线也置之不顾。只愿有一，不喜有二，好同恶异。公元前四世纪（战国时）欧几里得在非洲亚历山大城用希腊语编著第一本"几何"（译音）学的书，其中有一条平行线定理没有证明。十九世纪有人便放弃这条定理，建立了两种非欧几何。我们常用的线性思维又是另外一种，另有定理。原有的一条是，线外的任何点上不能有线与之平行。还有一条是，平行线相合或相交。我们的和非欧几里得的双曲线几何、椭圆几何都有所不同。例如名人阿Q君的名言："儿子打老子。"闲人打阿Q和儿子打老子本是两条平行线，互不相干，但是照Q兄的线性思维非数学公式就可以互换，合二而一，于是平行线相合了。二又不过是一分为二，归根结蒂还是独一无二。这种思维中的线实际上是单一线。线外一点上说是有线好像彼此平行，不过是虚设，真正心中承认的只有一条直线。所以不同能化为同，坏事可以当做好事，灾难能够显出辉煌，说是两条腿走路，往往不过是单足跳跃。所以天理、人欲，正派、邪说，左、右，前、后，说是两点，实际只有一点。从来不容两线平行，承认的是一个否定另一个，一实一虚，一真一假，有此无彼，非全宁无，所谓"你死我活"是也。太极生两仪，再生四象、八卦，千变万化不离其宗，万法归一。孔子说："吾道一以贯之。"平行线不是两条或多条而是只有一条单行线。这条线是有定向的。一方为正号，是我。一方为负号，是反对我的，异己的。我是对的，所以对的都是我的。反我的是错的，所以错的都不是我的。方向性中有大学问。有时仿佛传说中的神仙张果老倒骑驴。眼见路旁树木房屋在前进而自己在后退，便拼命要拉驴子转过来倒退而前进，其实只要自己转过身来就一切都顺当了。然而不然，线性思维是不转身的，往往以退为进，不知进退。也只有神仙张果老才能发明这种表现线性思维的简明图像。有向线段又有时自认为可以逆转。不怕错，从头再来，好像时间中万事都可以逆转，时光可以倒流。有经验，处处用。没经验，向前闯。既然认为可以回头重来，那就"大胆往前走"，"潇洒走一回"。单打一，单科突进，一马当先，万马奔腾一条线。不承认线外有任何一点上可以有线和自己的线平行，决不左顾右盼。

线性思维常将时间当作一条线贯串一切。这一点，印度人望尘莫及。他们认为时间像一把大镰刀，砍去一切。时间消灭一切，从有转无，所以无始。时间又像圆圈，处处可以是始，也可以是终。尽管像轮子回旋不息，但无始也可以有终，消灭了就是终。因此古时印度人的记录历史是一篇糊涂账。用非线性思维（是不是球性思维？）以为很明白。用线性思维以为很混乱。古印度人没有严格意义的历史书。中国古人坚持线性思维，其辉煌成就便是大量的年代史。

线由点组成，点定位于线。自从殷商甲骨文献定干支以来，年月日时排列给天时人事定位久已成为习惯。《春秋》是第一部传下来的依年月纪事书。太史公司马迁的《史记》中十《表》是一大创造。《十二诸侯年表》《六国表》《秦楚之际月表》，是世界上古代史书中绝无仅有的。以后是一部又一部《通鉴》，编年记事，直到清亡才断绝了，出现了报纸和"大事记"。从"共和元年"（公元前八四一年庚申）一年一年记史事不断到报纸出现时，这样的文献，除中国的汉文字的以外，恐怕世界上再也没有了。不仅国家大事，一个人也有年谱。不仅后人订，还有"自订年谱"。这习惯至今未绝。日记是又一成就。人人写日记成为习惯。不仅是写给自己看，还有为发表别别人看而写的，或有意，或无意，成为著作。名家的，普通人的，公开的，私自的，至少从宋代以来就有流传至今的，千年不断。儿童学作文往往从记日记开始。种种日记越来越多。无人提倡，也无法禁止。只在日记成为"变天账"罪证以后才可能绝灭了。编年史、年表、年谱、日记，这一类年月日记事是线性思维的成果，也加强了这种思维习惯。我们中国人的这种习惯在世界各国中是很有特色的。日记虽亡，思维线路还亡不了那么快。力量再大也无法决定人心里怎么想，封不住人的思路。

不妨试探讨一下这种线性思维数学。方便的是依据文献。文献中又是《春秋》（不算三《传》，仅指《传》中之《经》以及相对等的《史记·十二诸侯年表》最早，最简。（不算已佚的《竹书纪年》。）其中实在有不少文章可做。古来人做的是给古时人看的。今人又可以有今人的说法和看法。若不跟随古人在一条线上走，何不来尝试尝试？

（一九九三年）

《春秋》符号

《春秋》是一部什么书？

公元前二世纪汉景帝时朝廷立《诗》《春秋》"博士"。从这时起《春秋》便成为官学的专业课本。解释《春秋》的《公羊传》在先，《榖梁传》在后，成为官定讲义。所谓《春秋》经文实际上是在两部《传》里的，没有留下独立的《经》。西汉末年传出古文字的《左传》由刘歆校订出来。西晋杜预编订《春秋左传》分列《经》《传》。三《传》的《经》并不完全一致。《汉书·艺文志》所记《春秋古经》下注"公羊、榖梁二家"。东汉熹平时刻的石经只余残石。晚唐、北宋才有人直求本经，还是抛弃不了《传》。直到今天，约两千年，没有人能说出在公羊高所传本文之前，鲁国史书《春秋》(不论孔子修订过没有)是什么样子。现在讲《春秋》只能是西汉初由口传写定的《传》中的《经》。除非从战国时代的古墓中发现竹简，谁也见不到《春秋》的完整本来面目。春秋时政府有史官记朝廷大事，周王及各国都有。独有鲁国的一条一条竹简归了孔子一派的儒生(知书识字的人)，又一代一代传了下来。秦始皇焚书，各国史书都烧了，偏偏他所最不喜欢的"颂古非今"的鲁国儒生没绝后。人坑了，书没全焚掉，真是奇事。论述《春秋》最早的除《传》外只有《孟子》和《史记》。《孟子》传自战国，后汉才有赵岐注，写定大约在前汉时。司马迁作《史记》时用《春秋》经传资料及其他书编了《十二诸侯年表》，好像是《春秋》的提要。一《经》一《表》现在就是《春秋》的文本，都是分年序列。大概《经》是简书，一条一条。《表》是帛书，一卷一卷。

从《春秋》文本和两千多年的种种解说看来，我们可以说，《春秋》本是新闻纪事档案，成书后便已成为中国人的一部符号手册，和《易经》的卦爻辞同类。两千多年来中国人的思想"传统"（从古至今传下未断的统）来源在文献中有很大一部分在这两个文本及其解说之中。另有一部分见于《诗》《书》。此外大都是比这些较晚的文献遗留，当然甲骨金文不在其内。不论原本原义，对这些文本的符号解说的历史表示了中国人思想史的一个重要部分。《易》乾卦开头是"乾、元、亨、利、贞"。五个字都有可供各种解说的意义，以后许多卦中也屡次出现。《春秋》开头是"元年、春、王正月"。六个字也都有可供索取的意义。《易》是卜卦之书。《春秋》是经世之书。一通宇宙，一通天下，又俱可为立身之用。历代贤豪的解说都挂原书牌号发挥自己当时当世的思想意见。对原来文本说，都"伪"。对解说者的时世说，都"真"。以古说今，千篇一律，符号之妙就在于此。

现存最早的对《春秋》符号的总解说见于《公羊传》和《孟子》，两家几乎一样。

《孟子·滕文公》总结为一句话：

《春秋》，天子之事也。

《孟子·离娄》之说《春秋》和晋国及楚国的史书是"一也"。又说：

> 其事则齐桓、晋文，其文则史。孔子曰：其义则丘窃取之矣。

《公羊传》在昭公十二年下说：

> 子曰：春秋之信史也，其序则齐桓、晋文，其会则主会者为之也，其辞则丘有罪焉耳。

两书未必互相抄袭，有共同传说来源的可能性更大些。值得注意的是第一次分析出了书中内容分几项。史、序、会、辞和事、史、文、义。这是把辞和义，史和事分析开了。这恰恰是一种对符号的看法，由此指彼。把辞和义加在孔夫子名下也是取一种符号意义，挂上一块金字招牌。从此《春秋》和《易经》一样成为取之不尽用之不竭可作种种解说的符号大全了。论述诸侯本是史官在天子符号下做的。所以是"天子之事"。孔子没有天子招牌而行天子之事，没有名义符号，所以是"有罪""窃取"了。因此，孟子又用孔子的嘴说："知我者其惟《春秋》乎？罪我者其惟《春秋》乎？"（《滕文公》）大有含义。

不仅内容和文辞，便是年数也可以有符号意义。《春秋》记二百四十二年。《史记·十二诸侯年表》加了年数。从封侯前后算起，是"共和元年"庚申（前841），在平王东迁（前770）以前七十年，在《春秋》开始的鲁隐公元年（前722）以前一百二十年，而终于周敬王四十三年（前477）甲子，即孔子卒后两年，总共恰恰是三百六十五年，合于一年四季的天数，也就是《书·尧典》说的"期（太阳年）三百有六旬有六日，以闰月定四时成岁（阴阳合历年）"。《史记》表列年数就是与一年（四时年，太阳年）的日数（三百六十五日多）相合，表示这是"天数"。这是秦汉方士与儒生相结合时所熟悉而惯用的手法，以后也有传承，看古书时常会见到。

再看《孟子》第一篇《梁惠王》，其中说到齐宣王问："齐桓、晋文之事可得闻乎？"孟子说："仲尼（孔子）之徒无道桓文之事者，是以后世无传焉。臣未之闻也。"这不明明是和他自己不止一次讲《春秋》桓、文的话不合吗？紧接着第二篇《公孙丑》一开篇就讲管仲。这不是齐桓公的宰相吗？这一篇中又讲齐桓相管仲"不劳而霸"。到《告子》篇又大论五霸，说"五霸，桓公为盛"，还具体说到葵丘之会的盟约五条。《论语》中也有孔子赞管仲，赞齐桓"九合诸侯""一匡天下"的话（《宪问》）。孟子不知道吗？当然可以解释说，这是不同弟子所记，传了几代，有增减，而且答齐宣王时为了要讲"王道"，所以不谈"霸道"，以及齐鲁所传有别，等等。可是为什么"五霸"只讲桓、文，而说的事中又有桓无文？以桓为"霸"的代表也就是以桓为符号。所以孟子是以人（齐桓公）和事（桓文之事）为符号说明《春秋》是"天子之事"，由此发挥自己尊"王"道抑"霸"道的政见的。孟子是把《春秋》作为符号书的。庄子以"寓言"作符号而暗示。孟子以真人真事为符号而明言。两位大师的思想路数一样，都属于中国人以符号推演的非数学的特殊数学思维的传统。

不妨再看看公羊的《传》和司马的《表》怎么阐释《春秋》。《穀梁》可算齐国公羊的鲁国分支。《左传》晚出，内容须经过层次分析。

现在不考古代经解，何妨作今天的符号解说？先试提几个问题：秦汉之际史官怎样看当时的天下大势？桓、文有什么大事？现在可以从里面看出什么古人没说明而现代可解说的意义？为什么晋文流亡十九年在位只九年竟能和在位四十三年的齐桓并列？他有什么伟大业绩？其中有什么现代可看出的意义？五霸中还有三霸，而且吴、越也是霸，实为七霸，何以不提？"霸"是不是开国际结盟大会当主席而且动不动就发兵打别国干涉内政？这几个问题能不能有相连贯的解答？

区区小文只当闲谈，不能也不必旁征博引劳神伤力去回答问题。不过近来想到这些，不免觉得多少年多少人费力去演算论证的大多是真、伪，正、误，是、非，善、恶之类解经说史问题，是古人为古人而作。现代人可不可以提出现代的问题，问一问现代人才会注意的问题？这样，既不是跟着古人跑为古人服务，也不是要古人跟我们跑为现代服务，也不是显工力，露才华，只是对某一点或方面提问题，试作少许现代的探索和认识，也就是对古代符号作一番现代解说。前面提出的问题不过是继续中国人的传统思路，以《春秋》为符号书，再探索一次所记符号的意义。自己回答是办不到的。问题依然太大，太麻烦，还得分析，引证，若是作新《东莱博议》似乎不必。以下谈点闲话，起个话头，只算是"入话"而已。土里土气，更说不上引什么 etic, emic, ethos, eidos 等等已不算新鲜的洋玩意儿来壮胆了。

话说周平王为西戎所逼东迁洛阳之时（前八世纪），现在中国版图内已经明显形成几大文化"场"，也就是说，同种族以及不同种族的人有共同生活思想习惯及生产与文化知识技能而聚居的大片小片地区。首先是中原或黄河流域文化，或说殷周文化，有通行语言（雅言）及文字和较高的生产生活水平。周围其他族文化比不上中原,因而不能不时常来抢劫,还利用各种机会移进来定居,也不能不学习中原的优越的文化通行语和文字,同时也把自己的风俗习惯和骑射等特长带进来。东边山东半岛的沿海地区本有夷人,现已在殷商占领下化为齐国领域。东夷此时只是指徐、淮以至东南的吴、越。至于南蛮、西戎、北狄各是统称。他们不止是一族,各自有文化,但缺少统一语言和文字,这只有向中原学习。物质文化可以边学习边发展。精神文化必然是随语言文字渗入。因此,见于文字的文化记录便不能不以中原为主。实际上人早已混杂了。从周武王伐殷纣起就不纯了。秦本是周的挡箭牌,在霸西戎以后成了大敌人。晋与北狄交往频繁,晋文公重耳的母亲就不是同族。他一逃难就去狄人处。周游列国时还到处结婚又抛弃(名言是:"待我二十五年而后嫁"),也不合中原文化习惯,楚更是将长江流域的人及文化联合起来而大发展。开头是周封楚以镇南蛮,结果是楚强大后成为大患,"问鼎"中原。吴、越起于东南。吴季札到中原来聘问时吴已有相当高的文化,引泰伯当祖先。齐人孙武和楚人伍子胥都曾帮助吴胜楚又胜越。随后楚人文种、范蠡又助越灭吴。终于吴、越都并入楚国。战国末期楚国都城从原在长江中游的郢一直向东搬到淮河边上的寿春。中国成为西北秦与东南楚争霸的局面。"合纵""连横"即两大阵营对抗的表演。《史记》列年表是从三代、十二诸侯、六国到秦楚之际,然后是汉兴以来的新诸侯和功臣年表。《三代世表》序中特别提到"孔子因史文次《春秋》纪元年正时日月"。这一种着重纪年月四时次序排列人事的线性思路不仅贯串中原文化而且通于楚文化。如《离骚》一开头便说祖先谱系和自己生年。在这样的时间线中每一人一事都可以当作符号而含有意义。当时的大势在《春秋》本经及三《传》和《论语》《孟子》《史记》中都有认识而各有不同，尽管这些书都是以鲁国为坐标，以孔子为招牌而排定其他作出解说，而且都是在前汉写成定本的。

只以齐桓、晋文作为两个符号一看，这几家就各有不同。把三《传》中引的《春秋》本经中有关记录一看，不见有什么对这两位特别看重。《孟子》举这两个符号来概括全书主要是伸张自己的王、霸理论，宣传仁政（非暴力）胜过甲兵（武力）。这和《论语》中孔子称赞齐桓的攘夷狄抵御外患不一样。《论语》中感谢管仲使大家免于"披发左衽"，大有明末遗老怕剃长发留辫子而清末遗老怕剪辫子留短发的风味。齐桓之盛在于葵丘之会（僖公九年）。《孟子》还特别提出会上盟约五条（《告子》）。然而《公羊》并未称赞此会。《穀梁》记了盟约五条，和《孟子》不同。《左氏》只说盟会后要"言归于好"。《年表》中记的是开会时周天子赐肉命齐桓"无拜"，好比赏个勋章。还有件重要的事是齐率诸侯与楚盟（僖公四年），算是南北议和。楚人毫不屈服。著名的齐楚"风马牛不相及"的话由此传下来。《左氏》描写生动，但没有站在齐一边。《公羊》不叙事而论定齐桓"救中国而攘夷狄"。《穀梁》只简要论述会盟。《年表》只记事。《春秋》经文中没显出重点。在这几部书中齐桓公小白并不能代表《春秋》，没有赫赫功勋，不过是召开国际大会自任主席。西戎的秦和蛮夷的楚日益壮大。混杂狄人的晋即将伐齐。齐桓除表面尊王外也不能代表中原文化，实在是声名超过实际，不过是个"霸"的符号。他初即位就攻鲁报仇，长勺一战反被鲁国曹沫打败了（《齐世家》未说）。他的大业乃在于不记仇而用了管仲治国达到富强，有了相当高的国际地位，比天子还神气，却没有称王篡位。若没有这位能干的相爷替他办事，弥缝纰漏，他早就被许多"内宠"和三个小人易牙、竖刁、开方谋害了。说他"尊王，攘夷"，"兴灭，继绝"，不过是画成符号，树为大旗，转眼便烟消火灭，只剩名字。

《年表》中"僖十六年"有一条是三《传》所无："重耳（晋文）闻管仲死，去翟（狄），之齐。"管仲一死，他离开狄人跑到齐国想干什么？为什么管仲不死他不去？大有文章。（看《晋世家》）由此再看晋文。这是个复杂环境中的复杂人物，一生是一部长篇小说（《东周列国志》写的远远不够）。他在外流亡十九年，在狄人处住了很久。齐、楚、秦都到过。在楚几乎被害。最后是秦国派兵送他回国即位。中原小国对他不礼遇，可见他不仅出身不纯正而且相当异族化，所以在齐国一享受就不想走了。他在位九年的最大业绩是城濮之战打败了楚国（僖二十八年）。《经》直述其事。《公》《穀》都简略。只有《左》大书特书写成著名大战之一。《孟子》吹捧他而一句实事没有，可见他也是个符号。人和事是重要的，桓、文也了不起，但并不像符号所指那么单纯而高大。晋文的重要意义恐怕是在齐将衰而秦楚强盛时以一个并非纯正中原文化的人来作为捍卫中原文化的旗帜。所以他一直和齐桓并列而说不出或不便说出其中缘故。他助过周天子，但并不真尊王。

《左氏》在"僖二十二年"下记了可能是事后的预言，说辛有见披发于伊川，知百年而为戎，"其礼先亡矣"。中原文化（礼）的异族化和异族文化的中原化是东周时期令有识者焦心的大事。自从武王在孟津聚诸侯各族人（《书·牧誓》列了八个，称为"西方之人"）征服殷商以来，就是这个边境和移民问题越闹越大。知书识字，记各国史事，因而对文化感受特深的史官之所以"尊王"，是主张以周为首联合防止异化，即"攘夷"。无奈中原文化的代表者，周的后代鲁国仅有一群书呆子，武士曹沫很少。殷的后人宋襄公更加迂腐守旧，勉强算做五霸之一，代表中原当大会主席，实在不称其位。司马迁在《年表》序中只说了四个强国，齐、晋、秦、楚。说在周初封时都"微甚",后来"晋阻三河,齐负东海,楚介江淮,秦因雍州之固,四国迭兴,更为伯(霸)主"。这仿佛是地缘政治学观点,四国刚好在东西南北四方。齐、晋多少还属中原文化。秦、楚就说不得。后来吴、越并入楚,田齐衰而晋分裂,从此一直是秦和楚,西北和东南,争霸之局。南北对峙,华夷互相渗透。从汉朝(混合文化)经过"五胡乱华"及"五代十国",直到元、明、清三朝才由蒙族、汉族、满族轮流坐庄达成一统。但问题并未解决,最后反而加上了海外来的史无前例的更大的文化冲突。汉兴时司马迁在《六国表》序中说,"或曰:东方,物所始生(东配春)。西方,物之成熟(西配秋)。夫作事者必于东南,收功实者常于西北。"他又在《秦楚之际月表》序中说,秦始皇废裂土封侯制度,又"堕坏名城,销锋镝,锄豪杰,维万世之安。然王迹之兴起于闾巷,合从(纵)讨伐轶于三代,乡(以前)秦之禁适足以资贤者为驱除难耳"。这就是说,秦始皇搬起石头砸了自己的脚,适与愿望相反,老百姓造反时一切防范措施不过是为他们扫除障碍罢了。所以有见识的前汉徐乐上书说:"天下之患在于土崩,不在瓦解,古今一也。"(《汉书》本传)从刘、项兴兵到洪秀全挖空满清朝廷都是历史的无数次表面重复。外国也不免。拜占庭帝国和奥斯曼帝国遗留下的问题至今仍在。不仅古今,而且中外,"一也"。所以桓、文虽很快就失去符号效应,而《春秋》作为符号书一直应用到清末康有为,以至辜鸿铭,甚至日本明治维新时还提出"尊王攘幕"(幕府即诸侯),这难道是偶然的吗?

(一九九三年)

重读"崤之战"

海湾战争过去了。我忽然想起翻阅《左传》,看看春秋时的大战。翻出来的是秦晋崤之战。

春秋五霸的第二名晋文公刚死,还未葬,第三名秦穆公认为时机已到,立即发动战争。打了几次,断续经过五年,终于崤山一战胜晋,成了霸业。这是春秋时一次关键性战争,不仅包括了郑国、滑国和戎人、狄人,还含有商人弦高"犒师"的生动插曲,年幼的王孙满从秦军的纪律和礼貌预测胜败的言论,真是信息丰富的音像带。

这次战争好像是一部电视连续剧。前有序曲,后有尾声,中间至少可分三集。打了三次仗,秦胜了最后一次,以一比二获胜。这和下三番棋不同,不是三场两胜,是"谁笑到最后,谁笑得最好"。几百年后秦的最终结果是大家都知道的。

这一件历史事实不但见于《春秋》三《传》,而且《东周列国志》小说里也有。这是很有名的历史故事,也是好文章,有不少精彩镜头和对话。我现在旧书新读,谈点感想。

记得小时候看到过古文家兼翻译家林琴南(纾)老先生评选的《左孟庄骚精华录》,其中选了这次大战序曲的《蹇叔哭师

(军)》一节。这在三《传》中都有。他选的是《左传》的。《古文观止》选的也是这一篇。秦穆公不顾老臣蹇叔的反对,发动战争。蹇叔在他发兵时去军前哭军中的儿子,还预言战争必在崤山函谷一带,秦兵必败。这等于公开对敌人供给情报还出谋画策,实际上同时也是揭露敌人的可能战略部署,对本国提出战略建议,要求警惕敌人,可惜未得重视。文章结句是"秦师遂东"。林老先生评曰:"东字响极。"我当时还是小孩子,不大明白。从陕西打河南山西当然是向东。倘若是晋国出兵攻秦,向西打,西字就没东字响了,那怎么办?这显然是小孩子和老先生对文章信息的解说不同,观点有异:一论文章,一讲事实。

现在老了,又翻阅记载,发现事情发展到末尾,三《传》不同。《公羊传》、《穀梁传》都只有一句《春秋》经文:"秦人伐晋。"唯有《左传》说到秦胜,"遂霸西戎",还评论秦穆公能"知人"。显然《左传》的作者对后来秦国称霸,甚至秦始皇统一天下,都心中有数,也许是预测,或者是见到较晚的形势。《公羊》《穀梁》两家未必没有预测到或则见到形势发展,可能只是不肯说,对战局不满意,有意把结局忽略过去,若无其事。秦穆公先败后胜,对胜败,对臣下,不论是反对他的或是打败仗的,都处理得很好,有高效率。他对蹇叔哭师只是咒骂了几句,没有处罚,后来还作自我批评,并发挥人才理论。这篇文告收入《尚书》,作为最后一篇,题为《秦誓》。其中有一段还被引入《礼记》的《大学》篇。这篇后来独立成书为《四书》之一。秦国这一段经典曾千百年传诵不衰,由此可见,古人对历史信息的处理和解说以至于判断和记录是各有各的道理的,不是随便闲谈像我这样的。

重看这本书中的连续剧比小时候看不大一样了,也悟出林琴南老夫子当年点出"东"字的"文心"。他是破译密码解说信息指导作文的。开卷忽有点滴新知,便写下这些闲话。

一九九一年

古书试新读

以"国学"或"传统文化"命名的刊物和丛书已出不止一种,可见整理古籍不仅是校点、翻译、重复印书,还有不少研究。传统文化引人注意,其研究恐怕也可以现代化。照中国和外国的传统方式研究古书当然不错,可是通连古今中外自出新裁作些尝试也未可厚非吧?语言文字是思想的载体,信息交流的中介,这已经是常识说法了。思想是流动的,不是凝固的,仿佛软件,又有变换程序,那么,由这种流程即思维线路或简称思路而探索其模式也可以试试吧?高才硕学者成就已宏,未必肯轻易损伤令誉,浅陋者才敢冒昧作难获成功的尝试。不妨我来一例。

《老子》开篇"道可道"一章总共只有五十九个字,重复字有道、名、无、有、常、欲、观、同、玄、妙十个,虚词之、以、其、非还不算。这些重复字是不是处处意义一样?为什么要重复谈?解古文字和解密码都常用频率比较。讲字义也可以比较重复字。韩愈的《原道》说老子,"其所谓道,道其所道,非吾所谓道也"。连用四个道字。对比一下,韩愈说的其实就是老子的话。不仅句法一样,意思也一样。老子本来说他的道和另一种道不一样。韩愈说的是他的道和老子的道不一样。"道不同,不相为谋"。(《论语》)这还争论什么？彼此彼此，各自立场不同而已。不过，词同而语言不同。口头语不同于书面通行语。书面语又随时代由简而繁。韩愈生在唐朝，比老子晚了一千年以上，有纸笔可以滔滔不绝写出文章，所以能发挥，说明他的道包括仁义，老子的道是在仁义以外。他是否能代表老子，这且不论，但可确定是他自己的看法。仁和义和道一样不确切，还是不明白。《老子》那一章不知是写在简帛上还是刻在竹片上，甚至开头只是口头传授像咒语一样，都不可能长篇大论。写的刻的字总是籀文大篆，更不能多。所以用字一定要省而又省，慎之又慎，只留下五十九个字。其中又重复十个以上，可见是非重复不可，决不是啰嗦，所以这些字就值得注意了。韩愈攻击老子，语言有发展而思路仍继承，可见传统不易变。这是另一问题。

　　词不孤立，必有句。句子排列成文有次序。这些语言符号表达的意思是思想。思想顺序是思路。这同算术列算式相仿。《老子》这一章的思路，思想流程，或说思想语言的逻辑进展顺序，或说"句法"结构，能不能考察一下？可能这就是《老子》所说的"观"。一"观"之下，结构明显。前面六句是三对。三对中的后二句以"故"字连接前面。末三句是单行推进线。全章是两扇门。每门自有顺序安排，很严密。下抄原文为证。

　　　　道可道，非常道。名可名，非常名。

　　这是第一对句，道和名并列。

　　　　无名天地之始，有名万物之母。

第二对句，推进一边，由名延伸，又成一对，有和无并列。另有一对是始和母。

> 故，常无欲以观其妙。常有欲以观其徼。

第三对句，再由有无延伸，又成一对，妙和徼并列。这是由前面两对演绎出来的。重复第一对句常字。
后三句单行总结。

> 此两者同出而异名。

又标出一对，同和异并列。指出所异的是名。

> 同谓之玄。玄之又玄，众妙之门。

由同生玄，玄又生妙。妙非一，是众。天地万物之妙由玄之又玄入门。道、名生有、无，有、无生同、异，同即玄，最玄成为妙。道呢？常呢？不知何处去也。为什么？是不是道不可道，所以只说名；名非常名，所以不说常了？

原文是不断句的，思路是一字一句连串下来的。思路或说逻辑顺序很清楚，但不合乎从亚里士多德传下来的逻辑推演。句句是断语，命题。"故"也不知"何以故"（《金刚经》），推演也没有证明。也不合乎印度的"正理"因明的立"宗"推理。既无因，又无喻。希腊重演说。印度佛教重辩论。中国两者都没有。各讲各的，往往只对门徒讲。讲的话不全传，传下来的是备记忆的纲领、语录。所以三方论著似同而实异。这里一章全文只是符号排列,如同不演算不证明的数学式子。中国逻辑常用语,无论口头笔下,有文无文,常是什么者什么也,或是命令句。文体不同由于说话对象不同。希腊演说和印度辩论的对象是有一定范围的听众。中国诸子书的对象是门徒,或者直接间接"应帝王"。这可说是一个特点。

另一特点是对偶。这一章里,主要的词有对偶。道、名,无、有,始、母,妙、徼,同、异。句子也不离对偶。对偶又归于一,由玄至妙。于是《老子》与《易》卦乾、坤,阴、阳的思路一致。韩愈以仁、义对偶,归结为道。这是承继孟子的仁、义、礼、智。所以他说:"孟子醇乎醇者也。"孔子是以仁、智为对偶,以义、利为对立的,见《论语》所传。于是《论语》中所谓"天下有道","天下无道","道不行"等等的"道",一变于《孟子》,再变于韩愈,从此有了"道统"。南宋偏安,更争"正统"。若无偏,何来正?道、名及无、有并列而各侧重其一,终于以同为玄而达妙。这条思维路线是一种逻辑程序,或说思维模式,思路。中国人历来不论识字读书或是文盲都习惯于这一套。历代上自帝王,下至家主、父亲、丈夫,为主的都会这一套。臣、仆、妻、子,为从的都承认这一套。这一套主从模式中有两要点。一是重名,二是好同。由于重名,所以不管变成什么,名不可变。争正统也是其一。说废除统实亦即争统,换个名字。由于好同,所以恶异。尊一个必须排一个。说求同存异,而异是存不住的,那就不管了。对偶而不并重,有主从;称同而去其异,有尊卑。这是不是传统思路的又一特点?

以上说的只指这一章,不是《老子》全部,只说此一思路,没说各种思路。这也不是研究《老子》,只是举例说明新读法的一种,以见今人读古书可以有和古人及外国人不同的读法,可以由语言及文体窥探思路，而且不妨由古见今，看出"传"下来的"统"，因而对思想"化"入现代有益。这不算是什么学的研究，不过是一种看法，也可说是一种思路。至于探索道、名等词的思想涵义，那当然需要另外的新读法试验了。

（一九九三年）

《论语》"子曰"析

我三岁开始读书识字,读的第一本书是《三字经》,第二本书是《论语》。只是识字断句背诵,不讲也不懂。这是在本世纪初期。现在到了世纪末,再读《论语》,原来自以为可以懂得一多半,哪知现在自己认为能懂的还不到一半。究竟哪些话能算是孔子的,哪些话不能算,也不敢分别轻易断定。大约在一百年前,有人要建立孔教,随后不久就有人喊出"打倒孔家店",到七十年代大规模批孔,八十年代又有人尊孔,真好像是团团转,兜圈子。但是兜圈子不等于原地踏步。我兜了一个大圈子回来再读《论语》,就和以前不同,读出了问题和看法,需要查对和思考。现在知道《论语》这部书不等于孔子这个人。《史记》写孔子及其弟子依据《论语》为主,那只说明他从史官档案和其他材料中能得到的孔子言行不多。讲孔子离不开《论语》,讲《论语》却可以当作一部书,读出的不仅是孔子和儒家学说。从前人讲这部书大多是各取所需,取为我用。解说全书的何晏《集解》代表汉学,重训诂。朱熹《集注》代表宋学,重义理。民国时期(一九二五)姚永朴《论语解注合编》结合汉宋,而以朱注为主并参考后人。现在的许多译注本评论本中有没有适应世界学术新潮而又能自出心裁的，我不知道。我不怕冒昧，想在文本上做一点尝试。先将文本作一种文体解析，粗分为独白、对话、叙述。从独白中最多的"子曰"开始观察探索。

"子曰"，大家都说是"夫子曰"，即"孔子说"。但是书中还有"孔子曰"十一处，"有子曰"四处，"曾子曰"十三处，"子夏曰"九处，"子贡曰"六处，"子游曰"三处，"子张曰"二处，其余才都是"子曰"。这些需要分别对待。不妨先从确定是孔子说的"孔子曰"开始。

我想先只考察文本语言的两个方面：一是文风，或者说是语言风格；二是思路，或者说是思维程序。这两者是相关的，指表达思想的语言和受语言制约的思想。

有十处"孔子曰"集中在《季氏》篇，另一处在全书最后，是末一章。先看这末章：（朱熹注本和何晏本不同处，以下用括号表示。）

"孔子曰：不知命，无以为君子也。不知礼，无以立也。不知言，无以知人也。"

看语言风格。首先，这是平行的三联句。三句的结构完全一样，都是"不知……无以……也"。这是本书末章。本书首章也是同样的平行三联句。"……不亦悦乎……不亦乐乎……不亦君子乎。"这样对偶、平行的联句在《论语》中多极了，而且这不仅仅是一书、一时、一人的文风，是一直传到后代的，现在也还有。我们喜欢平行排列的连句。

其次是连用否定词暗示肯定意义。这和用疑问形式表示肯定意义是一类。如"不亦悦乎""不亦宜乎"。这也是汉语中的常见文风。如"不见不散""不打不成相识""人不犯我，我不犯人"。不过这样的肯定否定不是针锋相对的，不是逻辑的，是成为习惯的语言风格。

还有"无以"在现代通行语中有了变化,不过那属于语法修辞更多于语言风格,这里不必说。以上所说的就不能算是一般的修辞学,而是文体风格。

再从思维程序看。这三句同一结构的语言表达同一结构的三句思想,都是"不知……无以……"。"无以"就是无法,没办法。不知 X 就无法达到 A。这是唯一的方法、途径。三句表达三对相关的词、概念:"命……为君子""礼……立""言……知人"。这些词全是《论语》中多次出现的。其中有什么意义,是困难问题。例如,说到意义,命若指天命,那么,孔子说他自己"五十而知天命"(《为政》),就是他在五十岁以前"无以为君子"了。岂不荒唐?所以暂时不纠缠意义,只把命当作支配人而不被人支配的力量的语言符号,把君子当作理想的人格的语言符号,来考察思维程序。这样就可以看出,这三句话是用"不怎么样就没法子达到怎么样"的格式来表达出这是唯一途径的意思。这显然是我们几千年未断的习惯思路,不必举例了。至于这个判断是否还需要说原因和查证明,那就不在话下。我们从古到今历来是不十分重视问为什么和核对实证的。这是不是可以算是一种思想习惯?

再看平列句中的思想联系,是不是有层次或其他关系?能不能说,第一句说命和君子的必然关系是主,下两句是附加的说明?不容易确定。但是说方法途径的三点却可以显出有意义联系。命指不受人支配的客观规律。礼指人的行为规范。言指人的表达思想意志感情的语言,包括用声音和文字的两种方式。也可以说,第一句讲如何成为君子,第二句讲立己,第三句讲知人。这和书中其他处也有呼应。关于君子说得很多。关于立,《里仁》篇有"不患无位,患所以立";《季氏》篇有"不学礼,无以立也"。

关于知人，《学而》篇有"患（己）不知人也"；《颜渊》篇有"问知（智）。子曰：知人"。由此可见，三句有内部联系，而且确可以算是《论语》中孔子的基本思想之一。

疑点：何晏《集解》的序中说："郑玄就《鲁论》篇章，考之《齐》（齐论），《古》（古文字本），以为之注。"不知他在编定那些简策帛书次序时怎么把这一章放在末尾，是有意还是无意。看来这一章是含有关于做人的总结性质。朱熹《集注》中说："弟子记此以终篇，得无意乎？"这是把郑玄合三种本子为一本当作原始未必有的一种共同祖本了，是不是重义理而轻考据的结果？重视这一章的意见不错，但根据不对。

一章中三句都是断案、结论，没有理由和证据。全书多半是这样，很少说明为什么。佛教《金刚经》里问许多"何以故"，回答的往往好像是所答非所问，仍是断案，不成为理由。这和《论语》类似，同属于相仿类型的语言风格和思维程序。一种文风和思路若为多数人所接受而形成习惯，再继续不断，就成为传统。这种情况不是仅仅在中国和印度有。

以上只就全书末章"孔子曰"略作探索和分析，以下再看集中在《季氏》篇里的十章"孔子曰"。孔子说的仍是断案、结论，但不都是平列式。

> 孔子曰：见善如不及，见不善如探汤；吾见其人矣，吾闻其语（矣）。/ 隐居以求其志，行义以达其道；吾闻其语矣，未见其人也。/ 齐景公有马千驷，死之日，民无得（德）而称焉。/ 伯夷、叔齐饿于首阳之下，民到于今称之。/ 其斯（之）谓与？

这是一章两片，或分作两章。各是对偶成文。末句是总结，但不知指的是一片还是两片。姚永朴认为"齐景公"前没有"子曰"，所以"不若从诸家合为一章"，不从何晏、朱熹本。这里也把两章合一，作为一种读法，不是表示同意。从文风和思路看，前后都是对偶式。这在书中出现极多，而且一直流传下来，现代例子到处都是。

　　孔子曰：生而知之者，上也。学而知之者，次也。困而学之，又其次也。困而不学，民斯为下矣。

这和前引一章都可以算做平列式。不过前章是对偶，后章有层次。知的学的"之"是什么，没说。当时人知道，现在难说了。这和书中第一句"学而时习之"的"之"一样。为什么不学就是"下"，也没说。大概当时人认为，这不用问，不必答，自然之理。圣人说的还有错？相信，照办，就是了。书中无数断案和结论都是这样，而且不仅是《论语》，不仅在古时。

　　孔子曰：天下有道，则礼乐征伐自天子出。天下无道，则礼乐征伐自诸侯出。自诸侯出，盖十世希不失矣。自大夫出，五世希不失矣。陪臣执国命，三世希不失矣。/天下有道，则政不在大夫。天下有道，则庶人不议。

"希"是稀少。这是两片或三片"天下有道"平列。第一片配上"天下无道"作对偶。然后平列三句。

　　孔子曰：禄之去公室，五世矣。政逮（于）大夫，四世矣。故夫三桓之子孙微矣。

这是平列情况再下结论,指的是当时情况。这里说了"故",因此,是从一条公理推出来的。回答为什么的公理在前一章。后一章说事实。

这两章中,"十世""五世""三世"和"五世""四世"相关。注家引《春秋》证明合于孔子时代情况,所以是依据事实推出定律,再由定律判断当前事实。鲁国大夫"三桓"的子孙的权力被"陪臣"阳货夺去,而阳货后来也失败了。可是书中排列的程序不是这样,是先下定律,再引事实下结论说"故"。所以,现在看来,前面引的"见善"和"齐景公"两章合为一章,不如还是分做两章好些。而这里引的两章似乎可以合为一章,从"天下有道"到"子孙微矣"。不过若要翻译成现代话,恐怕还得改成现在人习惯的思维和说话程序才容易懂吧。这里不说了。

下面把另外六章一并引出合起来看。

> 孔子曰:益者三友,损者三友。友直,友谅,友多闻,益矣。友便辟,友善柔,友便佞,损矣。

这是两个三项式对偶。

> 孔子曰:益者三乐,损者三乐。乐节礼乐,乐道人之善,乐多贤友,益矣。乐骄乐,乐佚游,乐宴乐,损矣。

和前章同样有对偶,同样是益损相对。一个乐字有三种读音,这是汉语的特点之一吧。

孔子曰：侍于君子有三愆：言未及之而言，谓之躁。言及之（而）不言，谓之隐。未见颜色而言，谓之瞽。

这是一个三项式。

孔子曰：君子有三戒：少之时，血气未定，戒之在色。及其壮也，血气方刚，戒之在斗。及其老也，血气既衰，戒之在得。

又是三项式。

孔子曰：君子有三畏：畏天命，畏大人，畏圣人之言。小人不知天命而不畏也，狎大人，侮圣人之言。

仍是三项式。君子、小人相对。意思对偶，语言不对偶。

孔子曰：君子有九思：视思明、听思聪，色思温，貌思恭，言思忠，事思敬，疑思问，忿思难，见得思义。

这是九项式。前面是四对，后加一项。

以上六章都是先总结项数，后一项项分列。这六章的形式在书中是独特的。相仿的只有："曾子曰：吾日三省吾身……"（《学而》）；"子以四教：文、行、忠、信"（《述而》）；"子绝四：毋意，毋必，毋固，毋我"（《子罕》）；"子曰：由也，汝闻六言六蔽矣乎？……"（《阳货》）。其他平列式虽多，但没有总结数目。这样举数目总结概括有时省略项目内容。古的如五行、八卦、三纲、五常，今的如三好学生、除四害、破四旧，不知有多少。印度佛教徒也喜欢举数目排列。如：三归、五戒、《增一阿含经》。传到中国又推广出"四大皆空""一尘不染""一佛二菩萨"等等。这是不是已经成为我们的文风和思路习惯？不列出一二三四再概括简化，就不容易通行无阻。例如"五个一工程"，通用，但未必人人知道是什么工程。

以上对"孔子曰"十一章只作文风和思路的一点考察就说了这么多。至于内容思想，那就更说来话长了。下面谈一点小意见。

重训诂，重义理，各有当时需要。现在作解说是为现代人。先要发现前人没说到而现在人会关心的问题，举前引"孔子曰：天下有道则礼乐征伐自天子出"一章为例。礼，例如清朝男人要留辫子，民国男人要剪辫子，以及国徽（崇尚什么服色，用什么旗帜标志等）之类。乐，指雅颂、乐府、正式仪式上用的乐歌（现代的国歌）等。征伐指军事、国防、宣战、媾和的权力。礼乐和征伐用古话说是文事武备，现代话是文化、武装，也就是笔杆子和枪杆子。这些都只能由天子，即中央政府掌握，不能归诸侯。"天下有道"的道指的是全国统一。大权归中央。诸侯只能处理地方行政。"天下无道则礼乐征伐自诸侯出"，缺少统一的礼乐，没有统一的象征，精神文明涣散，内战不停，那就是国家分裂了。所以孔子周游列国奔走呼号，为的是将分裂的东周恢复到统一的西周。这不好说是复辟倒退吧？孔子赞扬齐桓公和管仲"九合诸侯，不以兵车"，"一匡天下"，"如其仁！如其仁！"（《宪问》）这不是主张停止内战，和平统一吗？

另有一个矛盾。这章的前面一章中说："季氏将伐颛臾"，孔子责备门人冉有没有阻止。季氏是鲁国诸侯的大夫。冉有是季氏的家臣。征伐之权怎么可以归大夫和家臣？冉有本来没有多大责任。孔子讲了一通道理，独独没有讲下面一章接着就讲的大道理，即，征伐之权只能归天子即全国的中央政府，季氏根本无权征伐。这是什么缘故？

还有一个问题。"天下有道，则庶人不议"，照朱熹所说，这是"上无失政，则下无私议，非钳其口使不敢言也"。能不能这样解释？是不是孔子朱子两位注意的重点不同？孔子重视的是在庶人方面不议，执政者还不能不议政。朱熹重视的是在"非钳其口使不敢言"。不能依靠禁止使庶人不议。秦以前的人孔子及其门徒和南宋的人朱熹对于庶人的看法不一样，他们的想法都和现代人的关于政治言论自由的说法大有距离。彼此分属于三个时代。

还有，这一章说"天下有道"和下一章说"禄之去公室"都好像是当时说话，但更像是事后做结论。而且，讲三世、五世，是春秋时代非常重视贵族血统的口气，可是到现代也有讲三代贫农和血统工人的，现代所谓文明国家也闹种族即血统问题，这又是为什么？

诸如此类，问题不少。依我看，《论语》中的孔子首先是政治思想家，和近代欧洲所谓哲学家不大一样。他是为天下有道即政治权力序列稳定时安排个人、家庭、贵族、平民、执政者各色人等的义务以求长期天下太平，因而要讲伦理道理，然后才追溯到思想涉及哲学问题的，不是企图建立哲学体系。所问所答的问题和外国从神学分化出来的哲学不同。双方思想虽然有共同处，但是更有区别，不应混淆。研究孔子和研究孔子的哲学和研究《论语》，也不完全一样。所以我以为，读《论语》的目的若是不同，为研究孔子或是为研究这部书，就会有两种读法，读出来的也会有差别。至于讲儒家，那又是另一回事。不知这样看法对不对。

　　《论语》确是一部奇书。来源大概是秦以前孔门弟子口传笔录的读物。到汉代在齐、鲁两地分别编辑成书。另有一种古文字写本。东汉末年郑玄将三种传本合编加注，蔡邕写经文刻石，两者都没有传下来。三国时魏国何晏依郑本编《集解》。传到日本，有一三六四年（中国元朝）的现存最早刻本，中国有唐朝《开成石经》石刻尚存西安。南宋朱熹编入《四书》，作《集注》。直到此时，《论语》还只是诸经之一，地位并不特别崇高。接着元朝蒙古人统治者提高《四书》地位，定为科举考试做官必读书。明、清两代继续用《四书》题八股文考试。在民国废止科举前几百年间，《论语》是识字读书人最熟悉的书。甚至不识字的人也知道"学而时习之"。教书的人被嘲笑为开"子曰铺"卖"子曰"的。书中许多词句进入小说、戏曲、谜语、酒令、笑话。别的古书都没有这样普及。八股文和科举都废除了，很长时期内《论语》仍为人熟悉。为什么会这样？孔圣人的招牌和书中的一些道理不会是主要的原因。招牌和道理可以当作敲门砖，表面拥护，心里不信。可是，从前读书要求背诵，起了作用。不管懂不懂，背熟了，印象最深的是词句腔调，是语言，是故事，不是半懂不懂的意思。《论语》中的语言风格多种多样，仿佛是另一种形式的口语，往往有当面说话的神气。书中板面孔的教训多，笑面孔的对话和生动的故事也不少。孔乙己就曾断章取义（原句是"君子多乎哉"）引用"多乎哉？不多也"（《子罕》）；还有骂人的话，"老而不死是为贼"（《宪问》）；也有赌咒的话，"天厌之，天厌之"（《雍也》）。这些若译成现代口语，口气就不对了，不活灵活现了。一句"不亦乐乎"（《学而》），在小说中往往用来开玩笑，指不该乐而乐或乐得过分等等。又如"割鸡焉用牛刀"（《阳货》）已是成语。许多《四书》句成为从前读书人的口头习惯语。所以，依我看，《论语》的内容不好懂而且解说随时代变化，反不如语言的影响大而深远，值得研究。《论语》本来也可以算是文学书。古时文史哲分类不像现在这样严格。我希望有人注意研究《论语》的传播过程和流行影响的变化，还希望研究者注意文本的解析，例如语言风格和思维程序。我的小文不过是开头做一点试验而已。

一九九七年九月

公孙龙·名家·立体思维

公孙龙说了一句"白马非马",名垂千古。

他虽然小有名气,可是冷落了两千几百年,直到二十世纪初期严复才好像是发现了,原来他和所谓名家一派讲的是和欧洲人的逻辑学一路,于是把逻辑翻译作名学。随后胡适在美国写出了博士论文《先秦名学史》。名家的那些久被人认为诡辩的话,仿佛古希腊的智者们的一些悖论,又有了地位,归入哲学。名家在七十年代还曾被列入法家一边,作为新兴地主阶级的代言人之一。公孙龙在名家中算是幸运的。《汉书·艺文志》记载名家七人著作中只有他的十四篇文传下来六篇。

现在不研究公孙龙这个人和他的文章学说,不探讨名家,只试考察他们的命题(或照佛教徒说法,他们所立的"宗")。这些在现代人看来可能有什么意义。

"白马非马。"这好像是说男人不是人或女人不是人一样,明显不对。但是依照公孙龙的说法,这话又有道理。

"非",现代话说"不是"。在古代话里,"非"只是"不",还可以是"不属于","不等于"。说白马"不是"马,"不属于"马,错了。说白马"不等于"说马,有道理。首先要求分析,把白和马分别开，作为两个词两个指物符号，表示不同意义。

"白马"是"白"加"马"。"白"指颜色，"马"指形体。"马"加上"白"和单独的"马"不相等。这里明显说的是词，是语言符号，不是说实物。着重的是"名"。"名"是指物的，是符号，必须分析指和物。

"马"可以指一匹马，一些马，一类马，一切马，任何马。"白马"不能指一切马，任何马。说"白马"不等于说"马"。分别的是名和所指的物。

说"马"可以包括白马、黄马、黑马、各种马。说"白马"只能指一种颜色的马。两名和所指的物都不相等。因此可以说，此名非彼名。所以白马非马。

说男人不是人或女人不是人和说白马非马一样，说的都是名和所指的物。名是语言符号，有所指，所指的是物。

公孙龙可以说是最早发现了语言是符号，词是能指，物是所指，而且认识到语言的歧义加以分析并举出例证。他对语言的认识是哲学的认识，有语言哲学的思想。他说的和《尔雅》不同，也不是《说文》那样在说明文字时加入哲学体系。他也许可以说是语言符号论者。

由现在人看来，白马和马不过是部分和全体或者个别和一般的关系，很容易理解。这种想法是现代才有的，是接受了外来的思路。中国人，尤其是古人，不习惯用抽象的概念组织思想。这不是说，中国人不会或者不喜欢作抽象思维。这是因为人总是用自己习惯的语言进行思考。部分、个别、全体、一般，这些词在欧洲语言中是口头常用的，在中国可不是，而是通行还不到一百年的外来新语言。两千几百年前的人有了新认识，不会用现在人的新方式新语言表达，而只能用当时自己习惯的方式。我们从古到今所习惯的抽象思维方式和语言和欧洲人从古希腊罗马或者文艺复兴以后所常用的很不一样，和现在学过外国哲学的人所用的也不一样。因此，用现代话理解和讲解古文、古书，很不容易，不能不处处小心。

语言不同可以翻译，但是通过翻译的理解，由于思维习惯不同，往往会有变化。佛典翻译过来，原有的分歧加上不同的理解，产生了新教派。中国通行禅宗、密宗、净土宗。在中国，阿弥陀佛比释迦牟尼佛更为人所熟悉。

即使是同时代同语言的人，对于同类的事也有不同的说法，用来表达不同的思想。试举孔（孔丘、仲尼）、老（李耳、老聃）、孟（孟轲）说的和"白马非马"同类的话为例。

《论语》中孔子答复弟子问仁的话多种多样，可见他明知仁这个词有歧义。他的每个回答都只是仁的一面。这正符合"白马非马"的思想，每个回答说的仁都不等于仁的全部意义。是仁，又非仁。但是孔子没有说过"白马非马"这样的话。他对歧义视为当然。《公孙龙子》中《迹府》篇引了孔子纠正楚王说"楚人遗弓，楚人得之"，改为"人亡弓，人得之"，是"异楚人于所谓人"，即楚人非人，相当于白马非马。《论语》中有不少同类例子。但是孔子没有作过对于词和义、名和实、物的分析。他不是把仁作为语言符号。

老子《道德经》说了道和名，开始就是"道可道，非常道。名可名，非常名"。他不说"常道非道。常名非名"。他没有照公孙龙的公式说话，但不是没有作分析。他是和公孙龙同样分析道、名和常的。他还说了不少同类思想的话，比孔子多。道家比儒家更接近名家。

《孟子》的《梁惠王》篇中记孟子回答问周武王伐纣王是否臣

弑君时说"残贼之人谓之一夫。闻诛一夫纣矣,未闻弑君也"。他是说,纣王是残贼之人,是一夫,虽是君也不能算是君。这也就是说,暴君不是君,正是"白马非马"公式,可他不这样说,不作分析,只说纣王不是君。

由此可见,这几位圣贤虽然同处于春秋战国一个大时代,说同样的语言,可是只有公孙龙一人看到了语言是符号,词所指的物可以有分歧,也就是意义有分歧,必须把一个个符号和所指的物都作分析,要求确切,不许含糊。

《公孙龙子》中除论白马外,论坚白、同异、名实、指物、通变五篇都是用同一思路对于语言符号作扼要的分析(《迹府》一篇是记录公孙龙和别人关于"守白"的辩论,不是专题论文)。例如,石头又坚又白,但坚是触觉所得的硬度,白是视觉所得的颜色,必须互相分开。两者同是说石头所有的属性,不是说石头,也必须分别。这只有认识到语言是符号,语词有歧义,歧义有不同作用,必须分析所指的是什么,然后才有可能想得确切。这里不是研究公孙龙,所以不再逐一分析他的其他命题,也不解说论证他的这本书,只从他的学说追问下去,看看能追到什么地方。

现在要问,这样的抽象繁琐脱离实际而仅仅重视分析语言符号或名的理论在现实中能有什么作用?这也就是查一查名家学说流传不广不远的可能原因。最好还是先比一比其他圣贤。

《论语》的《里仁》篇中有一章说,孔子对曾子说了一句"吾道一以贯之"。曾子回答说"唯",是的。"子出。门人问曰:何谓也?"奇怪,这门人是谁的门人?若是孔子的,何不直接问孔子?若是曾子的,何必等孔子出门以后才问?是否由于礼貌?这些与主题无关,不记载,简上写古字不容易,省略了。书中同样例子很多。接下去曾子回答:"夫子之道,忠恕而已矣。"忠和恕是二，怎么又是"一以贯之"？曾子不解释，门人也不问，也许是大家心里明白，都省略了。这好像是一与二不分。可见孔门不重视分析。孔子讲"正名"，意思含糊。他所谓"君君"，未必是要核实，也不一定是说君必须像个君，恐怕是说，君就是君，不管怎么样都是君，你都得当他是君。"君要臣死，臣不得不死"。这和"天下无不是的父母"一样，君和父永远是对的。"臣罪当诛兮天王圣明"。马就是马，不论黑马白马都是马。"白马非马"不通。名要确定，不能分析，不可讲暴君非君。定名就是定位，有尊卑上下，各就各位，不准越位，这就是礼。礼就是秩序，不能乱。若照"白马非马"那样想下去，要求分析，确切，核实，认真，秩序恐怕就难以稳定了。因为名不副实，名实错乱的情况太多。要求稳定，就需要"礼教"。依名定位，不作分析，不许乱说乱动，天下太平。在这一方面，名家远不如儒家对统治国家有用。儒家的"名教"和名家关于名的思想大不相同。

孟子所处的时代已经是战国七雄，不是春秋五霸了，不能再像孔子那样依靠尊重周天子以求统一和太平了。他于是转而讲王道，反对霸道，那就要依靠好人，因此主张人性善。人性本善，个个都是好人，所以可以用和平的王道治天下。若是人性恶，那就免不了要用霸道了。论人性和政治思想密切有关。《孟子》的《告子》篇中有孟子和告子关于人性的讨论。其中说，"告子曰：性无善无不善也。或曰：性可以为善，可以为不善。……或曰：有性善，有性不善。"孟子和告子都用比喻类推。孟子提到白马，也分析出"白马之白"与"白人之白"，但只是用来类推"长人之长"。孟子不是作分析，是求同，不是求异，只是用来反驳告子。他们还利用歧义。告子说，性如同水，可以东流，也可以西流。孟子也说，性如同水，可是，"人无有不善。水无有不下"。水能向上,是激出来的势造成的。两人都讲方向,一个讲东西,一个讲上下。水流向东向西都是向下流。在孟子的书中当然是孟子正确。不过性怎么会同于水而不同于杞柳(如告子所说),就不管了。名家重视对语言符号和所指事物的分析,不用比喻类推,推理方法大不相同。

荀子(荀卿)主张性恶。《荀子》书中有《性恶》篇,反驳孟子。他说:"人之性恶,其善者伪也。""伪"是人为,是教育改造。他认为性是天生的,"不可学"。"礼义者,圣人之所生也。"是可学而能的,是伪。要分别性和伪。所谓善就是"正、理、平、治"。所谓恶就是"偏、险、悖、乱"。圣人立君、礼、法、刑,才能"使天下皆出于治,合于善",若人是性善,就都用不着了。又说:"善言古者必有节(证)于今,善言天者必有征(证)于人。"议论要"有符(合)验(证)",故"坐而言之,起而可设(施行)"。孟子说性善,没有符验,坐而言之,起而不可行,所以不对。荀子论性时长篇大论讲道理,不用比喻类推。他的性恶论,说起来不好听,行起来有效。他不但宣布性恶,而且论"王霸""富国""强国",既作赋,又作俗曲《成相》篇。他的学生李斯做秦始皇的宰相,统一天下。两千多年来,统治者往往打着孔孟的招牌,实行荀子的学说。一直到二十世纪五十年代的"思想改造",六十年代的上山下乡接受"再教育",恐怕都和荀子的性恶论思想不无关系。七十年代有"可以教育好的子女"的说法,就是说也有不可以教育好的,那更是性恶论了。《荀子》开篇就是《劝学》,提倡学习,也是从性恶论来的。

孔、孟、荀都不认为语言是符号,不分析词的歧义,和公孙龙等名家不同。孔子不论性。"夫子之言性与天道,不可得而闻也。"(《公冶长》)孟、荀论性,不作分析。现存的公孙龙的文章中没有论性。他若是只会说"善性非性","恶性非性",接着又要分析,和孟、荀还怎么讨论下去?有什么实用价值?所以荀子在《非十二子》篇中批评名家惠施、邓析说:

"不法先王,不是礼义,而好治怪说,玩琦辞,甚察而不惠,辩而无用,多事而寡功,不可以为治纲纪。然而其持之有故,其言之成理,足以欺惑愚众。是惠施、邓析也。"

这大概可以算是一般人对于名家的看法,也就说明了他们的理论不能轰动和流传。"甚察"(过度的考察分析)又"无用","寡功"的"怪说"怎么能流行?但是名家的地位可不低。这从另两位名人的评论中可以看出来,一位是庄子(庄周),一位是太史公司马迁的父亲太史公司马谈。

庄子在《天下》篇中和荀子一样列举当时各家学说加以评论。荀子批评了六家十二人。庄子先评说四家八人,从墨家开始,以道家关尹、老聃为结,称赞这两位是"古之博大真人哉"。然后述庄周的学说。最后一段介绍惠施的理论作为"辩者"之首,又列举"与惠施相应"的"卵有毛,鸡三足"等悖论,指桓团、公孙龙为"辩者之徒","能胜人之口,不能服人之心",说惠施"卒以善辩为名,惜乎!"还说他"是穷响以声,形与影竞走也,悲夫!"说他是"说而不休,多而无已,犹以为寡,益之以怪,以反人为实,而欲以胜人为名,是以与众不适也"。可见庄子责备他们脱离群众,但还是重视他们,列举一些怪说,保存了下来。

《史记》的《太史公自序》中有司马谈论述六家的要点的话。六家是:阴阳、儒、墨、名、法、道德。前五家各有缺点优点,唯有道家最高,而对名家的解说紧接道家之前,可见重视。他说名家的缺点是,"苛察缴绕,使人不得反其意。专决于名而失人情"。优点是,"控名责实,参伍不失"。这时已是汉朝大统一稳定时代,名家地位仍然不低。

　　荀、庄、司马说名家考察分析过火,使人不容易懂(不得反其意),只讲名而不讲人情,这正好是科学的客观态度。是不是可以说他们是春秋战国百家争鸣时代唯一脱离功利和政治而探讨客观真理的学术派别?东周春秋五霸时代,由孔子及其门人开始的、士人学者游说列国统治者干预政治的风气,不断变化形式持续了两千几百年。在读书人中,重视人性人情和功利的思想占上风,脱离人情的客观态度受轻视。与实际结合的技术发明,中国几乎一直在世界冠军宝座上,如指南车、丝绸、造纸、印刷、火药等等。直到近代落后了,但仍有善于仿制改进的高明技术。不能立竿见影有实效又脱离人情的科学理论往往被认为是无用空话。欧洲在近代文艺复兴和宗教改革以后,由伽利略、笛卡儿等开始,科学思想突破了由罗马帝国时代耶稣及其使徒保罗起动的神学的思想限制,技术同时突飞猛进,风靡世界。中国在相形之下落后中急起直追。技术不难赶上而科学迟迟不前。思想很难越出两千几百年走熟了的轨道。回顾春秋时代,孔子讲名(正名),后来法家也讲名(刑名),可是名家说名和他们不同,不切实际,讲的是语言符号,与人无关。战国时代人性成为热门话题时,名家不参加论人性。从汉代起,他们的"怪说"受到冷淡,思想没有继续流传下来。他们把语言看成符号又重视分析忽视实用的思想和客观看世界的态度没有传人。用现在眼光看,科学无不用符号,特别是数字,可以说是用符号眼光看世界。名家的语言符号观能不能说是科学思想的起点?不妨看一看他们的另外的一些命题。仍从公孙龙开始,再到惠施和其他辩者。

　　公孙龙说:"物莫非指,而指非指。"《指物》篇说的话很难懂,文本流传可能字句有误。但是意思还是明显的。作者是古人，我们不能还原对证，不过可以对这些命题作我们的现代理解。他的白马、坚白、名实、通变等理论都不离语言分析，也就是讨论名。他所说的物首先是语言中的物，例如说马，马字指的是具体的马，不论白马、黑马、活马、死马，所以是一个符号，是"指"。但是"指"或符号本身不能是"指"或符号，因为符号一词所指的就是符号自己。所以"指非指"。一个指头可以指任何别的东西，独独不能指自己。因此这个"指"字作为符号，不能是指其他具体东西，只能指本身，因此也就不是"指"，所以说"天下无指"。不是说没有符号，而是说符号本身不是符号。

"坚、白、石，三。"触觉所得的坚和视觉所得的白和使人有这两种感觉所得的东西，石，当然是三样。这里着重的显然是分析。

公孙龙的论辩由于时代和语言不同，他所知道的想到的习惯的和现在我们的不一样，加上文本流传可能有误，所以我们不能句句看懂，懂的也不一定合他的原意。我们所作的只能是我们的解读、诠释，此处只举以上这两例。

惠施是庄子的朋友。《天下》篇中说"惠施多方，其书五车"。他"历物之意"，"遍为万物说"，"散于万物而不厌"。南方有一位黄缭问他"天地所以不坠不陷，风雨雷霆之故。惠施不辞而应，不虑而对"。"惠施日以其知与人之辩，特与天下之辩者为怪。"由此可见，他是研究万物的，脱离了人情。庄子说他"弱于德，强于物"。这就是说，他不重视研究人性善恶道德，而是天天辩论万物之理，正是一位科学思想家，成为辩者、名家之首。可惜惠施的五车书都已散失，辩者们的议论也和古希腊的许多智者的一样消亡了。他们可没有古希腊文明中的一些人和书的好运气，得到阿拉伯人在东罗马灭亡时到欧洲传授因而复兴。从庄子列举的一些怪说看来，他们是以明显的悖论引人注意，当然还有大量的解说，有五车书，因此西汉的司马谈也没有说不懂。可惜现在书已亡失又缺乏解说留下来，只好由我们作现代人的阐释了。就《天下》篇所引的看，可解的大致显示出以下几方面。

一是关于无限的问题，由此引出一些怪说。可能是因为庄子讲"齐物论"，所以这方面引得多。无限，感觉达不到，想象不出来，在语言中是个符号，只存在于思维中，表现于数学为极限，在微积分里才化为符号能运算，由此，科学大大前进。惠施的时代里不能有微分积分的学，但是可以有关于微分积分中问题的思想。这个思想无法用语言表达，只好说成怪说，让人思考。当时必然另外有解说。若不然，怎么会有五车书？

"至大无外，谓之大一。"这是无穷大，没有边，无限，当然不能有外。

"至小无内，谓之小一。"这是无穷小，是一个变量，不一定是零。印度人给了它一个名字，佛教徒译成"邻虚"或"极微"，但那是极小单位，不是变量，不与极大相对。惠施说的"小一"很可能是几何学的点。

"无厚，不可积也，其大千里。"这明显是几何学的平面。

以上三句话相连，分明是说多面体（立体）的无穷大，无穷小量，点，平面。

"南方无穷而有穷。"这仍是说无限，但指定了方向，所以又是有穷，有限。

"今日适越而昔来。"这是说时间的无限。惠施好像看出了时间是由事物的连续不断的迅速变化而显现出来的，所以说，今天到南方已经是过去来南方，因为说"去（适）"时是在北方，还是"今"，说"来"时已经是在南方，是"昔"了。现在时不能停留，时间上没有不动点，于是成为时间的无限。说出现在，已成过去。佛教徒说"刹那生灭"是同一意思。

"日方中方睨，物方生方死。"这正是"刹那生灭"。时间上无物可以停留，一切都在不停变化。太阳刚刚正中，立刻就偏了。任何东西转眼就变，旧变为新，旧死新生。由变化显出时间。

"我知天下之中央，燕之北，越之南是也。"这是说地上平面的无限，所以任何点，北国之北，南国之南，都可以是中央。那时自然不知地球是圆的。圆球面上也是任何点都可以算中央。

"一尺之棰，日取其半，万世不竭。"这是说无限分割，仍是说无限。说法好像和古希腊智者的英雄追不上乌龟的悖论一样，其实不同。芝诺是揭露运动的矛盾。辩者是说明无限。

二是关于运动的问题。

"轮不辗地。"轮子在地上转，和地面接触的只有一点，只是一点又一点连续不断，不是辗转。这是解析运动。两物相交，一动一不动，一转一不转，不能合说为一。

"飞鸟之景（影）未尝动也。"这仍是解析运动。鸟在空中飞，影子在地上不会飞动，只是一个又一个影子连续不断，仍然是一动一不动。

"镞矢之疾，而有不行不止之时。"这是解析一物的运动。前面两个命题说的是两物，相交，相应，一动一不动。这里说一物的运动，是接着前面说飞鸟影子的。鸟飞而影不能动。箭射出去如同飞鸟，无论怎样快，也可以分析成为一些连续的点，其中有行有止，有行止转变中间的不行不止。这仅仅是推论，还是在数学力学中也有表示法，我不知道。

"目不见，指不至，至不绝。"这仍然是说运动的问题，"至"的问题。目可见物，但不是运动到物那边去，物也不向目移过来，没有见的运动。指可指物，但双方都不动，指不至物。"至不绝"大概是说接触了就不是断绝分离，不分离就目不见物，指不指物。现在看来，这些话不过是两千几百年前光学和心理学等知识缺乏时说的，可是提出眼怎样看东西的问题可以引起科学研究。不提问题，知识怎么增加，思想怎么前进？名家的贡献正在于他们穷究万物之理，有了科学研究的起点，可惜惠施的五车书和辩者的著作以及他们不停辩论的记录都失落了，仅仅传下来零章断句。他们没有传人，反而长期作为笑柄。庄子说："由天地之道观惠施之能，其犹一蚊一虻之劳者也。"恐怕就是因为看不起这一蚊之能的思想太普遍了，所以中国才没有出现和名家差不多同时代的欧几里得、阿基米德吧？

其他一些怪说，有些话明白可讲，有些不明白，我们不便强作解人，但是还可以说些意见。

三是关于语言符号和有无的问题。

"犬可以为羊。""狗非犬。"若把犬、羊、狗都当作语言符号，脱离所指的实物，当然可以互换，也可以互相否定。可以指鹿为马。古语说犬，口语说狗，所指实物虽同，语言符号不一样，不能同时用两个。

"卵有毛。""马有卵。""丁子（蛙）有尾。"这好像是说，依据感觉所得以为没有的，在事实上，道理上，可以有。从卵孵出的鸟有毛，卵中自然也有毛。看到卵的表面上没有毛，就说卵无毛，不合实物的全部。驹在马腹中可以是卵形的胎，和鸟雏的胎是卵一样。蛙幼时是蝌蚪，有尾，长大后，尾巴掉了，不能说蛙无尾。这些是为了说明，凭一时感觉所得作出的判断和凭观察全部事实作出的判断不相符合，有无不能确定。语言只能说有或无，对应事实往往不确切。

"黄马骊牛三。"这好像是和公孙龙说的,"坚白石三,可乎?曰:不可。"互相矛盾。实际上用的是同样的分析法。那里是着重分析石的属性的坚与白,不算石,是"坚白论",所以坚与白是二。若算石,坚白属性和石仍是二。这里是分析色和形,所以黄、骊是一,马、牛是二,合而为三。也可以说,黄、骊是二种颜色,马、牛同属兽类,是一,合而为三。

"龟长于蛇。"这可能是说,龟形论大小,不论长短,蛇形论长短,不论大小,彼此不能相比。硬要比,那就怎么说都可以。或者说,龟甲的圆周比小蛇长。表明两物相比时可有种种说法。

此外的一些命题,不明白着重的是什么,可能有不同说法,不能强不知以为知了。例如"火不热"。可以说,火本身没有热不热,热是人的感觉。也可以有别的说法。"矩不方。"矩本身是直角形,不是方。"规不可以为圆。"画圆的是拿规的手,是人,不是规自己。"凿不围枘。"榫头和榫眼不能完全密合,或说是两者各自独立。这些都可以有另外的说法。

《天下》篇中所引的一些命题明显是两类。一是惠施的话,多数可以算是他的主张或结论。例如关于"大一""小一""大同异""小同异"的说法。另一类是辩者的话,多数是怪说,不能说是他们的主张或结论,只能说是一种表达法。他们的意见无法用语言直接表达,只好作出怪说以引起思考。仿佛是断语,实际是疑问。他们另外自然有解说和辩论。他们的意见是不辩不明的。可惜辩论不是中国人所喜欢的习惯。《公孙龙子》里的辩论,传下来的显然有不少脱漏错误。《孟子》里记载,有人说孟子"好辩",孟子回答,"予岂好辩哉?予不得已也。"(《滕公文》)可见他们认为辩论不是好事。古书中很多议论是各说各的,提到反对方面时往往是一句话骂倒,或者"王顾左右而言他",很少有针锋相对的辩论。记录对话的不少,但少有柏拉图的书中苏格拉底那样的穷追不舍的对话。前汉的《盐铁论》记录双方讨论,而后汉的记录白虎观中讨论的《白虎通义》就只有一面之词的结论了。印度佛教徒的辩论之风传来中国后很快就消歇,转化为禅宗的"机锋"了。辩者的书传不下来是不足为奇的。《天下》篇引断语、怪说,不引解说,也是不足为怪的。

庄子说响应惠施的是辩者。荀子举惠施、邓析之名,但未说是名家。汉初司马谈才总论道术列举六家,称这些人为名家,但未举人名。《天下》篇开头总论道术(其中许多话不像道家之言),称"百家之学",说到"名分",归于《春秋》。这是《论语》里孔子说的"正名"(《子路》),也是《商君书》里商鞅说的"定分"。孔子用仁去"正",商君用法去"定"。显然,孔子相信人性善,商君相信人性恶。《论语》中孔子说,"足食、足兵、民信之矣"(《颜渊》)。他没有说用什么手段取得人民信任,好像是认为有饭吃,有武器,这就够了。这和两千几百年以后有人说,有了粮食,有了钢铁,就什么都有了,是一种想法。商君说"农战",以赏搬木头树立威信,用的是赏罚,表示说话算数,用法治。可见儒、法除理论依据性善、性恶不同外,还是相通的。虽用的手段不同,但还可以互相补充。古代的法,从秦法到清律(《大清律例》)都是指刑法。汉高祖约法三章,首先是"杀人者死"。民法,规定亲属、婚姻、继承、财产分配的法是礼。《礼记》《仪礼》详细分别"丧服"。服丧期从三年到三月,有"五服",定亲属关系的远近。出了"五服"的人不服丧,也没有继承权了。古时执行民法兼管刑法可用私刑处死族人的法院是祠堂,裁判官是族长。城市里才打官司。乡下人见不到官。可见礼和法是并行的。外国式的民法,到二十世纪三十年代才订出来,还为没有明文规定禁止纳妾问题吵了一阵，有法难依。讲名分和法律（刑法）、礼法（民法）有关系，但是和名家所讲的名不是一回事。不过双方都要求分别确切，这是共同的。历来把名、法相连，清朝官府中有刑名师爷。荀子也讲"正名"。他说的"刑名从商"（《正名》）是说刑的名称依照商朝所定。他讲的名也和名家的语言符号的名不同。将辩者称为名家恐怕是秦汉时期的事。

名家、辩者受到的批评中，荀子说，"惠子蔽于辞而不知实"（《解蔽》）。"辩而无用，多事而寡功"（《非十二子》）。这指出了他们的分析语言没有实用价值，但好像不知道庄子所说，惠子能"遍为万物说"，能回答"风雨雷霆之故"（《天下》）。庄子批评辩者的是，"能胜人之口，不能服人之心，辩者之囿也"（《天下》）。这是指出辩者所起的作用。"你的理论我驳不倒，但我不能照你那样想。"有几个人能用科学眼光看世界？我们通常是依据感觉看世界。道理讲通了，还是跟着感觉走。知道地球绕太阳，还是唱"东方红，太阳升"。不唱地球转，太阳现。宇航员也未必看到地球转。这就是口服心不服。辩者只讲道理，说明世界，没有怎样改造世界的主张。这是不是科学，特别是数学，进行研究的态度？荀子的批评指出"蔽"，认为辩者只用语言讲道理，不讲实用，是偏于理论，不切实际，是蔽于一面，是片面，但"持之有故，言之成理"，不是错误。庄子的批评指出"囿"，认为辩者只说万物的理论，不讲大道理，是限在一个圈子里，是狭隘，但不是错误。司马谈批评名家"专决于名而失人情"（《史记·太史公自序》），这也不能算错。由此可见，至少在西汉，名家的书，辩者的议论，还在世上为人所了解，后来才完全亡了。

从以上所说看来，公孙龙、惠施、辩者、名家，是不是战国百家争鸣时代的具有客观探讨世界万物问题的科学研究倾向的一群思想家？能不能说，他们的怪说不是空谈，不是哗众取宠，而是要表达难以普通语言说明的思想？从荀子、庄子、司马谈的严肃的批评看，他们已经不是开始发现和探讨问题，而是有了一些理论，可能还未形成系统，就由于秦朝一统天下后说客消亡而中断了。他们仅仅是提出问题，还没有来得及解决问题。惠施和辩者们所探讨的问题和初步形成的一些思想是独特的，不能大众化的，因此没有传人，非常可惜。

哲学思想，从古到今，外国（欧洲、亚洲）的往往囿于宗教，离不开所谓存在、永恒、绝对、精神、物质等等的正反面的问题。中国的则往往囿于政治，离不开人情、人事、实用。双方思想的核心问题不同，虽有交叉重叠，但是不能互相套用公式术语。例如"存在"一词在汉语中就是新词，没有现成的旧语。"存"是时间上继续，"在"是空间中定点，相加仍不能完全等于欧洲语原词的兼有"是"的普通意义，只能作为新词。印度语的"法"（达摩）有很多歧义。例如说"佛法"，不是中国的法，也不等于宗教。宗教也是新词，不能完全相当于原来用于具体教派的教字。中国一般人不容易懂得外国人的宗教感情。外国人不容易懂得中国人的政治意识。一个用宗教眼光看政治。一个用政治眼不看宗教。从十七世纪到二十世纪，外国哲学大有发展，我们大可借鉴和采纳，但不便硬搬。移植很难，接枝不易。对于术语和习惯用语更要注意，因为双方传统不同，往往形似而实异。吸收必然会转化。佛教已有先例。思想由语言而传。对于不同语言必须仔细推敲，斤斤计较。可惜这在中国传统中是较弱的一环。像辩者那样以语言为符号，不顾人情而客观考察万物，揭露矛盾以启动思想，提出同异、无限、运动、语言符号之类问题进行分析，要求确切，可以说是科学思想的起步，不幸失传两千年以上。我们能不能再注意这个失传学说，来补救我们的思想弱点？好像是伽利略说过，大自然用数学语言说话。事实上人类也是用数学语言和大自然对话（此外双方还用艺术语言对话）。数学语言是全世界通用的符号语言，是科学的通用语，是要求确切的语言。我们的思想历来不注意要求确切，不喜欢分析。名家则不同。说"白马非马"，离坚白，是着重分析，要求确切。他们所谓名是指名义。这本来是歧义多的模糊词，所以必须分析。例如"以革命的名义"，"以自由的名义"，同样名义下可以有种种不同的行动。齐桓公和曹操"挟天子以令诸侯"，就是自己不做皇帝而用傀儡皇帝的名义统治天下。名家析名说物，不是外国所谓逻辑，也没有建立哲学体系，不过是有数学语言那样的科学起点，科学态度。起点是非常重要的。为了学术发展，我们是不是要给名家恢复名誉，不把辩者的怪说当做诡辩？他们的思想倾向和思想方法是不是可取？

值得注意的是，《天下》篇中引惠施的话说，"无厚，不可积也，其大千里"。这只能是几何学中的面。无厚，无论重叠堆积多少，还只是一个面。他接着说，"天与地卑。山与泽平"（"卑"字，据孙诒让说，与"比"通，引《荀子》"山渊平，天地比"为证）。更是只能指没有厚的面。天和地各自都有一个平面。山的表面高低不平，湖的表面波浪重叠，但都有一个无厚的表面。面，揭不下来，却实际存在。他说，"至小无内，谓之小一。"这个没有面的点只能是几何学中的点。他说，"至大无外，谓之大一。"这当然是指空间的无限。这些话都表明他很注意研究空间。那么，他说"连环可解也"，很可能是说，连环之间有空隙，相套的两环可以互相脱离，互不接触，但是有一个限度，到了限度又会接触。限度随环的大小而定。这难道不是说圆的性质，说圆面有圆周和直径吗？辩者说，"郢有天下"（郢是楚国的都城，这位辩者大概是楚人）。这也只能是说地的表面。从郢在地上的这一点看，天下的地的表面全联在一起。这显然是辩者响应惠施关于面的理论。庄子引这方面的话较多，可能是因为讲空间容易和他的"逍遥"、"齐物"理论联系。但惠子的话应当是"历物之意"，说的是物的形，就是几何学，若作为哲学，岂不是诡辩？惠子能想到并说出抽象的点和面以及无限，得到辩者们的响应，真了不起。若是发展下去，岂非中国早就可能有几何学，出现自己的中国式的欧几里得，而不是仅仅讲勾股方圆测量技术？不过几何学在欧洲也是停滞甚至断绝一千几百年后才有突飞猛进发展的。

　　人类生活在三维的空间中，但是对于平面的两维容易认识，而对于构成立体的第三维的认识就相当难。庄子所引的惠施就没有解说厚。我们的感觉不能同时接触四面八方。耳听声，鼻闻香，舌辨味，没有立体感。身，皮肤所接触的只是表面。眼见立体，实际在网膜上映出的是平面，像电视屏幕上的光影图像。我们从婴儿时起习惯于依照经验知道看见的是立体，但估计距离常犯错误。两眼又只能见一方，不能同时兼看大范围的上下左右，见前不能见后，不能看到对象的背面，看不见自己的背后，不见自己的眼、脸，只能见在镜子中反映的平面形象。佛教徒把这五种感觉叫做五识，说另外有第六识叫做"意"识，才是能认识"法"的。"法"就是感觉不能直接认识的对象，如观念、情感等等。我们时时和立体打交道，思想上却不注意分析立体，不把物，还有事，当做多面体，不重视平面和平面以外的有关的线面的关系。我们不能直接感觉立体空间，只可以认识，知道。不过这是模糊的出于习惯的认识，是一个概念，为了作为行动的依据。我们永远见前不见后，不能同时看见和感觉到立体的所有方方面面。知道空间,但是说不出空间是什么。身在三维中,思想常常不出二维。我们会左思右想,心中七上八下,中是瞻前就不能顾后。我们习惯于线性的和平面的思维方式,不习惯或不会作多面的即立体的思维方式。我们常说思想是螺旋上升前进的。螺旋是线,不是面,更不是立体。螺旋构成的立体是圆锥或圆柱。我们的思想是不是仅仅线性的?上升,前进,是运动。运动只有在空间之中。一般对于空间的认识是模糊的认识。分明的确切的认识,只能是几何学的数学的科学的理解。要求确切,只有用符号。语言文字符号仍不能确切,必须分析。数学是运用符号的科学。人类用数学语言和自然界对话。惠施、公孙龙等辩者、名家开始分析语言文字符号,要求确切,开始从万物的形分别认识出点、线、面,再从物的立体分别认识出运动、空间、无限,这应当算是数学、科学思想的开始,也许可以说是有了空间时间概念的三维甚至多维认识的立体思维、符号思维的开始。他们是在和自然界对话,探讨宇宙的奥秘。他们的学说不是"无用"、"寡功",而是可以有大用,有大功,不过不是直接的、眼前的而已。例如,"鸡三足"可能是从鸡的跳跃旋转看出在两足行走之外的运动能力,用第三足作为符号表示,以怪说引起关于运动的思考。这就不是寻常的、简单的、习惯性的思考了。如果这样说不错,那么,公孙龙、惠施、辩者之群可以算是战国时代百家之中开始进行未与技术结合的科学思考的思想家了。科学思想发展的道路是崎岖而危险的。这些思想家仅仅留下了名家、辩者的称号,不受重视。中国的技术发明成就极其辉煌,相形之下,科学,尤其是科学思想,在历史上就前进得非常艰难困苦。然而,辩者们的早早出现可以证明中国人的抽象思维、科学思想能力是决不后人的,只是长期缺乏有利的氛围而多不利的因素而已。以上说法不够确切，只是一种想法，也许可以供人参考。

  魂兮归来，公孙龙！惠施！辩者！

一九九七年十月

范蠡商鞅：两套速效经济软件

——读《史记·货殖列传》

> 两只老虎，两只老虎，
> 跑得快，跑得快。
> 一只没有尾巴，一只没有脑袋，
> 真奇怪，真奇怪。
>
> ——儿歌

○：怎么你忽然看起《史记·货殖列传》来？对于经济感到兴趣了吗？

□：中国古时说"经济"是指政治，是"经国济民"。"货殖"指经商，只是现在所说的经济的一部分。现在的"经济"这个词是输出到日本又返销回来的新词，意义变了。我感到兴趣的只是一些空道理，可以勉强说是文化或则哲学。不过这两个词现在都没有公认的确切意义范围，不便引用。用个新词作比方，就说是"软件"吧。有些问题不妨彼此问答，进行一番思考。书中说的话算是第三者的，要我们译解。当然还可以有别的译法。

○：先提问题吧，没有问题，怎么思考？

□：好。太史公司马迁在《史记》的最后才编写一篇《货殖列传》，以下便是《太史公自序》了。《自序》中说《货殖列传》是讲的"布衣匹夫之人"的事，放在"游侠""佞幸""滑稽""日者""龟策"各列传之后。这是由于汉代抑商吧？"货殖"一词是出于《论语》中"赐（子贡）不受命，而货殖焉"。在这篇列传中，子贡名列第二，说是子贡经商发了财，他所到之处"国君无不分庭与之抗礼。夫使孔子名布扬于天下者，子贡先后之也"。可见这和"儒"是大有关系的。孔子出名还有点靠了学生的经济地位哩。可是司马迁在这篇文章一开头就引一段《老子》，这是为什么？是由于汉初崇黄老么？他又把子贡列为"榜眼"或"亚军"。是不是司马迁以为孔、老原来是，或则应当是一家呢？孔子、老子都不重商。司马迁这样做是为了"贴金"还是确有所见呢？《货殖列传》未必是司马迁的定稿，但是格局和意见以及大部分文章还应算在他的名下吧？

○：这不但是经济思想史，又追溯到哲学思想上去了。我想还是另起思路吧。就《货殖列传》说，司马迁排的名次是：第一名范蠡，第二名子贡，第三名白圭。这三位是既有实践又有理论的，从猗顿到巴寡妇便是单纯致富的工商业者了。"汉兴"以下才是论当代经济。为什么范蠡第一、子贡第二，这是政治经济合一么？

□：子贡在《论语》中地位不低，是"言语"科的代表，外交家（见《史记·仲尼弟子列传》："子贡一出，存鲁、乱齐、破吴、强晋而霸越。"）他到处得到国君分庭抗礼的接见，不是只凭讲话，还仗恃财力作外交后盾吧？虽然司马迁没有记他的经济理论，但他是孔门大弟子，他的思想大概不会离孔子本人的儒家学说太远吧？孔子在《论语》中曾批评弟子冉有（冉求）为鲁国大夫季孙氏"聚敛"财富，却只轻描淡写说子贡一句"赐不受命"，还夸他做生意"亿则屡中"。可见孔子并不是一般地反对"货殖"，他反对的只是"聚敛"，即搜括老百姓。至于子贡做个体生意，又藉经济力量见国君活动政治，并为老师作宣传，孔子是不曾反对的。孔子还说过："富而可求也，虽执鞭之士，吾亦为之。"可见他不反对发财。这是只依据《论语》一部书，不是出于各家书中不同说法，所以应当是合理的。

○：子贡本人的经济理论既然没有说出来，不便以各种各样的儒家理论去揣测，那还是先考察一下"状元"或则"冠军"范蠡吧。

□：我想不如先看看第三名白圭说些什么。他说："吾治生产，犹伊尹、吕尚之谋，孙、吴用兵，商鞅行法是也。"司马迁总结说："盖天下言治生，祖白圭。"原来这位第三名"探花"还是讲经济学的祖师爷。太史公把他和李克（李悝）对比说："李克务尽地力，而白圭乐观时变。"这明显是两种经济思想。李克是给魏文侯致国家富强的。伊尹、吕尚（姜太公）是商、周开国的大政治家。孙膑、吴起是战国的大军事家。商鞅是使秦国变法富强的。白圭竟然以这些人自比，而且提出：智、勇、仁、强四者水平不够的人"虽欲学吾术，终不告之矣"。录取学生的标准还很高。为什么这位祖师名列第三，而李克、商鞅不列入这一篇里呢？

○：听听你的解说。

□：司马迁在引《老子》的语录以后发了一段议论作为引言。其中首先引姜太公（吕尚）如何发展齐国的经济，齐国衰落时又有管仲发展经济，使齐桓公当上霸主，"九合诸侯，一匡天下"。这以下才排列传记，照《自序》说的，只列"布衣匹夫"。以范蠡居首,是说他在使越国称霸以后化名鸱夷子皮和陶朱公经商致富,是商人身份。子贡居次,也只算他是大商人。白圭第三,他是缺事迹而有理论的平民。叙述范蠡时引了他的老师计然的理论。接着说范蠡成功以后"喟然叹曰:计然之策七(《汉书》作"十"),越用其五而得意。既已施于国,吾欲用之家。乃乘扁舟,泛于江湖,变名易姓。"这正好和白圭的话互相照应,治国家经济,使国家富强,和个人发家致富是一个道理;治国、用兵、行法,是一个道理。道理的原则是计然、白圭说的,来源则是篇首引的《老子》。值得注意的是,这一段不是现在通行的《老子》的摘录,甚至可以说是和通行本中的话大不相同。其中末尾两句之下便是"太史公曰",可见这两句仍然是《老子》的。至少是司马迁所解说的《老子》的。照这段话看,《老子》虽然说"老死不相往来"是"至治之极",但末两句话说,在"晚近"(即当时)是"几无行矣",即行不通了。由此才有"太史公曰:夫神农以前吾不知已,至若《诗》《书》所述,虞夏以来……"工商业是不可废的。接下专讲计然、白圭的理论,范蠡、子贡的实践,以至当时(汉代)"都会"(商业大城市)和富人(工商业者)的情况,都顺理成章了。

○:可是这样一来,范蠡的一生便被割裂了。一半是治国,在《越王勾践世家》里,一半是治家,在《货殖列传》里。前一部分中又有治家的一个故事,还是要合起来看才能通气。前半是传,后半仿佛是专题提要。合起来就不必再查对《国语》《吴越春秋》《越绝书》了。至于范蠡、鸱夷子皮、陶朱公是不是一个人,是真事,或则是传说,若不考证历史,那也无关紧要。这是个理想人物,是军事家、政治家、外交家,又会经商,是个交游广阔,到处为家,又不露面的大商人。这不是和《老子》以至

《庄子》中的"人"的理想相似而且也同孔子门徒子贡仿佛么？可惜现在有的电影、电视剧描写吴越之争，强调西施美人计，把范蠡变成另一种人了。也不知是美化还是丑化，总之是"大变活人"，换了一个。怎么才能宣传一下古文献中的（不一定是历史事实的）范蠡呢？看来他是张良、诸葛亮之前的一个文武全才又能进能退的理想人物，是中国传统文化中的一个重要标本。（爱国商人弦高也属这一类，见《左传》。）

□：我以为最重要的是把会做生意的平民范蠡"陶朱公"和振兴越国的大政治家范蠡大将军合起来。我看这好像是解开中国传统文化中读书和做官的文人思想的一把钥匙，同时也可以说是解开中国一些帝王以及官吏直到平民的共同思想交会点的钥匙。文人带兵是中国的传统。行伍出身的"无文"的军人中，大将多而统帅少。传说中的关羽是读《春秋》的。岳飞是能文能武的。《水浒》中三家村学究吴用也能当军师。范蠡对越王说："兵甲之事，种（文种）不如蠡。"可见他是武人。商鞅也是武人，曾带兵打胜仗。宋朝诗人陆游还念念不忘"塞上长城空自许"。不仅兵书战策为文人所必读，而且史书、子书、经书往往和兵书通气。只是明朝盛行可称为"八股文化"的令人窒息的精巧玩艺，又有锦衣卫、"东厂"等等，才削减了这一传统。但是从王守仁、黄宗羲、王夫之等到林则徐、龚自珍以至石达开、曾国藩、左宗棠、李鸿章等，没有一个不是才兼文武的。孙中山也当过大元帅。军阀吴佩孚是个秀才。传统文化中的这一层大概知道的人很多。不仅治国和治家相通，文武相通，而且政治和经济相通。"君子固穷"，并不是不懂致富之道，只是不屑于去做，所谓"自命清高"；若真的不懂，那便叫做十足的书呆子，为孔、孟、老、庄所不取。至于真懂、假懂，能不能实践，会不会成功，那倒不一定。不过一定要树立这一点为理想。孔子也学射箭,据说还是大力士,说门人子路"好勇过我(孔子自称)"。他虽不讲经济,他的门人冉有、子贡都精通此道。讲到和尚,那只要举一个为明朝永乐皇帝打天下的军师姚广孝就够了。道士则有远赴西域见成吉思汗的长春真人邱处机。少林寺的和尚、武当山的道士是武术的两大宗派。这个文化传统是不依教派等招牌而分别的。欧洲就不然。恺撒、拿破仑有战纪、回忆录,亚历山大、奥古斯都、威灵顿、纳尔逊就不以文学名家了。他们重专业不重兼通,不以文武双全为理想。著《远征记》《万人退军记》的色诺芬那样的人不多。

○:照这样,我看不妨考察一下范蠡和商鞅,着重在治国和经济一方面,看他们怎么使越国和秦国骤然强起来的。

□:这两人不过用了一二十年时间就使两个落后的穷国一跃而成强国。吴灭越在公元前四九四年,越灭吴在公元前四七三年,刚好二十二年,正合上伍子胥的预言:"十年生聚,十年教训。"秦孝公用商鞅变法在公元前三五六年,商鞅死在公元前三三八年,不到二十年。从范蠡、商鞅的实践搜寻他们的思想原则,可以得出这种速效的经济"软件"吧?搜寻的方法,用当代欧美人常用的行话,是不是可以说是用一点现象学的和诠释学(解说学)的方法?其实这也是土法。

○:我们不用术语和公式好不好?我想,要考察怎么由弱变强,由穷变富,就得先看当时的形势。各国对比才有贫富强弱之分,自己看自己总是可以"知足长乐"的。从春秋到战国,转变年代照旧说是韩、赵、魏三家分晋得周王承认的公元前四〇三年,司马光的《资治通鉴》由此开始。越国称霸在其前七十年。秦国变法在其后不到五十年。可见这一百多年正是一个大转变时期。形势上有什么一般不大重视而值得一提的？

□：我想提出两点，是从全中国范围和整个历史着眼的。一是外强而内向，二是落后入先进。

○：此话怎讲？

□：公元前七七〇年周平王东迁是东周或春秋的开始。他是避西戎从陕西逃到河南的，也就是离开了周的发祥地到了殷商后代的集中地区。殷周文化的这个中心地区里，除了号称"共主"实际只是招牌的周王以外，还有一些小国，而最大的统率别国的霸主，先是用了管仲作宰相的齐桓公，后是晋文公，两人是五霸的头两名。齐是在山东半岛的被征服的东夷之国。晋是北方戎狄杂居之国。后来在南方强大起来的楚是以苗为基础的南蛮之国。西方的秦更是西戎之国。东南兴起较晚的吴是并了淮夷、徐夷的。越更是落后。前几个强国还是周王封了贵族带人去统治的。吴号称由周的祖宗泰伯算起，越号称由禹算起，实际都是文化落后地区。本来是"断发文身"，连帽子衣裳都没有的。司马迁写的是《越王勾践世家》，连上世的年代人物都说不清。由此可见，中原地区虽有悠久的殷、周传统文化，又有"天子"政权，但是没有力量发展，物产不丰，人力四散。强大起来的是四周的边区。中原的炎帝、黄帝嫡系子孙在上层，但无力复兴，靠血统难以维持，而四外的许多落后种族互相结合，发展很快。我说的"外强而内向"指的是地区。外部边区强了，但不是分裂出去，而是合并进来。内部中心弱了，不能打出去扩展，而是"外来户"进来压倒了"本地人"。我说的"落后入先进"指的是种族。落后的小的族（还不成为近代的欧洲的所谓"民族"，因此不能构成近代意义的"民族国家"）迅速发达成为先进。这些族中有的能像海绵一样吸收并且能融合非本身的力量化为己有。这两句实是指一个总的情况。这现象开始于春秋战国，但没有停止于秦汉。陈寅恪在论李唐氏族时曾说："盖以塞外新鲜之血液注入中原屏弱之躯"，以此解说唐代之盛，实际也影射清朝前期之盛。他所谓注入血液虽重在指种族混合，但也兼指广义文化的扩展。不过他重视上层统治阶级，也没有明指"注入"是"内向"的扩展。我说的主要指中下层阶级的民众文化和国力，而且着眼于中国之所以成为大国以及能长久维持独立历史的要点。这一情况大概可以说是中国的特点，和欧洲及其他处的向外扩张以及不断分裂的情况很不相同。这是事实，不见得是坏事，不必讳言，否则会走上外国的向外扩张及分裂的路子，反而不利。我觉得先要承认（认识和解说）事实；至于为什么会这样，追索原因，那是另一层问题，是世界史而不仅是中国史的问题了。

〇：由此我想到楚文化的研究极其重要。为什么楚国以苗族为基点发展起来，而能合成那样大的疆域？除巴蜀入秦外，长江流域东至吴越，西至滇黔，南达珠江流域，能合为一国，形成了由巫文化发展起来的楚文化，出现了和《诗经》并立的《楚辞》以及最初的"个体"大诗人屈原、宋玉和演员优孟、优旃。尽管国王不争气，国被秦灭，但是灭秦的还是楚人项羽、刘邦，由楚地起兵，真是"亡秦必楚"。楚文化和南亚及东南亚文化看来也大有关系，从古代来源到近代脉络都不容易划界分清，说明轨迹。这也不仅是中国文化问题。

□：说得太远了。还是回到范蠡、商鞅这里来吧。

〇：商鞅是卫国人为秦所用。秦穆公曾从戎人那里用五张羊皮赎来一个百里奚作丞相，由弱小而强大。秦孝公用商鞅变法，主要是耕、战二字。有了粮食，有了兵（兵器和士兵），加上以军法部勒，就什么都有了。这个"软件"或"模式"容易看出来。

简单说，秦始皇墓的兵马俑便是象征符号。这也许可以叫做兵马俑文化吧？这是个"系统工程"吧？见效很快。商鞅领兵打仗几乎战无不胜，可是最后自己逃不出自己设的法网，也打不过自己练出来的兵，惨遭车裂。这种模式是稳固的，但不是发展的。像兵马俑的阵势那样，很有力量，可以指挥如意，但本身不会生长，或则生长得很慢。要发展只有向外扩张，抢别人的。可是遇到更强的外敌，或则内部出了裂缝，那就很危险。结成一个阵，存则强，破则瓦解。秦国的兴衰就是这样。兵马俑中出现了陈胜、吴广这样的活人，阵便破了。不仅中国，外国也有，最近的便是胸前挂满纳粹勋章的戈林。

□：别又说远了。还是讲范蠡吧。值得注意的是，助吴国兴起的是伍子胥（伍员），助越国强大的是文种、范蠡，这三个人都是楚人。吴国的宰相伯嚭也是楚人。伍员、伯嚭是贵族，文种、范蠡是平民。秦国用的百里奚是奴隶，商鞅是贵族。

○：商鞅挨了两千多年的骂，现代又受表扬，他的那一套一直未断。大家比较知道他的理论和实践，便于概括。直到现在，范蠡还是被当做一个行权术的人，只会出计策，而陶朱公又只算是一个会投机做买卖的人。《史记》说越王用范蠡、计然，引计然的话。据说他是范蠡的老师，可是没有事迹流传。经商历来称为计然、白圭之术，陶朱、子贡之能，但不容易将理论和实践结合起来。很难像商鞅的"耕战"思想那样，可以用"兵马俑文化"一词概括。

□：其实也不是很难。范蠡的一套在民间势力很大，但在上层总是处于下风。《史记》说："李克务尽地力，而白圭乐观时变。故人弃我取，人取我与。""计然曰：知斗则修备，时用则知物。二者形则万货之情可得而观已。……无敢居贵。……贵出如粪土,贱取如珠玉。财币欲其行如流水。"白圭、计然、范蠡三人的思想是一样的。原则虽有九条,但归结起来只是"时变"二字。《史记》说陶朱公"以为陶天下之中,诸侯四通,货物所交易也。乃治产积居与时逐而不责于人。故善治生者能择人而任时。"说白圭"能薄饮食,忍嗜欲,节衣服,与用事僮仆同苦乐,趋时若猛兽鸷鸟之发"。知时和知人是中国古今(社会主义阶段以前)做生意的秘诀。范蠡知时,所以既能治国,又能发家。他能全身而退,不像文种那样为越王所杀。他在致文种信里说:"飞鸟尽,良弓藏;狡兔死,走狗烹。"这就是知时。他在齐国发了大财,又被用为宰相,便说"久受尊名不祥。乃归相印,尽散其财",又改姓名到了陶。这也是知时。他的知人,一是知赵王勾践,不为所杀。二是知自己的儿子。两者都记在《勾践世家》中。关于他的三个儿子的故事是古今传诵的。明朝冯梦龙还收进他所编的《智囊补》里。故事说来话长,有书为证,就不必多讲了。

○:你的概括很不错,但我觉得漏了一个重要的中心点。说是说了,但没有着重,因此还没有指出李克和白圭的根本分歧。这也是商鞅和范蠡的根本分歧。历来讲做生意的也往往会忽视,或则在重要时刻忘记这一点。因为这是常识中的常识,所以好像不成问题,不必提,但恰恰这是根本。这就是计然所说的:"积著之理,务完物,无息币。……财币欲其行如流水。"白圭所说的是"积著率(律)"。这就是"时变"。知时就是知变。不变化还能有什么时间?时间就是变化,就是流水。所以双方分歧在于一是兵马俑,一是流水。一个不动,一个不停。

□:你也玄虚起来了。不过由你所说,我想司马迁讲"货殖"一开头引《老子》的那段话也是这个意思。邻国相望,鸡狗之声相闻,各各自给自足,老死不相往来;那是"至治",不是现实，在"晚近"是行不通的。《老子》《庄子》经常这样说话。这就是所谓"寓言十九"。他们的"言"是符号（不是象征）的一种，寓意在外，另有所指。讲的是不通，不往来，指的是通，是流通。没有末两句话也是一样。那意思是：不通好是好，但是行不了，结果还只得是通的好。末一句就不讲出来了，要意会，"意在言外"。《庄子》常说"悲夫"之类的话，也是将肯定否定合在一起的。做生意见价钱好就快卖，"贵出如粪土"。看准了要贵起来的便宜货，要"贱取如珠玉"。若不是珠玉，也就谈不上"贱"了。最重要的是计然说的最末一句："财币欲其行如流水。"埋在地下的钱没有价值。李克和商鞅的"务尽地力"，是用尽物力和人力的办法，是着眼于生产组织。白圭、计然和范蠡的"乐观时变"，是使物力和人力永远用不尽的办法，是着眼于流通过程。这是两条根本不同的原理。一个拼命消耗，一个不断循环。孙中山说的国家富强的四条件是："人尽其才，地尽其利，物尽其用，货畅其流。"他想把双方合起来。前面三个"尽"字要看怎么理解。若照李克、商鞅的解说，都用尽了，连潜在的都挖尽了，那还有什么？不是完了吗？树砍光了，还有木材吗？鱼捕光了，水会自己生出鱼子吗？埋藏和劫掠自然界现成财富是直线不变式。"无息币"是经常变化，"生生不已"，循环不息，那就完不了。所以叫做"生意"，是曲线流动式。物要"完"，完整，完备，完好，质量高，才有用。废物无用就不算货物。堆在那里不能用便是废物。兵马俑埋在地下有什么用？能打仗吗？范蠡看重水陆交通，这是流水文化。设长城关闭不如修运河流通。这是兵马俑和流水的区别吧？"货畅其流"，不但要流，还要畅，不拦截。

〇：你这番"通"论很好。但是不停的"通"也不行吧？古时交通不便，信息不畅通，所以只讲"通"不要紧。当前世界上就怕"通"得太快了。要出另一方面的问题。物和人也还是要在流通中有停顿的。"积著"中也有"积"的一面。长城堵，但有关口可通，运河通，但也要设闸，都有两面。计然的话的开头一句是"知斗则修备"。所谓"有备无患"。"备"什么？备斗，即战备。治国和做生意是一样，和种地不大一样。但"备"也不是堆在那里不动，像兵马俑那样埋起来，或则只供参观之用。物和人都不是只供参观的。供参观也要更新，人看厌了就不再看了。计然的第二句话是"时用则知物"。"时"可不作别解。能应时而用的才是"物"。"物"是从"用"而来的。"用"指其功能。物有名称，好比符号。符号指示功能。功能不具备便失去本来意义，变成另一种"物"。兵马俑本是殉葬用的，是备死者用的。挖出来成为展览品，就不是为死者而是供生者用了。名同实异的符号有的是。"物"和"人"都一样。

□：我想还是不要用符号学的语言吧。正在生长中的学问的术语的用法和意义还不能都得到一致理解，译名不一，歧义难免。所谓"难懂"或则"误解"往往是出于歧义。我们还是用普通人的话说吧。我们的方法本来是"土洋结合"的。计然和白圭都重视一个"时"字。范蠡的一生行事全是随"时"而"变"。不过知"时"很难。"趋时若猛兽鸷鸟之发。"看准了时机，行动就要快。范蠡做生意是"积居与时逐"。计然的"积著之理"，白圭的"积著率"，也是指这一点。"积著"即"积居"。子贡"废著"，《史记集解》说即"废居"。计然说"无敢居贵"。大商人吕不韦说"奇货可居"。这个"居"字是古代做生意的一个要诀，不能只解作囤积。"居"是待"时"，是为卖而买，着眼在卖。"居"这个动词是很有文章可作的。经商不能不"投机"，即抓准时机。"守株待兔"不是经商。不能"见机而作"即不知"时"，不能经商。货存腐败了，不能卖了，就不是货了。

〇：另提一个问题。白圭把"治生产"、做生意比做孙、吴用兵，范蠡自称长于"兵甲"，还当了大将军。对这一点怎么解说？范蠡是怎么打仗的？

□：这还用说？打仗更要看时机。宋襄公那样的迂夫子怎么能打仗？用兵和经商都不能死板。老实并不等于死心眼。据鲁史《春秋》记载，二百四十二年里，列国的军事行动有四百八十三次，朝聘盟会有四百五十次。战国时当更多。无怪乎那时的"士"和所著的书都离不开军事、外交，也就是和"经济"之道相通了。范蠡会打仗，会办外交，又会经商，是毫不足奇的。他知时机又行动快，自然无往而不利。据说日本人学《三国演义》中的打仗方法去经商，这是很自然的。《孙子》兵法和《老子》哲学都是沟通军事、外交、经济的，是春秋战国经验总结。那时的"士"各国奔走，见多识广，各有一套，自然有高才加以总结，并且会有人"批阅"和"增删"的。秦汉以来再没有这种"百家争鸣"情况了。十六国、十国时期都赶不上。一个原因是春秋战国时关卡没有后来厉害。就当时交通条件说，流通很方便，信息和货物和人才都流动得很快。背景是各国不断打仗和盟会，信息不灵就判断错误，抓不住时机就失败灭亡。秦汉统一天下后，一方面是交通更便利，另一方面是关卡更严密。利、害，得、失总是分不开的。有时又要通，有时又怕通。用计然、白圭、范蠡的思路观察就很清楚。若说范蠡的打仗要诀，当然首先还是知时。越王见吴国内部虚弱，以为可打，范蠡说还不到时候。等到吴王志得意满率精兵北上时（据说是信了子贡的别有用意的话），范才说"可矣"。趁虚而入。这叫做"批亢捣虚"。其次是兵力配备得当，不是摆阵势（士卒拼命可另外算）。《史记》说是"发习流二千，教士四万人，君子六千人，诸御千人，伐吴"。用现在话说就是：精通水性的水军二千，经过训练的战士四万，可靠的亲信近卫军六千，非战斗人员（包括后勤）一千。这个配备的比例是很有意思的。这明显是过太湖北上的水陆两用战术。这是北方所缺的。北方是用战车，讲"千乘""万乘"。吴、越先后横行于江、淮一带。吴、越后来归楚。楚亡以前还东退到淮南，即吴地。项羽、刘邦起兵也在东南。这都不是偶然的。

○：说得太远了。我还有一点不大明白。我看商鞅和范蠡这两套"软件"，一是长城、兵马俑式，有坚固的阵势，却不灵活，因而同时又脆弱。另一是运河、流水式，或有江有湖式，很灵活，善投机，但缺少实力，若看错时机又很危险。所以秦和越的国家政权都不长久。反而楚国松松垮垮倒能维持很大地区而且拖得很久。这是为什么？秦和越都重实效而不大讲道德。商鞅残忍，范蠡狡猾，怎么又能和孔、孟、老、庄、伊尹、吕尚连在一起？这不是阳刚、阴柔，象棋、围棋，农业、商业，政治、经济，都混在一起了吗？

□：不仅如此。虚实相生，方圆并用，只用其一便难长久。但断而又续，绵绵不绝。和中国历史相比，东、西罗马帝国的热闹就显得逊色了。吴越地区就统治者说是短命，就国力和民间说却不然。三国时只吴国最为稳定。中原的袁绍、董卓、曹操、司马懿不停换班，兵戈不息。刘备只是夺了本家刘表、刘璋的地盘，也不如孙权长久。吴国大都督周瑜、鲁肃、吕蒙、陆逊继任没有出问题。南朝、南宋在此地偏安。明初经营东南。大运河是为使南方财富北上。江、淮、太湖的水、地、人力长期没有耗尽。这也不是偶然的。说流水文化不如说江湖文化，有江还得有湖，才是"积居"。又通，又存，不填塞，不挖尽，有节奏，是音乐，不是噪声。

○：你又扯远了。就我们谈的题目说，两套经济软件的思路不同。一个认为积聚的才是财富而流通的不是财富。一个认为流通的才是财富而积聚的不是财富。前者是长城、兵马俑文化，后者是运河、江湖、流水文化。不积聚便少大古董遗留下来。用现在经济常识的话说，一个着眼于生产和分配，舍不得在流通上用力量。一个着眼于流通，而把生产和分配附属在交换上。用简单含糊的话说，可以算是自然经济和商品经济，但这是抽象说法，实际上两者是并存的。欧洲人的划格子思路不大合用。这样说，不知道对不对？

□：照你这样说，那么，大战前的德国和日本是用商鞅软件而英国、美国是用范蠡软件了？

○：也不尽然。两套程序是可变的。战后的西德和日本就改用范蠡软件了，仿佛是打了败仗的越国。两套程序都可以快速见效，但效果不一样。日耳曼、德意志，名称很古，但成为现代国家是从一八七一年普鲁士邦将其他一些邦统一起来才开始的。二次大战后分立民主德国和联邦德国。西德从一九四八年起整个换了战前程序。日本虽然有称为"万世一系"的天皇，但成为现代国家，尊王抑幕府，有了中央集权政府，是从一八六八年明治维新开始的。战后也改变了程序。就两国的民族和文化传统说，都是古国，但就现代意义说，都是新兴国家，采用两套程序的时间都很短，见效都很快。两国都是轮换采用两套软件。能不能同时应用？有些第三世界国家试来试去，总是来回摇摆，很少见效。为什么？英国患了衰老病，还赶不上它原有而现在独立的有的殖民地。美国患臌胀病，天天想减肥而不见效。北欧所谓福利国家也有些消化不良，循环阻滞。可见单一程序未必有长效。

为什么？

□：这个问题不好简单化。两套软件虽可说是一实一虚，似乎可以虚实并用，实际却不然。范蠡是不断转移阵地的。他总是能白手起家，散了又聚，由实而虚又由虚而实。那时没有金融信贷，他凭任么能使"财币行如流水"？日本的流通加速发展到全世界，担心流通不畅，近来有再乞灵于商鞅的迹象，但还是学习陶朱公。日本人爱好围棋，应当明白虚实相生之理。日本处于西欧、北美和东欧、亚洲之间，仿佛是陶朱公所说的陶，又先后兼用过商鞅、范蠡两套软件，所以现在的动向为全世界所注目。

○：不要再空谈天下大势了。说到围棋，我们不妨在三百六十一个交叉点上用黑子、白子作实地试验吧。这是争先又争空的，是以虚为实又以实为虚的。范蠡和商鞅若下棋定是国手，和清代的范西屏、施襄夏一样，也是两种风格。

□：孟子说孔子是"圣之时者也"。老子说："不为天下先。"我们且到棋盘上去争时、争先吧。

（一九八九年）

"道、理"·《列子》

我们中国人最喜欢讲道理。不论识字不识字，读书不读书，大家都知道凡事要讲道理，也就是讲理。"你讲理不讲理？"是吵架和打架的序言。

从书本上说，道、理两字可以概括两三千年的文化思想。不但老子开口就是"道可道，非常道"，而且孔子也是开口"天下有道"，"天下无道"，闭口"道之不行也"，"大道之行也"，以至于"大学之道"，"生财有大道"。南齐刘勰作《文心雕龙》，开篇是《原道》。唐朝韩愈作《原道》，建立了"道统"。宋朝的哲学称为"道学"，又称为"理学"，讲"万事万物莫不有理"。于是"道"、"理"并称，成为"道理"。

稍微细看一下，"道"和"理"的流行又有先后之别。孔、孟、老、庄不大讲"理"。从宋朝起，讲"理"胜过了讲"道"。分界线是在五代十国之时（当时有位名人叫冯道）。这以后"道"便主要属于"道家"，"道教"。"道学"只沾点边。"讲道""布道"在基督教会里。"讲道理"也简化为"讲理"了。

魏晋南北朝时佛教进来，佛"法"化进了中国原来的道理。和尚早期也称为"道人"。但"法"（达摩）始终没有代替"道"和

"理"。那时是变化的开始。大变化是在晚唐五代。这以后中国社会的许多方面便和以前有很大不同了。也许全部过程是从三国到五代,但那太长了。或者可以说,南北朝是一变,五代十国是二变。孔子说过:"齐一变至于鲁,鲁一变至于道。"(《论语·雍也》)中国读书人中流行的思想却是"道"一变,二变,至于"理"。这和不读书人的思想也是相通的。天师道或五斗米道后来变为天理教。不过"道"字的势派好像还是比"理"字大些。"替天行道","天道好还",比"天理昭彰"通俗些。但是到末了,"理"字大占上风。真理、理论、理智、理性等词流行,"道"字不见了,"理"字也不是原来的了。

从什么时候起不讲"道"甚至不大讲原先的"道、理"了?我看是在清朝道光年代。"道光"的"光"本是光辉,变成了"精光"。清朝从满族入关建立大帝国到"亡国"共有十个皇帝。一帝一个年号,很好记,是顺(治)、康(熙)、雍(正)、乾(隆)、嘉(庆)和道(光)、咸(丰)、同(治)、光(绪)、宣(统)。道光正在中间、承上启下,从讲"道、理"到不讲"道、理"。确切些说是在这以前,大家一直讲了几千年的大"道、理",从这以后,越来越不讲,也不爱听那一套大道理了。

为什么道光年间起了变化?背景很容易说,是有了两件大事。第一件是,从遥远的欧洲,经过印度,来了越来越多的鸦片,终于在道光二十年(一八四〇年)引起了东方天朝大国和西方蕞尔岛国英吉利的一场大战。天朝竟然糊里糊涂被打败了。赔了大量的白银还不算,又开了五个海边口子,名为"通商口岸"。"口岸"上有"租界"地归外国人管。还割让出去一个小小的没有几户人家的小岛。这岛当时无名,现在大大有名,就是香港。这一仗打完了,全国上上下下都是鸦片烟,到处都是洋人加洋货,还有洋书、洋学、洋思想。从前印度佛教进来时的情况可不能和这时相比了。第二件是,在这以后不过十年,道光三十年(一八五〇年)爆发了标榜上帝教的太平天国反对清朝以及孔子的长期内战,少算是十几年,多算有二十几年。中间还夹着外国(英、法)军队打进北京(一八六〇年)。从此,玉皇大帝,元始天尊,加上阿弥陀佛,都化而为一个上帝。"德配天地,道冠古今"的"至圣先师"被指为"妖"。这一仗打得天昏地暗。太平天国亡了,但孙中山从洪(秀全)、杨(秀清)的传说故事得到启发,将上古的"汤武革命"现代化。武昌起义,一仗就打掉了几百年以至几千年的皇帝。从此"革命"成为至高无上的好事。"造反"有了"理",几千年的大道理仿佛冰消瓦解了。

三国、六朝是初变,五代、十国是再变,"道光"是最后大变。"道"从此"光"了。

是不是全都变了?从头上的帽子到脚上的鞋子,从男人的辫子变光头到女人的小脚变大脚,哪一样还是几十年前的老样子?讲的话,作的文,也大变了。我的生活于清朝的父亲假如活过来,我敢说他听不懂话,看不懂报,若是见了我写的文章,一定会气得再死过去。看起来是变得一点不剩了。

然而,还是有许多人,读书人和不读书人,认为并没有变得彻底,甚至认为变了躯壳还没有变魂魄。这是为什么?"魂魄"是不是哲学、思想?

大约是蔡元培当北京大学校长时才开办了一个哲学系,开了一门从来没有的"中国哲学史"的课。起先是一位陈老先生主讲。据他的学生冯友兰先生说,讲了一年才讲到周公。我问过他:周朝以前哪有那么多可讲?冯先生说,陈老先生是从伏羲画八卦讲起的。我才恍然大悟。原来这门"中国哲学史"讲的是《易经》,

当然再讲一年也只能讲到孔子了。这样，蔡校长才从美国请了二十几岁的胡适博士来讲。他讲的《中国哲学史》只有上卷。现在看来平平无奇，当时却是石破天惊，是第一部讲中国的"哲学"的历史书。哲学是个外国字的汉字译名，所以孔、孟、老、庄全穿上了西装，墨子也大讲"逻辑"。以后有人扩大"哲学"讲"思想"，于是出来了一本又一本的中国"思想"史。这许多"史"讲来讲去，大半出不了一部分书本史料。哲学固然是书本，思想也只在书本中见。可是几千年来中国人中绝大多数都不识字，识几个字也只写信记账，不大读书。讲中国不能把他们忘了。他们听书、看戏、种地、打仗、做工、经商，有的甚至做大官，当皇帝。他们的思想是不是中国人的思想？和书本一样不一样？他们的思想在哪里呢？据说君臣、父子、夫妇的"伦常"是中国人的主导思想，可是从春秋起，甚至更早，就"弑君"不断，"谋杀亲夫"也代代都有，这是怎么回事？所以讲哲学（外国字）也罢，讲思想（中国化了的外国字）也罢，有两套。一套是书本里的名家著作。这可能是顶子、尖子，也代表了不少普通人，因为这些名字名气大，有人推广，所以影响大，但信从的人未必普遍，推广者也未必都照办。另一套是书本里没有专著的普通人的思想。他们有行动，也有言论，但不识字，或则不会写书。然而，他们自己不写书或者不能写，别人会代他们写，记下他们的事和话，也会提炼一下改头换面写成故事、小说、戏曲之类。这些东西本来是从不识字不读书的人那里来的，所以一回去被他们知道了又传播开来。也有高深著作包含他们的浅近思想。这一套思想史里不能说没有哲学，只是在"学案"式的书中还不大有地位。我希望有人能把两套合一来研究并写作中国哲学史或思想史（已有这样作的，但仍以名家名派为主，未及全局）。

中国古代读书人和外国古代的很不一样。他们不像在古希腊、罗马有城邦养活，又不像在中世纪欧洲有教会养活，也不是印度的婆罗门、沙门那样可以靠供养或说乞食来生活，也不同于波斯、阿拉伯的有宗教维护，所以尽管在教书、卖文（替人写寿序、墓志铭等）之外，有些人可以放心做官和吃地租，但这是极少数，绝大多数还是不能不为衣食住着想。当官的也是"伴君如伴虎"，不做官又会受官府和恶霸的欺侮。他们的诗文仿佛高超自在，其实"乐天"在于"安命"。饿有饿的苦。饱有饱的愁。不"发愤"何必著作？这句话是太史公司马迁的"一语破的"。那些应考之作，应酬之作，花前月下享乐之作，很少传下来的。连清代幕僚的作品《秋水轩尺牍》也是牢骚居多。传下来的诗文中往往是"香艳"实不"香"，"脱俗"未离"俗"。"黄连树下弹琴"，苦中作乐而已。嵇康临被斩还弹琴作《广陵散》，是超脱吗？真超脱便"尸解"而不作声了。他的"作声"抒发了万千不作声的人的叹息。不作哀悼之词往往是发哀悼之情。这一层道理近来渐渐有人说到，不过往往用外国话说，什么"集体无（非）意识"、"隐喻"之类，还没有中国化。

不但文艺如此，哲学思想也一样。中国古人读书作书重实，这已成为常识。还应当说，不仅是虚中有实，而且是实中有虚。前者不必说，都知道，后者可以说是以实事表达思想，以语言表达语言所不能表达的"语言之外"的意思。这就是所谓"寓言十九"。不以实表虚而以虚表虚的比较少，如《老子》《公孙龙子》之类。这些书里也有实，不过可能是口传，而记下来的就有骨无肉了。流传广远而悠久的都是有实事或有故事的书。孟子说的拔苗助长是一例。《列子》里的愚公移山又是一例。

不妨谈谈《列子》。这是道教的三大"真经"之一，仅次于老子《道德经》和庄子《南华经》而称为《冲虚至德真经》。可是久矣夫比不上老、庄,而到现代更受冷落。原因大概是这书被证明为后来的"伪作",不是《汉书·艺文志》中著录的原本,更不是《庄子》里说的那位"御风而行,泠然善也"的列御寇所作。编订作注的张湛是晋人,所以有人以为可能是注者所作或编纂。《列子》不属于"先秦诸子",于是地位大降。其实这部书有自己的特色。其中思想的来龙去脉比书的流传更为广远。特色之一便是书中的寓言故事多,也就是以实说虚的多,类似《庄子》而又有不同。由此,不仅有浓厚的文学意味,而且有明显的民间色彩。因为可能书出于魏、晋,内有佛经故事被"取为我用",所以书又降低一格。实际上引用故事主要是继承战国诸子以来传统,而且和印度佛经有一点大不相同。佛经故事总是以故事来证明一条已说的道理,中国的,例如《列子》,却常用故事来说明一条未说的道理。道理讲不清楚,就来一段故事。认为《列子》是思想和故事的杂烩也罢,较秦、汉书为晚出也罢,不应当抹杀这书表达了中国社会思想的意义。它不仅发挥了秦、汉以来以至魏、晋的社会思想,而且延续到以后,特别是在民间,并未断绝,不仅是神仙理想。例如为报仇求三种快剑杀人不死的故事(《汤问》),是生动、幽默而有哲理的奇想,作为新武侠小说也可入上品。

再说说"道、理"。中国人思想习惯喜欢对偶。"道、理"好像没有对立面,只有"无道""无理"。实际上是有。那就是"势"。"势"是不讲道理的。贾谊《过秦论》末句说:秦亡是由于"仁义不施而攻守之势异也"。这是"道、理"(仁、义)和"势"并提之一例,但仅仅讲了"形势"之"势",未及其全部意义。"势"表示一种不可抵御的力。《列子》讲"道",讲"理",也讲到"势",但不以为主题。有一篇《力命》,开头便是"力"与"命"的对话。将抽象的"力"和"命"人化,这和将"混沌"作为人一样,是古来相对说比较少有的一种表达法。在这里仍然是以故事、对话表达抽象道理。这对话表明,"力"不一定能达到预期的结果。"命"是改不掉也说不清的。换句话说,人事讲不出道理。这世界不合理。这世界是荒诞的。其中列举了一系列不合理的公认传说作为事实来证明。《列子》讲的道理是自然无为,矛盾无理,因为"自然"不讲道理,努力常是白费,结果往往和预料相反。这也就是说,"势"胜过了"理"。著名的愚公移山故事,在《列子》里只是证明愚胜过智,神也怕人愚笨得挖山不止。"力"起了作用,用的可是笨法子。结果也不过是神把山搬到别处去堵别人的大门而已。《庄子》的达观显露出不得已。《列子》的"自然"喷发出悲观气息。《老子》是给特殊人讲的哲学。《庄子》是给读书人讲的哲学。《列子》是给平常人讲的哲学。

对当前的新著作都希望有不平常的信息,因为平常的说法我们已经知道了。对古代的书想要知道的是古人的普通思想,因为突出的名人的思想我们已经知道了。《列子》讲的道理高不过老、庄。八篇书就篇名、篇首次序看,从天、黄帝、周穆王、仲尼(孔子)讲到殷汤、力和命、杨朱。最后一篇题为《说符》,用故事、对话讲道理。全书讲了不少仿佛莫测高深的话,也讲了很浅显平常的事。总之,全书教的是"世故"。书中有一片悲观厌世的气氛,胜过庄子,胜过佛教,因为不以空言自慰,又没有涅槃和报应。托名子贡说"大哉死乎"(《天瑞》)的恐怕只此一家(《庄子·至乐》与此同而有异)。歌颂愚痴而以"不识,不知,顺帝之则"(《仲尼》)为理想的也许是以此书为首。"朝三暮四","愚弄群猴"(《黄帝》)。"歧路亡羊",叹"道"多舛(《说符》)。劝杞人不要忧天忧地,表面上说天地可靠,骨子里说的是人逃不出天地以外。说天地会坏,不会坏,都不对(《天瑞》)。许多荒唐故事和荒诞话不过是指向人世的荒诞无理,讲出没有道理的道理,有"物理"无"人理"的学问。这可算是特别的世故教科书,是一两千年前中国的卡夫卡。

中国讲道理的古书很多,所讲的道理已有不少书介绍、评论,但讲的方式不大受到注意。讲的什么,很重要。怎么讲的,同样重要。和别的国比较,中国方式中有几点更着重。一是对话,二是寓言,三是反讽(指东话西,正言若反)。《列子》里面三者俱全。这是杂烩,也就是"大路货"。在这方面,它也够得上一部"真经",一种"样品"。

顺其自然岂不是听天由命?但"乐天知命"也仍有忧(《仲尼》)。承认自然的威力又不免咕咕叽叽。无可奈何又有时不服气。违反自然也出不了天地的包围。我想,假如阿Q先生能成为哲学家,也著书讲道理,很可能他的大著就是一部《列子》。

(一九八九年)

《四书》显"晦"

中国古代文学和外国古代文学，从春秋战国和古希腊罗马起，有一显著不同点，从八股文可以看出来。依对话定诗文体是中外共同的，不论对话双方是否都明显出现于作品中。可是中国作品中大多是对话中的"应"，而且多半是"应试"或"应世"即"应酬""应景"，很少自发说自己独有的话如《老子》的，尤其是"代笔"为他人说话更是如此。《文心雕龙》中论的《章表》《奏启》《议对》《书记》都是对话的一方说话，着重文辞和作法，必须考虑对方的地位和关系而且常是代笔。越到后来，套话越多，文不从心，辞不达意，往往半吞半吐，半真半假，要言藏于废话之中。这和外国的多数作品，不仅是近代的，很不相同。试读《新约》中的《保罗致罗马人书》就可显见差异。中国的"应对"之作，尤其是"应试"的，更加诚惶诚恐，因为所"应对"的是掌生杀之权的皇帝或皇帝的代表，从主考官以至塾师和家长都是。这些人都是像贾政那样代表朝廷（即皇帝）教育子弟的。皇帝是一个，又是无数。对于能读书作文的人，应科举中式与否，能不能做官，极关重要的，是社会上以及人生中的一大关键。试看高鹗的《兰墅砚香词帘存草》终于戊申（一七八八），即终于中举之年。其中不止一处提到"戊申秋隽","秋隽"。如《荷叶杯》一词是"戏书","谈秋隽事"的。词云：

> 盼断嫦娥佳信，更尽。小玉忽惊人，门外传来一纸新。真么真？真么真！

真是传神之笔。"报单"到门时惊喜之状溢于言表，令人想起"范进中举"。这词不是应试，也不是代笔，所以说了心里话。中举后过了三年到辛亥（一七九一），他便写出《红楼梦》的《序》，刊出"程甲本"，在《序》中特别声明这部小说"尚不谬于名教"。真险。中举时那么高兴，所以宝玉也无端要中举，若是早中几年，只怕《红楼梦》补不成或者是补成另一个样，宝玉不见得会出家了。因为他中举之后便不作词，自然更不会作小说了。此后不过七年，到乙卯（一七九五）他便以一篇阐述孔子论"子贡方人"的八股文得到"钦取第二名"了。又过三年，戊午（一七九八），他就作八股"程文"给"满洲诸生"示范了。如此得意，致力于八股，还能去写"红楼"的悲剧吗？

"应对"诗文中八股是终结，开始却远在汉代，甚至可上溯到春秋战国。秦始皇帝设国家高等学府"博士官"，宣布"以吏为师"，是承先启后杜绝游学游说的制度化措施。正式的近古八股的制度化则开始于朱熹的《四书》。

《四书》即《大学》《中庸》《论语》《孟子》，是两部书和两篇文，出于春秋战国，在西汉时不列于《五经》。《大学》《中庸》在《礼记》中。《礼记》有大戴、小戴两传本，属于"三礼"之一。经书到东汉才经马融、郑玄全部编定，才有注本。到南宋朱熹合编《四书》并且将《大学》改订补充成为新本。所以本来的两书、两文和朱子合编的《四书》不能算是一回事。合成一部《四书》，加上朱子采纳各家而发挥自己的《集注》，这应当算是朱氏的著作。他依照孔子的"述而不作"之说，自己不作书而编书作注，以古圣贤为匾额，让古人替他说话。形式上是朱熹注解孔、孟、曾（《大学》）、子思（孔子之孙，《中庸》），实际上是四家合起来说明并证实朱子的学说。这是中国古典著书传统的一种习惯，让别人替我说话或者是我替别人说话。后者即八股的"代圣人立言"。从元代起，朱熹之学成为朝廷规定的官学，《四书》由汉、唐、宋之隐晦不章而成为第一显学。这同时也可说是"晦学"，即朱熹、朱元晦、朱晦庵之学。这部元明清三朝读书识字人第一熟悉的书还有没有隐晦未曾揭发？

从对话观点看《四书》的文体，显然都是对帝王论政的讲话，即"议对"。从《礼记》摘出来的两篇文，《中庸》里有"哀公问政"一节，点明是鲁国之君问孔子政治纲领，孔子答复。其他也多半是直接或间接向统治国家的人对答，不过没有点明问的人，或者没有问的人而说话的对方仍是君相或准备去做官的人。《大学》没有提"问政"的人，但是全篇是讲从修身齐家一直到治国平天下的大道理。被治而不能治人的老百姓听了有什么用？两篇文比两部书写定的时期可能晚些。《大学》引了秦穆公，当在秦已得势之后。《中庸》里说："今天下，车同轨，书同文，行同伦。"朱注说："言天下一统也。"这像是秦始皇统一天下以后的话了。《大学》说的"平天下"不会在这以前很久。《孟子》是战国时期"应帝王"的说客策士之书。梁惠王、梁襄王、齐宣王、滕文公、鲁平公是第一篇中主要和孟子谈话的人物，都称死后谥号，不是当时所记。以下六篇中还出现诸侯和孟子的对话。还有些是孟子和门徒论政的对话。《论语》里的孔子和孟子一样应对诸侯或与门人讨论政事。一在春秋,一在战国,形势有异问题不同,记录时都已在其末期。孟子"后车数十乘,从者数百人,以传食于诸侯",当宾客,住"上宫",待遇不好便拂袖而去,自己没做过官,架子比官还大。孔子做了一任官也不久,游说外国没有孟子阔气,还厄于陈蔡,"畏"于匡人,不大顺利,多半是在鲁国讲学。有门人在鲁为官,还常向老师请教。门人说志愿也多是要做官。不愿做官的如曾点是难得的。用现在话说,孔子是办了一所政治大学,或者说是一家政治咨询服务公司。孟子好像主要是"行商"。孔子兼"坐商"。总而言之,《四书》本是向帝王诸侯作对策的议论,同时是读书(不限于书本,那时书很少,礼乐不是书本,孔子只讲"为学")做官的道路。《五经》不是这样。《礼记》是文集。虽还有《大学》《中庸》以外的同类文章,但主体还是规定礼,和《周礼》《仪礼》是一类。《易》《诗》《书》《春秋》更不是策问的答卷,一望而知。

这样来看春秋战国的书,五经除外,诸子,包括《论》《孟》,差不多都是对策一类。直接间接多多少少都是"应帝王"的著作,都是当时游说诸侯或讲学受咨询的人所作,或自己出面,或托名他人。陆续辑成定本,都在汉代。诸子大多不像孔孟那样明显列出问答双方面而只出现答问者的备咨询的手册。如《老子》《荀子》,虽仅有答案,而问题自在其中。所有秦以前的"应世"之作都指向一个结果:秦汉的一统天下,即初步的"平天下"。《四书》更加显著,但无人合编,其中说的话,从汉到唐、宋、辽、金,还用不上,靠这个做不了官,朝廷不用。元代达到了更深一层的大统一。南宋时辑成的《四书》可作新解,便走时了。对策起作用了。这是背景,现在只论文体。

这种对策文体可以《论语》《孟子》为代表。诸侯或宾客或门人提问题，老师答复。像孟子和告子，庄子和惠子，那样的平等讨论很少。孔子的门徒也有反驳老师而进行讨论的，但仍是"不违如愚"的颜回为最好的门人。

汉代开始有了应考的文章了。汉文帝时贾谊的《治安策》是博士大夫上书陈政事。汉武帝下《求贤良诏》，还是要求州县推荐，即汉代的"选举"。《贤良诏》就是召"贤良"而"策问"了。其中明确提出考题：上古天下大治，"何施而臻此乎？""何行而可以彰先帝之休业洪德，上参尧舜，下配三王？"要求"贤良（受举荐应考的人）明于古今王事之体，受策答问。咸以书对，著之于篇。朕亲览焉"。这正好是《论》《孟》中的"问政"。于是出来了董仲舒的《贤良策》。两篇诏书都当作文章收在《文选》中。贾、董的两策没有收。但是其他的还有。且看看这第一部文章总集《文选》里收的文章中的（不算诗、骚）策问和对策，即君上对臣下和臣下对君上的政治对话。

两篇《贤良诏》以外，还有三篇《策秀才文》（那时"秀才"的地位仿佛明清进士。对策是殿试，仿佛进行答辩）。一是南齐永明五年的策问题五首。一是总题，此外有一题问农，一题问刑，一题问财，一题问历法。问刑题之末说"朕将亲览"。又永明十一年《策秀才文》五首。总题之外，一题问任官职，一题问任地方官吏，一题问农、武、学、文即内政，一题问遣使即外交。又南朝梁天监三年《策秀才文》三首。一题问财政即民富，一题问风俗即劝学，一题问求言。这第三题最有意思，不免录下。

问：朕立谏鼓，设谤木，于兹三年矣。比虽辐凑阙下，多非政要。日伏青蒲（天天有人伏在青色的地上。典出《汉书》），罕能切直。将齐（南齐）季多讳，风流遂往？将谓朕空然慕古，虚受弗宏？然自君临万寓，介在民上，何尝以一言失旨，转徙朔方（充军去边地），睚眦有违，论输左校（论罪派去左队劳动），而使直臣杜口，忠谠路绝？将恐宏长之道别有未周。悉意以陈，极言勿隐。

这是梁武帝亲自出的题目吗？不是的。《文选》是当时编定的，标明是会作公文的任昉的文章。话说得很恳切，要臣下"谏"，甚至"谤"，提意见批评可以"极言"，叫人"勿隐"。这里说前一代南齐朝"多讳"，忌讳多，以致"风流"的名士放言高论一去不复返了。可是前面的两篇齐朝的《策秀才文》也说得很恳切，还说是"朕将亲览"，"尔勿面从"，皇帝会亲自看答卷。你不要当面唯唯诺诺随着皇帝说好话。可是那两篇也不是皇帝写的，标明是王融的文章。于是显出了对话文体中除对答外还有代言。不是本人说话，靠不住。

文章都是一种对话。这是不分中外的。中国古代文章的特点不在于有问有答无问自答等体式，而在于答的对方或明或暗往往都是皇帝或朝廷而且无论问答都可以代笔。代言之风起得极早。从甲骨金文起，那些卜辞铭文中的神谕和王言恐怕多半是别人的代言。八股达到了极峰。所"代"的是古圣人孔子，所"对"的是今圣人皇帝。这些在《四书》中都有了。孔子自己回答王公大臣的那些"子曰"中恐怕有不少是别人代言。有一次孔子说："吾道一以贯之。"门人不懂，问曾子。曾子说："夫子之道，忠、恕而已矣。"（《里仁》）这就是代老师说话。忠恕是二，又是一，曾子的话成为孔子的话，这里是明白记出了。孔子教门人"洒扫、应对、进退"。这成为子夏和子游讨论圣人之道的题目（《子张》）。"应对"是日常生活中的事，也成为学习的项目。读《诗》也是为了学讲话。"不学诗，无以言"(《季氏》)。若是"诵诗三百，授之以政，不达；使于四方，不能专对"；学的再多也没有用(《子路》)。学《诗》和内政外交有什么关系？大有关系。孔门弟子有"言语"一科，以宰我、子贡为首(《先进》)。春秋时，口头上各国语言不同，书面上刻竹简不便，所以着重学讲话，以《诗》为标准语，以后写在竹帛上便成文章。自己说话是应对，同时也要学习代言。八股是代言的应对，应对的代言，所以可以说是传统古代文体的极致。句句是自己说，又句句是替别人说；仿佛是自己说，实在是对别人说，特别是对在上者说；这就是奥妙。至于这样是好是坏，评价如何，那是另一问题。这里只讲文体。

　　《文选》的开篇是后汉班固的《两都赋》。赋是不是应对？《序》中说得很明白。前汉到武帝、宣帝时期才"崇礼官，考文章"，于是有了一批"言语侍从之臣，朝夕论思，日月献纳"。大官们也"时时间作"。前者是专业作家，后者是业余作者。这些都是"或以抒下情而通讽谕，或以宣上德而尽忠孝"。用对话之文体，通"上下"之心意，归结到忠孝。到成帝时集起来，"盖奏御者千有余篇"。不过几代就有这么多献给皇帝看的"大汉之文章"，也可说是当时的八股。班固作《两都赋》，把西汉的长安和东汉的洛阳相比，是回答那些"盛称长安旧制，有陋雒邑（洛阳）之议"。这篇赋是扬东汉而抑西汉的应时政治文章。赋中列"西都宾"和"东都主人"的对话。一主一宾，地位有别。全文是班固代言，代他们二位，实际是代朝廷中的两派意见。内容是政治的。文体是代言的对答。《文选》编定时南朝偏安，京城不是中原历代帝王之都，所以也需要扬新都而抑旧都。选此篇为首可能还是昭明太子主编要借班固之文代言己意的。这以下各类的赋差不多都是这样有用意有听话对象的。有些好像是说自己的话给自己听的，但也不见得纯粹。当时人明白，现在事过境迁难以查考。又如宋玉《高唐赋》《神女赋》《登徒子好色赋》是作为宋玉和楚襄王的回答。曹植的《洛神赋》好像是自己对自己说话，显示文才，可是引言中说是他"感宋玉对（答）楚王神女之事"才作的。为什么作？作给谁看？当时的人大概不难知道，现在不便猜测了。传说故事不足为据。文章是托辞，也就是代言。司马相如的《长门赋》，本身只是用美丽辞藻描写一位"佳人"，幸亏前面有《序》说了背景。陈皇后被贬入长门宫，"奉黄金百斤为相如文君取酒"。于是"相如为文以悟主上。陈皇后复得亲幸"。这种代言应对之意只挂在题目"长门"上，除当时人外，后人在文章本身中是看不出来的。无数古典作品往往如此。这是最古的卖文记录吧？报酬很高，还是预付，而效果也极好。

《文选》中，赋以下是诗和骚，也可以用代言应对观点考察文体，这里只论文。诗骚以后的文越来越明显，不必一一述说了。开头"七"（《七发》等）还是赋一类。诏令以后便是"策问"，然后是表、上书等。前者是上对下，后者是下对上，然后是略有平等地位的书信，最后是对死人的祭文。这里面的代笔、代言就多了。序、论、铭、碑、祭文，差不多篇篇都可以这样去看。当然不能说那些应对全都是八股文体的对策，但精神面貌体式是对上或对下的代言一脉相传的。

唐宋有了正式科举制度，考诗、赋、策、论之类，到朱熹编出《四书》以后，元明清都用"四书文"考，这是古典文体演变的归宿，以后便趋于衰亡了。

为什么"四书文"能这样长期用于考试？还得钻研一下《四书》的奥妙。只就文体说。在《论语》中有八股文胚胎，结构已具备。在《孟子》中有八股文语言之妙，两股对偶已经成型了。

试引几节为例（俱见《梁惠王》篇）。

> 臣请为王言乐。
>
> 今王鼓乐于此。百姓闻王钟鼓之声，管之音，举疾首蹙额而相告曰：吾王之好鼓乐，夫何使我至于此极也？父子不相见，兄弟妻子离散。
>
> 今王田猎于此。百姓闻王车马之音，见羽旄之美，举疾首蹙额而相告曰：吾王之好田猎，夫何使我至于此极也？父子不相见，兄弟妻子离散。
>
> 此无他，不与民同乐也。

这是一大股中二小股对偶，与下文一大股相对称。

> 今王鼓乐于此。百姓闻王钟鼓之声，管之音，举欣欣然有喜色而相告曰：吾王庶几无疾病欤？何以能鼓乐也？
>
> 今王田猎于此。百姓闻王车马之音，见羽旄之美，举欣欣然有喜色而相告曰：吾王庶几无疾病欤？何以能田猎也？
>
> 此无他，与民同乐也。

然后是一句总结。

> 今王与百姓同乐，则王（去声）矣。

这是地道的八股腔调。两两相对，有起有结，不顾内容逻辑。"父子不相见，兄弟妻子离散"，若不改变，要同乐也乐不起来。前面说了，后面略去，彼此会意，单说同乐。作八股，学应对,都得会这一套。会说可以不说的话,又会不说非说不可的话。言与意相掩而互明,好比太极图。这是不以言传的古书诀窍。

> 左右皆曰贤,未可也。诸大夫皆曰贤,未可也。国人皆曰贤,然后察之。见贤焉,然后用之。
> 左右皆曰不可,勿听。诸大夫皆曰不可,勿听。国人皆曰不可,然后察之。见不可焉,然后去之。
> 左右皆曰可杀,勿听。诸大夫皆曰可杀,勿听。国人皆曰可杀,然后察之。见可杀焉,然后杀之。故曰国人杀之也。
> 然后可以为民父母。

这是三股,股内又有股。主旨在第三股。连上总结才见本意。把杀的责任推到国人身上,自己不负责。这样就"可以为民父母"了。他杀了人也不算是他杀的。若是见不可杀焉,怎么办呢?应当还有一股,不提了。八股文体是论题,论意义,不管说的对不对全不全的。

着重排比意义的在《孟子》中也不是完全没有。

> 孟子谓齐宣王曰:
> 王之臣有托其妻子于其友而之(去)楚游者,比(到)其反(返)也,则冻馁其妻子,则如之何?王曰:弃之(绝交)。
> 曰:士师不能治士(朱注说,士师是狱官,下面有一些士归他管),则如之何?王曰:已之(罢免)。

曰：四境之内（国内）不治，则如之何？王顾左右而言他。

这段词句对偶不整齐，也是三股。第三股残缺不全，只有一半。三股是三层意思，一层逼一层，最后逼上王爷自己，只好残缺了。结尾很妙，是到今天还为大家所熟悉的一句话。

非常明显，孟子的辩论常用譬喻，用类推法。这法不仅是他一个人会用，中国古往今来人人都会用。作比喻，引同类，这就是推理了。照这样用形象排比推理作出文章来就有声有色了。这正是八股文体，也是《四书》文体。

朱文公晦庵编订《四书》，集别人解说加上自己的意思作《注》，是"述而不作"的著作。他当然不是为了树立文体榜样，教作文，结果却是立下一种文体延续五百年以上。《四书》出八股之题，又出八股之体。这种"体"无"心"而有"心"，有"心"而无"心"，"心""体"一致，是"应对"，应皇帝，对策。所以还得回到策问和对策。

对策从汉代以来始终未断，不过只用于殿试。到清末光绪年间还有。这时内容文字千篇一律。规定不许有空格，所以那些必须提到又必须抬头高一格两格三格的皇帝朝廷等字眼前面一行要刚好写到底不留空白（考卷有行无格）。因此非用固定的四六对句限制字数不可。阅卷的不看内容，因为到殿试时不会有人用违碍字眼了。（"磨勘"的还得看，但后来也流于形式。）看殿试卷只望一眼字迹，所以写字必须极其工整，卷子干干净净。在清代中叶，这种字是中进士点翰林学士的人都会写的，叫做"馆阁体"。从汉代董仲舒起，有的对策也认真提出意见，到后代这是极其稀少的。这种文不会使皇帝和大臣喜欢，所以策论比不上八股文和试帖诗。诗又不如文重要。策论为什么不能认真？怎样才算好？坏的如上所述只是写字。好的也很简单，作法同八股一样，说中听的废话。可举清初开国时的一道题和文，一看就明白了(《丛话》卷八)。

顺治六年己丑(一六四九)策问题：

从古帝王以天下为一家。予自入中原以来，满汉曾无异视，而远迩百姓犹未同风。岂满人尚质，汉人尚文，习俗或不同欤？抑音语未通，意见偶殊，畛域尚未化欤？今欲联满汉为一体，使之同心合力欢然无间，何道而可？要言可行，不用四六旧套，予将亲览焉。

这道题可难作了。不比《四书》题可以照朱注敷衍成篇。若是用四六骈体，只堆砌辞藻典故可以含混，又不许。既需"要言"(要言不烦)，还要"可行"(切实可行)。这时离甲申(一六四四)明亡不过五年，南明虽亡，桂王尚在。剃发留辫，限期十天，杀了多少人，强迫汉人从满俗。这时要求满汉一体，怎么办得到？题中只提"文"、"质"和音声言语不同，岂是要领？满汉关系不仅是民族关系，又是官民和军民关系。对策中若一言不合就会出大问题。出题者心思深，答题者心思必须巧，非精通八股神髓者作不到。《丛话》引了清初"时文"大家刘子壮(克猷)的"廷对"。刘在当年中了状元，入了翰林，当然是受皇帝赏识的。且看他怎么作此难题，上条陈，提对策。文长不能全录。摘录前半及末尾加点评说。

臣闻：人君致治，在力行不在多言。人臣进言，与其文勿宁其质。

这个帽子戴得好,既是八股"破题",又是两股对偶。妙在就用题中的文字,点出"文"和"质"。既是说我讲直话不拐弯子,不用典故骈体掩饰,响应皇帝提问中的不用"四六"的要求,而且弃汉人所"尚"之"文",用满人所"尚"之"质",暗中呈上降表,预示全篇之意是要使汉人服从满人,皇帝看了岂有不喜之理?敷衍题目即顺着皇帝讲,用你的话。这正是八股精神,代圣人讲话,说了半天还是自己一句话没说,把题中的话算作自己的。下文又接得好,是一个路数。

夫帝王以天下为一家,则满汉皆一家也。然朝廷虽无异视,而百姓不能不异也。即满人汉人亦不能不相异也。

这等于八股的"小讲",是"承,转"。还是没有一句自己的话,只述题而不作。可是再这样下去不行,还得出点实在的,发挥圣人之意。

其所以异视者何也?

替皇帝发问,依对话体。怎么回答?说是汉人一见满人就害怕,又有仗势欺人的,"挟之为重者以相恐",实际上说的还是汉人。

边防之外,愚懦之民,见一满人则先惊之矣。又有挟之以为重者以相恐。其实满人之与汉人未尝不相爱也。处事未尝不明，守法未尝不坚，居身未尝不廉也。而小民预有畏怯之意，虽其极有理之事，常恐不能自直于前，则其势不能以卒（猝）合。而又时当革命（改朝换代，词出于《易经》）之初，民重其生，是以虽有相爱之诚而不敢相信，虽无相陵之意而先以自怯。此百姓之所为异也。

好！满汉相爱而又不能猝然相合，为什么？怪汉人。满人明白事理，又守法，又廉洁，只怪汉人先心里害怕，有理也不敢讲。这些话中一个典故也没有用，入关不久的年轻满族皇帝（事实上是摄政王多尔衮，他即将失势）是看得懂的，不会误解。这是一股，说汉人。还得对上一股，要再讲讲满人。怎么讲？这要费心思，显才华了。

满人有开创之功，其权不得不重。满人有勤劳之绩，其势不得不隆。汉人虽处尊贵之位，其力固不敢相抗，其志固不能必行也。其中（满人）自专者未免轻汉人为善狡，为朋交。其中（汉人）自疑者未免惧满人之多强，之多势。是以有怀而不能相喻，有力而不能自尽也。此满汉之相为异也。

不愧得中状元。这一股说满人打天下不能不有权有势。还是怪汉人不好。不能尽力，只怪你自己。两股一毕，还必须出点主意才行。

今欲去其异而同之。
臣谓：满人尚质，以文辅之。汉人尚文，以质辅之。

完完全全的八股文体，《四书》腔调。就用你的话，不出题之外。问话是当今圣人即皇帝的。用古圣人即孔子的路数来回答就错不了。对方问政，孔子就论政。对方言利，孟子就抓住利字作文章。要当孔孟之徒，必须遵从朱子编注《四书》之道。这也是"述而不作"，最为稳妥。可是空话之外还得有实际办法。怎么"以文辅之"？

> 其以文辅之者，设满学焉。或于国子监，或于教习庶吉士，使读《四书》以通其理，观《通鉴纲目》以习其事，限为岁月以考之。

《四书》是朱夫子的，不是孔子的礼、乐、诗。《纲目》也是朱夫子编的，不是司马光的原著。还得考试。这是将千百年来汉人行之有效的方法献计献策。这是一股，讲满人。这段文下还有些细节描述，不抄了。

> 其以质辅之者，凡在官，以实事责之。

这一股的话很多。对汉人一一指出各种官吏，各种百姓，如何考核，考核什么。也不抄了。两股完了，合起来说，仍是八股文体。

> 如是，则习俗虽不齐，道德同之也。音语虽未通，气类习之也。意见虽偶殊，义理达之也。一文，一质，方将变通古今，转移造物，而何所不化之畛域哉？

归结到题中的原话,"习俗"、"音语"、"意见"、"畛域"。文章作到这里已经够好了。但是中进士点状元有余,要打动皇帝圣心,还得显点本事,提出可行的建议,为皇帝着想。

抑臣所祈者:愿复古日御便殿之制。令大臣如唐虞君臣之论道,取章奏面相议订。谏官仍得于仗下封驳。则上下情通,满汉道合,中外权均,宰相不仅以奉行为职,卿贰不仅以署纸为能,则中心隐微皆可告语,而海荒万里如在目前,此古和衷之美也。又何远近百姓之风之不可同欤?

好极了。恢复唐虞古制就是说皇帝成为尧舜。天天和大臣见面就是表示皇帝"乾纲独断",使大臣不敢相欺。章奏要"面相议订"就是在皇帝监督之下。谏官仍得"封驳"就是加上制约。"上下情通"就可"中外权均"了。"中外"是指朝里朝外,亦即中央和地方。两边权均,互相配合又互相牵制,最高大权最后决断必归皇帝一手掌握"一言九鼎"了。作为文章,无论内容形式都深得朱夫子晦庵编《四书》的精神要领。无怪乎这位湖北黄冈的刘状元声名显赫得到皇帝宠幸了。然而他的政绩是什么?没有去查考,也不必去查考。清初几件大事中好像都没有他。又说是年纪不大就去世了,没来得及。实际上,顺治皇帝也和他一样短命。以后康雍乾三朝不是实现了他的对策吗?若皇帝采纳了,那位献策的臣子就不会掌权了。曾国藩深通"求阙(缺)"之道,所以他在翰林院无所作为,只讲理学,作诗文,一组织湘军便显得出众了。现只论文。这篇满清"开国有数文字"确实是好文章。不是八股而又是八股,不是骈文而又是骈文,读一遍是不会吃亏的。但须读原文,是"尚质"的,并不难懂。若只译成白话看,全成了废话。八股对策的神气和意味不免要打折扣了。白话好文章译成古文也不行。

这样的对策或"议对"只能在顺治六年有。因为顺治元年清政府入关。二年大军南下在扬州等地屠城,灭南京明弘光朝,下剃发令,限期十天,汉族男子一律剃长发留辫子(到太平天国才留长发,故称"长毛")。这时用的是镇压政策。以后几年,东南、西南明朝的唐王、鲁王、桂王反抗势力不小,还得依靠吴三桂等汉人降将去打汉人。同时清宫廷内部也有变化。到顺治七年,摄政王多尔衮便失势死去。八年,顺治皇帝十三岁亲政,随即宣布多尔衮罪状。所以顺治六年,皇帝十二岁,正是和孝庄皇太后及一部分满洲大臣考虑形势及政策的时候。这篇策问题不知出于什么人之手。也不知是否多尔衮事先同意。总之是适当其时。这样重大政治敏感问题不得皇上旨意谁敢写出来?到康熙削平吴三桂等三藩,雍正兴文字狱,从此再不会有人触及满汉问题了。到道光二十三年(一八四三),林则徐的同乡朋友梁章钜编写《制艺丛话》成书时,可以将这篇对策全文收进去了。八股文这时要第二次让位给策论了。第一次是康熙二年(一六六三),停止八股文,改用策论。第二场仍由《四书》出题,但要作论,不用八股体,自然也是遵顺治六年(一六四九)所定的不用四六对句。当时有人还画了八个盲人名"八瞽图",嘲笑八股。可是到康熙七年(一六六八),康熙杀摄政大臣鳌拜的前一年,下诏恢复八股文。八股只停了六年。由此可见,至少在清代,八股和策论的代兴与政治形势及政策多少有些关系。单就文体论,两者是一类,可为什么议政的对策胜不过不议政的八股呢?从上面所引的汉代及南朝到顺治六年的策问题就可以看出来。这种策论实在是题难出,文难作。作得再好,如刘状元的文章,也没有什么实际意义。能暗用也不能明用。闯祸的可能比得宠的可能大得多。反而不如八股脱离实际，和唐朝的应制诗、清朝的试帖诗一样。诗题是"赋得"现成诗句作诗，等于摘《四书》句为题作文。诗限五言八韵，等于文限八股七百字。看这类诗文固定格式，作诗文的人和阅考卷的人都方便，朝廷也比较省心。一切可作计算机式处理。考试本身的作用不过是"取士"。官做得好不好与诗文何干？所以八股行时五百年以上也是不无道理的。可是为什么元明清三朝都看重《四书》呢？从汉到宋，儒家重的都是《经》即《诗》《书》《易》《礼》《春秋》啊。

朱晦庵编定《四书》，意义是"对策"，结构也是八股式。《论语》《孟子》中有八股，也是后来所谓"语录"（就是"论语"）。《大学》《中庸》里也有八股，也是"语录"。两书对两文。同样，《论》《孟》相对，《学》《庸》相对，又各自成两股。《大学》开篇是"大学之道，在明明德，在亲（朱改作新）民，在止于至善"。《中庸》开篇是"天命之谓性，率性之谓道，修道之谓教"。又是互相以三股对偶的。《大学》排了一个从人心到"天下"（统一帝国）的程序。《中庸》也最后推到最广阔的"天下"（天地）。《中庸》说"凡为天下国家有九经"，自"修身"起。对上《大学》的从"格物"到"修身"到"治国、平天下"的八项。《中庸》是文集。《大学》也是文集，经朱子又编又补变成了统一体。《大学》说："自天子以至于庶人，一是皆以修身为本。"所排列的程序中，"身修而后家齐，家齐而后国治，国治而后天下平"。《中庸》说："知所以修身，则知所以治人。知所以治人，则知所以治天下国家矣。"两两相对，是朱子用以贯串《四书》的纲领。从"修身"到"治人"到"治天下国家"就是晦庵夫子以《四书》作对策的用意，仿佛是八股的"破题"。将他改编司马光的《资治通鉴》为《通鉴纲目》联系一看会更明白。《纲目》着重的是"正统"。意思是,南宋虽然偏安,还是"正统",和刘备的蜀汉一样。南朝偏安,也是"正统",不算北朝。"统"最重要,不论疆域大小,首先得"一统江山"。《四书》所着重的都是一统天下。孔、孟说得明白,《学》《庸》更着重天下,所以非选拔出来和《论》《孟》并列不可。朱子学说在他生前和死后都曾被当时南宋朝廷宣布为邪说,到末期又平反。从蒙族统治的元朝起,历经汉族统治的明朝和满族统治的清朝,他都被尊为继承孔孟的大儒。他的《集注》和《四书》本文一样受到极端尊重。其中至少有一个原因是这三朝都是一统天下而且眼光甚至势力远达境外,非南宋可比。西汉尊崇《公羊传》的"大一统",着重的是"尊王"和"攘夷狄"。唐朝又喜欢口气更大的"佛土"、"转轮王"、"大千世界",眼光直射西域。《四书》中虽有些对"蛮""夷"不敬之词,但都着重"平天下""王道",还是大统一的皇帝所喜欢听的。因此,朝廷所尊崇的总是儒家孔孟及朱子之"道",而实用的却是道家的老子、韩非之"道"。一是旗号,一是方策,两相配合。从汉到唐、宋,儒家经典是五经。从宋以后,《四书》超过了《五经》。《春秋·公羊传》虽也重"一统",但又重"攘夷""内中国而外夷狄",所以蒙元满清就不能提倡,要等到清道光以后才能再起"攘夷"了。《四书》讲一统"天下",对夷狄并不排斥,孔子还有点"一视同仁",所以稍有忌讳可以从略,视而不见。《四书》若作为一篇对策,很像是朱熹为忽必烈、永乐、乾隆预备的。说不定他在南宋时已隐约见到并盼望天下大势必归一统,不过没想到统一者会不是汉族,正如《四书》没有想到统一天下的是秦始皇一样。

因此,从文"体"说,《四书》是八股之源。从内容意义的对策文"心"说也是八股之祖。这篇八股文之义归于一句破题,中心是三个字"平天下"。《庄子》的《大宗师》、《应帝王》如同对策之题，虚有其名，不如朱子的《四书集注》，无对策之名而有对策之实，合乎帝王统一天下的口味。

八股文，五七言诗，四六言文，是中国古代文学语言的书面形式中历久不衰屡经考验的文"体"，同时符合"应对"的文"心"。无论是应试，应酬，应景，都可采用。这是汉文体式，古代文心。至于汉语体式，现代文心，是什么样？古代作品恐怕是只能作为参考而不可能成为范本了。汉文换成汉语还能有多少文采？

《四书》和八股大概都已到终点了。回顾一下或许并非多余吧？照八股策论体例还待有个收束，何妨冒昧说几句？

八股有特色。一是命题作文，二是对上说话，三是全部代言，四是体式固定。就体式说，又可有四句。一语破的，二水分流，起承转合，抑扬顿挫。这四句中：一是断案；二是阴阳对偶；三是结构，也是程序；四是腔调，或说节奏，亦即文"气"。《四书》八股，"一以贯之"。从秦至清，"其揆一也"。

一九九二年一月

评曰：此论中外文体之异。今之中文体已与外文通，兼有中外，不引，读者当自知。

读《大学》

近读《大学》，不免要"饶舌"，当然只是对非专家闲谈。

谈到中国文化和哲学难免要提到儒家；一提到儒家，少不了三个人：孔子（前五五一——前四七九）、董仲舒（前一七九—前一〇四）、朱熹（一一三〇——二〇〇）。这三位思想家处在不同时期。孔子处在开始分崩离析趋向不稳定的天下，董仲舒处在统一的稳定的天下，朱熹处在分崩已久要趋向大一统的天下。在欧洲、印度、中国三大文化共处的"天下"中，这也正好是三个重要时期，出现大思想家。一、希腊的苏格拉底（前四六九—前三九九）、印度的佛陀（释迦牟尼）、耆那（大雄）和一些《奥义书》都与孔子同在公元前六至五世纪。二、罗马统治下犹太的耶稣比董仲舒死时只晚生约一百年。印度在公元前后有各种总结性典籍大批出现，许多教派纷立，兴起于东北的摩揭陀国的孔雀王朝灭亡（约公元前一八七），兴起于西北的大月氏人的贵霜国建立起来（约一世纪）。三、欧洲中世纪结束而文艺复兴开始时期的但丁（一二六五——三二一）晚于朱熹不到百年。印度在这期间出现了最后一位古典大哲学家罗摩奴阇（约十一至十二世纪），代表阿拉伯文化的伊斯兰教已占领了北印度。以上这些人中，看来只有董仲舒处于西汉的统一稳定时期,所以惟有他可以声称"天不变,道亦不变"。欧洲和印度从十二世纪以后再没有出现像罗马帝国早期那样政治和文化一致的大统一。惟有中国却是维持了元、明、清三朝的大统一局面,能像汉、唐那样纷歧错杂而又定于"一尊",尽管所"尊"的对象的表面和内容未必一致。类似情况也许只有日本有,所以自己吹嘘"万世一系""八纮一宇",但范围之大不及中国。十二世纪幕府兴起,武士取代贵族。文化上仅有十一世纪的《源氏物语》在全世界首创长篇小说。若讲比较文化和比较哲学,这些现象大概是值得研究而且已有不少人进行探讨的。

作比较文化研究大致有三方面:一是寻轨迹,究因果。二是查中介(冲突焦点或传播途径),析成败。三是列平行,判同异。至于方法,孤立的"个案"研究和笼统的"概论"判断似乎都不够了。资料和课本的编写在世界日益缩小、信息日益繁多的情况下也会难以应付要求。二十世纪开始不久就出现了相对论和量子力学,加上牛顿的经典理论,对物质世界有了大进一步的理解,由此认识到在地球上和宇宙中和原子世界内物质运动规律是彼此不同的。这些科学结论虽然难懂,但其中的哲学思想迅速延伸,渗入许多方面。有些看来很像脱离科学的哲学思想,只要是新起而非仅承袭十九世纪的,无不涉及这种对宇宙的新认识。科学在宇宙的大、中、小三方面加紧钻研,迅速前进,哲学不能视而不见。问题是在对人类自己怎么研究。本世纪后期,由于这些本来好像脱离实际的研究迅速在技术中发挥巨大作用,一般人才普遍震惊,更加紧迫地要求对人类自己的研究也能像十九世纪的达尔文和马克思那样来个大突破。自然和社会虽不能说已经可以作为统一研究的对象,但分割研究在生态学出现以后也不无困难了。

既不能不分割，又不能不统一，这必然要出现新局面。二十一世纪的桅尖已在望中，只看思想家从哪里突破了。

我发这一通未必正确的议论和《大学》这本书有什么关系？我说的正是读这本书时想起的。《大学》讲的是"大学之道"，即"平天下"之"道"。我想朱熹当年所处的世界和所想的问题和今天的未必不相仿。他当时的世界（即中国）远不是董仲舒的，有点像孔子的却又不是。春秋是大分裂的初期，离大统一的秦还有几百年；南宋后期却是大分裂的末期。五代以来已分裂了三百年，若渤海、南诏、吐蕃都算，分裂期还要长久。这时"天下"的经济日益发达，统一要求超过了分散发展，政治上能不能有相应的模式？在哲学家看来就是思想上能不能有相应的模式（理或道）。从北宋以来，汉族的思想家就以传统汉文化为主而兼采民间（这些人多不是高官），探讨这个问题。在南宋将亡，蒙古人将作为历史工具而摧枯拉朽完成天下大统一之际，真正的伟大思想家不能不关心天下大势，不能不谋求出路。他们也许找的很不对，但非找不可。朱熹找到的总结大纲就是《四书》。四部书中的纲领是《大学》。这不是孔子的书，只好挂在曾参的名下。把《中庸》配上，挂在孔伋即子思的名下。把《论语》作为吹嘘首席弟子"不违如愚"什么自己话也未说的颜回的书，再加上话说得最多的孟轲言行录《孟子》。于是《四书》完成，"颜、曾、思、孟"在孔子神位两旁一直被供奉到清末。朱熹的《四书》，特别是《大学》，好比同时期的但丁的《神曲》、罗摩奴阇的《梵经吉祥注》，都托名古籍和古人（罗马诗人引导但丁），而实际是提出方案和思想体系，以求解决自己所处的世界中的迫切大问题。至于作用大小和价值高低，那是今天评论的问题，不是书和人本身的问题。

《大学》本来是汉朝儒生整理出来的《礼记》中的一篇。它突出成为《四书》之一，在元、明、清三代的科举中作为考题的一个来源，成为必读书；这是朱熹的《大学章句》起的作用。朱熹的理学在南宋后期被政府斥为"伪学"（一一九六年庆元党禁）。蒙族初兴时才传到北方（一二三六），仅过七十多年（一三一三），《四书》朱注就被元朝钦定为科举考试中不分蒙古人、色目人、汉人、南人的必考书。朱熹自己非常重视《大学》。他一生只在朝廷中做了四十天的京官，职务是给皇帝讲书，讲的就是《大学》（一一九三）。他随即得罪，免官被贬。他活了七十一岁，临死前（一二〇〇年三月辛酉）还修改《大学》中讲"诚意"的一章的注。过了两天（三月甲子）就去世了。

　　朱熹对中国的影响之大是尽人皆知的。五四运动打倒的"孔家店"其实是朱家开的店。宋以后所谓儒家指的正是朱氏之儒，加上了程氏一块招牌，自称孔孟祖传，和汉、唐的儒不同，更不是秦以前的春秋、战国之儒。朱熹由皇帝下诏而和几位理学家一同入孔庙"配享"是在元代（一三一三）。元朝将亡时（一三六二）还给朱熹加封为齐国公，追谥他的父亲。元朝亡后，明、清两朝继续尊崇朱熹，继续以朱注为标准用《四书》题进行科举考试。现在要问：为什么会这样？朱熹的哲学思想体系有什么特点使它能起这样大的历史作用？从他生前到死后，在七八百年间，朝野一直有人反对，却又一直被朝野许多人尊崇，这是为什么？为什么蒙、汉、满三族统治者都尊崇他？

　　不妨就《大学》分析一下。这是朱熹精心改造过的本子，不是汉朝儒生整理出来的一篇文章原样，但文本的基本内容未变。为什么先有二程，后有朱熹，看中《礼记》中的《大学》《中庸》这两篇，摘出来加以改造，重新解说，用来补充《论语》和《孟子》？这里面有什么奥妙？《中庸》内容是另一问题。现在先问：《大学》补了孔、孟缺的什么，值得朱熹这么重视？南宋后期，十二世纪，蒙古族即将席卷全国统一天下（一二七九）的时期，朱熹的全部思想和著作的中心，他所最焦急的大问题，甚至连他自己也说不明确的，究竟是什么？这能不能从考察《四书》，尤其是《大学》这部"初学入德之门"即基本必读书里找得出来？

历史已成过去。隔了八百年，今天一眼就可以看出，当时各族、各地经济已发展，人民生活及思想的要求，包括西部一些民族地区在内，是不能再忍受继续分裂，而要求一个统一的"天下"，使物质和精神的产品得以内外广泛流通，获得更大发展。当时水运、陆运、城市工商业都已兴盛，南宋都城临安（杭州）已成为"销金锅"，俗文化大大抬头。北方辽、金的首都北京也差不多。城市繁荣一方面说明对乡村剥削的加剧，另一方面也说明乡村生产的可供剥削的物资的增长。这和元末、明末的情景类似，但经济榨取和政治压迫情况有所不同。因此，分裂趋于一统是大势所趋，人心所向。这情景又类似秦以前的战国末期。蒙古太祖元年是一二〇六年，朱熹死后仅六年。以朱熹和他所属的阶级、阶层、集团的眼光看，当时正是天下必然要复归于治，要"定于一"。怎么治？一统于什么？怎样看待当前的各国和未来的一统江山和人民？怎样一统？一统后怎样？不一统又怎样？这就是朱熹抬出讲"修身"直到"治国""平天下"的纲领文献《大学》的背景，已超出了程颐所谓"入德"的范围。朱熹眼中的"德"是"明明德"之"德"，和程氏兄弟所理解的意义不见得完全一样。因此，朱熹强调"道统"，修改《通鉴》为《纲目》，仿《春秋》，标"正统"。这些都是为了回答时代主题，即主要共同问题。朱、陆之争，尤其是朱对陈亮的"王霸义利"之辩，都是由此而来。宋朝廷禁朱熹"伪学",说他暗袭"食菜事魔"的民间宗教(承袭祆教的摩尼教、明教),甚至连《四书》朱注都查禁,虽有诬词,也不无缘由,是怕他"越位"提出的政纲。由此可见当时回答时代主题时相争之烈,决不可只注意统治集团的人事纠纷和私人政治斗争的表面现象。

那么《大学》究竟有什么特殊之处值得朱熹特赏,一举而提升到这么高的地位呢?

下面试略考察《大学》,从结构开始。

要分析《大学》的结构,先得分析《四书》的结构。这四部书是朱熹提出来和《五经》并列,实际是用以解说《五经》,暗中替换《五经》的。明、清两代八股文考题都出于《四书》。小学生首先背诵《四书》,要连"朱注"一起背诵。作应考的"时文"不能脱离朱熹的注。明、清的古文名义上继承唐代韩愈的古文,其实是和"时文"即八股文对立的,不仅是和骈文对立。但是明代的归有光和清代的方苞既都是"古文"的提倡者,又都是"时文"的最高峰,甚至他们的八股文比古文作得也许还好些。归有光评点《史记》,专论文章,是为这两种文体打下共同基础,两者是通气的。这种评点产生了古文"八大家"的选本,影响到了小说中"才子书"的评点。从应考文学到通俗文学至少在明、清两代是通气的。八股文影响了所有读书人。"代圣人立言"暗中几乎主宰一切。《四书》在思想上和文体上从元代到清代统治了文人整整六百年之久(一三一三——一九一二)。《四书》之中,《论语》《孟子》原已列入《十三经》,只有《大学》和《中庸》是从《礼记》中抽出来的。朱熹不取《十三经》中的《孝经》,也不选《礼记》中载孔子语录的《檀弓》等篇,而提高这两篇,编入《四书》,道理何在?

简化来说,《四书》的结构明显是自成一个系统,与《五经》无关。

《论语》——"孔"的言行录。一些思想和行为的原理。第一资料库。

《孟子》——"孟"的言行录。一个政治思想体系。第二资料库。

《大学》——引"诗云"的专论。政治哲学纲领。

《中庸》——引"子曰"的"孔"的言行录加专论。人生观和宇宙观。

再加简化,照朱熹的排列次序:

一、《大学》——政治纲领。二、《中庸》——哲学核心。三、《论语》——基本原理。四、《孟子》——思想体系。

按照古代惯例,无论什么新思想都得依傍并引证古圣先贤,最好是利用古书作注,好比新开店也要用老招牌,不改字号。中国儒家是"言必称尧舜",其他家也多半这样标榜祖师爷。外国古代也不是例外。从印度到欧洲古代总要引经据典,假借名义,改窜古籍,直到"文艺复兴"还要说是"复兴"(再生)。其实古书的整理和解说往往是已经"脱胎换骨"了。柏拉图的"对话集"中的苏格拉底已是柏拉图自己了。中国汉代"抄书"整改了一次,宋代"印书"又整改了一次。从朱熹到五四运动的统治思想,或者推广说是社会文化(不仅上层有),可以简化说为《四书》思想文化。《四书》之中,《论语》和《孟子》是"经",好比佛教的"小乘"经和"大乘"经,《大学》和《中庸》好比佛教的"论",是讲道理的专著。"礼"好比佛教的"律",是注重实际应用的规范。《大学》《中庸》都出于《礼记》,即关于"礼"的总集。对一般和尚说来,"律"即"礼"是重于"经"和"论"的,是生活的准则。朱熹在《中庸》前面引程颐的话，标明这篇是"孔门传授心法"，竟借用宗教语言。他在《大学》前面也引程颐的话，标明这篇是讲"为学次第"的，而且公然说"论、孟次之"。由此可见这四部书是经过精心选择而且排了次序的。所谓"入德之门"就是指基础，"为学次第"就是指纲领。所谓"入德""为学"是古人说法，其实就是说思想体系的基础和纲领。《大学》是最明确的纲领。汉人所传本来只是理论之一支，而且文章系统还不够严密，未显出重要性；经朱熹一改，一补，一注，成为"宪章"性的经典。朱熹在篇末再一次指出"在初学尤为当务之急"，不但必要，而且首要，而且是迫切的要求。"初学"是指入门打基础，好比婴儿的"开口奶"。因此，《四书》之中首先要弄清楚《大学》是怎么一回事。

现在考察《大学》本身的结构。为免冗长，只引朱熹订补的本子分析纲领。

汉代人整理古籍传授弟子可能类似现在整理汉墓及新疆出土的汉简，不过他们有口头传承且用"今文"写下，应当容易些。《礼记》是戴氏叔侄所辑的本子，现在只传"小戴"本。他们在汉宣帝时任"博士"（公元前一世纪），所辑的书应当有不少是断简残篇，因此结构显得有些凌乱。程、朱由此认为"错简"，以己意重编，加以增补，并未删节。不论小戴本或朱注本，文本层次可以明显分别为二：一是引《诗》《书》、"子曰"以及曾子和孟献子的话及解说，二是公式性质的纲领文句。就思想内容和考证文本说，前者有重要性，但就结构说，可以着重分析后者即公式。

《大学》中列了两个大公式，出发于一个总公式。开篇第一节，朱熹定为"经"，其余都作为"传"。这正是文本的明显层次。由此可见主题。

总公式："大学之道，（一）在明明德，（二）在亲（新）民，（三）在止于至善。"

公式一："知止而后有定，定而后能静，静而后能安，安而后能虑，虑而后能得。"即：知止→定→静→安→虑→得。

公式二："古之欲明明德于天下者先治其国，欲治其国者先齐其家，欲齐其家者先修其身，欲修其身者先正其心，欲正其心者先诚其意，欲诚其意者先致其知，致知在格物。"然后倒过来又说一遍：从"物格而后知致"到"国治而后天下平"。即：格物→致知→诚意→正心→修身→齐家→治国→平天下。

公式之外还有两段断语，既是结论，又是出发点，仿佛是公理。

公理一："物有本末，事有终始，知所先后，则近道矣。"

公理二："自天子以至于庶人，一是皆以修身为本。其本乱而末治者否矣。其所厚者薄，而其所薄者厚，未之有也。"

总公式即所谓"三纲领"。公式一说明总公式的"止"。公式二即所谓"八条目"。公理二是说明公理一的"本"。

看来这好像是"修身"教科书，加上了"本末""终始""先后"之"道"。

要点在于这个"道"的目的是"平天下"。这显露出秦前后不远时期的思想。它回答的是当时的全国统一的主题。所谓"天子"不会是虚有其名的周末的"王"，而是秦始皇、汉高祖之流。"国"不是最后目标，终极是"天下"，是包括了不止一国的统一体。治了自己的国便可以进而"平天下"。

这个思想背景和时代主题正同朱熹当时的相仿。尽管是朱熹死后（一二〇〇），蒙古族人元太祖成吉思汗（一一六二—一二二七）才开始了纪元（元年，一二〇六），但大统一的要求和趋势在胸怀大局和目光敏锐的哲人和诗人思想中是会被觉察到的。这样的例子很多。欧洲中世纪和近代之间的但丁（一二六五——三二一）就是一个。《神曲》是回答当时主题的政治哲学的艺术表现，纲领是"三位一体"的新解说。

这几条公理和公式中的关键词或术语的涵义，对于研究哲学史的学者是很重要的，但对于分析这一文本的结构和主题，可以暂置不问。这些可以作为程、朱、陆、王等各有自己解说的符号，属于另一层次。

公式一只解说总公式的"止"的程序，以后还要说"止"的内容。重要的是公式二。朱熹重排的"传"就是着重"经"中的公式二。

全篇讲的是总公式中的"大学之道"。公理一说："知所先后，则近道矣。"可见两个公式着重的是先后次序即程序，尤其是公式二，所以来回正反叙述两遍。

这一节"经"即总论，看来很清楚，但是结合全篇，显得说明不全；所以程、朱努力修补以求完整。但仍然不全，朱熹只好借题发挥自己的意见，补上"格物、致知"一大段，附在"知本"之后。这是重点转移，因为程、朱着重"修身"的起点即"格物"，而原文着重"修身"的终点即"平天下。"

全篇着重的是"本末""先后"的程序。因此说到"德"与"财"的时候指出："德者，本也。财者，末也。"而且排出次序："是故君子先慎乎德。有德此有人，有人此有土，有土此有财，有财此有用。"即：德→人→土→财→用。"德"以致"用"。这又是一个程序，一个公式。

次序或程序是全篇着重的要点，至于三项（总公式）、六项（公式一）、八项（公式二），还有讲"德""财"的五项，其中具体各项目未必都有同等重要意义，所以文本中没有都加解说。那么，为什么要凑数呢？"修身"是"本"，前面加上四项；由"德"到"财"，后面又加一项；数都是五。照汉代人习惯，数目是很重要的。开头三项实际是由一（明明德）生出二（亲民或新民，止于至善），所以后二项不必细说。六是六爻数，八是八卦数，五是五行数。"知止"和"德"各连成五项。"止"分别是："为人君，止于仁。为人臣，止于敬。为人子，止于孝。为人父，止于慈。与国人交，止于信。"（没有"忠"，朋友扩为"国人"。）这也是五项。"正心"之中，四个"不得其正"，加上"心不在焉"，仍是五项。"修身"之中，所"辟"的又是五项。"齐家、治国"之中，"孝、悌、慈"共三项。"治国、平天下"之中，"上老老——民孝，上长长——民悌，上恤孤——民不倍"，这个"絜矩之道"是二三得六，正是上下卦的爻数。"絜矩之道"的另一说，"上、下、前、后、左、右"，也是六项。项目数总是三、五、六、八。因此各项的价值和重要性不是同等的。这从《周易》的爻辞就可看出来。这个数目的奥妙，从汉到宋以至明、清，不必专攻"象数"之学，大家都了然于心。所以朱熹的重视《周易参同契》可能还是因为这书要通《易》于"道"，而着重于炼丹术，即是"穷造化之理"。以上说法当然只是个解说。不过古中国不重四、七，古印度恰恰重四、七，佛教入中国后，"象数"有变，可以注意。

程序之外，有重要意义的还在于提供了两个关键词：道、德。《论语》中的孔子讲的"道"只是"天下有道""天下无道"，"道之不行"等。"性与天道"是"不可得而闻"的。讲"君子务本，本立而道生"的是有若。他所谓"本"是"孝、悌"。看来和《大学》是通气的。《中庸》一开头大讲其"道"，后文也屡引孔子讲"道"，但不大讲"德"，只说"苟不至德，至道不凝焉""达天德"，最后引《诗》才又有"德"。《大学》却一开头就是"大学之道在明明德"。道、德并提，且如此着重，是不是可以说成书时期和挂名老子的《道德经》前后相去不远呢？继"私淑孔子"的孟轲而明标"道统"的韩愈在《原道》开头就提出"仁、义、道、德"。韩愈果然不愧为"道学"的前驱，他总提出了《四书》的要点。由唐上溯到汉，司马迁记他父亲司马谈论六家要旨，说"阴阳、儒、墨、名、法、道德"都是"务为治"，殊途同归，以道德家统之。要求政治思想统一的趋向是很明显的。这套以"明明德"为"平天下"的内容，由个人的"德"而达天下的"道"的程序，还可参照古文《尚书·尧典》的开头："克明俊德，以亲九族；九族既睦，平章百姓；百姓昭明，协和万邦，黎民于变时雍。"（《大学》也引了"克明俊德"。）这是不是也属于和《大学》一类的政治思想呢？

从结构上可以看出《大学》是个政治哲学的完整纲领，是为统一天下而作的。问题是：这个思想"句法"中的"主语"是什么人？谁"欲明明德于天下"？是帝尧，他"克明俊德"。"明明德"不是专指统治，所以"自天子以至于庶人一是皆以修身为本"。在"德"上，"道"认为天子和庶人一样，都要"修身"，都是一个"人"。从这里已可看出这个纲领不会为帝王所喜。天子富有天下，至高无上，何必还要"以修身为本"？所以宋以前默默无闻。到朱熹时，天下大一统是势所必至，统一者是什么人却还看不出来，因此将纲领重点移到"始"，即"修身"的起点："格物"。由此有朱、陆的论争。王守仁的《大学问》提出"致良知"。其实整个纲领在程、朱、陆、王是一样的，只是出发点不同，所以解说不同了。重在每个人，天子倒可以自认在外与众不同了。

《大学》的"平天下"方案，或说政治理想，是以群体中个人为基础的一个稳定的大结构。每个人都是在组织中的个人，应各就各位。"国"和"家"都是大系统中的次系统,是个人的不同层次的群体组织。每个人又是有"心、意、知"的个人,都要由"格物、致知"而得其"正",即"至善"。这是一个大桃花源,一个"极乐世界",同时又是一个死板无变化的独存的世界,其大无外。这好比夜间望去的天上的星象全图。虽然众星无不运行,但彼此的结构关系不变。有变("荧惑""客星"等)也仍在大系统内,终于能复归于稳定。因此天、人合一,互相对应。这样看来,朱熹和董仲舒的"道"仍都是"天道",可以说从孔子以来一脉相承。若这样看,老、庄也不是出世而是入世,也是以天道为人道。在"平天下"的政治思想根本纲领上,果然阴阳、儒、墨、名、法、道德六家都可以纳入一个大系统中,只是实施方案和着重点和解说不同。就宇宙观说,这种思想可以上溯周易卦爻和甲骨卜辞,都是将宇宙建造为一个稳定的系统。外来的佛教、祆教等都缺少自己的"平天下"的政治大纲领,因此都可以纳入这个大系统中。这种"天道"是不是以人解天,以天解人,天上人间交互投影,是不是中国文化中哲学思想的一贯核心呢?在各个层次上围绕这个天下大一统的政治哲学核心也许是中国古代思想家的共同努力方向吧?

总之,简单讲来,《大学》是个纲领性文献,提出了四个要点:一是"大学之道",即由"修身"达到"平天下"的政治哲学大系统,从个人心理到政治、经济全包括在内。二是"道"的非时间性程序。着重"先后",但这是指"本末""终始"。说"所厚""所薄"不是只指时间序列。对先后的因果关系有一个模糊的认识,似乎是机械性的,逻辑的,又是跳跃的,可由一个稳定系统形态扩大跳进另一个(家、国、天下)。三是"修身"的"组织中个体"的个人人格概念。没有孤立的个人,但心、意、知又是各个人的。各个人在组织中的地位不同,即在结构中的关系不同,因此各人所"止"的"至善"不一样。有了严格的职责观念。四是从"格物"到"正心"的认知心理过程。这是程、朱、陆、王争论的问题。实际上他们争的是可行性问题,即实用价值或从何着手的问题,不是纲领或主题的问题。朱是切实而支离,陆是简易而粗疏。他们自己知道,由唱和诗可见。

我读《大学》,感到这可以是解说中国(不仅汉族)传统文化的钥匙中的一把。最好能和日本(同)、印度(异)比一比。但是笼统或零星比较不够,要找出各自的钥匙来分析。印象式的比较,季札听乐"观风"时已经有了。那也是很重要的方法,但现代需要有科学论证,不是引人以注我。本文只算"随感"之类,不过供"谈助"而已。

(一九八五年)

读徐译《五十奥义书》

世界上古文化中头等重要的典籍之一的《奥义书》译成汉文出版，而且有五十种之多，这是一件值得注意的事。尤其重要的意义是，它在当前亚洲的一个大国印度的文化哲学思想中还占有无可比拟的崇高位置，而且对世界仍有影响；由此又可以改变我们一般习惯以为印度是佛教国家的很大误解。这些经典会使我们联想到中国的道家，惊异"何其相似乃尔"。①

译者徐梵澄同志早年研究德国哲学，由德回国后又在四十年代去印度研究印度哲学，在印曾翻译印度古典。七十年代末回到祖国后，出版了《五十奥义书》和现代印度最有影响的宗教哲学家阿罗频多的《神圣人生论》两部巨著译本。两书的印数不多，读者大概也很少，但可能产生的能量却未必是可以轻易低估的。两书一古一今，相隔两千多年，但是一脉相通，其中奥妙总是关心世界文化思想史的人所不应忽略的吧？

---

① 试看第278页译者注及第465页本文与较晚出的第三十二、三十三、三十四篇等，可比较中医经络及道家修炼。此外如"五大"对应"五行"之类不胜枚举。

算来我读《奥义书》原本已是四十三年以前的事了。当时印度仅有的几位佛教比丘之一，迦叶波法师，为斯里兰卡的来印度鹿野苑的几位比丘讲主要的《奥义书》。他们的共同语言只有巴利语和梵语。两者都是印度古语，一俗一雅，可以互通。他便用雅语梵文讲雅语梵文经典。因为他们都是佛教徒，读这"外道"经典只为见识见识，而讲解者也只是幼年"读经"学古文时念过，改信佛教后不再钻研，所以讲得飞快。承他们好意，让我这个俗家人旁听，给我留下了难忘的深刻印象。

使我非常惊异的第一点便是我好像忽然回到了幼年，听兄长和老师给我讲《诗经》《书经》。书上的是本文的第一文言，嘴上的是注疏的第二文言。这样一讲，全成了"语体"，却又不是日常用的口头土话而是一种通行语。古典是变不成土话的，只怕在著作当时也是用的"普通话"即通行语，才能传播开来，流传下来。我没想到中国和印度的文化传统中有这样大的相似之处。当时又想起读拉丁文《高卢战纪》时对恺撒的文体和语言的惊叹佩服。欧洲的罗马时期的用语大概也是中国和印度这样，拉丁文也是这样。现在的天主教神父不是照旧用拉丁文作通行语也就是"普通话"吗？

我惊异的第二点是翻译的不同途径。我先已看过一点欧洲语言译的《奥义书》，这时猛然感觉到那些全是一种"改作"，全得不由自主地照欧洲各种语言的各自文化背景理解，所以全是"解说"（诠释、阐释、释义）的产物。这一次听到了用"通俗"雅语解说书面雅语，也就是用本国语解说本国语，才觉得这也是翻译，是另一种形式的翻译，和外国语翻译全不一样。那时我又想到佛经的翻译。那又是另外一种翻译，是不翻译的翻译。例如佛、菩萨、涅槃、觉、空、色、识、眼识、意识、缘、界、法等等都是原来的词，不是翻译语言的词，其实也类似照原样用本国语解说本国语。仿佛说"仁者，人也。义者，宜也"。① 迦叶波法师偶然也用巴利语和梵语中字同义异的词或则相等、相似的词点一下。一点就明，就不需要再多解说了。于是我想当年印度和尚与中国和尚合译佛经时很可能就是这种情况。假如我在旁边用汉文一字一字记下他的话，那不就像《大智度论》一类的书吗？他讲书时常自问自答。这种体裁，古代印度注疏用得多，古代中国用得也不少，例如《公羊传》。

我听讲时想到中国和印度讲古书的相似和不同，想到翻译的通气和不通气，当时只是直觉感受。迦叶波法师讲得太快，一点思索的空隙都不给人。初听时简直茫然，只靠有书本和先知道内容才勉强能跟着跑。等到这种直接感受一来，很快就像儿时听讲中国经书一样了。老习惯回来了，这便容易了，走上熟路了。于是结果也一样：说是不懂吧，讲的句句都懂得；说是懂了吧，并没有全懂。只能重复老师的话，不能说出自己的话。自己不会解说，那还是没有懂。

现在徐梵澄同志用汉语古文体从印度古雅语梵文译出《奥义书》，又不用佛经旧体，每篇还加《引言》和注，真是不容易。没有几十年的功力，没有对中国、德国、印度的古典语言和哲学切实钻研体会，那是办不到的。当年我不过是有点直觉感受，等到略微在大门口张望了一下之后，就以为理想的翻译，佛教经论似的翻译，现在不可能，至少是我办不到。稍稍尝试一下，也自认翻译失败。② 因此我对于梵澄同志的功力和毅力只有佩服。

---

① 印度也这样解词，徐译注多说是"文字游戏"，实未必然。
② 《蛙氏奥义书的神秘主义试析》，见拙著《印度文化论集》，曾载《哲学研究》一九八一年第六期。《蛙氏奥义书》即徐译第十九篇。

从原文看，翻译很难，几乎不可能；但从功能或作用看，翻译却又有意想不到的效力。若没有翻译，世界各民族各地区以至各时代的文化的交流以及矛盾冲突汇合缺了文献这个层次，都不可能完全了，作为整体的"世界文化"也没有高层次了。若是翻译等于原作，那便没有正解、曲解、误解、异解、新解等等，"世界文化"情况又会和现在大不相同了。十九世纪初期，德国哲学家叔本华读到了从波斯语译本转译的《奥义书》的拉丁文译本，欢喜赞叹，在自己的哲学体系里装进了他所理解并解说的《奥义书》思想，或则不如说是他用自己的哲学解说了《奥义书》。到十九世纪末期，德国又一位研究哲学的多伊生（徐译为杜森）学习梵文，读了并译了《奥义书六十种》，又用康德的哲学思想加以解说。这对欧洲有影响，但还远不如对印度的影响之大。许多印度人由此知道了，原来印度古代哲学和欧洲近代哲学是可以通气的。于是又有人作进一步的解说，不仅康德，连黑格尔的哲学思想在印度古代哲学中也被发现出来了。很快，印度人的民族自卑感变成了民族自豪感。从此古代经典变成了现代经典，而且指导了行动，出现了宣扬《奥义书》的诗人兼哲学家泰戈尔，标榜古典又学习古圣人而进行现代群众运动的政治家甘地。从这里，我们可以看出翻译和解说的显著"效益"吧？

《奥义书》本是丛书之类，实是一种文体之名，多到一百几十部，甚至近代还有人照写；但最古的只十几部，后来的是各教派的著作。好比《孟子》《荀子》《公羊传》《穀梁传》《左传》《春秋繁露》《文中子》《太极图说》等书都附于儒家经典那样，《奥义书》也分配到各《吠陀》经典的传授系统中去，其实内容并不单纯、同一。夸大来讲，好比把"老、庄、列"、《肇论》《周易参同契》也附入儒家。所以既不能当作一家言，也不能当作诸子百家。若说是有统一体系的《奥义书》哲学，那只能算是现代人的一种解说。这一点我想应当先弄清楚，才不至于目迷五色。若把主要的十来部作为一部书，恐怕也和《论语》或《庄子》类似，内容虽可有一贯，但不是完全一致的。

这样一部千页大书怎么读？那当然因人而异。若是一般人只想"不求甚解"的略知一二，或则"买椟还珠"，不深究哲学而当成文学欣赏，那也未始不可。书的阅读是可以分层次的。若是最低层次的阅读，我想提供一点意见供非专家们参考。

我的建议实在"卑之无甚高论"，不过是几点，微不足道。一是把文言当白话读。二是可以跳着读。古书哪能处处懂？三是拣软性的读，莫先啃硬骨头。四是自己去解说，边读边解，别去找"标准答案"，那是不存在的。读书不是为应考。读书"为己，而为人乎哉？"深浅只能由自己，别人是帮不上忙的。译者的每篇《引言》及注虽有帮助，毕竟不能代替你自己读解。

不举例不明。例如全书是照分属各经排列的，不是必读的次序。头两篇属一部经。这经最"神圣"，所以列第一；但这两部书却不一定是最先要读的，可以跳过。不过第二篇中有很有趣味的片段可以看看。第42到43页的两段讲求宝和求爱，是很容易懂的。这有什么哲学意义呢？译者在注中作了解说，可以参考，也可以自作"解人"。第48到49页的两段：一段说人的生命中各要素互争优胜，这在其他篇中也有类似说法。一段说父病重时对儿子行的"父子遗嘱礼"。"遗嘱礼"行过了，"若其病愈已，则父当居子之治下，或游方而去"。这一下由"父为子纲"变成"子为父纲"了。这和第544页的"遗嘱"类似而结果略有不同。从哲学思想说，可有一种解说。从人类学的角度说，这又不是印度独有的。是不是和日本的《楢山节考》中的抛弃老人故事也可以联系一下呢？

又例如最著名也最重要的几篇之一的长篇《唱赞奥义书》中（第156页起）讲几位著名仙人的得道。故事和语言都简单，但意义却可以有深浅各解。例如第161页的一句"唯愿老师教我！"徐译注引原文说诸家改字解释牵强，不改"则义皆变矣。存此以俟高明"。于是把那个主要的字略去未译。其实照不高明的平常读法，那个字不过是一个极平常的"欲"字。因为各家认为要以"离欲"为中心思想，所以聚讼纷纭。古今中外思想不同，忌讳有异，不能不影响到解说和翻译。这一篇的《引言》中说："微有所删节，质朴而伤雅则阙焉。"第145页注说："原文稍有过于朴率之处，译时略加文饰。"俗词改译成了雅词。第151页注说："此章梵文殊晦，译时颇有增损。"第182页注说："此节译之伤雅，故略。"第252页注说："此章译时略去俗义。"在另一最著名最重要的长篇《大林间奥义书》的《引言》中说："天竺古人有不讳言之处，于华文为颇伤大雅者，不得已而删之。明通博达之君子，知可相谅。"于是这一篇中最末部分的第四章的第五、七、八、九、十、十一、十二、二十、二十一、二十二诸节（第665至666页）全删，第四、六节"下略"，第656页有一处"中略"，如此等等。所以译者译时也是有的地方跳了过去，不过都以负责态度声明。读者若不是研究，若无耐性，当然可以跳读。首先可以摘读最流行的古本，即译本中第一、二、三、四、六、八、九、十四、十五、十七、十八、十九等篇。以上引的两长篇（第三、第十五）内容较杂，对一般读者说，可以由此开始。至于研究者又当别论。不过无论研究哪一方面，不能只靠译本，不能不查原文，这是显而易见的。例如，译本删去的恰好是中国道家同样有的，这从译者用雅言译而未删的许多地方还可以看出来，但仅凭译本难作确切比较研究。其他语译本也同样。

　　从孔子删《诗》的传说起，不雅之言似乎就不应见于书面。奇怪的是，《易经》《诗经》、道藏、佛典以至于外国的《圣经·旧约》《吠陀》《奥义书》都仍有不雅之言。孔子说过"吾未见好德如好色者也"。孟子说到"逾东家墙而搂其处子"。唐代的古文家柳宗元还写出《河间妇传》。可见有删的就有补的。要求一切书一律纯洁是不切实际的。翻译外国书和古书往往由于彼此忌讳不同而不得不有所变动。不仅文学作品，神圣经典和神秘哲学也不能免。这部书又提供了证明。

　　书中尚有误排之字未能校正，这也属于难免之事。遗憾的是，译者在全书中都译《韦陀》，而《译者序》中改为现在通行的"吠陀"，不能一致。想来这不能由译者负责。古译"吠"字本有佛教徒鄙薄"外道"之意。译者尊重印度正统（即佛教之"外道"）经典，改用另一古译"韦陀"，也不致有误会，出书时不必在《序》中独改。现在通行译作"往世书"的，徐译为"古事记"，与日本同名古书相混，还是分别为好。还有些篇名、人名本无定译，译者在国外译时自立一套。这类异译对一般读者关系不大，而略知印度古典的人也容易辨认，不统一倒也无妨。至于各篇非一时所译，稍有参差，那更无关紧要了。

（一九八七年）

《心经》现代一解

《心经》无疑是佛教经典中最广泛流传的一部，也在最难懂的古书之列。古往今来不知有多少人，中国人和外国人，出家人和在家人，信佛的人和不信佛的人，阅读、背诵、解说过这部经。原有八个汉译本，包括一部音译原文的（《大正藏》中此敦煌本讹误甚多），彼此没有很大差别。梵文原本也已发现并刊行。原文及音译原文本和译本，特别是玄奘译本，内容互相符合，可见各种传本的差别不是主要的。中国流行的，出家人作为早晚功课并用以超度亡灵的就是玄奘译本。我现在以此本为据，作现代直解，不参照引证古今人的纷纭解说，只是作为一解。这不是使古文现代化，而是想试一试现代人是否可以用现代思想和知识及语言理解这部古书。主要只说两点：一是释题及主旨，二是试解说"五蕴皆空"及修行。

先提出作为出发点的问题：这部经是答复什么问题的？这不是指原作意图而是寻找其核心思想，发现其功能和作用。

从经题就可以作出初步回答。

书名中心就是玄奘译的《般若波罗蜜多心经》。各译本只有繁简不同。若照署名鸠摩罗什译的经名则是《摩诃般若波罗蜜大明咒经》，可简称《般若神咒》（为减少校印麻烦，均不附列原文）。

文体很清楚，是一种咒语。经中自说"是大神咒"。咒语就是供记诵的扼要语言，以语言表达不能，或不完全能，用语言表达的意思，暗示有神秘特殊意义。换句话说就是以世俗的形式表达非世俗的内容。经内用的"咒"字不是一般用的"陀罗尼"，是印度人对《吠陀》神圣经典诗句的文体的名字（施护译作"明"即《吠陀》）。这种"咒"不是全不可解，而是不能解，不必解，不应当解，因为主要是给信奉者诵读以达到信仰和修行的目的，意在言外，寻言不能尽意。因此，"般若"不能译成"智慧"。这两词不但不相等，而且易生歧义。"波罗蜜多"不能照意义译成"到彼岸"。鸠摩罗什在译出《般若经》的讲义时，把书名译作《大智度论》。"大"是"摩诃"。"智度"就是"般若（智）波罗蜜多（度，到彼岸）"。译意不比译音容易懂，反而出歧义。

怎么说从题名就可以看出经所回答的问题？

题名"心"标明这是核心。原文不是心意之心，是心脏、核心、中心。这指出要说明的是，怎么由"般若"智慧能"波罗蜜多"到达彼岸，也就是得到度脱，超越苦海。

题名表示，这是讲宗教教理和修行法门的书。凡宗教都是以信仰为体，修行为用。哪怕是不打着宗教旗帜甚至口头反对宗教的另一类宗教的教会组织，往往也是出发于一种信仰而归结于行动纲领即修行法门。信仰的特点是不讲道理，不能讲道理，认为真理不需要逻辑证明，千言万语只是说明信仰。重要的不是理论而是实践行动即修行。般若智慧不论怎么说，说多，说少，说深，说浅，都离不开讲道理。坐禅修行就不能说话，讲不出道理。《大般若经》玄奘译本有六百卷。原文从八千颂本到两万五千颂本，还有更多的，语言重复繁琐。这样的般若智慧怎么又是修行法门？智慧怎么能代替修行？理论怎么能代替实践？凭信仰修行可以得到解脱。凭智慧怎么修行能得到超度到达彼岸？"波罗蜜多"到彼岸得度脱的修行法门共有六种：布施、持戒、忍辱、精进、禅定、智慧。前五种是修行，显而易见。智慧怎么修炼？用现代话说：理论怎么与实践相结合？理论怎么又是实践，能产生最大效果？信仰岂可凭理论？理论岂能等于实际？这就是问题。有的译本中有问答，问的就是"云何修行？""云何修学？"也就是，"般若"（智慧）如何能"波罗蜜多"（到彼岸，度脱）？

《心经》正是这个问题的答案的核心，是"般若"，讲道理，又是"波罗蜜多"，度到彼岸，修行。

这答案可以说是很深奥，也可以说是很巧妙。道理难懂，又容易实行。

说了题目，看出问题，找出答案的方向，现在要读本文。玄奘译文照现代习惯分段标点如下：

般若（智慧）波罗蜜多（到彼岸）心（核心）经（咒）

序篇（总纲）

　　观自在菩萨行深般若波罗蜜多时，照见五蕴皆空，度一切苦厄。

上　篇

　　舍利子！色不异空，空不异色。色即是空，空即是色。受、想、行、识，亦复如是。（一）

　　舍利子！是诸法空相，不生，不灭，不垢，不净，不增，不减。（二）

　　是故空中无色，无受、想、行、识，无眼、耳、鼻、舌、身、意，无色、声、香、味、触、法，无眼界，乃至（即"中略"，六识、十二处、十八界不全列举）无意识界，无无明，亦无无明尽，乃至（即"中略"，十二缘生不全列举）无老死，亦无老死尽，无苦、集、灭、道（四谛），无智，亦无得，以无所得故。（三）

　　下　　篇

菩提萨埵依般若波罗蜜多故，心无挂碍，无挂碍故，无有恐怖，远离颠倒梦想，究竟涅槃。（一）

三世诸佛依般若波罗蜜多故，得阿耨多罗三藐三菩提。（二）

故知般若波罗蜜多是大神咒，是大明咒，是无上咒，是无等等咒，能除一切苦，真实不虚。（三）

　　终　　篇

故说般若波罗蜜多咒，即说咒曰（怛只多）：

揭谛！揭谛！波罗揭谛！波罗僧揭谛！菩提！莎婆诃！

现在试作文本解说，重点说"五蕴"和"空"，其他从略，但有关文体的仍点出来。

《序篇》是总纲，笼括全文，与《终篇》结语遥遥相对。

"观自在菩萨。"这里的"菩萨"就是下文的"菩提萨埵"。此处是称呼，专指，所以用通行简化译名，五字合为一名。下文是泛指，不是称呼，所以音译完全，以示区别。玄奘译经字字有考究。

"行深般若波罗蜜多时。"原文没有"时"字，着重在"行"，是在进行中。有的译本就明说是修行。"六度"即"六波罗蜜"都要行，修行。单讲说"般若"，智慧，不是修行，是空谈。"行"有深有浅，由浅入深，"行"到"深"时才能"照见"。

"照见五蕴皆空",这是修行"智慧到彼岸"的内容,是般若智慧的核心。什么是"五蕴"?什么是"空"?下文再说。

"度一切苦厄",这是说"到彼岸"的内容。音译本原文无此句,那也无碍。有了便全面,见效果。

这三小句合成一大句总纲,提出一位菩萨的修行"智慧到彼岸",也就是以修行智慧脱离苦海而得解脱。很明显,这是示范,是答复这样一个问题:凭智慧,讲理论,怎么又能是实践,是修行?怎么能有实际效用?有什么实际效益?是不是单纯讲理论?建立哲学体系?

《上篇》三段逐步说明什么是般若智慧,着重解说总纲的"照见五蕴皆空"。

"舍利子!"

舍利(女子名)的儿子。这是听经发问的修行者的名字。古代口传对话体经典,"如是我闻",往往用叫对话者的名字让听者知道是另一段开头或重点。佛经中常见。至于舍利子即舍利弗,观自在即观世音,以及由此产生的问题,此处不必纠缠。

后文直到《终篇》和上文总纲一样都有过无数的解说。我在这里仅试依原文用词和我的理解提出两个问题试作回答,其他不论。《上篇》的问题是:什么是"蕴"?什么是"空"?和"般若"有什么关系?《下篇》的问题是:那不可说的不讲道理的语言怎么读解?

总纲之后全文第二段,即《上篇》第一段,讲的是色、受、想、行、识这"五蕴"和"空"的关系。

什么是"蕴"?这词旧译为"阴",后来(由玄奘起?)改译为"蕴",是佛家专用术语。它的常用义只是肩、部分、堆积。佛教徒用此词指包括人的心理在内的世间一切的类名。照佛陀的根本教义,"无我",任何事物都不可能是单一的,都是集合体,可以分解的,所以用这个词作术语。译作蕴含的蕴很恰当。说"五蕴"等于说世间一切,精神物质都在内。

"色"原文指形,包括颜色等等,指形象,不是只指颜色或美色。一切可以感觉到的都必有形态,都称为"色"。任何外物,我们所能够接触而知道的只是种种形,也就是"色"。作为"五蕴"之一的术语,和下文的"色、声、香"等的"色"仅指视觉对象字同义异。

"受"原文字源出于认知,也是佛家专用术语,指一切感受,不仅是感觉,而且有感情。世间事物有形色为人所知。接触外物诸"色"的内心感受是"受"。译得恰当。有"色"就有"受"。有刺激就有反应,包括了认知的两方面。

"想"原文本义是符号,在晚期文法中是"名词"。作为佛家专用术语指由"色"和"受"而构成的观念。"色"是外来刺激,"受"是内心反应,"想"是关于对象的概念。一个人的身体行为种种活动都是"色",形象。我们认识这个人,得到的和生出的反应是"受"。人不在眼前,心中的反应也消失了,但是对于这个人形成了一个概念。可以有名称,如张三,作为代表符号,也可以没有,只留下印象,或是想象,或是一个特征符号。旧译有时作"相"。《金刚经》所谓"破相",破的就是这个"想"。鸠摩罗什译为"相",可能为避开与"想"蕴混淆。玄奘改译为"想",可能为避开与别的"相"字混淆。《金刚经》中原文是同一个字,指不是实物实感而由此形成的概念。"想"不实,所以是虚妄,但不是不存在。在那部经里不是指"蕴"。

"行"又是佛家专用术语。原文本义是加工制作,装饰。为婴儿成长举行仪式等等都是"行"。佛教用作术语指"色、受、想"都消失以后仍然存在的,潜于意识中仍然继续存在的,自己不觉得而存于记忆中的,仿佛是原有的而可能已有了加工的"色、受、想"。它是潜在的,所以仿佛不存在了,却仍然继续运行,随时可以出现,所以译作"行",是意译,很恰当。佛教根本教义是"诸行无常",用的就是这个"行"字,不过在那里不是指"蕴"。这实际是指暂时存在的外界的形"色"和内心的感"受"以及"色""受"全消失以后仍旧潜在的"想"以至连"想"也消失了而仍在记忆心(潜意识)中潜在运行的"行"。"行"中包含着原有的"色、受、想"而又不是一回事,所以另算一"蕴"。

"识"原文只是认识的识,是常用字。作为术语则是从感觉得来的认识一直到潜在的不自觉的潜意识无所不包。"识"有种种说法,可以成为系统理论,但在"五蕴"中只是作为世界分类之一,指"色、受、想、行"为人觉知或不自觉时所依靠的一般意识("意识"本来是佛教术语)。佛典中用"识"字原文不止一个字。所指意义有广狭层次,用一个字也不是处处用意相同,常有争论。

"五蕴"概括世间一切。

"五蕴皆空。"什么是"空"?是无所有,不是不存在。"空"是原有物失去了留下的空。这句话是从根本教义"诸行无常"来的,是一种阐释。没有永恒的事物,那就是一无所有了。全是"暂有还无"。然而作为佛教思想、理论,没有这么简单。

佛教和其他有宗教名义和无宗教名义的宗教相比有一个不同点,或说是特点,那就是,佛陀释迦牟尼的觉悟和说教不是从"天启""神谕"开始,而是从明白道理开始的。佛教的宇宙没有主宰,没有本体,根本教义是"无常",没有永恒,一切皆变,生、老、病、死,成、住、坏、空,一直推论到"刹那生灭",

"念念灭"，一时一刻也不停的转动变化。超脱这个"无常"的是"涅槃"，寂灭。"涅槃"是佛家专用词，但耆那教也说"涅槃"，婆罗门后期经典《薄伽梵歌》(神歌)也说"梵涅槃"。但是从"无常"推到极端是佛教徒以外谁也不能接受的。佛教徒和佛典著作中也不是时时刻刻处处坚持的。以"涅槃"寂灭为目标的无主宰无本体的宗教大概世上只有佛教一家。佛陀创教时除宣传教理以外，主要是建立"僧伽"，即成立组织，制定戒律，即纪律，还定期集会检查。于是有了佛(领袖)、法(理论)、僧(组织)"三宝"。这种"无常"理论如何指导修行实践本来不发生问题。大发展以后，教徒集会口诵"如是我闻"的经典越来越多。戒律细节的派别分歧越来越大。有思想有知识的教徒从事理论研究，分析整个世界以及人生，剖析排比种种的"法"越来越繁越细，称为"阿毗达磨"(对法)。寺庙越多，教内教外的理论辩论的风气越发展。千年之内陆续出现了龙树——圣天(提婆)、无著——世亲、陈那——法称为首的一代又一代大法师、思想家、理论家，照欧洲说法就是哲学家，不仅是神学家。无数经典著作传进发展翻译和印刷的中国，有了大量的汉文藏文等译本留下来，为其他古代宗教所不及。然而这样庞大繁杂高深而又互相争辩的理论对于一般信徒有什么意义？宗教是信仰——修行——解脱怎么和这种种理论相结合？由"无常"，没有永恒，发展到"无我"，没有本性或本质、本体，以"缘"作解说，不是已经指出"涅槃"寂灭的方向了吗？怎么还要无穷解说重复辩论？问题是如何修行成罗汉，成菩萨？还能不能成佛？或者是"往生佛国"？无论讲了多少道理，没有信仰和修行不成为宗教。理论和实践怎么结合？这问题必须答复。

《心经》也是回答这个问题，和《金刚经》是一类。不过我们还得先考察一下理论已经发展到了什么地方，还得说明"五蕴皆空"的"空"。

从"无常"推演很容易达到"刹那生灭"，"念念灭"。一切分析到最后成为"极微"或"邻虚"（这不是佛一家之言）。它们不停变动、生灭、集散成为种种宇宙形态（这才是佛一家之言）。这很像二十世纪初期物理学所达到的境界。物理学可以从原子、电子一路下去找寻基本粒子。哲学思想却不必如此，可以用数学式的语言符号以"极微"或"邻虚"为代表。佛教思想家开始就是这样做的，分析种种"法"和"缘"。他们的著作成为"阿毗达磨"（对法），是"三藏"经典之一的"论藏"，和"经藏""律藏"并列。一九三六年苏联史彻巴茨基教授出版两卷本《佛教逻辑》，译注法称的《正理一滴》并作了成系统的整整一卷解说。很明显，他企图将相对论、量子论的物理学和讲物理及数学的马赫、罗素等人的哲学以及佛教徒陈那、法称的思想贯串起来解说。他取得了很大的成功，但是在这样现代化的解说里他有意无意忽略了极重要的一条，即，佛教毕竟是宗教。陈那、法称的著作和龙树、圣天、无著、世亲的一样，仍然不离求解脱。他们不是为认识而认识世界和人。史彻巴茨基把这部分略去了，结果是他自己建立了一套哲学体系。这不能算是佛教哲学的本来体系。他用变动不停的时空点说明"量"和"识"，但不能说明"空"，以致对这三者的说明还不够充分。他讲的不是《心经》，只是"论"。他说了哲学，没说宗教。我们还得探讨。

"空"是直译原文词义，一点不错。这不是"虚空"，梵文中那是另一个词。"空"也不是"无"，那另有词。又不是徒劳无功，那也另有词。"空"的本义是去掉了"所有"即内容，"空空如也"。解说"空"，千言万语说不尽。可是"空"这个词在原文中另有一项专用意义，也许我们可以从这方面说明，更合常识也更现代化，也许更容易懂些。

印度古人有一项极大贡献常为人忽略。他们发明了记数法中的"零"。印度人的数字传给阿拉伯人，叫做"印度数码"，再传给欧洲人，称为阿拉伯数字。这个"零"的符号本来只是一个点，指明这里没有数，但有一个数位，后来才改为一个圈。这个"零"字的印度原文就是"空"字。"空"就是"零"。什么也没有，但确实存在，不可缺少。"零"表示一个去掉了内容的"空"位。古地中海文明中毕达哥拉斯学派说：一切皆数。数下都是零。古中国人说：万物生于有，有生于无。无就是零。他们的思想是通气的，都看到了这一点，但只有佛教徒发展了这种思想。"数"和"有"不停变化，即生即灭，都占有一个"零"位，"空"位。所以"空"不出现，但不断表示自己的存在。

"空"或"零"在原文中有两个词形。一个是形容词形，即"五蕴皆空"的"空"。一个是加了表示抽象词尾的。读音译本可知下文"色不异空"等的"空"是抽象词，即零位。这样读下文"色不异空，空不异色。色即是空，空即是色"等等也就比较容易明白了吧？

还有需要注意的是：就音译本读原文，"五蕴皆空"是"五蕴自性皆空"。其他译本也有这样译的。"自性"表示了"空"的抽象词义，与下文"空"的抽象词形义相符。"是诸法空相"的"相"不是《金刚经》鸠摩罗什译的"相"，那里的"相"是"想"。这里的"相"是另一个字。还有，"不异"等等照梵文习惯思路读原文和照汉文习惯思路读译文，虽准确相符而得来意味有所不同。这是语言文体特性，不必多说。（我在印度抄的刊行本原文于劫中失去，凭记忆不能核实，所以只引敦煌音译本。）

打一个比方：电视荧屏上不停闪现即生即灭的光点组合成一些活动图像。没有空的荧屏，便没有这些光点。光点灭便是"空"。光点生也因为有"空"。"空"不出现而存在。"空"和"有"可说是"不异，不一"，也就是"不生不灭"等等了。屏幕是零，由数码光点闪现而有，本身仍是空的。"有"和"空"都是"无常"理论的发展。

这样读下去，《上篇》三段就只剩术语问题了。其中的"缘生"是和"空"有关的佛教根本教义。这里没有说由解析"因缘"而知"自性"是"空"。

《下篇》答复"行"的问题。

第一段说菩萨。用全译"菩提萨埵"表示指一般菩萨，不是称号，前面已说过。"菩提"是觉悟。"萨埵"是生物，人。两字合成"有觉悟的人"。佛自称经历无数"劫"当菩萨，最后才成佛。"依"指的是"行"。菩萨的最后境界是"涅槃"。

第二段说"三世诸佛"。"三世"是过去、未来、现在。过去佛如阿弥陀佛，未来佛如弥勒佛，过去未来都有很多佛。现在佛只有一位是释迦牟尼佛。现在是释迦佛时代，一切教导从他来。佛出世为教化众生。他的"阿耨多罗三藐三菩提"即"无上正等正觉"也是"依般若波罗蜜多"法门。前文说"无得"，这里又说"得"，两者的原文不是一个字。这里的"得"是"证得"，"亲证"，不是得到。佛和菩萨的性质不同。佛的"般涅槃"只是"示寂"。

第三段确实这个法门"是大神咒，是大明咒"等等。这里的"咒"是"满怛罗"，不是"陀罗尼"，前面已说过了。

《终篇》是"咒"，仍是"满怛罗"。表面的字义是："去了！去了！到那边去了！完完全全到那边去了！觉悟啊！娑婆诃！"最后一词是婆罗门诵《吠陀》经咒呼神献祭时用的祷词，无意义。

佛教徒沿用这习惯语。

全篇中《序篇》总纲之后，《上篇》说"空"，讲理论，只是断语。《下篇》说"行"是"依"，没说怎么"行"，怎么"依"。《终篇》是咒语，又不能"望文生义"。如何由智慧而修行得解脱？还是没有说。也可以说是，能说出的都已说过了，说不出的，脱离语言的"行"，说出也只能是密码。语言密码破解出来仍旧是语言，仍旧是密码。修行只能口传，甚至是不能口传的。可传的只是形式，如持戒、参禅、念咒、结印、设坛之类。智慧修行更加不能用语言传授，最多只能用符号或象征暗示。宗教的出发点是信仰，归宿点是修行。不说修行不算全面。佛经末尾照例是说"信受奉行"。下面我对这不可说的"说"或者说智慧修行提一点浅见。

凡语言都可以说是符号，但语言符号有种种不同。古人、外国人的习惯思路和表达方式和我们现在的有同有不同。有的话今人不直说而古人直话直说。例如孔子说："吾未见好德如好色者也。"今天谁这样说老实话？有的话今天直说，古人用曲说，例如庄子说："寓言十九，卮言日出。"什么意思？另有符号语言是"行话"，非同行同时人不懂。例如说"形而上学猖獗"。形而上学从亚里士多德的书以来就是很难的学问，古今中外没有多少人能懂，怎么会"猖獗"？这是符号语言，不是谜语。说的话明白，懂的人懂，是同行，不用破译。不懂的，破译出来也还是不懂。还有的是将说不出来的用种种方式和符号语言表达出来。宗教、艺术、文学中很多这样的情况。宗教经典中有可说的部分是理论，也常用符号语言。还有不可说的部分是修行，更重要。"行"的是什么？怎么"行"？怎么传授和修炼这种"行"？更需要用符号语言暗示。现在能不能比古时说得稍微明白些？试试看。

各种宗教，有招牌的和没有招牌的，都有一部分不讲道理的理论和行为，被笼统称为神秘主义。这是全球性的。其中最发达而且文献最繁多的是雪山（喜马拉雅）南北的许多教派。在佛教名义下的传进了好翻译又善印刷的中国，在汉译和藏译的文献中保存得最多。有些梵文文献不用佛教名义称为"怛多罗"，也刊印出了一小部分。在印度，这类修行称为"苦行"或"瑜伽行"。这类文献和修行者多数被认为是秘密教派。"秘密"的含义是，这种修行只能是个人单独进行的，不能有求于外（名、利、权、欲等），也不可能为人所知。因此炫耀、宣扬、传播的都应当另属于江湖法术，不是宗教修行。那么，这种不可言说而又有符号语言作暗示的文献的修行究竟是怎么回事？

用二十世纪发展的新知识可以说，这些所谓神秘主义修行实际是一种试验，千方百计想打通并支配统一的显意识和隐意识。人类早就发现了自己除有理性和能用意志支配的意识以外还有一种自己不能控制的隐意识。佛教徒很注意这一方面，文献中时常论到。一百多年来由医生诊断病人发现的病态或变态心理其实也隐伏于常态之中，由此发展出以潜意识活动为对象的研究，有不少发展，而且立即影响了文学艺术，但还远未达到其他科学那样的明白确切程度，因为除了诊病治病以外无法作实验。其实全世界古往今来无数真正的修行者都做过这种试验。他们是正常人，但这种试验很危险，往往导致变态心理发作而"走火入魔"，实际是潜意识失去控制而与显意识混淆起来指导行为和语言。没有"入魔"而竟能达到一种境界的，旁人只见外表，本人也说不出来。这样的修行者总是孤独者。宗教脱离不了修行。全面研究宗教（不是教派）思想及行为的科学还是尚待发展而且很难发展。不过，对于人类的显意识加隐意识或潜意识，或者说第一意识和第二意识的研究发展到将来,可能对于人类从过去直到现在的许多无意识非理性的行为多少作出一点较为确切的解说。眼下对许多古文献还只能作对符号语言的试探译解,正如同对当前人类的许多莫名其妙的行为一样。

依我看,《心经》说"五蕴"等等之下都是"空",凡数码之下都是零,"照见"了这个"空",修行到了这个零位,从显意识通到了相交错的隐意识或潜意识而能全面自觉认识并支配统一双重意识的人就达到最高的心理境界而是另一个具备高超行为的"超人"了。"转识成智"了。

以上由解说《心经》而提出的说法不过是试作探索,不是"悟道",也不是"野狐禅"吧。

一九九五年十一月——一九九六年一月

再阅《楞伽》

印度佛典,真是久违了。想当年在印度鹿野苑一间小书库里匆忙翻阅堆在屋角积满灰尘的《碛砂藏》《频伽藏》(中国佛教徒所赠),整整五十年了。现在想起来是由于有青年来对我谈佛典,随后才从劫余残书中找出这《藏要》本《楞伽阿跋多罗宝经》(《入楞伽经》)。这是吕秋逸(澂)居士校刊的。由此又想起五十年代末期和吕先生的会面,感觉到好像还有债没有还。于是翻开书来看。哪知一读之下不禁如经中所说:"譬如巨海浪,斯由猛风起,洪波鼓冥壑,无有断绝时。"五十年前后两次翻阅(说不上读)大不一样。到底这五十年不是白活过来的。看来不罗嗦几句,就会心潮澎湃不得平息了。

《楞伽经》地位很高,名声很大(金庸小说中一再提到),但是远不如《心经》《金刚经》《法华经》读的人多。格式和其他佛经一样,可是没有神话和诵经写经功德等颂赞成分(同是讲哲理的《解深密经》《维摩诘经》中还有这类宣传成分)。全文讲道理,这是一个特点。

《楞伽经》开篇不久就讲:"云何不食肉?云何制(制定)断肉?食肉诸种类,何因故食肉?"经末另有专章详说"断食肉"。

不仅肉不能吃，葱、韭、蒜等（所谓小五荤）都不能吃。这是信佛吃素的人的最高依据，是靠乞食化缘为生食"三净肉"的比丘很难做到的。这是又一特点。

经中开篇后便像百科全书列目，又讲了许多深奥道理，可是在长篇大论末尾忽然说："所说诸法为令愚夫发欢喜故，非实圣智在于言说。是故当依于义，莫着言说。"说了半天等于没说，原来是要脱离语言而修行"亲证"的。所以这经是中国禅宗的圣经宝典。传说禅宗初祖菩提达摩将此经授予二祖慧可，作为基本读物，以致有过一些"楞伽师"。

经中开篇就提到，而且后文大发挥，"五法、三自性、八识、二无我"。这是中国法相宗讲"唯识"的基本理论。后文还再三讲出和世亲的《唯识三十颂》中共同的话。《楞伽》是法相宗经典。

以上是任何人一翻开此经就可以看得出来的。可是不免会产生疑问。首先是一个幼稚问题：这到底是一部什么书？不妨由此谈起。

一切宗教，不论名义，都以信仰为主，但又都要多少讲一些道理（理论）。佛教徒特别喜欢讲道理，越讲越多，几乎喧宾夺主。宗教经典中讲道理多了，难免会杂进一点非宗教的成分。佛教徒重视讲道理和传经著论，其中的非宗教甚至反宗教（与信仰矛盾）的成分之多恐怕其他宗教都比不上。这是从最初佛讲道时就开始了的。《楞伽》几乎不宣传信仰崇拜而只讲道理，是突出的一部。

"佛"字的本意是觉悟了的人。"菩萨"的字义是有觉悟的人。"阿罗汉（罗汉）"的字义是应当受尊敬的人。佛教一切宗派都承认的基础是"三宝"（三皈依）即"佛、法、僧"。佛是创造者。法是教理即理论，原始意义就是规律。僧是信教的群众组织。三字除"法"（达摩）外都是译音。信"佛法"（佛所说的道理）的人要有"三学"，即"戒、定、慧"。戒是自觉遵守纪律。定是禅定即修炼、修行、修养。慧是智慧，即懂得道理。还有三个基本口号叫做"三法印"。一是"诸行无常"，一切没有永恒。二是"诸法无我"，一切没有不变的本性。三是"涅槃寂静"，和前两条相反，就是寂灭。"涅槃"是译音，本义是吹熄灭了。灭了，那还有什么永恒，有什么本性呢？还有"四谛""十二因缘（缘生）"，说明一切皆苦和苦的总的根本的原因及灭苦的道路。所谓"大乘"的理论比这些大有发展，讲"空"，讲"有"，讲"识"等等，但仍旧是从这个中心基本点出发的。《摄大乘论》还要列举十条证明"大乘真是佛语"，可见是发展了的理论。中国说的"小乘"，本名是"声闻乘"，指坚持口口相传听来的传统的保守派。在从简单到复杂的"佛法"的无数大小道理中没有神，首重智慧觉悟，由此生信仰。禁酒肉的一个原因是避免受刺激而迷惑，要求清醒，不提倡闭着眼睛不理解也执行。至于"轮回""报应"等等说法，那是古印度的一般思想，不是佛教特有的，佛教只对此做出自己的解说。照这样，若只讲道理，佛教就不大像宗教了。道理和信仰之间免不了矛盾，更需要再多讲道理以解决矛盾，越讲越多。

佛教毕竟是宗教。一切宗教都要求信仰、崇拜。佛、法、僧"三宝"完成以后，要求"皈依"，佛就成为神了。开始只拜象征性的塔。后来成为"象教"，雕塑偶像了。罗汉、菩萨都成为神。佛有过去、未来、现在"三世诸佛"。讲说佛法的释迦牟尼是现在佛，是无数佛中的一位。佛有了佛土，如阿弥陀佛有个"极乐世界""净土"。印度本有的大大小小的神进了佛教。印度教大神罗摩的敌人罗刹王罗婆那请佛入楞伽（斯里兰卡的兰卡）讲出这部《入楞伽经》。修行的"法门"也越来越多,一直到雪山南北都有的"秘密仪轨"。经典当然也是越来越多。公元前三世纪阿育王所刻石柱诏书只推荐七部经,和现存的不相符合,可见在他以后才有大批经出现。这证明教内有各种不同思想互相争论,相持不下,都说是依据佛语。这和依戒律即组织纪律分的"部派"并不一致。理论归理论。组织归组织。内部有对立。外部有渗透。中国的孟子说:"予岂好辩哉?予不得已也。"古印度人,尤其是佛教徒,特爱争辩。各说各的道理,互相批评,往往很激烈。在印度古籍中,这是一个特点,不限于佛教。无论文法、修辞、逻辑、哲学、宗教书都包含对话,或明或暗指责不同意见。多数书不像亡佚又经后人整理的古希腊典籍,如柏拉图的对话集和亚里士多德的讲义那样有条理。中国的经过汉朝人写定的经书、子书有点类似印度的,但不那么好辩。这种辩论传统在印度保留得很久,特别是在佛教徒中。玄奘到印度时据说还参加过辩论会。至今青海西藏的寺庙中据说还有"毕业答辩"。那可不像一般大学中的那么"温良恭俭让",也不是只许一方讲话的批判。那是要互相争辩的,至少在形式上。佛典中充满这类话,或明指,或暗示,驳斥异见。

佛教理论的复杂化和大发展的一个原因在于内部的非宗教道理和宗教信仰的矛盾。宗教是以信仰和崇拜为思想主体的。对至高无上者的崇拜,对美妙未来预言的信仰,对不拜不信的苦难后果的恐惧和对又拜又信而得福的向往,这些构成宗教的思想和行为的心理依据。以讲道理为主,不论怎么讲都不是信仰和崇拜所必需的,而且是往往会产生矛盾冲突的。所以佛典中注重信仰并传教的比较容易懂。其中也有讲道理的台词和潜台词,但可以忽略过去。在讲道理的书中,不明白台词和潜台词就不容易懂,还会越看越糊涂。加上古印度人的习惯思路和文体又有特点，和中国的以及欧洲的很不一样，所以印度古籍不好懂，不易作"今解"，不仅是佛典。其实作者和当时读者是自以为明白的。说到这里，话要扯得远些。

古代有一个时期（大约公元前五六世纪，中国的春秋战国时代），世界上有三个地区的一些人不约而同对自然界和社会和人本身开始进行提问题探讨。地中海沿岸的探讨起于古希腊的欧、亚城邦，后来（公元前后）发展于北非的亚历山大城，再以后又到西亚的君士坦丁堡（伊斯坦布尔），然后由阿拉伯人伊本·卢西德（阿维罗伊，十二世纪，但丁《神曲·地狱篇》中有他，称为大注释家。）等经西班牙再入西欧。希腊的亚里士多德化装阿拉伯文由伊斯兰教徒带到欧洲，再化装拉丁文到基督教最古老的巴黎大学"讲课"。于是引起了对古希腊的向往，从间接通过阿拉伯文到直接搜罗整理希腊古籍，这才出现了文化思想繁荣，被认为希腊文明的"复兴"，即"文艺复兴"。希腊文化思想费时两千年绕地中海兜了一个经过三大洲的大圈子，许多早期学说辩论都佚失了。印度及中亚的探讨起于雪山（喜马拉雅）以南的印度河、恒河流域。（释迦牟尼出生于现在的尼泊尔边境。）中国的探讨在黄河流域到长江和淮河流域。在这个时期，习惯性的传统思想对这种新问题的探讨还不能成为严重障碍。尽管处死了苏格拉底，但杀死不了思想。各种思想自由发挥，谁也说服不了谁，谁也压制不了谁，不能定于一尊。可惜的是当时各处都以口传为主，写定文献在后而且没有直接传下来。到后来思想饱和，有的衰减，有的僵化，这种自由探讨终于定于一尊而断。地中海的断于基督教。北印度的最后断于伊斯兰教。中国的断于秦始皇、汉武帝。几乎所有早期文献都是经过"一尊"时期整理写定的，不仅是中国。

依我看，汉译印度佛典难读处主要不在于术语多，语法文体外国式，障碍在于不明内容背景和思路，又由于中国人发展了佛教理论而有所误会，还因为觉得和欧洲近代思想体系差别太大。其实若追本溯源，大略知道一点早期世界上三处探讨情况及文献演变，再从思想内部矛盾问题入手，就可见印、欧、中三方思想路数的异而又见其同。对佛教、佛学若从常识入手而不想凭空一跃直达顶峰，也许就不算太难了。另一方面值得注意的是，依文献（语言文字）分，讲佛学可有三支派：印度文佛学，藏文佛学，汉文佛学。单据经、律、论本身讲，兼顾原文译文，是印度文佛学。讲藏文或汉文的用语就有不同，有译有著。讲解可分古语讲解和现代语讲解。用现代哲学框架及术语及思路的是现代语佛学，不论用什么语，来源都是近代欧洲语言。

现在再谈《楞伽经》，只就文本说。我以为，第一要问这是一部什么书？第二要问书中思路和我们所熟悉的有什么不同？总之是要探索这文本（包括说者、写定者、听者、读者、传授者）用当时当地语言符号表达语言所不能完全表达的思想，多少作一点现代语解译。

《楞伽经》是一部未经整理完成的书。（玄奘未译此经。）是"经"（丛书），不是"论"（专著），这是从不同译本和原文传本可以看出来的。不是对教外宣传的传教书，这也是显然的。那么这书为何而出？或则问：佛以何因缘而说此经？我看是为解决内部思想疑难和纠纷，要解决哲学思想和宗教思想的矛盾，是内部读物，是一种"教理问答"，而且是高层次的。因此不具备一定程度的"槛外人"就难以入门了。

我当然不想，也不能，写《楞伽经》讲义。手头既无原文的新旧校刊本，又没有古代注疏及近来中外诸贤论著，只是面对一种文本。不过谈到这里，不能不说几句文本，只说开头吧。

经（刘宋时译本）一开头照既定格式，"如是我闻"，佛同比丘及菩萨到了南海楞伽。在描述菩萨中提到"五法、自性、识、二种无我"。这仿佛是"主题词"，主要范畴。接下来的一些诗句不是提纲而是引子，是前提，是后文不再说而必须先知道的。例如："一切无涅槃，无有涅槃佛，无有佛涅槃，远离觉、所觉。若有，若无有，是二悉俱离。"这明显摆出了龙树《中论》的"空"的理论。所以《楞伽》既是说"有"，也是说"空"。若非已知佛教哲学思想的根本问题及其发展变化，就会如入五里雾中以为是诡辩。所以要"搁置"，存入括号，如现象学者所说。这里的上首菩萨不是《解深密经》后三品中的慈氏（弥勒）、观自在（观世音）、文殊师利（文殊）三大名流，所以破例而"自报家门"："我名为大慧，通达于大乘，今以百八义，仰咨尊中上"。从此以下便是大慧和佛的对话。

第一次对话是大慧提出百八问，佛答以百八句（不是句子，是词）。这好像是教理问答目录，却又不是。这里有许多障碍。首先是文字的。例如佛在说百八句之前说："此上百八句，如诸佛所说。"这个"上"字指的是下文。因为读的是一叠贝叶经，读过了一张就翻下去，未读的现上来，所以下去的是上文，上来的是下文。又如，说一百零八，用的是习惯的大数，不一定像梁山泊好汉那样一个不多一个不少。如我未记错，清朝汪中的《释三九》指出中国古时说三指小数，说九指大数，不一定是准确数目。印度古时也一样，说的往往不是确数。还有，这些问和句不是一一相对，一问一答。列举出来不是为的下文要说，而是为的下文不再说了。这种思路，我们不习惯，所以容易挡住。若作为内部高级理论读物就可以明白。列举的都是一般应当先知道的常识，仅是举例。以后说的将是更高更深更难的理论问题，因此要先说出预备条件。好比学数学先要知道数字符号及加减乘除。现在要讲的是微积分，不能不先提醒一下有初等数学。若不要建基础和房屋，只要盖琉璃瓦大屋顶，那是空中楼阁。这里问的实际上是：读者知道不知道这些常识？其中有浅的，如："云何为林树？云何为蔓草？云何像马鹿？云何而捕取？"也有很深的，如："解脱至何所？谁缚？谁解脱？""何故说断、常，及与我、无我？"诗句中佛的回答也是这样。如果其中没有错简（这在贝叶中容易出现），佛说的也还有一些是问。因为印度古书同中国及其他处古书一样没有现代标点，所以引号应当打在哪里，只有看内容。早期书口传，有些成句表示段落，如"如是应学"，结束一段。长行散文以后又重复作成诗句以便背诵。"欲重宣此义而说偈言。"再有，所谓"句"，不是句子，这里提出的是一对对范畴。如："不生句、生句，常句、无常句，相句、无相句"，"弟子句、非弟子句，师句、非师句，种姓句、非种姓句"，一直到"比丘句、非比丘句，处句、非处句，字句、非字句。大慧！是（这）百八句，先佛（过去佛）所说，汝及诸菩萨摩诃萨（大人）应当修学"。再有一个问题是，这些问和句是怎么排列的？看来乱七八糟毫无逻辑次序可言。这又是古印度人常有的思路。一是本无次序可言，而且所说的是对方应当早知道的，以后不说了，只是举例，没有排列的必要。二是指出应当处处见问题，要像孔子"入太庙，每事问"。三是要知道一切皆有矛盾对立面，说一就得有二。讲问题，讲道理，必须首先知道对立矛盾。这也是先决条件，因为以后说的道理全是为了解决矛盾的。要说的是比龙树讲"空"的否定（不生亦不灭）更进一步的否定之否定。从开头的"有"("一切有"是一派理论)到中间的"空"否定,现在又要说"有"(存在)是超乎"空"(不存在)的"识"(一切现象本源),是最后境界,理论核心。若不知空、有、断、常,不知"二边",如何脱离"二边"得"中道"?不知路的两边,怎么知道哪儿是正中间?不从头一"地"一"地"修学,大跃进到"唯识",是不行的。因为已讲了先决条件,所以接下去本文第一问答便是直指本体系核心:"诸识有几种生、住、灭?"(此问妙极,有很多潜台词。)问答下去,从信佛的内部疑难到不信佛的外道质问。最后在《断食肉品》之前说:"三乘亦非乘,如来不磨灭。"哲学归结到宗教,二合一。但缺了修行仍不成为宗教,正如缺了演算不成为数学。受戒吃素,修行开始。佛教讲道理,讲悖论,讲分析,又进一切矛盾对立成为统一(不是一致),由此归结入宗教信仰,然后由信而修,由修而觉,即解脱。讲"空"(法性——万物本性)的龙树在《中论·归敬颂》中说:"我稽首礼佛,诸说中第一。"讲"有"(法相——万物现象)的世亲在《俱舍论·归敬颂》中说:"顶礼如是如理师。"两位菩萨称颂的都是道理而不是神。由道理到说道理的人,这和由神到神谕是不一样的。

以上谈的是读进去,会被笑为经中所说的"如愚见指月,观指不观月"。可是若不观指又如何找到见月的方向呢?也许找到的是水中月影呢?不过现代人比这些文献到底多过了一两千年,这也不是白活过来的,所以进得去还能出得来。现在苏伊士运河已挖通,地中海水,雪山下流入印度洋的水,黄河长江水,已经直接汇合,而且巴拿马运河也已挖通,太平洋、大西洋的水在另一头也合流了。尝一滴水即可知海水是咸的,因为尝过河水知道是淡的,又尝过井水知道是有咸有淡有甜有苦。于是水分解了,又汇合了。水味有种种不同,但都是水。到底我们不是一两千年以前的人了。可是古时的思想问题都解决了吗？没有一点遗留了吗？只怕是不那么容易"彻底决裂"吧？有一种说法，先以为没有绝对真理，后以为绝对真理已经发现，先后都认为哲学只剩下哲学史了。真是这样吗？唯我独尊，这是哲学还是宗教？是不是"空""有"之争换了语言符号还在继续呢？

写到这里，五十年前所作诗句又上心头：

> 逝者已前灭，生者不可留。
> 如何还相续，寂寞历千秋。

（一九九四年）

孤独的磨镜片人

十七世纪中叶,荷兰,阿姆斯特丹,一个青年人对他的家里人说:

我不争遗产,但你们要想从继承人里排除我,那不行。现在我胜利了。我是继承人。可是我放弃权利。你们去分家产吧。我会磨光学镜片。以后我靠自己劳动工作生活。

他说完话就走了,从此不再见亲人的面。他的姓是斯宾诺莎(Spinoza,一六三二——一六七七)。

他的父母是犹太人。原在葡萄牙,因受天主教迫害而来到基督教新教占上风的荷兰定居。他在犹太教学校学习,但受到笛卡儿(他本来也在荷兰,后应瑞典女王之聘去当她的教师,因肺炎死于凛冽的北方寒风中)的影响,思想解放,发表被认为渎神的言论,因而在二十岁时被开除教籍。他生前只出版论文《笛卡儿哲学原理,以几何学方式证明》和《论神学—政治学》。他的主要著作《伦理学,依几何学程序证明》出版于他逝世那年。他只活了四十五岁,去世后过了二百年以上,到一八八二年才出版他的文集两卷本，一八九五年出版三卷本。他是用当时国际通行的学术语言拉丁文写作的。他生前寂寞，死后凄凉，只活到中年，死因是肺病，这与他的贫困生活和辛苦手工磨镜片劳动不无关系。

他活着时年纪不大，声名不小。有人认为是恶名，但也有人认为是美名。德国海德堡大学聘他去教哲学。他不去，大概是不愿受学校种种规定的拘束。要保持精神独立就得忍受生活清苦。他有个阔朋友遗嘱把家产赠送给他。他不接受，让给合法继承人——那人的兄弟。继承人送他每年荷币五百盾的年金，他只肯收三百盾。在道德方面，他一生无可指责。他没有反宗教，终身研究神学，也就是哲学，尤其着重的是伦理学，即关于道德的研究。他的思想是接受发明解析几何的笛卡儿的，因此他讲哲学也用几何证题方式。那么，他为什么比笛卡儿挨骂多，甚至传说有人要暗杀他呢？只怕是因为他比笛卡儿多走远了一步，笛卡儿没讲出来的，他明白说了。笛卡儿的哲学帽子是二元论。斯宾诺莎的是泛神论。不过帽子不能说明问题，还常有误导，要看他究竟说了什么触犯忌讳的话。

他的《伦理学，依几何学程序证明》分为五个部分：1.论神：定义1—8，公理1—7，命题1—36，附记。2.论心的性质和来源：引言，定义1—7，公理1—5，命题1—49。3.论情感的性质和来源：定义1—3，公设1、2，命题1—59，各种情感的定义1—48，情感的一般定义。4.论人的受奴役，或，论情感的力量：引言，定义1—8，公理，命题1—73，附记1—32。5.论理智之力，或，人的自由：引言，公理1、2，命题1—42。

先不说那些几何式的证明、说明和夹在中间的几个几何图形，先要问，为什么这书一出来就触犯众怒，引起轰动？看来很容易理解。首先，他论的神是大写的神，即上帝，可是不依犹太教的，也是基督教的，《圣经》，不说神创世、创造人，反而说，神，上帝，就是一切，一切就是神。这不是离经叛道是什么？其次，对于神，无限信仰无限崇拜就是了，难道还要他这个人来用几何学方式证明？他不是认为自己比最高的神还更高吗？真是岂有此理了。当然教会、教徒一看就要火冒三丈。他在别处还说，《圣经》中的"摩西五书"是后来人的作品，经中的预言不足为凭等等，公然否定神圣经典。这充分说明他只相信理性、数学，不信其他任何教条。尽管他讲神学，证明神的存在，那也不能为宗教所容，非开除不可。

　　再看他讲了些什么。不必引那些定理和几何程序，只说要点。他照当时神学、哲学一般说法，讲本质、属性，又加上一个方式。显然这是名词、形容词、动词，或主语、修饰语、谓语的那一类模式，还是亚里士多德的一套，是所谓话语。不过他开宗明义就说："神（上帝），我认为就是绝对无限的存在，就是说，包括无限属性的本质。"这还了得！那不是把自然界、人、什么都算进无限存在，什么都是神了？神的属性无限，那么，善、美是神性，恶、丑也是神性了？这难道不是渎神，犯罪？他还在论神部分的命题15里说，任何存在物都存在于神以内，不可能在外，又在证明后面加说明，长篇大论讲反对者（当时神学）的意见再加以反驳。他还在这一部分的最后命题36里说，没有任何存在物不会由其本性引出随之而来的后果。他的证明说，这是由于神的本性中的神力决定了因必有果。这等于说，自然规律不可抗拒，就是神性，因果不是由神的意志自由支配的。就从我引的这论神部分里的这几点已足够说明，他说的神是大自然界，包括同样属于自然界的人，所谓神性、神力就是自然规律。毫不奇怪，他的声音沉寂了百年以后，法国的狄德罗会说，启蒙思想就是新斯宾诺莎主义。不仅在法国，从十八世纪末到十九世纪初，在德国的文学、哲学中，他的影响更大，一直到成为黑格尔哲学的出发点。这些到下文再说，现在再多说几句这书的内容。（引文据英译，因我未见汉译本，下同。）

《伦理学》第二部分论心的命题1说："思维是神的属性，或者说，神是思维着的物。"显然这是笛卡儿的"我思故我在"的引申，可是这一引申就使双方面貌大不相同了，用现在的流行语说就是唯心变成唯物了。笛卡儿只敢说"我"，斯宾诺莎只敢说"神"，但他敢说神也是物，其实他们二位的意思同是指向重视思维。现在我们通行说物了。这大概是时代不同因而话语有异吧？

我不是写论文，用不着征引演述内容，只是闲谈。专家、研究者重视的多半是这书的论神、论心、论理智部分，是体系，是哲学上的共同题目，什么终极、永恒、无限、心、物之类。但我以为一般人感兴趣的可能还在论情感的那两部分。尽管用现代心理学眼光看，他说的不能算是科学，可是要记住这是三百多年前的神学—哲学著作啊。不过我想先跳过去谈几句最后一部分，看他怎么论理智。

论理智部分有一个《引言》，开头就说是要探讨如何达到自由。他指的是心灵的自由，也就是幸福。他要证明在这一方面聪明人如何超越无知的人。于是他要说明理性之力（能力）如何胜过情感之力（体力）。前面他已努力证明，人的行动受情感支配而不是为意志所决定，这里就要证明理智能制服情感。随后，他针对笛卡儿(《论灵魂的激情》)依据当时生理学知识辩论头脑问题，心和身问题等等。《引言》后面是几何学形式的推导、证明。最后他在简短的附注中说，聪明人、智者，强过无知的人、愚者，因为愚者仅受情欲引导，为万物所乱，不能享受心灵的满足,几乎不意识到自己、神、一切。他不被动就不存在。智者和他正好相反,心不为物所动,永远满足,永远存在。这不免会使我们联想到中国的圣贤的"不动心""平常心"。那么,颜回不仅是孔子的弟子,老子的影子,而且是斯宾诺莎的前辈同道了。若是那样简化,只看结论,只归纳为基本问题一个点,就可以把人类思想合为两类,一真,一伪,很容易结束哲学,留下惟一掌握绝对真理的体系一天下了。可惜人类思想总是有分歧,要发展,哲学远没有达到终结,远不到学哲学就是学哲学史的时代。所以不能仅注意结论、出发点、性质、基本问题、所属派别、所戴帽子,也许更要重视思维过程,往往发生影响的正在这里而现成结论早已过时。

《伦理学》的五部分中有两部分论情感。这和开创此学的亚里士多德的《伦理学》以及后来十八世纪的休谟的《人类悟性论》的论激情部分都不同。他们不这么重视。斯宾诺莎将一切属性归于神,把善、恶、乐、苦归于理智对情感的作用,当然要详细论述情感了。这也正是此书特色。不妨多说几句。

第三卷照例在开头说明所用关键词的定义,接下去应是公理、命题,本卷却将公理改为公设,说明身体受外界影响而变化。若不承认这一点就不必看下文了。末尾列举四十八种情感的定义再加情感的一般定义。第四卷在照例三项目的前面有《引言》,后面有《附记》三十二条。由此足见重视。第三卷没有《引言》,但开头有一段说明,实际是一篇非常重要的宣言。其中提到笛卡儿的有关论述,认为不过是展示了天才,并未解决问题,暗示这里的说明才补足缺欠,是确切的,用现在的话说就是科学的。下面我来试说其要点。

从一开始他就指出,多数论述情感的人都不像是论遵守一般自然规律的自然事物，都好像是把自然界中的人类当作国中之国，因为他们以为人能扰乱而不是遵循自然的进程，人对于自己的行为有绝对的支配能力，不受自己以外的任何干预，决定。他们不把人的弱点的原因归于普通的自然力，而归于人的本性的缺欠，对此加以惋惜，嘲笑，鄙弃，辱骂。做过卓越论述的人不是没有，但还没有人确定情感的性质和力量以及人心如何克制它。随后他说，以下要做的是那些宁愿嘲笑、辱骂而不愿理解情感的人会认为奇怪的，就是要用几何学的方式论证人的缺点、错误，用确切的推理来证明那些他们认为违反理性的荒谬的东西。他认为，自然界中发生的事，没有任何一件可以归咎于自然界的缺陷，因为自然界是无处不在而且永远同样的，它的活动能力，也就是规律和法则，也是这样。因此要理解任何事物的性质（自然属性）都必须应用自然界的一般规律。恨、怒、妒等等也是一样。最后他宣布，他论情感的性质和力量以及论人心如何能胜过它们也将和论神、论心同样，对待它们也和对待几何学的线、面、立体完全同样。

这样的话，不要说三百年前，就是现在，也不会人人同意吧？斯宾诺莎在那位做大脑皮层实验的巴甫洛夫之前也有两百多年啊。这难道不是石破天惊的议论吗？现在的人会说，这不过是机械唯物论。可是要记得斯宾诺莎生在牛顿以前，连引力、超距作用都还不知道，十八世纪的瓦特的蒸汽机也没有发明出来啊。他的许多论点当然现在已经过时，他给后代启发的是他的思路。这是不能排除的思路，自然也不是惟一的思路。我们习惯于"唯"，不一定是"惟我独尊"，但往往是"独一无二"。唯物、唯心、唯名、唯实、唯我，这些哲学理论的外国原文并没有"唯"，汉译都加上了。人类思想离统一还远得很呢。还是谦虚一点，不必坚持有人已经宣布最高最后真理了吧。同在十七世纪，斯宾诺莎前有笛卡儿，后有莱布尼兹，在英国有培根、霍布士、洛克，哲学家各显神通。同一时期我们正在明末清初打改朝换代的内战。明朝亡于一六四四年。一六四二年伽利略去世，牛顿出生，斯宾诺莎十岁。一六五〇年笛卡儿逝世。外国讲神，中国讲圣。欧洲有人开始对神重新认识。我们对于圣天子依然耿耿忠心。清朝康熙皇帝也在十七世纪（一六六二——一七二二在位），与法国的名王路易十四（一六四三——一七一五在位）同时，而且有使者来往联系。罗马教廷有传教士在中国下狱、做官，但是不能到各地传教，没过多少年就都被赶走了，再来就出"教案"了。康熙皇帝注意西洋文明，还亲自学习代数学。可是学术思想上中外几乎不通气，民间互不相知，以后发展也就照旧各走各的路了。十九世纪中再度相逢就是洋教、洋文、洋枪、洋船、洋人、洋钱、洋钉、洋灯直到洋油（煤油）、洋火（火柴）、洋车（人力车），还有洋学堂、洋学生、洋大人、洋鬼子，加上先洋后土的鸦片烟了。我小时候还听到处处说洋，东洋、西洋、出洋，大家不说洋也不过半个世纪啊。

闲话少说，再谈《伦理学》。不必细说在论神、论心以后的那些情感的定义和排行榜，因为那些用语和说法不是我们现在常用的，讲起来麻烦，而且所列情感以欲望开头，接下去是乐、苦直到最后是里比多（这个拉丁字在二十世纪初由弗洛伊德用做术语而成为通行语了），不过是理论体系的用例。更重要的是第四部分的《引言》和《附记》以及中间的发挥。一开始就说他认为人无力调节、控制情感就是受奴役，生活在被动之中。于是他进而论善与恶，最后在《附记》里总结他的意见，人怎样过正当生活。由此自然引向最后部分说明理智如何控制情感以获得心灵的自由，这样就完成了他关于伦理的，也就是道德的理论体系。

从以上的略述我想读者已可看出斯宾诺莎的胆大包天了。那时离布鲁诺的以异端罪受火刑（一六〇〇）只有几十年啊。但是我以为，历史上出现一种新思想，一方面要看它对于以前的思想有什么革新，有什么异同，另一方面要看它对于以后思想有什么影响，起什么作用，适应什么气候。后一方面可能更为重要。当时轰动的也许随即受冷落。当时受冷落的过多少时以后说不定会引发另一种轰动。但引火者不一定有后起的大火那么耀眼。讲思想史时，实际上大家都是由后观前的，但又都要表示客观，照历史顺序，从前到后，大小不漏。我们中国人特别有根深蒂固的《春秋》历史意识的无形传统，重视年月、门户、派系、是非、善恶。这类写法不能说不好，但已经够多了。不知什么时候什么人才会别出心裁写出另一样的思想史。我谈论斯宾诺莎的《伦理学》忍不住要再多说几句它的隔代遗传而不追查来源，也算是重后过于重前吧。

才华出众而又短命、挨骂的德国诗人诺瓦利斯（Novalis，一七七二——一八〇一）有一句名言评斯宾诺莎，说他是"一个沉醉于神的人"（ein Gottbetrunkener Mensch）。这位诗人从几何学的冰冷中看出了诗剧的火热，和他的同时代的一些同国诗人一样。这些人生于一个大变革时代（一七八九年法国发生大革命），在斯宾诺莎的理论中找到了他们的热情的思想依据，于是出现了德国文学中的"狂飙时代"。在这些人眼里，只有这位哲学家敢宣布用数学眼光观察一切，看待爱、恨、妒一类激情如同冷、热、雷雨一样。他认为神是无限，一切，因此情感同样神圣，宗教道德所谓的犯罪是出于人类天性，不得不然，只有用理智而不是谴责才能克制激情。他在《伦理学》中给善的定义是，"我们确切知道对我们有用的",给恶的定义是,"我们确切知道会阻碍我们达到善的"。他对神即无限的向往,对神即大自然包括人在内的热爱,对同属于神性的激情几乎可以说是颂扬,对神圣敢重新考察而自己下定义,对理智、数学、科学推崇到极点,这一切使他的几何学形式的神学语言放射出诗的光辉。于是他的论宗教、政治、伦理的思想在百年后竟出现于席勒的戏剧《强盗》里了。席勒能写这样激昂的诗句,又能写深沉的《美学书简》,并不奇怪,因为这正是斯宾诺莎的思路:激情与深思同属于神性。但我看更足以表现他的影响的是在他逝世(一六七七)将近百年时(一七七四)出来的,歌德的篇幅不长的小说《少年维特之烦恼》,因为一直影响到了二十世纪二三十年代的中国青年。

二十世纪初年,法国小仲马的《茶花女》通过林纾的文言译本震惊了中国读书界,影响了一代青年。到二十年代,德国歌德的《少年维特之烦恼》通过郭沫若的译本又在中国青年思想中轰动一时,正好接上易卜生的《娜拉》。反抗旧式家庭,脱离包办婚姻,又加上自由恋爱,三角恋爱,失恋自杀。娜拉加维特。可惜的是两位原作者的深刻思想,对社会和自然界的新看法,也可以说是斯宾诺莎的思想精华的发展与艺术化,并没有深入中国新青年的思想里,进来的只是形式、表面。中国处在声势浩大的长期革命之中,来不及认识、吸收和消化斯宾诺莎的新的神和新的人,以及歌德和易卜生。国家、民族、政治、经济、社会压倒了个人。二十年代的我还是少年,听一个大学生说,他在宿舍里枕头下放着一本"维特",每天都要读一段。我借来一看,不懂。三十年代的我已是青年,不但听到,而且看到,中国式的维特。我又读这书的英文译本,还是不懂。我注意到郭沫若在序里说,原书出版后德国青年中出现过维特热,有维特装,维特式的恋爱和自杀。后来歌德在修订本里加了一首题诗。这首诗他也译出来了，完全是郭沫若的早期诗的风格而且是早期的夹杂文言的白话文体。不知什么缘故，过了六十多年我还大致记得。手头无书，背出来试试：

> 青年男子有谁不善钟情？/妙龄女子有谁不会怀春？/这本是人性中的至圣至神，/为什么这里面有惨痛飞迸？/……请看他出穴的精灵正在向你们目语：/要做个堂堂男子哟，不要步我的后尘。

说情爱神圣正是斯宾诺莎的话。中国当时认为的"堂堂男子"就是做一个革命者，所以郭沫若就这样做了。我仿佛记得他的诗文中有过赞美斯宾诺莎的话。磨镜片人的思想痕迹在他身上也不是没有。

斯宾诺莎所磨镜片的光辉至今还在，还要继续存在下去。

一九九八年十月

福尔摩斯·读书得间

《存在与虚无》·《逻辑哲学论》·《心经》

听说近来青年热心读哲学书，尤其是现代欧洲的一些难懂的哲学书。与此相适应，不仅商务继续出版汉译世界学术名著，三联新出版大规模的现代西方哲学著作，其他出版社也重视这一方面。这种情况在我国历史上只出现过两次，结果并不一样。一次是从六朝到唐代，翻译了大量佛教典籍。许多宗教哲学的难懂著作如《入楞伽经》之类都一译再译，而且读的人很多，出发点不限于宗教信仰。第二次是在五四运动之后，有一段时期，罗素、杜威等外国学者来华讲演，青年们对外国哲学的兴趣同时增高。但是这次比不得上一次。很快哲学就被史学压下去。讲外国哲学主要是在大学讲堂上，讲的也是哲学史。大概从清初以来，中国的学术思想传统便是以史学为主导。《文史通义》的"六经皆史"思想一直贯串到五四运动以后，恐怕到今天也没完，连我的这篇小文也是一开头就想到历史。我国的第一部个人学术著作便是《春秋》，是从历史书起头的。我国的历史文献和文物和史学丰富而独特。哲学便不一样。从汉代开始，讲哲学便是读经。佛教传来了，还是读经。道教、伊斯兰教、基督教等莫不如此。好容易五四运动才打破了读儒家经的传统；可是这以后讲哲学仍然像是读经。本来哲学书难于钻研，背诵当然容易得多。

哲学难，读哲学书难，读外国哲学书的译本更难。"哲学"一词原是欧洲的，用来讲中国的，那就是用欧洲哲学的模式来找中国的同类精神产品，否则就不叫中国哲学了。究竟中国古代是不是和外国古代一样提出过同一哲学问题，作过同类探究，得过相同或不同的结论？这是哲学史的事。问题在于当代讲哲学，那就是全世界讲的都是源于欧洲近代（十七世纪以后）的哲学。所以现在无论是专家或一般人，一说哲学都不能不先想到欧洲哲学家。那些人中很多是在大学讲坛上教课的。当然，哲学并不都在大学里，例如萨特便不是教授而是作家。不过我们讲外国哲学仿佛总是离不开外国大学讲义。外国大学和中国的不大一样，讲义也很难懂。大概他们的入学考试和入学后的要求和我们的不同。大学有一道门限。这不是答题而是一种要求。教授讲课只讲门限以内的。如果门限以外的你还没走过，是"飞跃"进来的，那只好请你去补课了，否则你不懂是活该。想来在他们的大学里，会一点外国语不算什么，能看英法德文书是当然的事，好比中国人会说普通话又会上海话、广州话一样，没什么了不起。拉丁文和希腊文原是中学里要学的，是欧洲人的古文，好像我们在中学里（从前还在小学里）念一点古文，懂几句也很平常。如果外文、古文、哲学家、哲学书一点都不知道，那就是在门限以外，是"槛外人"了。大学教授不会迁就你去给你补课的，他仍讲他自己的一套。

不妨举个例。萨特不是教授，但他的书《存在与虚无》仍像黑格尔的讲义，是为"槛内人"写的。尽管是那么厚的一大本，仍然有许多话没有写进去。开头第一句是："近代思想把存在物还原为一系列显露存在的显象。"接着说，其目的是要"用现象的一元论来代替"二元论。随后问:"这种尝试成功了吗?"这是全书的起点,但起跳以前的"助跑"都省略了。那是在"槛外"的,认为读者早该知道的;要不然,何必来看这本书呢?书的第一段是接着胡塞尔的现象学说的。现象也罢,显象也罢,这些哲学术语对于专业哲学家来说自然是非常重要的,但对一般人来说,更重要的是要知道他讲的是什么,为什么和怎么样提出问题的。他讲"存在",这是接着海德格尔说的,那又在"槛外"了。他这段话其实很简单,并不难懂,没有什么深奥的道理,比《老子》的"道可道"差远了。但他是对"槛内人"讲的。我们读时又有两道障碍。一道是:现象学的提出正在物理学家马赫的哲学著作《感觉之分析》以后。马赫引出的哲学理论曾经有人打算引入马克思主义而遭到一巴掌打翻在地,以致我们只知道那是唯心论,至于那些人是怎么想的,我们就不大了了。马赫的问题是从康德的学说引起的。可惜马赫和康德的书虽然早已译出,而且王国维早就曾"四读康德之《批判》"(大概是日译本),但他们想的是什么,一般人还不大清楚;这就不容易明白现象学的思想,也就不好读萨特的这本书了。另一道障碍是:为什么他们要忙于解决二元论的问题?究竟什么是二元论?是不是和一神教有关?不但我们长久习惯于用唯心、唯物两大阵营来分别一元、二元,不大管其他分法,而且我们中国向来就不以多少元为意。从古就习惯于说什么"一阴一阳之谓道",什么"有理有气",道配德,仁对义,总是作对联。"大一统"和太极图也是统一了对立的东西。这不是欧洲人思想中的一元和二元。我们和他们的历史、文化背景不同。我们同罗马帝国的人也许比同现代欧洲人通话还容易些。由于这两道障碍都在"槛外",所以若没有一段"助跑",那么我们和萨特就不在一条起跑线上,对于他以后说的话就会恍恍惚惚似懂非懂往往"断章取义"了。其实若到了"槛内",他的话中意思本来是再明白不过的,只是词句有些别扭。那时便可以问"显象"、"现象"之类术语问题。否则会条理错乱而"走火入魔"的。

照我的粗浅看法,读哲学书的前提是和对方站在同一条起跑线上,先明白他提出的是什么问题,先得有什么预备动作或"助跑",然后和他一同齐步前进,随时问答。这样便像和一个朋友聊天,仿佛进入柏拉图的书中和苏格拉底对话,其味无穷,有疙瘩也不在话下了。所以书的开头是读书时首先要仔细思索的,不是对最末的结论去"定性"。

不妨提另一本在哲学上说是和萨特的存在主义"分道扬镳"的书:维特根斯坦的《逻辑哲学论》。这本小册子比那本厚薄差远了,写法也大不相同。萨特的像是讲义,费很大的劲,用不少术语道具,绕一些弯子,才说出他的思路。这本小书却像欧几里得的《几何原本》,又像斯宾诺莎的《伦理学》,如同几何证题,列举定理。这种形式和内容(思维方式)是密切相关的,因此两本书的写法是不能对调的。这本小书只讲了七句话(定理),前六句附一些说明条条加以发挥。第一句是:"1. 世界就是所发生的一切东西。"太简单了。看下面的四句解说的头尾:"1.1. 世界是事实的总和而不是物的总和。"……"1.1.3. 在逻辑空间中的事实就是世界。"这就玄虚了。什么是"逻辑空间"?再看下去:"1.2. 世界分解为事实。"这不就是第一句吗?为什么讲成两句?仔细推敲就会知道,这应当是两句话。先是"东西",后化为"事实"。此后,由于种种原因越来越难懂。可以把符号逻辑或数理逻辑的列公式的专门部分暂时放过,"悬搁"(现象学术语)一下,看第三句的解说中的 3.6 以后大讲逻辑的科学的哲学理论直到最后没有解说(不能有解说)的第七句。如果能这样看,那就可以回头理解作者在一九一八年写的《序》中的话。他说，这书不是教科书，也许只有思考过同一或类似问题的人才能理解。他自己概括全书说："凡是能够说的事情都能够说清楚，而凡是不能说的事情，就应当沉默。"头尾一看，照我们中国人的习惯想法，这正是一中有二：能说的（逻辑的、科学的）和不能说的。仍然是现象学和存在主义想极力逃出的二元论，还没有跳出康德的手掌心。这大约就是分析哲学和存在哲学的好像水火不相容的缘故吧？可是我们中国人未必那么觉得，所以不容易"进入"他们的"角色"。我们的习惯思想模式是太极图。又一又二。一定要说是一，一定明知是二。

问：起跑线在哪里？看来维特根斯坦写书仿佛比萨特容易，一句是一个公式，不那么费劲。可是读起来正好相反。跨过这本书的"槛"的明显要求是数学和逻辑。但是一般人为了能看下去并且多少"懂"一些他说的道理而不是学会它（学数理逻辑不靠这初期哲学书），那并不一定要求学过高等数学和高深的逻辑，而只要求具备起码的数学和逻辑的头脑。这说难很难，说容易也容易。有人不学数学演算也能有数学分析和逻辑推理的头脑。有人学了数学，会作工程设计，对于专业以外的事就完全忘掉科学分析和论证而用另一种习惯的思维方式了。"槛外"的另一关是明白本世纪初年以来欧洲人对于语言的再认识。这一点对于理解从欧洲散布开来的现代哲学思想非常重要。十九世纪的生物学和社会学（兼算经济学、政治学）在思想中所占地位到二十世纪已为物理学和关于语言的研究胜过了。这本书所要解决的正是从语言和逻辑方面来认识世界的问题。这也是在本世纪初的物理学（相对论）刺激下产生的问题。简单说，近代欧洲人的哲学问题一直是数学家笛卡儿和天文学家康德提出来的老问题，但是追究解答却一步深一步又广一步了。

读这些哲学书的困难，除了上述起跑线以外，还有如何读译本的问题。对专家说自然是读原文或非原文的外国文译本，但一般人还是读汉语译本。这里的困难非常之大，但也可以说是并不那么大，主要在于怎么理解对书的"理解"，也就是说，看你认为怎么才算"懂"。对这一问题，本世纪的诠释学和符号学都有贡献，现在不谈，谈谈我们的历史经验，当年我们的前人怎么读"懂"佛经的译本。

简单说，有两种"懂"：一是照原来的"懂"，二是我"懂"了，原来是这样的。前一种是老师教学生时要求的。学生能把书上的话或先生的话复述出来，尽管经过排列组合有所增减，仍是原来样子。这是答题，是"懂"了。这可以说是"忘我"之读。以原来的为主，我极力钻进去，照他的话了解，照他的话复述，我变成了他，"懂"了。（是不是真正能变成了他，可以不管。）后一种是照旧认为我化成了他，其实是把他化成了我。这就是用我的"原来"去"懂"他的"原来"，化出来的是他，又是我，还可以说不是他也不是我。这也是"懂"了。这时仿佛左右逢源大彻大悟。这两种"懂"并不是隔绝的，但推到极端的人会互相菲薄。我国人读古书、解古书自来便有这两种"懂"法。读佛经译本也是一样。外文变成汉文也就类似另一种古文了。古文本来也类似一种外文。为讲明白以上这点意思，举一部佛经为例。

《心经》的全名是《般若（读 bo-re）波罗蜜多心经》，通行唐僧玄奘的译本，还有别的译本，也发现了原文，是非常流行的一部经。只有两百多字，比起《逻辑哲学论》又短得无法比了。可是难懂程度却不相上下。不过我想在译出时，对当时人来说，未必比现在的人读《存在与虚无》或《逻辑哲学论》更难懂。什么是

"般若"？是译音。什么是"逻辑"？不也是译音吗？那时的人熟悉"般若"恐怕不亚于现在的人熟悉"逻辑"。"般若"意译是"智慧"。为什么要译音？"逻辑"不就是"论理学"吗？为什么要译音？当初严复译成"名学"，通行不起来；改为"论理学"，通行了。可是许多照"原来"去"懂"的人认为这还不符合"原来"这种学的本意，于是有人提议译音为"逻辑"，表示这是新的东西，不是研究"名"，也不是只讲"论理"。开头两译并用，不知为什么，这些年一直通行音译了。"般若"是佛教说的一种特殊"智慧"，有种种说法，因此"懂"得"原来"是怎么回事的人就译音，和"佛"不译"觉者"，"菩萨"不译"开士"或"觉有情"一样。新词通行起来，思想中也有了新的东西。是不是和"原来"一样呢？靠不住。我"原来"的思想中装进了你"原来"的东西，那就成为我的，由我处置了。这类新词变化中"禅"是最突出的。尽管是译音，印度字变成中国字以后完全中国化了。若印度人再想译回去，可不能再用原字了。什么"口头禅""野狐禅"，怎么能用印度原字译呢？那样，印度人也会莫名其妙了。译音本为的是保存"原来"，是要求第一种照原样的"懂"，结果是"不由人算"，化成了第二种"懂"。

音译会变化，意译也难长久保持原样。什么叫"存在"？是汉语的"有"，又是汉语的"是"，和这个欧洲字相等的汉语的词并不"存在"，因此只好用两个字拼成一个词。"存"是时间的，存留下去。"在"是空间的，在什么地方（所在）。汉语的"存在"是不脱离时空的。在欧洲语中，"是"和"有"相合，而"所有"的"有"独立。印度语中根本没有独立的"所有"的"有"。汉语中，"有"就是"存在"，又是"所有"，而"是"有另外一个字。欧洲人从拉丁文"我在"（我思故我在）说起，说来说去，那个"在"或

"存在"和汉语的"有""在""是"都不相等。所以"存在"一词乃是新词,和"般若"译成"智慧"一样。"存在"不是"在","智慧"也不是孔子说的"智"(知)。怎么才能"懂"得"原来"的?欧洲人自己也不好办。康德的"自在""自为"都得用德文。笛卡儿的那句名言只有用拉丁文。《逻辑哲学论》的原书名也是拉丁文。只要看萨特的这本书中附了多少德文字就可以知道他也没法不用"般若"之类。胡塞尔和当代的德里达讲哲学引用希腊字;连拉丁字都歧义太多,无法充当术语了。萨特编造新词也是着急得无法才这样做的。照《逻辑哲学论》的说法,他们都是对于"不能谈"的事情偏不肯沉默,硬要用语言去表达在逻辑思维和语言能力以外的东西(事),由此得到了这样的必然结果。这又回到佛教哲学。那就是"不可言说""不可思议"。不可说又不能不说,一定要说,怎么办呢?欧洲人(现代哲学家)、印度古人和中国古人各有种种巧妙办法,起许多名目。我们现在碰上了从这些不同方向来的不同辐射,怎么办?无数颜色像雨点一样洒下来,我们是在用什么画布承受?结果会是什么样的画?这也就是说,我们究竟怎么去"懂"?

还是可以参考前人的经验。他们当时争吵不休的正是不同的"懂",也是不同画布上的不同画面。大家都争说那是复制"原来"的,其实谁也知道那不是等于"原来"的。倒是应当问:自己"原来"的是什么?首先要知道自己,因为我们无法脱离了自己的"原来"去"懂"人家的"原来"。

记得在四十年代中,第二次大战结束后不久,友人于道泉先生从巴黎寄给我一本法文小书《存在主义》。大概是萨特的《存在主义和人道主义》。我当时正在教印度哲学史,所以匆匆一看之下,觉得有些好像是佛教哲学中讲过的。那时我看罗素教授讲的哲学也觉得同法称菩萨讲的有相通之处。这就是我在自己的新涂抹的画底上加颜色的缘故。这是无法避免的，也是不必避免的。可以想象，在一千五百多年前的长安，当鸠摩罗什翻译并讲解"般若"时，若听的人僧肇、道生等思想中没有那时流行的对老庄的新解说，他们能听得进去吗？听进去了，不是"原来"的了，变成他们的了，又出来了。这不是鸠摩罗什的失败而是他的成功。他讲的也不全是从中亚贵霜王国时代发展起来的佛教哲学。他翻梵语为"华言"时已经通过"变压器"了。若不然，是传不过来的。招牌如旧而货物常新，从来如此。

若是这样了解"懂"，那又回到了前面说的起跑线问题。不过这样看来，不在一条起跑线上也未必不能"懂"，不过是"懂"其所"懂"而已。这在读原文和读译本是一样的。现在再从零开始。面对一本哲学书的译本，也不能先知道自己是不是和对方站在同一条线上；若不在一起，也不知道离开有多远。例如这三本书(都是译本)，我们怎么读？译本是通过译者解说的，也就是说，我们看到的是经过译者的"原来"而得出来的作者的"原来"，还得依据我们自己的"原来"去"懂"他们。通过译者去"懂"作者，多了一层折射。既然完全照原样的正解，除有共同符号的数学之类书以外，几乎是不可能的，那么，我们只能力求达到，而不一定能达到，接近于"原来"的"懂"，也就不足为怪了。"懂"中有"误"(不符合作者的"原来")也就不足为大害了。

撇开各人的文化思想起跑线不同，还要区分读书是不是为上课考试。若不是为人而是为己，只是自己要知道，那么就不必以复述原话为标准，可以自加解说。这样，我想提一点意见供参考。这不是兢兢业业唯恐原作者打手心的读法，是把他当作朋友共同谈论的读法，所以也不是以我为主的读法，更不是以对方为资料或为敌人的读法。这种谈论式的读法，和书对话，好比金圣叹评点《水浒》《西厢》，是很有趣味的，只是不能应付考试。这样读书，会觉得萨特不愧为文学家，他的哲学书也像小说一样。另两本书像是悬崖峭壁了，但若用这种读法，边看边问边谈论，不诛求字句像审问犯人，那也会觉得不亚于看小说。这三本深奥的书若这样读起来，我以为，一旦"进入角色"，和作者、译者同步走，尽管路途坎坷，仍会发现其中隐隐有福尔摩斯在侦查什么。要求剖解什么疑难案件，猜谜、辩论、宣判。下面略说一点为例。

例如《存在与虚无》。一看题目就得问：是不是"有和无"或则"肯定和否定"？不会是这样。那么这桩案件寻找的是两个未知数。为免除扰乱而简化一下，算是 x 和 y 吧。开头一段是出发点，也就是起跑线，提出问题，好比案件的现场。要追查的是 x，"存在物"可算 x_1 吧。若我们不知道胡塞尔现象学等等，那就只看这本书怎么说。他说的是：康德把外和内分开，胡塞尔又把两者合一，说外就是内。仍用符号：一个说，A_1 后面藏个 A_2，那才是 x。另一个说，A 就是 A，没有必要分成两个，A_1 就是 A_2。于是萨特问：这样就是一而不是二了吗？这个 A 能是 x 吗？只是 x_1 吧？ A_1 是变化的有限的多的现象，A_2 是不变的永恒的一的本身。若说 A_1 就是 A_2，所以成为只有 A，那能说 A 是 x 吗？这和说 A_2 是 x 一样，不过换成 A_1 是 x 罢了。问题照旧，还出了新问题。说 A 只是显现出来的东西，那必定还有个不断变化的无限数量的观察者（反思）见到"显现"（这里明显有相对论思想影响），仍然还原不到一个 A，也就是不能等于一个单一的（抽象的）x。数学符号没有人文符号容易懂。比方说 x 指"人"（照我们习惯总要说是"人性""仁"之类才行）。一个人说：张三显现出来的衣冠楚楚相貌和张三自身并不一样，我们不能透过衣服见其裸体，更不可能见其内脏和内心（不算"特异功能"），所以有两个张三，一个是常变的有衣服皮肤包着的，一个是不变的本身。另一人说：我们所知道的张三就是显现出来的张三，剥光了，解剖了，还是显现出来的张三，何必假定有个见不到的张三呢？第三人说：张三不论是一是二，总是说有这么一个人。"人"是什么？张三是人，李四就不是人吗？张三怎么能也算李四呢？而且既有显现，必有照见，不然怎么知道显现呢？照见者还要有照见者，成为无限了。而且，一个主，一个客，怎么统一成为一个"人"呢？因此我们要从此前进考察"人"（x）是什么。接下去，避开了x1（客）和x2（主）又碰上了x和-x。这个-x是不是y呢？这又怎么"-"得起来？这就是用哲学语言符号说的"存在"和"虚无"。在我们中国普通人看来，这一大厚本书无非是跟这两名或一名罪犯捉迷藏。终极目的是要问出"我"这个"人"是谁？办案的人感兴趣，不懂案情的人觉得索然无味。

《逻辑哲学论》还是这样一套。"逻辑"算x，"哲学"算y吧，x+y是作者对世界的看法。x是语言世界，但这是理想语言，也就是逻辑，所以只能用数学符号表达。这是我们所要"谈"也能够"谈"的。y是"哲学"，那是逻辑（语言）以外的，或则说是非理想语言非逻辑的模糊语言所"谈"的。既不能用理想语言的数学符号表达，那就应当"沉默"。这比萨特那本书麻烦，不能再用数学符号，也不能用文学符号。但仍不妨试试用作者所否定了的模糊语言来谈论他的精确语言。结果会发现，书中除了数理逻辑推演那一部分，说哲学语言混淆的他自己也用的是同样的模糊语言。在他，这当然是一贯的。在我们，这就有理由也用普通语言来谈论。萨特一路追罪犯，这本书说已经抓到了。

怎么抓的？开头两句话："1.1.世界是事实的总和而不是物的总和。""2.那发生的东西，即事实，就是原子事实的存在。"好，说的还是"存在"，是不是萨特追查的那个 x 呢？先不管它，重要的是"事实"和"原子事实"。后一个词，译者说了，是受英译影响的通行译法。这很不幸，因为"事实"和"事态"不能混为一谈，也不必加个"原子"。这且不论，我想提一个意见，一般人读这书可用另一种读法。数理逻辑部分不能用别的读法，若不学就可以不管，无妨读其中举不胜举的警句或思想火花。这种读法在专家是不能容忍的；但在普通人，若不这样读而当作课本去啃，那就失去了可摘下的珠玉，只望光辉而叹气，太可惜了。我提的还是文学的读法，并不亵渎这本庄严的书。例如 6.51 中说："疑问只存在于有问题的地方；只有在有解答的地方才有问题，而这只有在有某种可以说的事情的地方才有。"他没有用数学语言，所以是模糊语言，也就可以当作文学语言来欣赏和思考，不限于本身所含的严格哲学意义了。不能说，还能问吗？

现在说说《心经》。这是供背诵的"经"。两百多字中还有一半是咒语和赞颂，前半译文也等于用汉字写外文，用的文字仿佛数学符号，单凭本身是无法读"懂"的，不论怎么"懂"都得讲解。不过我认为也可以谈论，只是先要多少明白两个词：一是"般若"，前面说过了；一是"空"。其他的音译和意译的词在任何注本中都有种种解释，这两个词却不能依靠注。全文中并没有"般若"而这"经"称为"般若（智慧）波罗蜜多（到彼岸）"的"心"（中心、核心），为什么？因为全篇讲的只是"空"，"智慧"就在这里，是全部讲"般若"的"经"的心。第一句说："观自在（观世音）菩萨……照见五蕴皆空。"以下是著名的"色不异空，空不异色；色即是空，空即是色。受、想、行、识亦复如是。""五蕴"是"色、受、想、行、识",所以这是解说第一句的。世界一切归纳为五类,各各都是"空"。这"空"可算 x。一切是 x。有趣的是原文的"空"恰好是个数学符号的名称,就是"零"。零位记数是印度人对世界的一大贡献,经过阿拉伯人流传世界。这个"零"就是"空"字,是零位,是"虚",但不是"无"。《逻辑哲学论》说"事实""事态",说的是有头有尾的"事"而不是单一可名的"物"。"空"或"零"正是从这有生有灭有聚有散的状态的究极来说的。什么不是从"零"开始又归结到"零"呢?物可分解,事有生灭,心不常住,所以都是"空"。"空"不可见,见的是"有"(存在物),所以"色(形相)不异空……空即是色"了。《心经》说,凭这"般若",可以"心无罣碍。无罣碍故,无有恐怖。远离颠倒梦想。"这是不是萨特憧憬的自由呢?《存在与虚无》议论了那么多,其中有多少问题是印度古人曾经试图解答的啊。"存在",连同"虚无",以及那"不能谈的事情",无非是"空"或"零"(零位,不是仅仅"无"),是那个点(原来的符号),或圈(现在的符号)。这样,三本书的问题都是追查 x,都可以归结为指示宇宙人生的一堆符号和符号关系。这些符号又是脱离不了形形色色的语言的(除去那可用数学符号表示的一部分)。汉语中没有同人家一样表示"存在"的字,如拉丁语的 esse,梵语的 asti,英语的 "to be or not to be"(哈姆莱特);他们又缺汉语的阴、阳。彼此追查的 x 不同。所以印度哲学还可以和欧洲的通气,而中国的则很难。"语言"不通嘛。我们无法摆脱语言枷锁。用汉语思想的人不容易抓住那个超时空的"存在"或"空"。这又用得着维特根斯坦的妙论了,但不限于他所指的逻辑语言。

那么,试问,我们的文化思想中突出而不逊于别人的是什么呢?前面提到了史学,在思想上,我想是中国式的美学或艺术哲学。我们本来是艺术的国家。汉族的文化传统是艺术的。"学"起于"六艺"(礼、乐、射、御、书、数)。"艺"中有术,有技,有哲学思想,从彩陶和龟甲文字就开始了。有文艺又有武艺。哲学书的文章好。史书是文学作品。打仗是高深艺术。皇帝作诗画画。我们的习惯思维方式是艺术的,不是数学的;是史学的,不是哲学的。二十多年前不是兴起过一场美学辩论吗?近来不是又兴起了对美学研究的热心吗?偏爱在此。我们喜欢用"艺术"的眼光看世界。我们的文化思想的特色和研究突破口恐怕不在欧洲式的哲学而在中国式的艺术观。若现在忽略了,错过了,将来恐怕就难以挽回了。历史是可以重复的,但是不能倒转的。

(一九八七年)

读书得间

古人有个说法叫"读书得间",大概是说读出字里行间的微言大义,于无字处看出字来。其实行间的空白还是由字句来的;若没有字,行间空白也就没有了。还是要先看字句,不过要不仅看字句,要看出问题。

八月九日《北京日报》"广场"摘了《中国文化报》一篇短文。其中说:"一九八〇年以前……广大群众对待电影……的艺术性是很宽厚的。……'四人帮'被粉碎已经整整十年了。……今天,人们对艺术上粗糙的电影……已不可能具有十年前那种宽厚的态度。""一九八〇年以前","前"到什么时候?过了一九七六年就是"四人帮"时期了。那时"四人帮"横行,是不是对艺术性宽厚?再向前溯到哪里?一九八〇年到现在还不到十年。实在不明白。到底是原文如此,还是摘得不好,还是我的头脑有问题?或许是汉语特色?说一个人"生前"不是指他"死前"吗?

这里不过是随手举例,对于那篇文章的大意我还能懂得,并无指责之意,也不是咬文嚼字。我想这也许就是"读书得间"的小小一"间"吧?古书和今书里,空白处总可以找出问题来的。不一定是书错,与许是在书以外,总之,读者要发现问题,要问个为什么,却不是专挑错。外国有个苏格拉底,中国有个公羊高,专爱发问题。问来问去,越来越难答。公羊高讲《春秋》,一字一句都要问个明白,自问自答,好比上课讲解或讨论。当然,为应付考试必须背诵,不能提问题。

近些年来,从欧洲到美国,可能已波及日本,又在闹什么"解构"主义,也就是拆散、打破,来读书。走极端的竟成了"意义"的虚无主义者。本世纪从开始以来,语言学和心理学不断提出新问题、新看法,深入并扩大了对语言的再认识。到现在快世纪末了,语言加心理的文史哲的新问题还没有完。吵了近一百年,越争论问题越多,变化越快。这是全世界交通和信息流通技术发展越来越快的结果吧?

照我的浅薄想法,若讲读书、解书,哪国古书今书合算也没有中国多,中国学者理应去参加国际对话。要提醒他们,哲学祖师不仅希腊有。他们争论的问题中国人也懂,也会用他们能懂的行话讲我们古老的哲学新问题。他们讲什么"误读"是否正常,大讲"书写学",认识汉字的人正好加入战团,用当代哲学语言讲讲我们的话。

(一九八七年)

九方皋读书

想起了九方皋，把他的"相马"和读书联系起来了。

伯乐如今名声大振，说是他会"相马"，也就是会发现和推荐人才。到底他是会"相马"，还是会"相人"？

伯乐以善于"相马"名垂千古。但他的著名故事却是推荐了九方皋。找到千里马的不是伯乐而是九方皋。这位九方皋的大才是伯乐以外谁也认不出来的。好像徐悲鸿还画过一幅九方皋相马图，传达出他站在马群之前的神情气概。

故事出于《列子》。说的是秦穆公立志要秦国富强而招揽人才。他请来伯乐，要他去找一匹千里马。伯乐推荐了九方皋。找了三个月，九方皋回来报告，找到了一匹千里马，说是黄色的母马。马到了，原来是一匹黑色的公马。大家都笑九方皋不认识马的颜色和性别。可是一试之下，果然是千里马。于是千古流传了"相马于牝牡骊黄之外"这句名言。这话是伯乐对九方皋的解释和称赞。他还说，九方皋"相马"是"见其所见，不见其所不见。视其所视，而遗其所不视"。《列子》的这个故事用秦穆公、伯乐、九方皋三个人物表达出发现人才的一条秘诀。不过并不是人人都能赞同这一条的。

懂得这妙诀而实行的是曹操。他的"求贤是不论出身和行为,只问有没有能称职的才干,只管效用,不看包装。再推上去,刘邦、萧何敢用小兵韩信当大将也是依据这一条妙诀。不问他是否"出人胯下",只问他能不能带兵打胜仗。要办什么事就得找能办好这件事的人。这人的其他一切都不必管。"金无足赤,人无完人。"哪有那么多的全才?这就是"见其所见,不见其所不见"。九方皋的妙诀就是:不问是黄马是黑马,不问是公马是母马,只要能日行千里,那就是千里马。若是只看包装,追查血统历史,全面挑剔,那就没有千里马了。

这与读书何干?读书也这样。"见其所见,不见其所不见。"这才有效率。效率包含了速度。一本书里可以有无数内容,有各种层次的思想,那就只能取我所需,见我所见,择其一端,不及其余。为什么"好书不厌百回读"?就是因为读书一遍见到一些,再读又见到上次没见到的,读来读去甚至读出连作者自己也未必事先想到的。有的书如同工具,是当做资料查考引证的,或者是为专门研究必须全面读的,但那样读书就成为工作了。

书有不同的种类层次,应当有不同的读法。这就是九方皋的相马法和伯乐的相人法用于读书。一本书,作为对别人有无教育意义的书和作为对我是否有用的书是不同的。若随包装判断,那就不是读书而是读包装了,好比买东西只看广告不看货物了。

看小说、电影、戏剧一直到看足球难道不是同样?为什么马拉多纳离开球场引起球迷惋惜?因为迷的是踢球,不是别的。

九方皋的故事还可以有多种多样的说法。可是我若换个荒诞包装,只怕看到的人要说这是什么文,像谜语一样了。读书不管包装很难,所以九方皋人才难得。不过也难说我这篇小文不像另一种谜语。读书是不是也可以有猜谜之乐,好像自己当一回侦探?

读书法

甲　今天来谈谈读书法，怎么样？

乙　我洗耳恭听你的高见。

甲　我只能讲个真实故事。从前有位教授在大学教第一堂课时抱了一叠书去，在开场白以后便介绍这几部古典名著，一一说明作为基本读物的重要性，要求一学期读完这几本。每堂指定预习多少，下周上课除讲解外还当场提问题要学生回答。他说到做到，毫不客气。恰巧班上有位女学生是从前鼎鼎大名中西兼通的学者的孙女儿。她几乎每回都抢答，而且问题越难，她抢得越快，唯恐失去显露才华的机会。若是比较简单容易的问题，她就默不作声，让给同学。男生又把容易的向女生谦让，仿佛男生总是不如女生反应快。于是那位才女占了首席，其他人也乐得偷懒而且减少露丑。首席学生并不包办，总是留有余地给旁人。课程结束时不仅教授满意，而且全班男女学生个个满意。班上有一个学生是我的朋友，是他对我讲的。这是教学法，也是读书法，对此你有何评论？

乙　这是读书正宗，有教有学，有提问有答复，也就有了讨论和纠正错误。有师，有友，各得其所，是读书的正轨，学问打基础的正路。我也听到过一个教学故事和这不同，说给你听听。有位教授一上课先作开场白，然后把带来的仅有的一本书向学生介绍。这是一部中国古典名著的校点注释本。他要求学生自己读一遍，将校点和注释及注中的评论的错误指出来，写下作为作业，多少不限，详略不限，半月后开始交卷，限期一个月。介绍完了，他便讲课，不再提这本书，一个月之内也不提。请问你对此有何评论？

甲　我很想知道一个月后的结果。

乙　结果很简单。答卷一堆，互有异同。教授看了一遍，上课时发给学生，要求每人轮流通读全班答卷，记下有错未纠的和本来不错而纠错了的，再交来。

甲　这教法省事，等于开讨论会，教师旁听。

乙　也不省事。答卷及学生评语再集中以后，教授便开讲这部书作为他讲的课的举例，对学生的答案不指名而包括在内。结果是学生都熟悉了这部书，教师出版了这本书的新本子，又是各得其所。

甲　讲这两个故事算不算谈了读书法？

乙　也算也不算。读书本无定法，只要各得其所。我们谈的两个故事若算是读书法，那么前一种是提问法，后一种是找错法。有人学外文背字典，有人学外文不记生字而读破一本书再读破一本书，有人学外文把一篇文抄了又抄，烂熟于心，好像是自己写出来的，然后抄另一篇。各有才能偏向，各有目的不同，能适合自己而有效的，我认为就是好的读书法，就可以"得其所哉"。硬套用别人的方法，只怕会"麻雀跟着蝙蝠飞，熬眼带受罪"。

甲　我听说，从前有两位教授同在西南联大开课讲唐诗，讲法大不相同。又有两位教授曾同在北京大学教英文，也是大不相同。一位教过几年后出版了讲义，是一本语法修辞书。他认为不懂语言怎么谈得到内容。一位是翻译家，着重讲授内容及背景，认为不通全文大意怎么理解词句。一个是从外而内，一个是从内而外，各有千秋。是不是一个讲"结构"，一个讲"存在"？

乙　看来读书法也是"戏法人人会变，各有巧妙不同"。适合自己便能生效，凡事都要讲效率，读书也一样。无效读书不如睡觉。

甲　我们自己不读书而谈读书，那有什么效率？

乙　假如有人听了我们的谈话以后哈哈一笑，那就是效率。读书后欢喜赞叹是正效率。读书后愁眉苦脸是负效率。读书后还能自己想出什么来，那就是超效率。

甲　有人读书只为消闲，还讲什么效率？

乙　怎么不讲？消得了闲，越读越有味。若越读越心烦，还消什么闲，读什么书？不如睡觉去吧。

古今对话：读书

惠施：我有五车书。

今人：两千几百年前，你老先生的书全在竹简上，能装五牛车，不少了。孔老夫子教学生只诵诗三百篇，自己也只编一部《春秋》。您有五牛车竹简书，不知一片竹简上能有几个篆字？车有多大？五车书总共有几万字？都是您的著作吗？能比上现在的一部全集吗？现在一份报纸八版，一版连广告就有将近一万字。一天两天看的报纸和刊物加上文件、信件的字数就可以和五车竹简上的字数比一比了吧？还不算听报告，做报告，参加座谈发言，看电视新闻、电视剧的口头用字数。读书在今天只能算是业余爱好了，书摆在架上柜里只是装饰房间的一部分了。论读书，算您老饱学，若论知识面和信息量，和今天可就不一样了。

东方朔：我学习"三冬，文史足用"。

今人：了不起！您在西汉朝，那时有多少文，多少史？老前辈读的是帛书了吧？一张帛上写多少字？《诗》《书》《易》《礼》《春秋》，这算文。司马谈、司马迁父子的《史记》完成了没有？您也读不到，只好再读《公羊传》《穀梁传》和几部《子》书了。甲骨文、青铜器金文、石刻铭文，您读了多少？现在小学生就读中国五千年历史，还学中国语文、外国语文、算术、自然常识、地理、品德教育、手工、图画、音乐、体育、集体活动等等，科目就比你老人家学的文史两类多。您就把秦始皇没烧的天文历法医卜种植畜牧科技书都读完，也用不了五六年，比小学毕业差不多。您在两千年前是最博学的人了。可是现在小学生的书包里有多少课本作业本？小孩子读书羡慕两千岁的老人清闲啊。

杜甫： 我"读书破万卷"。

今人： 失敬了。您是诗的带头人。您那时有了纸张，写书一卷又一卷的，抄来抄去。万卷是真不少了。不知一卷纸能写多少字？清朝修的《四库全书》也不到十万卷吧？您在唐朝就读了十分之一，真够多的。若一卷几千字，一天读十卷，"天天读，雷打不动"，一年三千几百卷，读万卷只要三年吧？若一天读一卷，那就要三十年了。今天我们可不能只读有字的纸做的书。上班办公不算，还要用耳朵听报告，听广播，听录音，还得用眼睛看录像，看电视，看文件，还得手到，脚到，耳到，眼到，心到，参加各种集会，各种社会活动。若是天天兰亭，夜夜桃李园，忙于应酬，作诗作文，发奖领奖，王羲之、李太白哪还有空闲读书？眼下读书一本就等于从前读多少卷纸。除了业务学习、培训班等等，有非读不可的书以外，读别的书只能是业余活动，要占去听音乐，唱歌，跳舞，看球，体育锻炼，以至挤公共汽车、地铁和骑自行车上马路的时间了。若是青年，还要交朋友，谈恋爱，筹备结婚，找职业，看电视电影，逛公园，看展览，"侃大山"。若是中年，还得加上管孩子，管老人。时间实在太紧，精神疲倦，要读书也只能看看不长不短不深不浅不大用心思的散文小品了。对于你老人家的忧国忧民字斟句酌"语不惊人死不休"的高雅诗篇"望洋兴叹"，只能像对待前几年曾有轰动效应的超现代先锋派文学一样了。真对不起！再说，您那时要学外国文讲外国话吗？要学用电脑吗？现在可不一样。不会古文古书古语古字关系不大，不会用电脑，不会几句外国话，不用说出不了国，高职称考不上，连合资公司都不会录用，有生活问题啊。您在唐朝，不会作诗算不了读书人。今天不会用电脑打字的作家越来越少了。谁还拿笔一个字一个字写？谁还拿书一个字一个字阅读背诵？小学生都上学习机学会电脑语言了。

曹雪芹：这部小说《石头记》，我"披阅十载，增删五次"。

今人：您是说伟大的《红楼梦》吧？那已经装进电脑了。您还要删什么，增什么，敲打键盘就行了。想不起来在什么地方不要紧，有详细索引，一敲就出现了。想知道什么都可以找网络询问。您从前用了十年工夫，那些传抄的人又费了许多力气，写错了不少，漏了不少，还有人用种种名义在书里书外又增删了不少。可惜两百年前还没有知识产权，也没有奖金。您白花心血没得一文钱，买酒喝得用佩刀抵押。生活困苦是天才的命运啊。今天不同了。对着电脑荧屏一天敲打出几千字上万字的小说散文，许多作家全不当一回事。什么随笔之类都在荧屏上一晃就出来，再一敲打就印成多少份。再过不久就可以口头创作，不用打就自动录出来了。今天的印刷出版不是靠读者，是靠赞助，靠征订数，靠广告推销，靠发行渠道。若要抢先，激光照排自动化，最新的生产线是这边进纸，那边出书。若条件不够，那就像老前辈当年一样，十年辛苦不寻常，若要出书事渺茫了。话说回来，若是要求今天的人还在竹片上刻写出贝叶经式一个一个篆字，那只怕作家都得喝西北风，报纸只能是《春秋》那样一条一条标题新闻，文章都成为"点评"了。

主持人（编辑）：对不起！请你们列位少讲几句成不成？古

人读不到今天的书，今人又有几个读古时的书？大部头豪华版是装潢门面用的。飞机上，沙发上，看的是闲书。不过以读书为职业的人，以读书为乐趣的人，总会有的。有人识字就有人读书，不必担心。现在各位发言已由电脑整理好，我要下指令拼版面播映并付印了。谢谢大家。

与书对话:《礼记》

有要求人跪着读的书——神圣经典,句句是真理,在真理面前只有低头。

有必须站着读的书——权威讲话。这是训话,没有讨论余地。受教育的人只有肃立恭听。

有需要坐着读的书——为某种目的而读的书。这样读书不由自主,是苦是乐,各人感觉不同,只有坐冷板凳是一样。

有可以躺着读的书——大多是文艺之类。这样读书,古名消遣,今名娱乐。这是以读者为主,可拿起,可放下,可一字一句读,也可翻着跳着读。通常认为这不算读书,只是看书。有人认为有害,主张排除。有人认为可以保留。

还有可以走着读的书,可以一边走一边和书谈话。书对读者说话,读者也对书说话。乍看是一次性的,书只会说,不会答。其实不然。书会随着读者的意思变换,走到哪里是哪里。先看是一个样子,想想再看,又是另一个样子。书是特种朋友,只有你抛弃它,它决不会抛弃你。你怎么读它都行,它不会抗议、绝交。所以经典也可以走着读。

我对孔夫子牌位磕过头,对释迦牟尼像也磕过头,但我读经书不是跪着读的。孔门的《四书》背诵最早,《五经》没背全就上小学了。佛门的经背得更少。背书是机械动作,不用头脑,背过了也不懂。背来背去,口头背成顺口溜,心里想别的,有时也和书对上话。书不回答,我替它回答,再一背,居然觉得书中更有答话。后来读到柏拉图的《对话集》等书,才知道不仅是《论语》记对话,《金刚经》记对话,欧洲书中也有不少对话。不仅上古中古人对话,近古近代人也对话。科学家布鲁诺、伽利略写对话,贝克莱主教也写对话。

于是忽然想起《礼记》。为什么? 因为在大学里多年以后才记起了《大学》这部书。这本来是《礼记》的一篇,宋朝晚期朱熹才把《大学》和另一篇《中庸》从《礼记》独立出来,和《论语》、《孟子》并列为《四书》,从元朝起受到特殊的尊重。可是直到今天好像也没有人追溯这两篇互相独立的文的来源《礼记》,不问为什么"三礼"(《周官》《仪礼》《礼记》)之一的书会包含这两篇政治哲学文丛。《礼记》是由西汉戴氏叔侄传下来的,本身是一大"文丛",讲说礼的种种规定,解说各种礼的意义,还记录孔门弟子的言行,以礼为核心而不限于礼。讲儒家而不讲《礼记》是不可思议的。我们"天朝大国"不是"礼义之邦"吗?

二十世纪的人类学对各民族、各种社会、各种人的"礼",或说是社会关系的行为符号,非常注意,从调查其表现形式到解说其内容意义和所起的作用,逐步深入、扩大,而且由"野蛮"转向了"文明"。近些年来对于西藏的密宗仪轨的兴趣越来越大,心理学家荣格简直入了迷。调查南美的列维-斯特劳斯慨叹未能调查理解佛教,他还不知道儒家更与他相近。孔子一眼看出了"礼"是社会结构的外在表现,把制礼作乐和礼坏乐崩作为治和乱的两种符号形态,这实在是一大发明。"忠字舞""语录歌""早请示、晚汇报"等等都是礼乐的"破旧立新"的失败尝试。古礼仿佛很繁，实际上有增减变换。磕头改鞠躬，长袍变西服，意义一样。本世纪二十年代，我还年幼，已经参与过残存的婚丧交际礼仪，大体上还是如《礼记》所记。书上繁琐，做起来并不麻烦。后来接触佛教徒，又知道行为戒律第一要紧，是生活的规范，团体的生命，分派的条件，轻易破坏必自受其害。行为第一，不是理论第一。基督教作"弥撒"，作"礼拜"，伊斯兰教"五拜""朝圣地"，都是"礼"。"西皮士"留长发，男扮女装，不过是用一种礼替换另一种礼。连"女权运动"着眼的也是礼。大会示众、批判、检讨也都是行"礼"。礼就是共同的风俗习惯，比法律更为有力。社会无礼，不能安定。《圣经·旧约》是犹太人的《礼记》，《梵书》是古印度人的《礼记》。

以上独白是从我和《礼记》的对话来的。不妨抄下几段原始记录，书人对话。

书　夫礼者，所以定亲疏，决嫌疑，别同异，定是非也。

人　我明白了。这句话的第一点是民法，第二点是刑法，第三点包括国籍法、移民法，第四点连所谓"法哲学"都有了。思想很现代化呀。

书　爱而知其恶。憎而知其善。

人　了不起！这不是兵法的"知己知彼"，避免片面性吗？情人、夫妻之间若遵这条礼，大概离婚率可以降低了吧？

书　鹦鹉能言，不离飞鸟。猩猩能言，不离禽兽。

人　这里大有文章。"言"不能决定本身性质归属。只会说好听的话不能算数。

书　礼尚往来。往而不来非礼也，来而不往亦非礼也。

人　这是国际准则也是人际习惯吧？

还有来回讨论，不能记了。这只是第一页里的几处句子。

书是好朋友。与书对话，其乐无穷。连干燥的古书《礼记》都能活跃起来，现代化。不会读，书如干草。会读，书如甘草，现代化说法是如同口香糖，越嚼越有滋味。

（一九九五年）

读古诗

　　甲　我们来谈谈诗，怎么样？

　　乙　我们不是诗人，谈什么诗？算是回答接受美学或者社会心理学的调查问卷吗？

　　甲　读诗就能谈诗。我想谈的是，明朝初年高青邱，高启，作的咏梅花七律诗。他用的韵是"台、栽、来、苔、开"。清初吴梅村，吴伟业，也有一首七律诗，用的韵脚同样是这五个字，只有"苔、台"二字颠倒了次序。你说这是有意步前人的韵，还是无意？两诗内容不相干，都是名诗，不必引原文了。

　　乙　这问题我答不出，也不必答。两诗各有名句流传，都是第三、四句，"来"字韵。高诗的是："雪满山中高士卧，月明林下美人来。"吴诗的是："不好诣人贪客过，惯迟作答爱书来。"我想你一定是对这名句有意见。

　　甲　不错，正要向你请教。高诗两句，上一句使我担心那位大雪寒天拥被睡在山中的"高士"会挨冻受饿，下一句使我担心那位夜间去树林的"美人"若约会的人不到怎么办？会不会遭遇强暴？吴诗两句，上一句说他不喜欢找人而希望有客人访他。好大的架子！下一句说他愿意别人来信而自己经常拖延不回信。真正懒得岂有此理！请问你，这样的诗成为名句流传几百年，是何道理？

乙　我想明太祖朱元璋大概就是你这样读诗的。他听说高启的声名大，便召来修《元史》，又给他官做。不料他肯修史而不想做官。想来是朱"洪武"看不上他的诗还不知怎么被他得罪，后来把他腰斩了。他的诗集也成为禁书。吴伟业在明末中进士做了南明的官，又接受清朝征召去做国子监祭酒，相当于首席大学校长一级吧？他做两朝的官，成为"二臣"，在诗中摆点架子不算什么。至于你提的问题，我只能说，你是诗的大外行，不配入诗国，趁早别谈诗。

甲　你管得住我？球迷不见得会踢球，读诗何必会作诗？怎么算是懂诗？大家说好就跟着说好，名家说坏就跟着说坏，那算懂诗？你说不出道理，只讲作诗的人，我看你也不懂诗。

乙　彼此不懂，何必多谈？

甲　不懂就不能谈？外行对外行谈，内行听了，点头也罢，摇头也罢，那是他的事。不懂画，不懂音乐，就不能看，不能听？外行看了，听了，不能自有意见？排斥外行读者，内行岂不孤零零？我要表示一点我对古诗的意见。我认为入门考验是"古诗十九首"，承上启下，五言又好懂。若只许用一首当钥匙，那就是"青青河畔草，郁郁园中柳"一首，只有十句，五十个字。若读这首诗觉不出什么，没有感受，除道德批评和社会分析以外没有意见，找不出作者就闻不到古风也嗅不出现代气味，那就什么诗也不用读了。若引出了问题，就算走出了第一步。那就可以往下读另外的诗。

乙　下一步我猜你是推荐屈原的《离骚》。

甲　不对，是阮籍的《咏怀》。共有八十二首，《文选》选了十七首，已经够入门考验了。南社诗人黄节，黄晦闻，有《阮步兵诗集注》可以引导。

乙　好难懂的诗！你是怎么回事？迷上五言古诗了？

甲　我念元好问的半首词给你听："醒复醉，醉还醒，灵均憔悴可怜生。《离骚》读杀浑无味，好个诗人阮步兵！"他并不是抑屈扬阮，而是借饮酒将二人并提。你能说元好问也不懂诗吗？

乙　我不和你争辩。若读了阮籍还觉得有意思，下一步呢？

甲　我读阮籍的诗早在幼年念曾国藩的《十八家诗钞》时。读了阮诗觉得又难懂又有味，那就读《诗钞》中另外十七家，算是第三步。十八家不少了。能走到这里。便是外行也"外"不远了。这时拿任何其他国家的古诗一比，就知道中国诗自有特色了。"舍己之田而耘人之田"，难得很。还是得先知道自己，再去懂别人。

乙　我认为读诗不像解数学题那样只能得一种答案。中国古诗读得下去，可以和古人握手言欢，多一些知心朋友当然很好。不去为"高士""美人"担心，知道那是指梅花又自比。也不会为不出访、不回信生气，知道那是点破人情。但若读不下去就不必硬啃古董，省下时间干什么不好？没听说有人人必须读古诗的律条。

甲　不过有一点古诗常识可以多些联想。例如从高青邱的"雪满山中高士卧，月明林下美人来"，不会联想到《红楼梦》的"十二金钗曲子"中，"空对着山中高士晶莹雪，终不忘世外仙姝寂寞林"因而知道为什么宝钗姓薛（雪）而黛玉姓林吗？

乙　我佩服你的联想力。

与诗对话:《咏怀》

游览名胜古迹时,若自始至终都有导游热心讲解,离去时,除剩下的眼见耳闻的模糊破碎印象以外,就只有导游的系统解说了。那仿佛是如来佛的手掌,齐天大圣孙悟空也跳不出去。

读书好比游览。所读的是本文,或说"文本",这以外的都是导游的话。导游是必要的,但游览还得靠自己。读书也得靠自己亲自和对方打交道,也就是与书对话。对话不仅眼看耳听,还要用心思。

读的是诗就要与诗对话。何妨找一位古人的古诗试一试?找谁?三国魏的阮籍的《咏怀》诗第一首。离现在有一千七百多年了,古今仍可对话。

诗 夜中不能寐。

人 阮老前辈!您不是好喝酒,能一醉三个月不醒,藉此推托了司马氏的求结亲吗?怎么会失眠?是传说错了,还是诗错了?

诗 夜中不能寐。

人 明白了。白天喝酒是给人看的,夜间不见人,就清醒了。在一片黑暗中,您是清醒者,不能沉沉入梦,诸事不关心。

对不对？

诗　起坐弹鸣琴。

人　弹琴为寻知音。夜中起坐弹琴为的是惊醒别人，引来一位同样清醒的朋友谈心。可惜所有的人都大梦沉沉，鸣琴也不能唤醒。可是这就又不对了。阮老先生不是有一大家人吗？尊夫人呢？怎么能起坐弹琴，不怕惊醒夫人吗？

诗　起坐弹鸣琴。

人　明白了。原来诗里并没有主语，没有指定说的就是你阮老先生，只说有这么一个人，所以不怕惊醒您的全家。但又确实是您的心思。那就是您的心灵起床了，弹琴了。没有人响应，没有同心的"友声"。

诗　薄帷鉴明月。

人　抬起头来看见一轮明月正照在薄薄的帷幕上。那仿佛是现在的窗帘吧？可是，那应当是"见"明月，怎么是"鉴"呢？"鉴"是镜子，是照见。原来是薄帷上映着明月，好像镜子一样，照见你老人家。确实是"鉴"，而不见"见"。是明月听琴声来访您了。"薄"，不是厚，所以能透明而现出明月的影像，如同镜子照人。这一句好像是现代人的现代诗，却难译成现代话。

诗　清风吹我衿。

人　怎么清风不是吹上薄帷而吹上您的衣襟了？原来老先生已经走出房来见明月了。见月是视觉。觉到风吹是触觉。琴已鸣过了，还是没有应声。

诗　孤鸿号外野。

人　毕竟听到回音了。可不是人声，而是大雁的哀号。鸣雁南飞，是秋天吧？雁飞成行，排成"一"字，"人"字。现在不见"一""人"，只有一只雁落了单，"孤"飞鸣"号"，响应您的琴音的只有它了。它又在"外野",在遥远的外面荒野里。

诗 朔鸟鸣北林。

人 原来孤鸿的号叫还有应声的。"朔鸟"是指北方之鸟吧?它在"北林"中鸣叫是回答"孤鸿"吗?大雁是不会和别的鸟做朋友排队的,正像你阮老先生只能有七个朋友作"竹林"之游一样。"孤鸿"要南下,"朔鸟"要留在"北林",一个"号",一个"鸣",怎么能应和呢?听到回答琴音的是鸟声,又是这样不和谐。唉,孤单的鸿雁啊!失群无伴了。

诗 徘徊将何见?

人 出户外走来走去,还能见到什么呢?一个人清醒着,弹琴,没有知音回报,望见的只有明月来照,出门觉有风吹,只听得孤单的大雁在哀号找朋友。在北林的朔鸟叫了,不是雁的同伴。走过来,走过去,没有别的了。还能有什么?

诗 忧思独伤心。

人 鸿雁落单了,是孤独的。您的忧思也是孤独的。雁能哀号。您只能独自伤心。怎么办呢?只好将这怀抱咏成诗吧。这是不是八十几首《咏怀》诗的序?也许是您老先生随手写诗,咏出了这一首,昭明太子萧统在《文选》中将这一首放在最前面作为引言?全诗是不是只有"我""孤""独"三个字?仅仅是哀叹弹琴高手好友嵇康的被杀?还是屈原的"国无人,莫我知兮",以"三闾大夫"投水自况?

《文选》的十七首《咏怀》中另一首说了这两句:

诗 多言焉所告?繁辞将诉谁?

人 "多言""繁辞","焉所告?"就是"何所告"?何处告?"将诉谁?"说了也是白说,何必说那么多?然而,阮老前辈!您既然开了这个头,以后接着来的就更繁更多了。《离骚》从此变成《咏怀》了。然而,现在城市中高楼林立,见不到明月,听不到大雁,"北林""朔鸟"都消失了,"上山下乡"已成过去了,环境变,人也变,不孤独又没有忧思的人怎么会和《咏怀》共鸣呢?《咏怀》永远是孤独的。

(一九九五年)

与文对话:《送董邵南序》

韩退之,韩愈,韩老先生,"唐宋八大家"的首席,"文起八代之衰",可算得古文大师了吧?不管排行榜列在第几位,一提到古文就少不了他。他的文章有什么高妙之处?我年幼时背过一些篇也没明白过来。现在试试与文对话,找一篇短的《送董邵南序》,不到两百字,《古文观止》里就有,可能是我念他的古文的第一篇。

文 燕赵古称多慷慨悲歌之士。

人 燕赵是现在的河北山西一带了。能慷慨悲歌的士必不是埋头书本的文士,那便是勇士、武士、"安得猛士兮守四方"的猛士了。可是怎么"古称"呢?是自古以来吧,还是古时这样说呢?还是据说古时是这样呢?燕国太子丹派职业杀手荆轲去刺秦王没成功。你老先生说的士是指荆轲之流吗?这样粗浅的问题,大概您不屑于回答了。

文 董生举进士,连不得志于有司,怀抱利器,郁郁适兹土。吾知其必有合也。董生勉乎哉!

人 "有司"就是主考官和人事部门的官。这位董邵南是个书生,据说是"草木皆兵"的八公山下淮南古寿春的人。怎么他成为进士,竟然一连几次都不得志,不如意,不能及第,被主管人员排斥,得不到官做?"进士"学位不低,还没有用?"怀抱利器"指的是学问文章,不是利刀吧?他一气之下,满腔苦闷,"适兹土",到河北去。文士抱"利器"去找慷慨悲歌的武士干什么?想造反吗?韩老夫子,您不劝他,阻挠他,反而写篇序文送行,还预言他"必有合",一定能有遇合,就是说得到赏识,做上官。您还勉励他,教他努力。我大胆说一句,这和您提倡忠君不大合吧?

文 夫以子之不遇时,苟慕义强仁者皆爱惜焉,矧燕赵之士出乎其性者哉?

人 这更叫我迷惑了。老先生提出了仁义二字,说是努力于仁义的人都会对时运不好的董生你(子)爱惜的,何况(矧)燕赵的那些生性就慷慨的"士"呢?是指武士?还是指文士?"有司"不爱惜董生,岂不是反不慕仁义,不如武士了吗?顺便暗中讥讽了一句,是不是?不管武士、文士,他们能给官做吗?老先生说这话当真有点莫名其妙了。请回答。

文 然吾尝闻风俗与化移易。吾恶(乌)知其今不异于古所云耶?聊以吾子之行卜之也。董生勉乎哉!

人 回答得太好了。我真要拍案叫绝了。原来您一开头用了个"士"字是打埋伏,其中大有文章。古时有士慷慨悲歌,今天还有吗?风俗是会变的。我怎么(恶,乌)知道那里的人变了没有?那就要看你去碰碰运气了。说的是,你要努力啊!没说的是,董生啊!靠不住啊!你运气不好,到哪里也是一样。那边的大官,掌兵权的节度使,还是从前造反的安禄山那样吗?你是跟他们造反吗?你知道他们是安禄山还是忠君的郭子仪吗?武士看得起文士吗?危险啊!话没说,比说出来更有力量。你老董若是有点聪明，有点自知之明，不是书呆子，还是调查研究一番再去吧。

文 吾因之有所感矣。

人 韩老还怕董生不懂，又加上几句，说是自己的感想，实际是劝告。

文 为我吊望诸君之墓而观于其市，复有昔日屠狗者乎？为我谢曰：明天子在上，可以出而仕矣。

人 尊敬的韩文公老前辈，我对您磕头礼拜，真是佩服得"五体投地"。开头一句的"士"是谁？现在露馅了。原来有两个代表人物。一是乐毅将军，二是高渐离屠户音乐家。燕国乐将军有那么大的功劳，打破齐国，攻下七十余城，后来与管仲并称"管乐"，诸葛亮都佩服他，"自比管乐"。可是功太大了，被国君怀疑，不得不逃奔赵国，挂虚名"望诸君"，死在赵国。高渐离会打击乐器，屠狗卖肉，是荆轲的朋友，也是刺秦王不成而死。韩老夫子开口称赞的燕赵之"士"古时就是这样倒霉，现在又怎么样？韩公要求董生告诉他们出来做官，这不是废话吗？董生自己做不成官，还能劝别人做官？原来韩公是说，天子，皇帝，还是圣明的，不要因为官坏就不信任皇帝了。还要有信心，要"忠字当头"，不可三心二意。安禄山造反没有好下场。乐毅、高渐离都触尽霉头，董生你还去燕赵干什么？这不过是着重说出"明天子在上"。"天王圣明"，这正是韩公的名句。这篇文明是送行，实是挽留。一口一声说"勉乎哉"，实际是说，要考虑啊！要慎重啊！话是这一样，意思又是另一样，意在言外，又在言内，先似正实反，后似反实正。总之是不管艰难挫折，不可丧失信心，"忠"字第一，个人只有服从命运。全文几乎是一句一转，指东说西，可意会而不可言传。这就是中国自《春秋》以来的传统文体文凤吧?就我的浅陋所知,好像是外国极少有的。中国古代文人少有写大字报明捧明骂的,除非是代笔作"檄"文,如陈琳、骆宾王。个人的文章总是讽谕为主,所谓"言有尽而意无穷"。韩老前辈!我还有句话想问。若在今天,您会不会再写一篇送人出国序呢?您会怎么说呢?还要请他替你去凭吊华盛顿、林肯之墓吗?去访吉田松阴被囚之地吗?到街头去找卢梭,到小饭馆里去遇舒伯特吗?既然知道"风俗与化移易",今人非古人,也就不必再写文章了吧?

文 (已完,无答复。)

谈《千字文》

《千字文》从前是和《三字经》《百家姓》《千家诗》一同作为发蒙识字读物的。办小学兴白话文以后，这些书作废快一百年了。《千字文》有著名的草书字帖流传，又可作为号码，但命运也好不了多少。不料七十年代初期《三字经》《千字文》忽然行时，成为批判对象。但《千》不如《三》，因为难字和典故太多，没有多少大道理可批。现在我又来炒这冷饭，不过是想藉此谈谈"文体风格"方面的问题。

研究文体，外国有一种"学"或"论"，近几十年好像有些发展，不是只讲体裁分类及其源流和优劣以及抒情、叙事、议论等分类了。我不知道这算是语言学还是文学理论，应当译成什么名堂，暂时说是文体风格研究吧。我只看到英法德各一本专题小书，同名而各不相同，各依据本语言的特色，运用各自的方法，作出各种说法。我觉得我们也不妨在诗词歌赋和抒情叙事之类文体以及豪放婉约之类风格的研究以外，引进一点外国的软件来开拓自己的研究。我自然无此能力，不揣冒昧拿这本小小的发蒙书来闲谈几句。这完全不同于法国人伯希和的考证和启功教授的论说（在他写的《千字文》帖后）。

首先我想到,《千字文》本不是识字课文,也不是教书法的,却作为这两种书传了下来。识字书大概从李斯、赵高所编开始,还有史游的《急就章》,是教篆隶字为当时的文字改革服务的。《千字文》有了智永、怀素等名家的草书帖以后成为学草字的名帖,又给小孩子当顺口溜背诵去认识汉字,还能当号码成"天"字号,这都不是它本来的"意义"。梁朝(六世纪)忽然兴起这种文体,作者不止一人,传下来只这一本。本来当作诗,后来当作字,认字,写字,编字号,所以可以说是一文而兼数体了。古人读《庄子》《史记》往往不是为哲学、历史而是为文章,读《论语》不是为道理和文章而是为考试。文体的形式是一回事,它的意义,或简单说是所起的作用,往往是另一回事。这大概是讲中国古代文体时值得注意的一点。

《千字文》实际是"千字诗",是一首四言古诗,又有点像赋,还限制用韵。现在传本题下注明是作者周兴嗣"次韵"。魏晋南北朝时出现了一些新文体形式,例如"七""演连珠"等,"千字诗"也是其中之一。这些后来多半中断,唐代出现的新诗文体才一直传到几十年前。这未必仅是文体形式的问题,不能只从语言探究,可是又不能脱离语言探究。文体风格的意义和语言及社会的关系,这是值得注意的又一点。

周兴嗣作这篇诗署名在官衔之上还有个"勅"字。这说明是奉皇帝诏命作的,也许和清朝的翰林作八股文给皇帝审查以便圈定放出去当学政大老爷差不多。这决定了这篇文的内容和作法,不仅是限定了四言,限定了韵脚。这种奉"制"作诗或为神作歌的传统只怕从《诗经》《楚辞》就开始了。忘了这一点,对中国古典文学作品的认识会有缺陷。这也是文体风格研究不可少的一环。

中国古代诗人文人有作品长久流传的多半有一些各种各样的大小牢骚。有的写给自己和朋友以及后人看，有的在官书中掺杂进私意。前者以屈原为祖，后者的老师是司马迁。尽管文字狱从古不断发生，文人还是警惕不够，不由自主会惹祸。周兴嗣的《千字文》从内容结构措词造句看都是端端正正的。皇帝看了说不出什么。作者也未必想到发牢骚。可是文人习气，尤其是当文官的人的习气，还是免不了。试看这篇文从"天地玄黄，宇宙洪荒"开始，由天地万物说到人，正是"三才"的顺序。一说人，又从帝王开始，"龙师火帝，鸟官人皇"。随后说到人的道德品性，孝、忠，做官"从政"。这一段以"盖此身发，四大五常"开始。"四大皆空"是佛教语，"五伦五常"是儒家言，正迎合尊儒又信佛的梁武帝的口味。然后从"东西二京"起鼓吹一通将相。这是由君而臣了。这里加上了"治本于农"的道理，兼及百姓。官做大了，有危险，于是提出了古代文官的最好出路"殆辱近耻，林皋幸即。两疏见机，解组谁逼？"汉朝有姓疏的叔侄两位高官，自觉自愿自动辞职退隐，送行的官极多，传为千秋佳话。退下来以后呢？"索居闲处，沉默寂寥，求古寻论，散虑逍遥。"接连下去一大串话讲退隐的好处，有声有色，文情并茂。接着是平常的个人（"员外"之流）生活。许多生活用词排进来了。男的有艺术好的，女的有容貌美的，"并皆佳妙"。但是，"年矢每催"，时间像射箭一样迅速，岁月不饶人，该结束了。收尾很有意思，是这样四句："孤陋寡闻，愚蒙等诮。谓语助者，焉哉乎也。"真是妙极，把塞不进正文的虚字排到末尾，成为独立的两句，是辅助材料。上两句是谦虚还是讥讽？那可说不定。全篇一路读下来，这一千个不同的字（个别重复的是形同义异）排得真好。不但文章好，次序及排比工整，而且是古代在朝和下野的文官的写照，有处世的理想,有心情的流露,整篇是一首讲道理的正派诗。智永、怀素两位和尚书法家用草书写多少份传下来不是偶然的。不过自古至今好像还没有当它是文学作品的。我来试一试,自认冒昧,那就算是"愚蒙等诮"吧。

一九九一年

秋菊·戴震

《秋菊打官司》，这个电影名字我乍一见就很不舒服，因为想起了七十年前的活人秋菊。

"秋菊"，这不是大家闺秀的名字，也不是平常农村妇女的名字。一百年以前差不多只有一种女子常起春兰秋菊这样的名字。这是可以买进卖出的货物的标签。我对秋菊能有记忆时她已经不叫这名字了。现在世界上只有我一个人知道这个女人叫过这名字。这电影使她突然"名"满天下，真是不幸。什么别的名字不好取？

记忆有时真是可恶的东西，需要时不来，不需要时偏会来。七十年过去了，完全忘记了的名字忽然在面前出现。我实在不愿意见到。电影我没看过，知道决不是她，不可能有丝毫相像，但是同名也不好。早已沉淀了的记忆为什么要浮起？死人为什么要复活？

她是在一个夏天早晨突然死的。我两三天前还见到她，好好的，毫无病容，怎么会来一个"暴症"，不及请医就咽气了呢？我匆忙赶去，一口没上漆的白木棺材停在廊下，半在堂中，半在堂外。她的六岁的女儿全身白色孝服跪在旁边哀哀哭泣。我走过去对棺材作了一个揖。除她女儿外没有一个人为她戴孝，行礼。没有人为她说话。没有人来吊唁。没有人来给她上香烛。棺前只有一堆纸钱灰在小瓦盆里。停灵一天就抬出去埋葬了。这是一个没有娘家的女人。我没有去送葬，知道除工人和她的女儿以外不会有人陪伴棺材走。是不是埋在她死去的丈夫坟边也不知道。那里有空地，但没有她睡的穴位。谁给她上坟？只有那女儿，又太小。推想她死时也不过是二十五岁左右吧。我知道她只比我大十来岁。

　　一见到棺材，我心中不知怎么冒出一个念头：她不会是含冤死去的吧？随即不再想。大家都说是"暴症"。过了这么多年，我已经超过八十岁了，经历了不少世事，回头一想，她实在死得不明不白。她女儿太小，什么也说不出。没有一个人追问情况。不关心，也知道那问不得，问谁去？

　　她极少说话，好像是不会说话的人。除对我以外，她不曾对人笑过。她没有对别人笑的权利。我十几岁时到她那里去，有时在她屋里伏在放梳妆匣的桌上看书。她站在我旁边，在我耳边轻轻说："我要是能像你这样看书有多好。你教我认字吧。"不止一次她求我教她认字。我一次都没有回答一声好或是不好，只能对她笑笑。我知道这是办不到的，不能做的。她连穿花衣系红裙的权利都没有。尽管她对我更亲近些也不要紧，不会有人认为不好。我可以住在那里，睡在她的床上，让她单独在我身边。我们彼此习惯性的"授受不亲"。她来回只会说那么几句话，总是说她能像我就好了。她不敢说，假如她的女儿是像我这样的儿子就好了。但我知道她的心思。我只能是弟弟。她从来不敢叫我弟弟。这是身份，无法改变。我那时也知道，她要求识字，顶多不过是想看看唱本，也许只要认识《日用杂字》能记账就行。我不能教她,这当然是遗憾,可是怎么能想得到,假如她会记账也许就不会那样含冤负屈有口难言了呢?不过,即使她再多活些年,又会有什么幸福生活等待她过?何况识字又有什么好?知书识字就不会受冤枉了吗?

我说不出她是哪一省人,她没有特别口音。她的低低语声,对我讲话时似愁似喜的面容,离得太近时闻得到的头发上"刨花水"气味。她的衣着行走坐卧姿态,此时竟然越过七十年的距离出现在我面前,比荧屏银幕上还真切,是活人。当时我一点不觉得有什么,现在想来,她只有我这一个可以接近谈话不必顾忌的男的,对我自然和对别人完全不一样。我茫然不觉,不知怎么会在记忆里留下。她大概也不知道自己的心。毕竟是二十世纪初期的旧家庭中不识字不见世面不懂事不受重视的青年女性啊。她活着,有若无。她死了,怎么对我又无若有了呢?

看到电影名字,我竟在头脑里演出一幕幕电影。她的略带方形的脸庞,秀长的眉毛,明亮的眼神,端正的鼻梁,很少见到的忽向上忽向下微弯的嘴角,不是我的想象,是记忆。为什么这样的记忆到老年也还未丧失干净呢?我怀着不愉快的心情上床睡觉了。忘了秋菊吧。不料没忘记"打官司"。真秋菊是不会打官司的,只能死。受屈的人谁能指望打官司呢?

忽然间我发现自己在一所庄严的厅堂之内。面前八仙桌上整整齐齐摆着一叠旧线装书,旁边坐着一位穿着长袍马褂背后拖着辫子年约半百的老先生。他不是我幼时见过的大哥,更不是我婴儿时见过的父亲。他用手向那部书一指,对我说:"这是我的书。"我一望,书上标签是《水经注》。他是清朝打扮,不会是作者郦道元。书是殿板形式,人是安徽口音,他必定是戴震。我连忙深深一揖,口称"是东原戴老前辈吧?"他微微一笑,说:"你已年过八十,我不过五十几岁(一七二四年一月——一七七七),还是你年长呢。"我连忙说:"不敢,不敢当,老前辈已经是二百七十岁了,晚生何敢妄攀?"他又笑了一下,随即说:"我含冤两百载,无处打官司,难得今天两心感应,想到一起,能同你相见。状子不能写,问你几句话。请坐下。"我忙说:"晚生洗耳恭听。"他便慢腾腾说出一番话来。

"两百多年前我虽薄有名声,无奈科场失意,屡次会试不利。忽然纪晓岚(昀)老大人就任四库全书馆总裁,来函促我进京入馆。我在纪家教过家馆,有宾主之谊,不算生疏,却也没想到有这样的事。我到京后,他见面就说:'先不要问怎么入馆,先回答我。你要答应我做两件事,一是校订《算经十书》,二是校出《水经注》。第二件尤其要紧,要先做,快做。你要昼夜从事,越早成书越好,而且一定要超出各家校本之上。现在有内库所藏《永乐大典》本可供你用。至于你怎么去校,那就不管。总之是要什么有什么。成功,万事大吉。不成功,连我也担承不起。明白吗?这不是我能做主的事。四库才开馆,又补进五个人,内中有两个是举人,一个就是你。另外三位都是进士。我想来想去,只有你,既学过算术,又作过《水地记》《水经考》,又继赵一清、余萧客之后纂修过《直隶河渠水利书》,所以斗胆保举。不料立即获得恩准。简在帝心,好自为之吧。'如此一来,我只好竭尽全力,将库藏以及各地呈进的印本写本'獭祭'。幸而我有原来的底子,不到一年就校完誊录上交,并且遵照纪大人之意,只说是依据《大典》本,其他一概不提。本来学问之道譬如积薪,后来居上,在下面的做垫底是自然之理。我问你,纪大人是贬去过边塞效力的,我只是个小小举人,有天大的胆子,几个百口之家,敢上冒天威犯欺君大罪?校本献上不久,纪大人喜形于色,告诉我,龙颜大悦,不仅要御制诗志喜,还传旨用武英殿新刻成的木活字赶紧排印出书,颁布天下,永为定本。我问你,这是纪大人能定下的事吗?天颜咫尺,馆中岂无人议论倾轧?纪大人和我仍能上邀天眷,难道是偶然的吗?此时我再去会试,又不利。不料御赐同进士出身,随同一体殿试,于是我中了进士成为翰林院庶吉士。真是天恩浩荡啊!"说着话,他站起身来以手加额。我也只得随着站起。

他坐下接着说:"这时纪大人对我说,'你知道不久以前也有个庶吉士,散馆时受贬,放了知县。他不到任,从此不做官。这是谁?'我说是全祖望。纪大人说:'不错。他忘不了自己先世,还在辑前朝史事,不能上体圣心,执迷不悟,所以失意。'这时我明白了。全祖望校《水经注》,赵一清接着他校成功了。两人都是浙江人。省里呈上校本稿要入四库。这怎么能容得?非压在下面不可。《算经》也是民间有了辑本,朝廷岂可没有?康熙时有《数理精蕴》,圣代岂可有缺?纪大人和我都明白,此乃天意,非人力也。就连我的《原善》及《孟子字义疏证》和纪大人的《阅微草堂笔记》都说理学杀人,也是上合天心的。圣朝正在倡导理学,若非仰体天心,我们斗胆也不敢这样公然著书立说。后人只看诏令、实录、官书、私记等表面文章,怎知天威莫测,宦途艰险,处处有难言之隐?即如大行皇帝(雍正)御制《大义觉迷录》,谕示各衙各学俱须备置,有不备者杀无赦。今上(乾隆)初登大宝便下诏销毁。各衙各学有敢留存者杀无赦。雷霆雨露交加,天色阴晴不定啊。可叹上天盈亏有定,予于此必靳于彼。我急欲成书,又恐惧遇祸,兢兢业业,心力交瘁。虽福运降临,天眷有加,而寿算遂促。入馆不满五年便辞人世。谁知不过百年,后人读全、赵校本竟以后世目光窥测,不明前代因由,加罪于我，责我吞没。我有冤无处诉，打官司无可告之人。即令我敢诉讼，阴阳两界也都不会受理。抑郁多年，想不到今天你忽为秋菊弱女子呼冤。心灵感应，所以我们相见，使我得一吐为快，消除胸中块垒，何幸如之。你没有忘记的那位秋菊佳人听说是丰神依旧。她生前未出口呼冤，死后仍坚守沉默，无心打官司，因此不能和你相会。好在你不久即将来和我们同处一界。不过阴界并非仙界，不能随意来往会晤谈话，另有规矩。阴阳隔绝……"话未说完，戴老前辈忽然不见。

我醒来一身大汗，只见屋中微微有光，不知来源是天上月亮还是地上灯火。

一九九三年四月

谈谈汉译佛教文献

  大约三十多年前，我住在印度的佛教圣地鹿野苑的招待香客的"法舍"里。那地方是乡下，有两座佛教庙宇，一座耆那教庙宇，一所博物馆，一处古塔的遗址和一段有阿育王铭刻的石柱，还有一个图书室。这图书室里有一部影印的碛砂板佛教藏经，我发现这几乎无人过问的书以后，就动手在满是尘土的一间小屋子里整理，同时也就一部一部翻阅。这只能叫做翻阅，因为我当时读书不求甚解，而且掉在印度古语的深渊中不能自拔，顾不上细读这浩瀚而难懂的古代汉译典籍。可是，我也随手作了一点笔记，取名为《鹿苑读藏记》，当然不过是记给自己看的。那时钻在中外故纸堆中"发思古之幽情"，居然还诌成一首旧诗：

    西行求法溯千年，绝域孤征向五天。
    万顷惊砂欺衲破，千寻浊浪试心虔。
    争名胜业空今古，应有嘉名耀简编。
    寂寞何堪尘土里，徒余脉望识神仙。

  不用说，我那时的生活和心情都是应当受到批判的。解放后，我认识到这一点，所以就毫不吝惜地对过去这些告别了。前些年，由于种种原因，早已扔在一边的所谓《鹿苑读藏记》也随同其他故纸一起，被我像送瘟神一样送掉了。当时为了卸下包袱轻装前进，这也是"题中应有之义"，不能归咎他人，也无须"反求诸己"。这是实话。

可是，这成堆的古代翻译是不是还会有人看呢？这当然用不着我操心。然而积习未忘，有时不免想到，是不是要有新的《阅藏知津》或"佛藏书目答问"之类的书，好让非宗教信仰者和非宗教研究者也能略知一二？"愿者上钩"，"各取所需"，这样的读者大概需要有一个显示内容的"向导"。现有的各种版本的佛藏都是照各宗派的观点分门别类，各有一套分法，并不依现代知识排列；外行查考不易，内行又少有人为外人指点非宗教的入门之道。索引和词典还不能解决问题，因为书名、篇目、专名、术语等不能说明书的内容。提要如《阅藏知津》又不指示门径次第。我想这些古董大概只有充实藏书楼、博物馆和展览会的作用了。

然而，人类的文化遗产并不能为一个民族所独占，现代各门学术都国际化了。印度的佛教古籍并不只属于印度。巴利语的佛典有泰国、缅甸、斯里兰卡、印度等国字母以至罗马（拉丁）字母的排印本。汉译佛典及其注疏除我国的各种旧版外，还有日本的刊行本。藏译的佛典，"甘珠尔""丹珠尔"，除我国的德格版、奈塘版、北京版等外，外国也在影印出版（德格版的？）。梵语及混合梵语的原本也陆续不断发现并刊行。

世界上早已知道，有很多古写本现在还藏在我国的西藏和新疆，外国人弄去的只是其中一部分；他们已出版了不少，有些还在逐渐校刊中。做这些工作的并不都是佛教信徒，其中有些是学者，不信佛教，有的人甚至不信任何宗教。他们为各种各样的动机和目的而钻研这些古董。研究宗教典籍的不一定是嗜好宗教鸦片的瘾君子，也不一定是反宗教的人物。

因此，我想，谈谈这庞大的佛教文献未必就是给鸦片做广告吧？假如烟之不存，自然也不必宣传戒烟，可惜这还只是理想。这且不谈，汉译佛经本出在我国，世界上引用的却总是日本的"大正藏"。引书目的前多年也是引用日本南条文雄译的《大明三藏圣教目录》（英文）；后来又引用印度师觉月的《中国佛藏》（法文），我总觉得有点不好意思，好像看到我国创始的围棋在世界上用的名称是日本语的 GO 一样。看到我国的古代、近代、现代的资料在世界上日益成为研究热门，而我们自己视而不见，充耳不闻，我总觉得不愉快。当然我不是不想要外国人研究，而是觉得我们应当有资格、有权利也参加一份。若是只有自己人干的才算数，别人干的都不算数，那恰恰是宗教教派的狭隘心理。幸而这些年来我国还是有人以科学态度认真研究各种宗教；至于我，对佛书虽经过几十年的隔离，竟还想提起谈谈，那只能说是旧习难除而已。

话说回来，不信任何宗教只信科学而想读佛书（只指汉译），从何下手？我想首先要知道这是长期积累和发展的、有各种不同内容的、复杂的古代文献，译文也是不同时、地、人所出。原文和译文都有许多重复、交叉。据支那内学院一九四五年《精刻大藏经目录》统计，连"疑伪"在内，有一千四百九十四部，五千七百三十五卷；如果把秘密部的"仪轨"咒语等除开不算（一般人不懂这些），就只有一千零九十四部，五千零四十六卷。欧阳竟无一九四〇年为"精刻大藏经"写的《缘起》中说，除去重译，只算单译，经、律、论、密四部共只有四千六百五十卷。这比二十四史的三千多卷只多一半，并不比我国的经、史、子（除释、道外）的任何一部更繁，更比不上"汗牛充栋"的集部了。这毕竟只是印度古书中的一部分。佛教在古代印度也只是其宗教之一，只是其社会文化的一个方面。

宗教信仰是意识形态，但宗教活动不仅是思想和信仰。宗教是一种社会现象；也许可以说，古代社会有某种矛盾，由此有群众性的宗教活动，然后出现了系统化的教理。教会是主要的，宗教的各种社会性组织及活动是宗教的实体。所以宗教的理论教条是后起的，甚至其中有的同它的社会活动历史脱节以致矛盾。与其说教祖创造教义而后建教会，毋宁说是由社会矛盾而兴起教会，由此产生教义与教祖。有些宗教运动并没有系统教理。如果说宗教是教祖个人所创造，仅是极少数人长期愚弄、欺骗大多数人的，恐怕不像是唯物主义说法。

依照上述这一看法，而且历史和传说也是说佛去世以后佛教徒才开几次大会"结集"经典，那么，这些打着佛教标记的文献当然与佛教教会（佛教叫"僧伽"，意译是"和合众"）密切有关。既然如此，它就可以大别为二类，一是对外宣传品，一是内部读物。（这只是就近取譬，借今喻古，以便了解；今古不同，幸勿误会。）不但佛书，其他古书往往也有内外之别。讲给别人听的，自己人内部用的，大有不同。这也许是我的谬论，也许是读古书之一诀窍。古人知而不言，因为大家知道，我则泄露一下天机。古人著书差不多都是心目中有一定范围的读者的。所谓"传之其人"，就是指不得外传。远如《易经》，当然最初只是给卜筮者用的，《说卦》《序卦》也不是为普通人作的。近如《圣谕广训》，大约五十多年前，已经是民国了，我还在安徽的一个小县城听到有人夜间在街道上煤油灯下用说唱故事形式宣讲，仿佛是唐朝的"俗讲"。那书叫《宣讲拾遗》。这可谓普及老百姓之书了。然而皇帝和贵族大臣们自己并不听那一套皇帝"圣谕",也不准备实行,那些是向黎民百姓"外销"的。这大概是封建社会里的通常现象,中国、印度皆然。

佛教文献中的"经",大多是为宣传和推广用的。《阿弥陀经》宣传"极乐世界",《妙法莲花经》大吹"法螺",其中的《普门品》宣扬"观世音菩萨救苦救难",都明显是为扩大宣传吸收信徒用的。还有丛书式的四《阿含》经、《大集经》《宝积经》,甚至《华严经》《般若经》也大部分似对内,实对外。还有"内销"转"外销"的,如《心经》(全名是《般若波罗蜜多心经》),本来是提要式的口诀,连"十二缘生"都只提头尾两个,可见是给内部自用的;大概因为其中说了"度一切苦厄"和"能除一切苦",又有神秘的咒语,便成为到处配乐吟唱应用的经文,也用来超度死人和为早晚做佛事之用了。此外,许多讲佛祖传记和"譬喻"故事的,包括著名的《百喻经》,都是对外宣传品。

"内部读物"首先是"律"。各派自有戒律,本是不许未受戒者知道的。原来只有些条文("戒本"),其他应是靠口传,不对外的。可是有些派别的戒律也都译出来了。晋朝的法显和唐朝的义净还"愤经律残缺",远赴西天,又求来两派的。一个得来《摩诃僧祇律》,一个得来《根本说一切有部律》。加上另两派的《四分律》《五分律》,以及《十诵律》,都是几十卷的巨著,不但有律文,还有案例。法显、义净译的两部书的梵语原本近年来已发现并刊行了;可惜我没有见到书,不知是否有汉译这样多。这类"不得外传"的书对于现在喜欢文学和历史的读者当然很有意思,可是其中有的部分仿佛是"暴露文学",确实是"不足为外人道也"。记述佛教内部分裂成为一些山头派别的,除律中的"破僧"事以外,还有《异部宗轮论》(另有两译),也不会是给外人看的。

算在"论"里的一些理论专著，有的实是词典，如《阿毗达磨集论》，或百科全书，如《阿毗达磨俱舍论》。"俱舍"就是库藏，现代印度语中这词就指词典。有的是以注疏形式出现的百科全书，如《大智度论》。有的是本派理论全集，如《瑜伽师地论》。还有类似这两种的，如《发智论》和《大毗婆沙论》。有的是理论专著或口诀，如《解脱道论》(巴利语本为《清净道论》)、《辩中边论》《唯识三十论》《因明入正理论》。有的是内部辩论专著，如《中论》《百论》。有的是专题论文，如《观所缘缘论》。还有两部不属佛教的理论书，《金七十论》和《胜宗十句义论》，更是供佛教徒内部参考了。这些都是有一定范围的读者对象。著书的目的本不是为普及，所以满纸术语、公式，争论的问题往往外人看不出所以然。"预流"的内行心里明白，"未入流"的外行莫名其妙。

至于秘密部的经咒，本身当然是对内的，而应用却往往对外，借以壮大声势，提高神秘莫测的地位。这究竟是怎么回事？所有只供应内部的书，包括以上所说各类，其内容都是不便对外人说的。我不敢说知道，自以为知道的也不敢对外说；"内外有别"，说出来怕会招致"内外夹攻"，何苦来呢？真想知道的自会硬着头皮往里钻，不至无门可入，用不着我多嘴。

佛教文献一般分为"经""律""论"三藏，这是就形式而言，循名求实则往往不然。例如《入楞伽经》《解深密经》，实际是讲宗教哲学的"论"，只形式上是"经"。无论为教内或教外，应当有一个经过整理的编目，删芜，去复，分门，别类，标明所崇佛或菩萨的教派，分出各主要哲学体系，不受宗派成见束缚，指出其内容要点，说明各书间关系，列举已刊或待刊的原本或同类的原书以及各种语言的译本。那样一来，全部文献的情况就比较清楚了。然而此事谈何容易。"我佛慈悲"，也许二十一世纪国际学术界会有这样的书出现吧？也许早已有之，而我孤陋寡闻不知道吧？

有一点应当指出，佛教理论同其他宗教的理论一样，不是尚空谈的，是讲修行的，很多理论与修行实践有关。当然这都是内部学习，不是对外宣传。在"律"中不但讲教派历史，讲组织纪律，还为修道人讲医药。还有用心理方法治疗精神病的《治禅病秘要经》之类，以及一些治病和驱鬼的咒语。这些都是在山林中修道所必需的。当然治病咒语也可对外。出家人生活多半要靠人施舍，所以"布施"列于"六波罗蜜多"之首。佛教也是很讲究实际效果的，否则早就完了，更谈不上流传到印度以外了。至于佛教后来为什么在印度本国消亡而在外国发展，则是另一问题。

这里还想啰嗦几句关于汉译佛教文献的语言的话。

说到文体，汉译佛典大部分是六朝和隋唐的，能读那时文章的人不会有大困难。问题在于其术语或行话。任何一行都有行话。若要求所有的书都只讲日常生活口头应用的语言，人人都懂，那样的普及只能取消一切专科行业，也是办不到的。工农商学兵都有自己的行话，宗教何独不然？科学中也是"隔行如隔山"。语言的基本符号单位是词，词各有所指，像数学符号、化学元素符号等一样。不过佛教特别喜欢用各种术语，又喜欢计数，这也是印度习惯。他们的逻辑也是公式化、数学化得很。佛教为超脱死，要追溯生，从成胎到生产的经历都一一计算，仿佛讲产科医学。分析心理越来越细。佛、菩萨称号越来越多。上自天文，下至地理，无不涉及。这真好像是对记忆力抽所得税。可以说是存心不让外行懂的。汉译的译名又不统一，如"观自在"即"观世音"，"五阴"就是"五蕴"，还有时忽译音、忽译义。最难人的是有的印度习惯语也硬搬过来。在玄奘译的一部"论"中（忘记是否《成唯识论》了），忽然冒出一句"天爱宁知……"，真是天知道！佛教称一般的神为"天"，即天神。"天神所喜爱的"本是阿育王的头衔，后来却成了一个习惯语，即傻瓜。这句话是作者与对方辩论时动了肝火，说"你这个傻瓜怎么能知道……"。玄奘当年用古汉语照字直译出来就有点神秘莫测了。好在这种地方还是有限的。若是只想欣赏文学故事，倒比读六朝文难不了多少。至于"四谛""六度"之类不过是简化符号。我们现在不也用"三反""五反""整风""反右""四化"之类从字面看不明白的符号式的词吗？知道了那一套符号的涵义，熟悉了公式，弄懂佛教语言并没有多大困难。不过要讲哲学和修行要道，明白其中讲的究竟是什么，那还是要花点工夫，好像学数理化和一门外国语一样，急躁不得。当然，若只是要定性，倒也不难。只要判其为主观唯心主义还是客观唯心主义，形而上学还是带有一点辩证法因素，纯粹的信仰主义还是夹杂着一点朴素的或机械的唯物因素，定其历史背景和阶级属性，指出其对劳动人民的欺骗和危害及为剥削阶级服务的反动本质，或则再同杜林、贝克莱、马赫、黑格尔、康德等对对号，都无不可；反正马克思主义以前的哲学总是反动、错误、有局限性就是了。如果简单化了去看，什么佛教文献，无非是"满纸荒唐言"，任凭批判，好在印度古人不会还口。

　　还有一点要说。一九七六年欧洲出了一本《西藏语法传统研究》。由此提出了一个问题：和梵语语系截然不同的藏语如何能应用梵语的语法体系来构成自己的语法呢？我们由此自然会想到《马氏文通》。汉语和拉丁语也是构造大不相同，何以能用拉丁语法的格式讲汉语语法呢？利用印欧语系的语法格式讲汉语的何止这一部？一向我们以为这不过是削足适履，可是帽子总是不能当鞋穿吧？既然说得通，就必有共同之处（不见得就是现代语言学所谓"深层结构"）。梵藏和梵汉的翻译可以作为大量研究材料。

这里说一个例子。梵语有复杂的词尾变化，而汉语却不然；可是梵语的复合词是去掉前面的词的语尾的。梵语复合词越来越长，就越来越像古汉语。汉语直译梵语，不过是割去梵语词的尾巴，而这在梵语复合词中已经如此。再就不复合的词说一个例子。佛经开头一句公式化的"如是我闻"中，后两字中，原文的"我"是变格的"被我，由我"，"闻"是被动意义的过去分词，中性，单数，两词连起来是"被我听到的"。这在古汉语中照原词义和原词序用"我闻"就表达了"我所听到的"，可以不管原来的语形变化。梵语的书面语发展趋势是向古汉语靠近，表示词间关系的尾巴"失去"成为待接受对方心中补充的"零位"（数学用语）或"虚爻"（占卜用语）。同时，由所谓"俗语"转变为现代印度语言的口语发展趋势则向现代汉语接近，性、数、格之类词形变化简化甚至失去，而增加表示词间关系的词。这可以说是语言的历史发展中的有趣现象吧，可惜似乎还不见有人认真做比较研究。

采直译、"死译"或"硬译"方式的汉译和藏译佛教文献中有不同语系的语言对比问题，有翻译中的语言学问题。近二十年来世界上各门科学都蓬勃开展新的探索，可能语言学也会很快把这类研究提出来了。中国人应当更有方便吧？有志之士"盍兴乎来"。——当然要谨防中毒。勿谓言之不预也。

实在不应再谈了。但在佛教文献的大门上，我想还要写上马克思引用过的，诗人但丁在地狱门上标示的话：

这里必须根绝一切犹豫；
　　这里任何怯懦都无济于事。

一九七九年

怎样读汉译佛典

——略介鸠摩罗什兼谈文体

中国佛教典籍的丰富在全世界当可算第一。我曾就其中的汉译文献部分写过两篇文章略作说明。但汉译佛典数量庞大，一般人不知从何读起。读书先要定目的。若从文化发展着眼，不是专门研究而只是想直接从汉译佛典了解中国汉族佛教的一些要领和印度佛教的一斑，有没有比较方便的途径？本文提出一点意见以供参考。

宗教文献只是宗教的一部分，汉译佛典又只是中国佛教文献中汉、藏等语言译本中的一部分，我们又只能读其中的一小部分，岂不会以偏概全？对于专门研究者当然要避免这样，但对于着眼于了解文化的人却又不同。这些人读书既要"胸有成竹"，又要"目无全牛"，还要能"小中见大"。考察、了解、研究一种文化以至一种文献本来有两种方式。"读天下书未遍，不敢妄下只字"，那只是在古代书很少的时候可以说说。如果只有掌握了对象的全部情况才能研究，那么天文、历史、人类等都无法研究了。事实上，宇宙或则人类是一大系统，其中又可分层次，又是由各部分组成，最后可以分解为基本粒子之类。科学研究总是割裂进行的，是在原子论和系统论的哲学思想指导下又分析又综合的。这是一种方式。另有一种方式是我们用得最多而习以为常不觉得可以也是科学方法的。我们从来不可能同时仅由感觉知道一件东西或一个人的全面、全部。一间屋子、一个人，我们看到这面就看不到那面。我们又不是将里里外外四方八面都考察到了然后综合起来才认识这间房子或则这个人的。但这并不妨碍我们对房子和人的认识。以偏概全固然不可，由偏知全却是我们天天在做的。打仗要知己知彼，但若要对敌人一切都知道了再综合起来下结论然后打仗，只怕只能永远挨打了。何况情况还在不断变化？许多科学结论所根据的也只是一部分而不是全部，如天文、生物是不可能全部知道的。这样会有错误，因此科学由不断修正错误弥补不足而发展。所以分析一个全体的部分是科学方法，由部分而知全体也是科学方法。不过前一方式已经大大发展，后一方式虽然在我们日常取得知识中应用，却没有照前一方式那样发展，所以我们不以为它是科学方式，不注意科学中也在应用这种方式。我们往往注意结构而忽略程序，注意系统而忽略整体。其实上述两种方式都有哲学思想指导，都可以用数学表示，都是科学，都可以发现真理，也都可以产生错误。读文献也可以应用这两种方式。前一方式是大家熟悉的，现在试试后一方式。

　　提起中国佛教，首先就碰见了"佛"。无论是和尚或不是和尚，信佛或不信佛，一句"阿弥陀佛"是谁都知道的。一直到小说、戏曲和电影、电视剧中都会出现。阿弥陀佛远比释迦牟尼佛的名声大。其次，"菩萨"是最普遍为人知道的。观世音菩萨或则观音是最有名的菩萨。通俗文学如《西游记》等小说、戏曲都为观音作了大量宣传。传说他（或她）定居在浙江的普陀山。观世音和大势至是阿弥陀佛塑像左右的两位菩萨"侍者"。再其次，特别是在知识分子中,"禅"是最流行的佛教用语。《红楼梦》里贾宝玉就谈过禅。"口头禅""野狐禅""参禅"之类成了流行语。许多大庙里有"禅堂"。匾额上的"禅"字早已简化了。右边的"单"字本来上面是两个"口"字,但不能写"口",只能点两点,因为"参禅""打坐"是不能开口说话的。可是另一种"禅"却又相反,专用口头语言讲怪话,说是"禅机"。这个"禅"字本来是"禅让""封禅",读音不同,后来成了佛教的"禅",是个译音的外来语。"禅"如此通行,究竟是怎么来的,本是什么样的?再有,不是和尚的佛教徒称为"居士"。在古代中国知识分子中有一位印度居士名气很大。唐朝著名诗人王维,号叫摩诘。"维摩诘"就是这位印度居士的名字,中国这位诗人用来作自己的名号。"病维摩"和"天女散花"是很著名的典故。这又是从哪里来的?

我们追溯一下这一座佛、一尊菩萨、一位居士、一个术语的文献来源,就可发现这些和中国最流行的几个佛教宗派大有关系。阿弥陀佛(意译是无量寿佛或无量光佛)出于《阿弥陀经》。这是净土宗的主要经典。观世音菩萨出于《妙法莲华经》(简称《法华经》)。这是天台宗的主要经典,也是读的人最多的一部长篇佛经。禅宗几乎是同净土宗相等的中国佛教大宗派。这一派的主要经典是《金刚经》,同时还有一些讲"禅定"修行法门的经典。至于那位著名的居士维摩诘则出于《维摩诘所说经》(简称《维摩诘经》)。这是许多不出家当和尚的知识分子最喜欢读的佛经。

这四部最流行的佛经的译者竟是一个人,鸠摩罗什(公元三四四—四一三)。

鸠摩罗什(意译是"童寿")的父亲是印度人,母亲是当时龟兹国的公主。龟兹国在今天新疆的库车一带,汉时就属于中国所谓西域，统治者曾由汉朝廷封王并和汉王室联姻。因此鸠摩罗什是兼有中印双方血统的人，不过不属汉族。他幼年时曾回到当时印度西北方现在的克什米尔一带求学。在公元前后几百年间，这个地区，现在的印度、巴基斯坦、阿富汗、苏联、中国边界邻近一带，曾经是古印度文化的一个发达中心。公元后，受希腊影响的佛教犍陀罗雕塑艺术在这里繁荣。佛教文化从理论到实践也在这里的贵霜王国（大月氏人）中有大发展。这个王国在二世纪时统治了从中亚直到印度次大陆的中部，在古代印度文化史中占有重要地位。鸠摩罗什当四世纪时在这里学习以后回到中国。他七岁从母出家，九岁随母到印度，十二岁随母离印度回中国，又在沙勒（现在新疆的疏附、疏勒）学习。他母亲再去印度时他自愿留下。这时氐族的苻坚建立前秦，势力强大，南打东晋（淝水之战），西灭龟兹，要延请鸠摩罗什东来。羌族的姚苌、姚兴灭前秦，建后秦，打败后凉，将鸠摩罗什迎到了长安。这是公元四〇二年。从此他开始了讲学和翻译的时期。他公元四一三年去世，七十岁。他在长安工作不过十二年，却译了七十四部佛典，共三百八十四卷。因为他名气很大，有少数书是失去译者名字挂在他的名下的。有些经典前后有几个译本，他的译本最为流行。

鸠摩罗什不但自己通晓印度古文（梵文）、汉文和中亚语，具有广博的学识，从事翻译，而且组成了一个学术集团。他有著名的道生、僧肇、僧叡、僧融四大弟子。他建立的译场组织中参加者据说有时达到几百人之多。

中国和古代印度的佛教形式下的文化交往，即使从东汉算起，到这时已有四百年之久。海上及西南通道不算，单是西北的"丝绸之路"上已是交通频繁，文化接触密切。翻译佛典已有初步成绩，五世纪初正好达到了一个需要并可能总结并发展的阶段。鸠摩罗什在此时此地成为中国佛教开始大发展时期最有贡献的人物并非偶然。

在中国和印度的整个文化史上，四五世纪（中国南北朝，印度笈多王朝）是一个关键时期。在佛教方面也同样。鸠摩罗什的翻译工作同时是总结和传播两国当时的文化。他和他所领导下的集团或学派是研究文化史的人不可不注意的。

单就翻译本身说，唐朝的玄奘胜过了鸠摩罗什。前面提到了《阿弥陀经》《金刚经》《维摩诘所说经》都有玄奘的新译，改名为《称赞净土佛摄受经》《大般若经·第九会》（或独立成书），《说无垢称经》（无垢称是维摩诘的意译）。可是奘译未能取代什译。一直流行下来的仍然是鸠摩罗什的译本。《妙法莲华经》有较早的西晋另一译本《正法华经》，也不通行。这种情况主要应从文化发展历史来作解说，不能只论译本优劣。

鸠摩罗什是了解他当时印度佛教文献情况作有系统的翻译的。一个人不能超越时代。在他以后才发展起来成为"显学"的文献他不可能见到。这由唐朝的玄奘和不空补上了。再以后的发展，在汉译中不全，又由藏译补上了。所以中国的佛教翻译文献比较全面反映了佛教文献的发展。加上向斯里兰卡、缅甸、泰国等地流传的巴利语佛典，再加上已发现的许多原本和其他语言译本，可以大致包括古印度佛教文献发展的全部。读鸠摩罗什的翻译可以知道他所学习的当时佛典的大略。若用"小中见大"的方式可以从读他译的那四部在中国最流行的佛经入手。

若要从这四部书再进一步，可以续读鸠摩罗什所译的另几部重要的书。一是《弥勒下生经》和《弥勒成佛经》。弥勒是未来佛，好像犹太人宣传的弥赛亚和公元初基督教的基督（救世主），南北朝时曾在民间很有势力，后来又成为玄奘所译一些重要哲学典籍的作者之名。二是《十诵律》。当时印度西北最有势力的佛教宗派是"一切有部"。这是他们的戒律。不过这不全是鸠摩罗什一人所译。若想略知佛教僧团（僧）组织和生活戒律的梗概，可以先略读此书。三是《大庄严论经》和《杂譬喻经》。这是宣传佛教的故事集。前者署名是古印度大诗人马鸣，实是一个集子。四是几部重要的哲学著作，最著名的是《中论》《百论》《十二门论》。这些产生了所谓"三论宗"。这些书比较难读，需要有现代解说。同类的还有《成实论》，曾产生了所谓"成实宗"。《大智度论》和大小两部《般若波罗蜜经》，前者是后者的注解，有一百卷。

鸠摩罗什译的讲修"禅"的书有：《坐禅三昧经》《禅秘要法经》《禅法要解》。他的门徒道生是主张"一切众生皆有佛性"和"顿悟"并且能"说法"使"顽石点头"的人，实际上开创了禅宗中"顿"派的先声。鸠摩罗什译的是正规的禅法，是所谓"渐"派的。他大讲"般若"，讲"空"。门徒僧肇建立一个哲学体系，著有《肇论》。他译《阿弥陀经》，和庐山创立"莲社"的净土宗祖师慧远的通信。由此可见鸠摩罗什是个不拘宗派门户之见而胸有佛教大系统的人。由此也可探寻佛教的所谓宗派和哲学体系究竟是怎么回事。最好是先明事实，再作评价。

鸠摩罗什还译了佛教学者马鸣、龙树、提婆（圣天）的传记，其中传说多于事实。这三人是大约公元前后时期的重要人物，在文学、哲学领域很有贡献，当然都和宗教宣传有关。这种传记不是经典，未必是鸠摩罗什照原文忠实翻译的；但印度文风犹在，读起来也比较容易。鸠摩罗什介绍的可以说主要是龙树、圣天学派。

要讲到究竟怎样读这种译文，那就不能不略说对翻译的看法。从文化观点说，翻译是两种文化在文献中以语言交锋的前沿阵地。巴利语佛经传到几国都没有翻译，二次大战后才有译本。只有传到中国的佛典立即有汉文、藏文等译本。为什么要翻译？为什么能翻译？怎样一步步发展了翻译？这不是仅仅语音（译音）、语法、词汇的改变代码的问题，也不仅是内容的问题，其中还有个文体（包括文风）的问题。语言各要素都是在文体中才显现出来的。文体的发展是和文化发展密切有关的。鸠摩罗什不仅通晓梵、汉语言，还了解当时双方文体的秘密，因此水到渠成，由他和他的门徒发展了汉语中书面语言的一种文体，起了很长远的影响。

前面提到的四部经，三部都已发现原本。《维摩诘所说经》虽尚未见原本，但有玄奘的另译，可见并非杜撰。现在发现的这几种原本不一定是鸠摩罗什翻译的底本。因为当时书籍只有传抄和背诵，所以传写本不会没有歧异。例如"观世音"或"观音"就被玄奘改译为"观自在"。两个原词音别不大，意义却不同，好像是鸠摩罗什弄错了，将原词看漏了一个小点子，或重复了两个音；但仍不能排除他也有根据，据说中亚写本中也有他这样拼法。即使只以发现的原本和鸠摩罗什译本对照，检查其忠实程度，也可以说，比起严复译《天演论》和林纾译《茶花女遗事》，鸠摩罗什对于他认为神圣的经典真是忠实得多了。因此我们可以将译本比对原文。

若将原文和译文各自放在梵文学和汉文学中去比较双方读者的感受，可以说，译文的地位超过原文。印度人读来，《金刚经》《阿弥陀经》从语文角度说，在梵文学中算不了优秀作品。《妙法莲华经》的原文不是正规的高级梵语，类似文白夹杂的雅俗糅合的语言。佛教文献中有很好的梵语文学作品，例如马鸣的

《佛所行赞》,汉译(译者不是鸠摩罗什)却赶不上。鸠摩罗什的译文既传达了异国情调,又发挥了原作精神,在汉文学中也不算次品。《阿弥陀经》描写"极乐世界"(原文只是"幸福之地"),《法华经·普门品》夸张观世音的救苦救难,《金刚经》中的对话,《维摩诘经》中的戏剧性描述和理论争辩,在当时的人读来恐怕不亚于清末民初的人读严译和林译。

若将原文和译文都放在翻译当时的中国作比较,则读起来有异曲同工之妙。梵语无论诗文都是可以吟唱的(音的长短仿佛平仄),正和汉语古诗文一样。原文是"佛说"的经典,又没有别的梵文学作品相比,中国人读来,听来,梵汉两种本子都会铿锵悦耳。尽管译文还有点不顺,不雅,但稍稍熟悉以后便能欣赏,可以在汉语文学中占有相当的位置。鸠摩罗什在这方面已达到了当时的高峰,还有缺点,到玄奘才以唐初的文体补上了。可是奘译终于没有代替什译。玄奘所介绍的印度佛教理论经他的弟子窥基等人传了一代就断绝了。他的讲义流落日本,到清朝末年才为杨仁山(文会)取回,设金陵刻经处印出流通,"法相、唯识"这一学派才得以复兴。由此可见翻译起作用不仅系于文辞。新从原文译出的《茶花女》小说敌不过林纾的文言转译的作用大,也是这样。但是又不能说与文辞无关。什译和林译在各自当时是结合传统而新开一面的。奘译虽然更忠实优美,但并非新创,只在已经确立并流行的文体中略有改进,从文辞说,自然也就比不上旧译起的作用大了。

现在可以略略考察鸠摩罗什的翻译怎么将印度传统文体在汉文传统文体上"接枝"的。为免冗长,不能征引,只好简单说点意见。那就是:发现双方的同点而用同点去带出异点,于是出现了既旧又新的文体,将文体向前发展一步。这时译文本身不过起步上坡,势未达到高峰,但其影响就促进了更高的发展。若是内容能为当时群众所能利用以应自己的需要,能加以自己的解说而接受,那么传达内容的文体形式就能发挥其作用。

阿弥陀佛只要人念他的名号即可往生西方"极乐世界"。观世音菩萨能闻声救苦,念他的名号就能水火不伤,超脱苦难。维摩诘居士不必出家当和尚即可"现身说法",无论上中下人等都可以作为维摩诘的形象。《金刚经》只要传诵"一偈"就有"无量功德"。这些自然是最简单的宗教利益。由此产生信仰。既信了,道理不懂也算懂了。而且越不懂越好。更加深奥也就是更加神秘和神圣。因此,大量的术语和不寻常的说法与内容有关,可以不必细究。当时人听得熟了,现在人若不是为研究,大体可照字面读过,习惯了就行。

文体在梵汉双方有什么共同点,由此能够以熟悉的形式带出不熟悉的内容?我想那就是从战国起到汉魏晋盛行的对话文体、骈偶音调、排比夸张手法。三者合起来大概是由楚国兴起而在齐、秦发展的戏曲性的赋体。这也正是梵文通行的文体,也是佛经文体。诗文并用不过是其表现格式,这也是双方共有的,如《楚辞》。再换句话说:固定程序的格式,神奇荒诞的内容,排比夸张的描写,节奏铿锵的音调,四者是当时双方文体同有的特点,一结合便能雅俗共赏。例如:楚国宋玉的《高唐赋》,西汉司马相如的《子虚赋》,东汉枚乘的《七发》,魏曹植的《洛神赋》,不都是这样的文体吗?这类文章都有人物、对话、场景、铺排,可以说是一种代言式的戏曲体。骈偶为的是好吟诵,重复为的是加强传达信息的心理效果。

戏曲意味浓厚的如《维摩诘经》。很难懂的内容装在很幽默的故事格式之中,又出现为重复、排比、铺张、有节奏的文体,这正投合了当时文士的胃口。"如是我闻"：一个有道德、有学问、有财富、有"神通"的在家"居士"叫做维摩诘（意译"无垢称"即"声名毫无污点"），忽然说是有病了。佛便派弟子去问候。十几个大弟子都推辞，各说自己在维摩诘面前碰过钉子，自知不能跟他对话，"是故不任诣彼问疾"。佛便指派文殊师利前去。这位文殊菩萨去问病时，众弟子也随去旁听。于是展开了一场深奥的对话。谈到高峰时出现了一位天女，撒下花雨，竟也借此对佛弟子说法。这样抬高在家人，贬低出家人，让菩萨去问居士的病，无疑是使世俗人大为开心的佛教故事，无怪乎曾经流传为"变"，有画，有诗，俗人既喜欢，文人更欣赏。这位文殊菩萨定居在山西五台山。他骑狮子，和骑白象的普贤（定居在四川峨眉山）是在释迦佛（或毗卢遮那佛，即大日如来）塑像的左右两位侍者。

　　有说有唱的文体是戏曲表演中的可配乐舞的台词。汉文学中很早就有，不过传下来的书面记录常不完全。印度的"戏"字从"舞"字而来。最早的公元初期的总结戏曲的书叫《舞论》，论音乐、舞姿、台词、舞台，却没有讲剧本格式。《史记·滑稽列传》中关于优孟和孙叔敖的儿子和楚王的故事是比较完整的戏，是司马迁根据楚国的传说写下来的，唱、白和表演俱全，仿佛是小说形式的戏曲底本。楚国的巫的表演早就发达。《九歌》《九章》《九辩》的"九"，直到枚乘等的《七发》等文的"七"，指出重叠的格式，好像固定的戏曲"折"数。许多诗文可能本来是兼歌舞表演而后来独存歌词时要吟唱的，失去乐舞配备，还留下体例。《楚辞注》说："辩者，变也。"对白的"辩"发展成为表演的"变"，画为"变相"，词为"变文"。这种情况也和古印度相仿。（印度电影至今仍不离歌舞。）中国和印度的戏曲起源不论有多少种说法，戏曲性的兼具乐、舞、唱、白的表演活动与文体的发展是明显有关的。已经是长篇论文集的《荀子》里还有可以演唱的韵文《成相篇》。《论语》、《孟子》中有戏曲形式的写法。对话体和歌诀体（爻辞、铭、箴等）的流行，中国和印度一样，而印度更多。这大概是印度佛典传入中国后，从文体上说，翻译"接枝"能开花结果，为上下各色人等所接受的原因。没有老根，接枝是接不上的。没有相宜的土壤，插苗也不长。移植条件不足的，勉强生长也很费力。（也许现代新诗和话剧有点像这样。）中国的印刷术在唐、五代便开始了，但对印度毫无影响。因为他们还在以口传为主，抄写文献并无普及的需要，也很少可能。他们用拼音文字，方音不同，字体不一，通行的文言只在少数人的各自"行帮"（教派之类）中流通。印刷普及文化的前提是统一。秦统一天下才能"书同文"，到唐代才感到抄写的不够应付需要。古印度缺少同样条件，到近代才发展印刷。可见文化交流不会是无条件的。

　　流行的汉译佛典除咒语外并不十分难懂。恐怕阻碍阅读的是那无数的重复与铺排。若能不倦，对内容又只要略知而不深究，那么，需要熟悉的是汉语的古代文体。这比关于印度的知识更为重要。现代很多关于古代印度文化的说法来自欧洲十九世纪，沿袭下来，许多新的探究尚未普及。读汉译佛典，可以直接从文献中了解情况。

　　中国和印度的古书同样是一连串写下来，不分词，不分段，最多只有句逗的。由此，文体的格式、节奏、语气虚词等在梵、汉古文中都同样是帮助理解的要素，是有法则的。（梵文拼音，不能讲对仗。）这一点不能要求今天的读者熟悉，因此需要改装，现代化。不但要标点分段，而且要重新排列。例如戏曲式的编订，将说、唱、对话等等分列。这样一来，古书会容易读得多。

要注意语气和调子，不必拘泥于欧式语法，不需很多注释。中国古籍应有适合中国的整理法。

为什么要读一点汉译佛典？可以有各种原因和目的。以上所说只是为了一点：我们今天需要了解中外文化和古今文化的接触时的情况。探古为的是解今。因此需要有另一种读法。从鸠摩罗什的翻译读起，尤其是从那四部曾经广泛流行的书入手，也许是可行的。可以就此止步，也可以由此前进。为别的目的，自然要有别的读法。

（一九八五年）

甘地论

夜颂

夜神自天下降
　万目照耀四方
　　悉被一切荣光
神力弥满广原
　遍布深谷高山
　　神光战胜黑暗
夜神方降下世
　曦神已告远去
　　夜亦随之而逝
祈神今即驾临
　八群由兹归隐
　　如鸟巢于深林
农夫返乎家室
　禽兽归于巢窟
　　鸷鸟亦不复出
祈神运用威力

驱除豺狼盗贼
　　　　佑我行旅清吉
　　黑暗色深且密
　　　　我今祈祷晨曦
　　　　销之如去债息
　　夜神降生自天
　　　　以诗代牛为献
　　　　如颂战胜之篇

《梨俱吠陀》(赞诵明论)第十卷第一百二十七颂,颂夜女天罗陀利。自马克斯·穆勒及麦唐纳两英译转译。

一、谁说印度没有打仗

问：太平洋大战爆发,印度成了谈话的时髦题目。你在这古国住过,当然可以向我们谈论一番了。

答：我虽到过印度,可决不敢说知道印度,不过比完全不知或转弯抹角间接知道的人略知一二而已。可是这个大地方,历史不下五千年,地域有一百八十几万英方里,实在是同我们中国一样,一部十七史叫我从何说起。

问：我们想知道古国的新面目,那些古董留给考博士硕士的先生们去做专题研究好了。

答：就是现代印度也一样可以做博士论文。政治、经济、宗教、社会、学术、物产、商业……

问：那些且不管,我们急于要知道印度对这次大战的态度。听说自从克利浦斯谈判失败以后,印度人更不愿意打仗了,是不是？

答：印度人怎么不打仗？在非洲、马来亚、缅甸、伊朗打仗的，不是印度人吗？印度兵数据不久以前，英当局宣布，每月可招募五万人，大约不久可有百万人，或则已超过此数也说不定。印度人为战争出的钱也不少。又出钱，又出力，谁说没有打仗？就是因为印度人已经出钱出力打仗，所以才得不到报酬；如果先讲好价钱再打仗，我想印度一定要得到很大的一笔代价的。

问：不然。克利浦斯方案岂不是很好的报酬？只怪印度人不肯接受而已。

答：谈起那个方案，虽然短短几条，却牵涉到几乎全部现代印度的重要问题，至少是英印问题、伊斯兰问题、土邦问题、印度宪法问题，但那且不谈，我只想问你，你以为那一派漂亮话的方案，所想取得的代价是什么？你当然不会相信，一个以会做生意出名的人，忽然会无故大赠送的；何况受赠的人又是自己家里的用人，纵有些功劳苦劳，不到过年过节，何必忽然慷慨立遗嘱给他们一所庄田？

问：我想必是还想印度于出钱出力之外再要出点什么。我想是要他们来一次"全民总动员"，是不是？

答：只要"精神"总动员。换句话说，要喝彩，但并不要你动手。所以国防问题、政府问题都谈不拢结果，克利浦斯爵士把伊斯兰问题提了出来作结论，说印度人不一致，放了起身大炮。其实这一次，倒是印度教大会、伊斯兰教同盟、国民大会，倒是一致决议拒绝接受的。而且最近全印国民大会计划委员会主席尼赫鲁宣布，印人久已计划在印设立造船工厂、汽车工厂、飞机工厂，但始终不获政府允准。所以出的也只是买空言的代价。生意成，固然不错，不成，也很好。印度部大臣屡次宣称，这一回再没有人怀疑英国的诚意了。戏台里不喝彩，戏台外喝彩，岂不很好。美国报纸，据路透社消息，已经群起以大义责备印度了。这不是很好的成绩吗？

问：照你这样说，岂非英印之间没有僵局？样样都很好？

答：实在没有问题，实在很好，不信，请读印度部大臣阿美利的演说。还有以亲印著名的社会主义者克利浦斯，这一次当了大臣到印度以后的言论，与以前就大不相同，可见英国当局对于统治印度已经十二分满意了。

问：你这话使我不能赞同。我们不是英国人，你说的却只是英国对于统治印度的态度，我们要知道印度人对于英国统治的态度。

答：哦！那就完全是另一回事了。你先生怀着正义之感，要想从公平出发，先明白两造各执一辞，再证以实际的情形。佩服之至。我们要再回到原来的问题。从印度人方面说来，印度人实在没有打仗。

二、中国人最容易了解印度

问：那就奇怪了。你的话何以先后矛盾？

答：一点不矛盾。我先反问你，所谓印度人者，是指住在印度大半岛上的全体印度人呢？还是指有印度人血统的一个个人呢？换句话说，是指所有印度人呢？还是指有的印度人呢？

问：当然是指所有全体印度人。

答：不错。就全体印度人而言，印度人是没有打仗。就有的印度人而言，实在有印度人正在打仗。

问：你这话我还是不很明白。

答：让我举一个并不完全相同但极可启发了解的例子。用我们自己家里的事作譬喻。就全体中国人说，四万万五千万人皆一致抗战誓得最后胜利；但从日本军阀方面看来，岂不是有姓王名克敏和姓汪名精卫的等等中国人，在努力着参加所谓"共荣圈"吗？

问：你的话我懂了。但日本对中国只找到几个汉奸傀儡和少数伪军，而印度不是有百万大军作战么？

答：可是印度有三万万八千万人口啊！而且出来大声喊我为祖国而战的印度人有几个？官的话是响亮的，但民众的沉默却更响亮。自从英国宣战，国民大会所组的六省内阁立即辞职，尼赫鲁阿沙德等名人又以反战入狱。这就是所谓英印僵局。就是说印度人宁死不肯喝彩。

问：果然用中国的情形一比方，我就很明白了。日寇确是占了我们土地，买了一些汉奸，一些伪军，但是谁要说中国人不是全体抗战，我一定跟他拼命。

答：所以最有资格了解印度的是中国人。无论就历史文化上溯几千年或只限于当前的实际情形，我们都很容易懂得印度。相同的地方是那样完美的平行线，不同的地方又是一正一反成为鲜明的对比。讲古，我们可以深谈历史，你有《吠陀》与《奥义书》，我有诗书与周秦诸子，你读《薄伽梵歌》，我读《大学》《论语》。还不必谈你们早就没有了的佛教，因为那一方面你还得请教中国。讲今，我看把我国现代的有些问题，只换几个人名就可以影射印度。可是不幸中印之间，至今尚无了解。蒋介石偕宋美龄访了一趟印度，印度人顿然明白了中国人并非他们听来，学来，看来的鸦片烟鬼。然而中国人有几个知道印度人并不是简单的"黑鬼"呢？今日的路程只有飞机几小时，可惜，反而没有法显与玄奘了。

问：照你说来，我们很容易明白印度，可是我总觉得印度是个奇怪的国土。

答：那是因为你不从中国人的地位直接了解印度，而全从欧美那边弄些间接的，甚至不知经几道手的知识，自然所得的知识是他们对印度的印象，而不是中国人应有的印象。中国还不是一样被他们认为神秘吗？可是我们神秘的程度比印度还差得远呢？假设我们没有辛亥革命、五四运动，而有上海香港；没有汉字，而大家用不同方言拼字母；那时把所有外国人骂印度的话移来说中国，我看都可以，而且还觉得不够呢！再说东方毕竟是东方，"世界人"究竟不多。欧洲人若记得住他们的祖先不是蛮人而是希腊人的时候，我想就不会认中国与印度为神秘了。请看黑格尔的历史哲学，虽然以整个系统及希腊—日耳曼主义的缘故，判断当有所偏，但以那样少的材料而得那样多的对中国印度的了解，就可以证明我的话未始无理。至于不知历史的，外国来游玩的人，如可以明白他们所谓东方，那也就等于把我们的历史一笔抹杀了。

问：够了，请你不要再发挥历史哲学，还是跟我们一般粗浅的人谈谈吧。现在就请你以中国人的眼光来谈印度现代如何？我还得问方才的问题。你用中国与印度为比，但是我们有抗战政府与人民，印度有吗？

答：待我先想一想看。哦！有的，全印国民大会有严密的组织与纪律，五十余年的历史，六百余万缴费且参加活动的会员，可称代表印度的力量；而且它不分种族阶级宗教等区别，英国人也当过大会主席。

问：我们有理想，印度有吗？

答：他们有所谓"布尔那斯哇拉吉"，即"自主"或"完全独立"。

问：我们抗战有领导。

答：他们有圣哲甘地。

三、甘地与其"不害主义"

问：怎么？甘地！我想这位老先生和他的"不抵抗主义"都早已过时了。

答：不然！不然！甘地和他的"不害主义"是不会过时的。若说过时，那他已经过时几千年了。如果容许我说句赞叹的话，只有说他是万古不朽，如日月常新。

问：哈哈！没想你到过印度不久，一下子就变成了甘地信徒！

答：我不能做甘地的信徒，我缺乏他的信仰的先决条件。我不能相信人类有那样好，可是我也无法一定说人类坏。因为我能了解他，却不能信仰他，也无法反对他。

问：尼赫鲁呢？

答：他有高尚的理想，丰富的人情味，优美的教养，盛极一时的国际声名。他与甘地意见不同，但他仍信服甘地，而且被甘地宣布为将来的必定承继他的人。我的印象是：甘地如夏日之可畏，尼赫鲁如冬日之可爱。

问：无论如何，我不赞成而且鄙薄甘地的"不抵抗主义"。

答：大错特错！"不害主义"！不是"不抵抗主义"。那是恶意的歪曲。

问：总之，我不赞成。

答：那么，你反对中国抗战？

问：怎么？这话从何说起。我正因为拥护中国抗战，才反对甘地的"不抵抗主义"。

答：不对！"不害主义"！或则说"非暴力主义"，绝对不是"不抵抗"，而是恰恰相反，是最有力最有效最难应用的力量抵抗不正的势力。古往今来只有这样的理想与零碎的实例，大规模试验而且成功，惟有圣哲甘地一人而已。而且，欧美人甚至希腊人复生，除几位哲人外，恐怕也很难信服他；但是中国人只要读懂了古书的大概都容易懂得他，虽然不必信仰他，正如同不必一定信古书一样。至于现代中国人，则凡拥护抗战者都应当了解他，而且赞成他，即使不能全部赞成。——其实印度人全部赞成的也不太多。

问：这又奇怪了。抗战不是用的武力吗？

答：我反问你，抗战果然仅仅是仗了武力吗？我们的飞机大炮与敌如何？我们的军力与敌如何？我们的军火生产与敌如何？若仅仗武力抗战，不论你是"惟军队""惟武器"，都不能达到抗战必胜的结论，反有与汪逆同调的可能。而且，我再问你，抗战不是光倚仗自己的武力，是不是倚仗他人的武力呢？

问：这个，这个，……

答：如果你作肯定的答案，说我们是倚仗英、美、苏来抗战，即使南洋缅甸全部失陷，即使苏联仍对日中立，也还是仰仗他们，那我承认你是甘地的反对者，然而你同时也就成了抗战的罪人，又做了汪逆的同调。如果你给我否定的答案，说我们从不仰仗他人，开始就抱定自力更生的主张，认定宁为玉碎勿为瓦全的信条，而且为自己民族独立建国，仗四万万五千万同胞的团结一致来抗战，那你已经成了一大半的甘地信徒了。

四、穆罕默德与老子

问：我仍不能完全明白。还是请你先说明他到底是什么主义，何以你所说的与我所听来的完全不同？

答：详细地说，当然办不到，那又得去做博士论文。现在我们先正名。甘地所主张者并无主义之名，只是古印度的信条之一，这个古梵字 Ahimsa 照英译改为中文，可称"非暴力"。但在佛教小乘说一切有部的七十五法之中有此一法，真谛玄奘二师皆译为"不害"，见《阿毗达磨俱舍论》第二品。我觉得另拟译名很难，两名相较，宁取旧有，为显明起见，再加主义两字。意思就是不用暴力害人。名字虽是消极的，甘地应用起来却是积极的。他将这信条大肆扩充，化为有血有肉的运动。这运动虽称为"消极抵抗"，意义却是积极的。其古梵字 Satyagraha 的名称，依我们古译，应为"谛持"或"谛执"。谛者真理，持者坚持，即坚持真理之意。为显明起见，再加运动两字。其英文译名应译为"文明反抗"，意即不用武力而反抗，另一名字即为世界俱知的"不合作运动"。

问：够了，别再考证了。反正我承认是"抵抗"，并非"不抵抗"就是了。我还是希望你直截了当告诉我甘地这老头究竟是怎样一个人？

答：我所了解的甘地，如要我用最简单的话来说，只好说是穆罕默德，但手里拿的不是《古兰经》与宝剑，而是一部《老子》。

问：你这谜语简直是比拟得不伦不类，使我莫名其妙。

答：甘地在乡间一般印度人，尤其是穷苦下层阶级人眼中，是教主，是已有半神地位的人。他的"圣哲"之称，照佛经译法应为"大我"。这里面有印度教之根本信念（与佛教"无我"正相反，但"我"非平常意义），不仅是圣者之意。甘地在印度高级人士尤其是政治运动的人心目中，却往往是一个大政治家，极有组织能力训练能力,刚强不拔,坚定不移,不言而信,不怒而威,思想说话如斩钉截铁,眼光远大而又韬略非常的一个人物。教主而兼大政治家并且及身成功,证明其强大组织能力的,摩西如不算,则历史上只有伊斯兰教教主穆罕默德一人。就中国来说,如果《老子》这部书除却神秘主义而化为一个人及一个大运动,我想简直恐怕要与甘地相等。小国寡民不相往来的托尔斯泰式农民理想,固然很像甘地的理想。(甘地著《印度自治》,谭云山译,商务版。)老子的以退为进,以消极为积极的高明策略,尤其像甘地的运动。我看甘地竟可遥传中国黄老之学,从赤松子游的张子房(良)吹箫散楚军,更像甘地的同调。

五、以至柔克至刚

问:不行。你这一番描写,对我毫无帮助,因为你引的那些古人我都是闻名而未见面,模糊得很。我看还是请你谈实际的甘地运动不要空谈他的主张吧。请问甘地果真是印度人中最有力量的领袖吗?

答:我想是的,而且据我看来还是全世界今日最有你所谓"力量"的一个人。请问世界上不用寸铁强迫而能使若干万人以上自动志愿登记,放弃一切愿为效死而且实际向死坦然走去的人,世间恐怕没有几个吧。没有寸铁而发展出不用寸铁的力量,竟胜过百万雄兵,的确是个奇迹。用他自己的话来说,躲在大炮后面杀人的人胆量大呢?还是明知必死但誓死不屈坦然向大炮走去的人胆量大呢?

问:你的话确使我要思想一下。可是我有一个朋友,他到过加尔各答、新德里与大吉岭,他跟我谈印度,丝毫没有甘地的影子,何以你说起来就有这样的活灵活现?据我看甘地的力量还不行得很。

答：我也认识一个外国朋友，他到过香港、上海、北戴河，他所见的中国恐怕连孙中山和蒋介石的肖像都没有的。一旦中国抗战，使他们惊异，认为一定打不下去。打了三年四年，他才觉得奇怪，才知道中国并不在租界以及讲英国话的旅馆及头等车之中。你那位朋友并没有到印度，他只到了假英国。我想他的结论一定是印度人的英国话讲得太坏，所以没有文化，没有希望。甘地的力量，就其目的而言，还差得太远，但就其成绩而言，却已经可观。中国由抗战表现其真正的力量，印度正在培植力量，何时表现出来还说不定。也许还会失败。但力量继续增加，总有成功之一日。

问：那么，依你说，印度已经很不错了。在有些方面看来，我也觉得印度的情形也已经可以满意了。他们还不满足，将来连这一点也弄没有了，那才悔之无及呢。

答：这又不对。首先，论人论事尤其论人民和国家，决不能只看眼前。要明白有甘地以后的印度，必须先以未有甘地时的印度来比；不要只见成功的甘地，还要看以前那些失败了的甘地。不见孙中山成功以前的中国，何以见中国之进步，与他们的伟大？印度用暴力的恐怖党人在甘地以前何尝不盛，但何尝有结果？到甘地拿不用暴力的力量胜过了暴力，拿增加自己的力量以使敌人的力量减少，这才苦心孤诣，努力奋斗，说服了无数至今思想也还不同的人，建立了坚强的组织，训练了广大的群众与有力的干部，才逐渐造成了今日。其次，你的推论更加不对，简直是反抗战的论调。岂不是也有人劝中国保存半壁江山已经很好，再打下去，如连这一点也失了，岂不悔之无及么？这样汉奸论调正是甘地的反面。所以我说，要做自力更生，抗战建国的中国人，必易了解而且多少要赞成甘地。否则，必有些同于汉奸思想。若把不愿人加之我的话，反而拿去责人，如非自利，必为糊涂。

六、实际的理想家

问：你的话说得很厉害，但你还没有给我具体说明甘地在印度的地位。他是国民大会的什么？

答：他不是什么，他的资格只是曾经当过一次国民大会主席。他并不能下令，而且也从没有下令强迫人家做什么。但是国民大会以他为灵魂，为精神上的独裁者。他只是表示意见。你意见不同，尽可以与他抗争，尽可以自行其是；但实际上你仍然得遵从他，因为只有他看得对，做得到。他自己说是一个"实际的理想家"，既有理想而又切实际，使你无法不依从他。

问：还是请你举实际的例证。

答：只要看每逢紧要关头，国民大会必请他老先生出来担任领导。（他公然称为"独裁者"，以严格的纪律指挥一个群众运动，却决不用丝毫武力的强迫。）这种运动的最近一次便是表示反战的入狱运动。每有重要问题，各民众领袖必去向他老人家请教。每一次最重要的会议，必在他的住处华达举行，或则请他去参加。华达实在是印度另一政治力量的中心。这是从印度人的报纸上天天见得到的。可惜中国人很少看。

问：在一般人民中呢？

答：他一生努力于提高被压迫阶级，自己向来坐三等车，过最低限度的生活，绝对素食，毫无财产，以经济平等为第一目的。下层阶级奉之若神明是不必说了。可是印度许多民族资本家也一样地信服他。到处作他居停主的比尔拉就是最大的民族资本家之一。据说他的一个招牌的工厂,在孟买一处就有四十所。所以甘地自己没有一个铜板,天天纺纱,但他可以支配极大的财产。最近他为一生努力服务印度人民号称"人民之友"的故英牧师安德鲁斯(著有《甘地自传》,向达译,商务版),募集纪念基金,在孟买八天就募足了五十万卢比。

问:反对他的人想必也很多?

答:批评他的人很多,但在印度人民一边,公开起来反对他的恐怕只有一个半。一个是伊斯兰教同盟领袖真纳。其实也只算半个,因为并不见反对他的主张,只是把他派做印度教的领袖,自己出来与他对立而已。半个是前国民大会主席苏巴司波史。这是很能干的一个人。他不赞成甘地,说甘地妥协,因而自组前进集团,但也未公开树立反对的旗子,只是自命左派而已。可是这位波史先生自出狱失踪以后,现已盛传他在柏林或东京了。这是与甘地对立的两个人,此外都不过是认他为不够,或说他太偏,出来说他完全不对而反对他的印度人民领袖,或者也还有吧,却是看不大见。这用我们家里的情形当镜子一照,就很容易明白。

问:怎样照法?

答:你连镜子都看不见那就没有办法了。请看波史先生与甘地对立(其实他与尼赫鲁最不对),结果跑到了柏林或东京。我说用镜子照的意思是说,甘地全凭自己的力量,反对他的人却都藉助于外力。汪精卫不是跑到河内和东京去反对蒋介石么?绝对信任自己的力量,丝毫不希望利用外力,这是甘地的最了不起的地方。我看当今世界上最是机会主义死对头的便是他。这不是说他不顾实际情形变化,而是说,他以自己的手段与目的去对付实际的变化环境,却不跟在变化的条件后面做尾巴团团转,天天打自己的嘴巴,改变手段甚至目的与主张。一句话,他正是"以不变应万变"。

七、猫越精明鼠越能

问：我看这是他笨的地方。不过，也许这正是印度的情形，非"共管"而为"独管"，非"瓜分"而为"独吞"，所造出来的结果吧？殖民地与次殖民地，一个老板与多头老板之下，对待的办法果然是不能一样的。

答：你已经找到了镜子，而且明亮极了。由不同的情形，产生不同的对付方法，最后结果或当一样，但初步结果却不相同。完全凭自己的力量是笨方法，很难成功，但一旦力量完全足而成功，必是以自己的脚跟站起来的。利用一点他人的力量，果然很容易站起来，可是自己的力量不充分，很难脱离他人的扶掖。两两相比，实在很有趣味；或者板起面孔来说，"至足发人深省"。

问：好了，别谈家里事，还是谈印度，我听你一番话，虽然零零碎碎，可是也闻所未闻。不过我还是觉得甘地的成功是由于侥幸，倘若碰到日本，就有多少甘地也生不出来了。

答：这是最常听见的话，其实最无意思，而据我看来，还是出于恶意，而非由于同情。首先，你这话有什么意思？譬如有人说，中国抗战幸亏碰到日本，若是碰到火星上某国，那就抗不成了。或则说，中国是因为日本起手战略错误，所以才能抗战，否则，一下子如何如何，就抗不成了。你对于这样的话感觉如何？你以为这是中国的朋友么？

问：这当然是汉奸或日寇伙伴的话，断然是中国的仇敌。

答：你以为这是公平中立的意见么？

问：当然不是。这完全是正面说不了，所以才歪曲了事实来说，根本不是公平的态度。公平地说，应该就中日战争事实上看中国的苦心与努力，纵有小处似乎侥幸，也全仗了大的把握。严格说来，历史上一个人一件事或出于偶尔，历史本身一大事却不是偶然。说到中国，我是态度非常明白，友敌言论，一望而知。

答：可是说到印度，你就跑到另一面去了。我再问你：若有人说，中国的伟大，全是日本人的功劳。因为没有日本使中国抗战，而且容忍中国抗下去，哪里会显出中国来。你以为如何？

问：这又是最恶意的诬蔑，完全是我们的敌人口吻。请你不要再问这样的问题，还是谈印度问题。

答：我正是在说印度问题。有的美国人就在用这样的口吻谈印度与甘地。美国人说话与我们无关，可是我们不能这样说。因为我们这样说一句印度，就等于向自己脸上打一耳光。这样把他人嘴里的话搬来说，自己的脸要红起来；而印度人听了有何感想，只问我们自己挨耳光的感想就可以知道。至于什么四国共管印度之类的混话，不要说完全不知印度的实情，误认人家是比自己还不如的奴才根性；就算是出于好心，也实在忘了自己的立场。

问：请别再骂了。但我觉得你话虽有理而还是有一个漏洞，中国是打得日本人无法胜的，并非日本容忍中国抗战。然而印度——

答：怎么样？你以为甘地的印度是不战而胜，是人家大慈大悲，忽然要让出一个甘地来的么？既然慈悲，何以又不索性让出印度来呢？一句话，你完全不是用中国的立场与印度的观点看事情。这里面有一个根本原因，就是你不大明白他们的对手方。正如同印度人之不明中国，其原因并非不同情中国，而是由于不明白日本。所以怎么说来说去，他都闻所未闻。本来也难怪，一则他们听了许多日本老友的话，而未听到受日本欺侮的中国人的话,二则日本人也真善于谋人之国。举例说,在甘地那儿有一个日本和尚住了八年,直到这次开战才被捕。反日亲华的泰戈尔那儿,有一个日本人学跳舞,直到这次开战才被捕。日本电台用各种印度话天天广播,而我们要找一个能说写中文而又能说写印度话的中国人,恐怕未必有把握找得到。印度学者书框里,日本送的各种材料一大堆,中国的,他要买都找不到地方。这些且不说,印度不懂日本,情有可原,他们无直接关系,我们不懂印度的主人,则不可原谅。不信只要把小学中学的历史课本末尾几课念念就知道了。多么慈悲的恩人啊!法国有句谚语说,"猫越聪明鼠越能"。日本在南洋得了胜,人家才知道中国抗战军力的伟大。要看甘地的困难处,才知他百战不挠的大勇。他的一切凭藉条件,看来都不如中国,但他只凭了一点东西是长于我们的,拿这一点来战斗,他一样打胜仗。这一样是什么,我也说不出,但可断言是他们印度自己的东西,并非外国货。处于完全没有外援希望,而自身又有种种缺点的情形下,锻炼出一股自己的力量来,这才是甘地的最伟大的地方。辛亥革命、五四运动、北伐、抗战,要并作一件事来做,可见其难了。

八、君子手段与女性战斗

问:你总是说他战斗,他到底用的什么方式战斗?

答:第一要件便是公开讲理。他的对手是君子国,最讲究运动场上的公平。你如用秘密手段去,他必用秘密手段来,你用武力,他也用武力,你决无希望对付他。可是你翻过来对他大声讲理,他无论怎样不愿意,也只有戴上高帽子跟你讲理。讲来讲去,他很懊悔当初不该和你讲理,但是已经无法认输,还是只得老着面皮讲下去。高帽子,白领结,一戴上就无法拿下来。这叫做"君子可欺以其方"。真君子固然如此,伪君子却也如此。同伪君子背后用小人手段,你决对付他不过,若当他正在冒充君子的时候,在礼堂上跟他用君子手段对争时,因为他是伪君子而又撕不下面孔,愈作愈伪,愈伪愈作,结果惟有忍痛输给你,以维持伪君子的身份。甘地虽不完全仗这个,但的确是抓住了这一点在做。他一来就是入狱运动,犯法运动,事先大呼"我要犯法了,因为你不讲理"。弄得越闹越大,不可收拾,对方只好老着面皮讲理讲法,改动一下,实际上来个漫天要价就地还钱的商人交易:请你不要犯法了。印度现代史大都是这一套,只可惜我们的现代史有一部分白念了,弄得驴头不对马嘴,只想大事化小小事化无,忍气吞声,结果由伪君子暗地大使小人手段肆无忌惮。如果跟他公开讲理,不许他偷偷摸摸,一定要他戴帽子打领结;可是心里暗做商人打算,得一分利便是一分,不要逼得他到撕帽子的地步;那我就包管你除了最大的交易以外,小的折扣交易一定是利上加利。这真是个要诀。我们得把对付日本人的办法拿来买他们的这个对付办法。可惜的是连蒋百里的《日本人》那样的好书至今也没有译成外国文。我们还要外援,却只见小利,只有廉价的货物拿出去,像这样以一当百的高等货物,不见近利就不注意了,真使我又想到孙中山的话。

问: 怎么?你这一套长篇大论后面忽然引起孙中山来了?

答: 不仅引孙中山,还要引《论语》呢。孙中山的演讲里面说:俄国革命家在伦敦问他,中国革命要几年成功?他说三十年。转问俄国人时,他们说准备至少要一百年。结果准备要一百年的反而成功在前面。甘地做的印度运动,看来一百年也不够,然而他这骆驼的走法却跑得很快很稳。孔子曰:"勿欲速,欲速则不达;勿见小利,见小利则大事不成。"我们若把关系几千万人和几百年的大事当做投机市场上价格万变的货物，只图新奇与利钱来得快而不顾多少人多少年的影响，这证明我们自己取消了历史，从大人变成了没有昨天也没有明天的短命鬼。

问：骂得很好。但我还是请你告诉我这种不用武力的公开斗争到底是怎样斗法？

答：说起来是用意志的力量，甘愿的受苦，等等。但如允许我再用譬喻，而且冒着受误解的危险的话，我要说这是一种女性的战斗。

问：你是说，这是弱者的战斗。

答：但看你对弱者的定义如何？可是依我说便不是。我先得把女性下定义，这不是指女性的暗地阴谋脆弱无决断等缺点一方面，而是指她们由真诚的爱意与人情所发出的超乎物质的力量。一个母亲在救孩子的时候，是世界中最大勇的人。我指的正是这一种。不过女性不肯公开而又缺一点决心与毅力时把这一点加上去便成了甘地式的战斗。

问：我想其他的革命领袖都不是如此。

答：很难说。照我的眼光看，列宁与甘地就有相同处，虽然也有许多相反处。在组织力上极相反。在以罢工为武器等方面，列宁也是女性战斗者。在欢喜理论斗争上又很相近。从甘地一方面说，列宁是不彻底的女性战斗者。依甘地说，世界人类便靠此维持，否则人类绝灭久矣。

问：可是究竟这种女性战斗是什么样的呢？

答：如果不要我背诵印度现代史或作小说，我想请你向尊夫人请教。

问：原来阁下惧内！

答：对不起，我还正愁无内可惧呢。

九、尼赫鲁眼中之甘地

问：这样谈甘地永远也谈不完。

答：我早已说过那本是一篇大论文的题目，将来还会做无数的论文题目的。我不过解释几种误会而已。要明白他，除了必得写印度现代史与其问题外，还得等我于谋食之暇，把他的《自传》等书译出来加上注解才行。

问：那当然。不过你所说的还只是你自己的印象。我想知道别人对他的印象。

答：一位绝无甘地式信仰的朋友周君，一见甘地后述其印象说："直起直落，至大至刚，所谓金刚（伐日罗），庶几近之。"

问：印度人的印象呢？

答：我想介绍两位名人自己的话。一位是甘地信徒，一位不是。我本来只想述而不作，结果却是评而后述了。

问：先介绍不是甘地信徒的。

答：那是尼赫鲁。他在《自传》中有两段描写甘地的话。他的《自传》中文译本我未见到，只好献丑自己来译了。这一段就在原文第四十六页上。他说："他（指甘地）用他的最好的独裁者式的口吻讲得非常好。他很谦虚但也极其斩钉截铁，而且坚强如同金刚石；他很蔼然可亲，说话也和气，但是决不屈服，而且热诚得可怕。他眼光温柔而深湛，但其中发射出激烈的力量与决心。他说，这是一个伟大的斗争，敌人又非常强大。如果你们要干，你们必须准备丧失一切，而且必须把你自己处于严格的，不害主义与纪律之下。当国家宣战时，军法立即统制一切。而在我们不害主义的斗争中，如果我们要战胜，就也要有我们这一面的独裁与军法，不论什么时候，不论怎么样，你们都有权将我一脚踢走，要我的脑袋，或则处罚我。但是只要你们愿认我做领袖，你们就必须接受我的条件，必须接受独裁与军法军纪。不过这种独裁却是依靠你们的好意，你们的愿意接受以及你们的合作的。什么时候你们认为我够了，那就把我踢开，把脚踏在我的头上，我也毫无怨言。"

问：这样的口吻真像一个统帅。坚强的意志力，大概是他的第一特色。

答：不错。据我看来，许多人乱谈什么精神力量，其实那些人自己就是他们的论调的反面证明。只有甘地真配谈精神力量，可是他却专做油盐柴米的家常闲话与老生常谈。他的力量依我说是出于三点，一是大公无私的人格。没有一个反对他的人能指责他有私心或自私的行为或任何私德的问题。他是事无不可对人言的司马光，他是"其过也如日月之蚀焉"的君子。二是极端的理智。他虽然一星期有一天不说话，但每有问题必与人反复论辩，必求其是非之真。人家可以不服他，但也不能使他改变并未折服的意见以就人。三是极坚强的决心与毅力又配上敏锐远大的眼光。

问：如果不和他人作具体比较，你这些空谈真无意思。

答：可是具体来说就不是我们所能随便谈的了。

十、甘地自论不害主义

问：那末请你介绍另一个人的意见。

答：别忙。我还得再译一段尼赫鲁《自传》。这是在原文八十三至八十四页上，甘地自作"刀剑主义"里的话。他说："我相信如果只有怯懦与用武力二者选一的话，我一定选用武力。我宁愿印度用武力以保障其光荣，而不愿它怯懦地成为自身羞辱的可怜的牺牲者。但是我相信不害主义比暴力主义好得不知多少倍，宽恕也比惩罚更显得有丈夫气。"

"宽恕使勇士更增光彩。但不处罚也只有在有力量处罚的时候才算是宽恕；从一个毫无力量的可怜虫说出宽恕的话来是毫无意义的。老鼠在被猫撕成碎片的时候，是很难宽恕猫的。可是我并不相信印度是毫无力量，我也不相信自己是毫无力量的可怜虫。"

问：这才是激励士气增长自信的话。

答：再听他说下去："大家不要误解我。力量不是从体力来的，力量是从不可屈服的意志来的。"

"我不是一个幻想家。我自认为实际的理想家。不害主义的宗教并不是专限于古代教师与圣人的，对于普通人也一样有意义。不害主义是我们人类的律师，正如同暴力是兽类的法律一样。兽类的精神是潜伏的，所以他不知道体力以外的什么法律。人类的尊严要求遵从更高的法律，即精神的力量。"

"古代圣者在暴力之中发现不害主义（非暴力）的规律，是比牛顿更伟大的天才。他们自己都是比威灵顿更伟大的战士。他们自己都会使用武器，却知道武器的无用，因而向疲倦的世间教训说，真的解救不能仗暴力，却要仗非暴力。"

"这种不害主义在动力学的意义上说来便是自动有意地受苦。它并不是说要对作恶者的意志卑躬折节，它的意思却是要把全副的灵魂用来反抗暴君的意志。在我们人类这种法律之下工作，可以使一个人能向不公正的大帝国挑战，以拯救他的荣誉，他的宗教，他的灵魂，并且为那大帝国的崩溃或再生奠定基石。"

"因此我非因印度太弱才喊不害主义，却是因为知道它有力量所以才要它出来实行不害主义的。"

问：照这一段话看来，他这主义并不是宗教，而是政策。

答：对的，在甘地自身说，他是不害主义的教主，但当他向印度人提出来作运动口号的时候，却总是说明这是政策，所以采用者只因最好最容易又最有效而应用。同时就国民大会说，也有两派。一派是认为不害主义是天经地义万应灵药，一派则认做一种政策和手段。不用说尼赫鲁是属于后一派的，他简直开明得毫无宗教气味。

十一、谁领导印度？

问：现在请你赶快再介绍那位甘地的信徒的话。

答：这是国民大会现任总书记克里巴拉尼最近的一篇文章。是因为他劝人信从甘地，有一家英文报（不是印度人的）批评他，因而作的答复。题目是《谁在领导？》，前半我将大意译给你听。他说：甘地所劝的决不是卑屈的降服，而是抵抗到死。若说甘地劝英人对德屈服，完全是歪曲事实。甘地所劝告的只是不用暴力的反抗，却绝对不是屈服。甘地所以遭人不满者正在他不肯屈服。不论他的意见对不对，他确是诊断病源才下药方的医生。以前印度恐怖党人盛行之时，这份报的态度决不如今日这样赞成暴力。对主子与奴隶用两种标准评论，决不能再骗得住任何人！国民大会有两派思想，人人皆知，但两派都不曾拒绝"不用暴力"的信条。国民大会今日有两大方案，一为健全组织方案，一为建设方案，即"自足自卫"方案，不合作方案则今日暂未实行。建设方案是大会请求公众全体来实行的。甘地不仅是这个方案的制作者，而且是推行这个方案的实际行动的领导人。

问：如此说来，甘地与国民大会在这一面是一而二，二而一的了？

答：至少在这一方面是如此。但我们要看清，甘地自一九二五年以后即不任大会正式职务（除非被一致决议邀请担任一次运动的总指挥）。他自己是教主，是印度人的领袖，并非大会的领袖；但大会要做印人的最有力的群众组织，而不做偏狭的一个政治党派，就不得不承认印度人民的领袖为其"超组织的领袖"。闲话少说，继续引克里巴拉尼的话，他说：甘地今日代表印度的心与灵魂。国民大会领导人没有一个不承认；而且如果不是完全不知印人舆论的人，就不至于不知道，甘地今日不仅代表受教育的人，而且也代表街上的普通人民：无论是在市场上或田野间或工场里。

问：既然如此，那末甘地的当前意见究竟如何，当然极关重要了。

答：不错，幸而克里巴拉尼在文章里面给甘地当前意见作了一个提要。虽然在近些日来，甘地与尼赫鲁等人谈话以后，意见好像多少有些改变，可是就原则上说，这几条摘要还只需要补充而用不着修正；因此我想一古脑儿译给你听。

问：这正是我所急欲知道的。

答：他说："简单说来，这些原则是：（一）这不是我们的战争。（二）我们是被迫参战的。（三）我们虽然同情中国与苏联，却不能因此参战。（四）即使有印度人想表示对战争热心，他们也无法得到必需的权力，以便向民众表示印度已获自由因此是自己的战斗，以便证明是为正义、公道、自由而战。（五）我们跟日本德国或任何国家都没有争执。（六）若有任何国家不问此种情形而在今日进攻印度，那只是进攻英国的属地，因为英国虽高呼为自己而战却不肯放弃属地。（七）但这是我们的土地，我们不能把旧主人去换新主人。（八）因此，我们必须抵抗侵略。（九）手段只能不用暴力。即使有人想用其他手段也无法得到。（十）印度反对焦土政策，因为除了其他理由以外，它不能相信推行这种政策恰好只能妨害敌人而不害当地人民。又怕当局于愤怒之余，或因能力不足，而不分青红皂白一律破坏。（十一）不用暴力也许对新侵略者无效；但它可以保持人民的志气，而且作为一个民族对侵略的抗议。照这样它可使人民不致对外来侵略觉得无关痛痒。（十二）我们反对从外国搬兵来布防，没有一个自由国家能让外国兵到自己土地上来打仗，除非由于自己情愿而且有若干保障。"这最后一条是最近谈论的题目。甘地现在已不要英美兵撤退，但要他们与自由印度订约。甘地态度一天天反日，这不能不说是尼赫鲁之功。印度彻底反日亲华的名人只有两个：前有泰戈尔，后有尼赫鲁。

十二、往者不可谏

问：如果甘地的意见是这样一套，我看我不能赞成。

答：那是当然。因为你是中国人。克里巴拉尼只说甘地代表印度人的意见，并未说他代表中国人。我们从中国人观点说，自然不能一下子接受，而必须设身处地来想，才能了解。

问：不过我们也不能贸然反对。我得思索思索。这是邻家的事，要不拉"偏架""打太平拳"，就得先仔细冷静想一想。

答：老兄的"甘地气味"比我还浓得多了。你这态度正是甘地尚理智崇真理的宗教态度。

问：不过我还是觉得甘地过了时。我得声明这完全是"直感"。

答：这个大黑暗时代的新中世纪中，甘地当然是代表"没落"了的老见解的。可是人类如果不是永远做动物界中唯一残杀同类者，而且"文明"的意义不是"比野蛮人更野蛮"的话，甘地的教义总该还要有一线薪传吧。不过我们今日谈的不是思想家宗教家的甘地，而是政治家的甘地。就这一点说，他在印度还没有过时。等到他过了时，印度一定是换了新面目了。

问：我们谈了这样久，还只谈了一个甘地，而且还只谈了甘地的一方面，印度确不是一望就能了解的国家。我很希望和你有机会一个问题一个问题谈下去。这样恐怕比我飞到加尔各答去住一年甚至十年而不见印度人，还要更知道印度些。印度本来是个冷门，现在忽然取得了香港式的地位，可是又比不得仰光，可以糊里糊涂还当做是我们的"通商口岸"。人家有不可轻侮的力量，和我们有悠久的老交情，彼此毫无恶感，又同处于危难的关头。我们确得先了解人家，可是又不能藉助于西方人，岂非很难。

答：我倒想背两句书，"往者不可谏，来者犹可追"。

问：下面两句可不要再背了。我现在想请你谈甘地的《建设方案》。

答：那么，我得从孟子讲起。

十三、孟子的信徒

问：你已经把甘地比做老子和穆罕默德，怎么又扯上了孟子？我看你不是在谈甘地，简直是在摆杂货摊。

答：也许是的。请你原谅我又得发议论。我看自从秦始皇用了荀卿的学生李斯以来，中国的正统政治哲学就是儒法相杂的一道，这恐怕真是荀学，因为他的"法后王"就不免要教他的学生"阳儒阴法"。这个传统至少要算到曾国藩。因此孟子虽然高坐堂皇升为亚圣，可是他的"五亩之宅树之以桑"以及"八口之家，可以无饥矣"的"王道"，却被荀子的门徒暗地赶了出去，直到今日的印度，才由并不知道孟子的甘地来奉为政策。

问：我觉得甘地的刻苦精进还不如说是墨子。

答：不错，就个人而言，诚然是墨子，专坐三等车的现代苦行僧，讲兼爱的摩顶放踵者，但他的政策却并不是尚俭，而是足食。大家都笑他提倡可怜的土布，却不知他所着重之点，并不在使穿绸子的人去裹布（只要印度自己出绸子），却是要连布也没得裹的人来裹上自己的一块布而无求于人啊！他开始提倡纺纱时，寻遍印度乡村，才找到了一架破旧纺纱机，找到会纺纱的老太婆。而不过二十年已经有了纺纱协会的二十几万会员，其他以纺车为副业为象征的当然还不在内。这并不是他有什么巫术奇迹对抗机器，而是光着身子买不起外国布的人太多了。土布在城市的卖价并不便宜，但在乡村却由此救了许多人，而得到多少可以自给自足的基础。这些人是即使想从破坏的农村逃到城市去当"工资奴隶"，而在管辖他们的外国的工厂正不景气时，也没有国内的工厂可以收容他们的。

问：你从孟子的民生主义一直扯到世界不景气，太远了。不过，我看甘地实在是落后地方的逆流的产物，纵能激起浪花，也不能有所成就的。

答：当然德国的财阀与中产阶级中是出希特勒而出不来甘地的。可是我很想知道你所谓"落后"与"逆流"是什么意思。如果是说经济落后，当然不错。印度的工业基础虽然要比中国还进步五十年，但比欧美自然瞠乎其后，而且也与印度人不大相干。尽管铁路网这样密，要运自己出产的东西来用，还是比买外国现代的货贵。这是一种奇怪的经济，但我们中国人很容易了解。至于你说的"逆流"，也许不错，可是我不知道在机器使大多数的人不能买生产过剩的布时，想法子使他们仗自己的力量得到布，这究竟是"逆"还是"顺"？再说到成就，就更难说。世界上从没有一个事业家说是完全达到了他的目的。如果你不拿将来的理想做测量尺，而拿过去的历史事实作标准的话，我看，使几百年从未站起来的，穷得周身几乎连一块布都裹不起的，东西南北话都讲不通，字都认不得的，几万万个人能同心合意，自己觉得自己有力量靠自己，不必害怕人家，这恐怕是你我所绝对办不到，而且想也不敢想一想的事吧？

问：我当然不敢藐视他，可是我很怀疑他这种方法，或则说路线。

答：他的路线确是非常奇怪的逻辑。他说，你要我给你做奴隶做苦工而不给我吃饱，我不愿意干。我不干，我打不过你，你把我杀死了。是我胜了还是你胜了？当然是我胜了。我不给你做奴隶的目的已经达到，而你要我做工的目的却无法达到了。这不是不害主义，却是它的实行路线的一面。这种以退为进，甚至以取消自己使你不胜，而后使我胜的办法，这不正是老子《道德经》和孙子兵法么？

问：这样奇怪的想法，虽然理论上驳不倒，事实上我看没有一个人能信从。能办得到的只有他自己，所以他一而再、再而三地绝食。

答：我也相信确是难办，所以烈士才那么珍贵，而"焦土政策"才成为口号。不过，我们南非洲的华侨却有许多都曾经追随过甘地，而甘地的刊物上近来也还屡次称道我们的广东省港大罢工以及北伐时收回汉口九江租界，认为是"不害主义"的模范前例呢！

问：但这实在也与印度人的特殊民族性有关。林语堂说中国人是绅士（Gentleman），日本人是武士（Warrior），印度人是神秘之士（Mystic），你以为如何？

答：我觉得英国人的代表字是决心，毅力，或固执（Tenacity or determination），中国人的代表字是有办法（Resourcefnlness），印度人的代表字便是许多人拿来讲佛法的 Negativism。这个字只得硬译做"负号主义"吧。若用消极之类便有别解了。

问：单是"负号"的消极岂不是同归于尽吗？

答：不然。不害主义的特色固为消极，但他的主要点，却是积极的，正面的，是我自信我自己要站得住，而且用力站住。这就又要讲孟子了。

十四、不慌而忙

问：不要谈孟子，请你谈他们印度人的积极方面。

答：积极方面便是甘地手订的"建设方案"。他所订的"华达教育方案"（Wardha Scheme）也很重要，但未推广，而且只及于教育一方面，不及这个方案的广泛。这个方案虽只有简单的十三条，而且看起来十分迂远，短视的暴力主义者自然更是一见就唾弃，但印度人却并不这样想。他们就仗这个，在大家都不注意的地方，就人民生活的痛切处，一点一滴做起来，使完全丧失了自信心的可怜的穷人，恢复自力得食的方法，使专尚空谈的聪明人有切实可行的事来证明他真正要到民间去为人民服务。这可说是孟子的理想加墨子的实行精神。国民大会以推行这个方案为主要工作。自从克利浦斯谈判失败后，更决定这是唯一的工作，并且改名为"自足自卫方案"。

问：国民大会本来是甘地的群众团体？

答：然而甘地却不属于国民大会，他只属于印度人民，用他自己的话说，属于上帝，他的上帝就是真理。

问：好像国民大会也并不全是甘地派？

答：就这个方案而言，甘地派与尼赫鲁领导下的国民大会意见虽同，态度却截然相异。甘地认为人民福利安乐、道德高尚是目的，独立乃为达到此目的之必要手段，如果仅有政治独立而与民众实际无福利，则并无价值；反之，人民如能自足，又有大无畏的自信心，必能自卫，由此而解决政治问题自然也容易；若人民无基础，纵拿到政权也是一团糟。因此甘地认为推行这个方案是基本主要工作，他历来所指挥的群众运动，都不许从事乡村建设工作者全体参加，而需要经他特许并选拔。孟子说："苟无恒产，斯无恒心。"这个方案就是想在重重压力之下使一无所有的人获得恒产，因而获得恒心。这需要极大的勇气与毅力，所以甘地的教条中有大无畏一条。他说，信从真理的人胸怀坦荡，不怕死，不怕痛苦，所以才能无畏，同时也必须有无畏的勇气，才能信从真理而不动摇。

问：尼赫鲁等人呢？

答：不信甘地的"不害主义"的人，虽然承认这个方案重要，却又另有一番理由。例如，就眼前情况而论，他们赞成以暴力抗侵略，但暴力是除了武器以外还需要人的。不但没有武器时需要人，就是有武器的时候还是需要人去用的。讲到训练人，不但要训练身体而且还要训练精神的。另一方面，政治军事若没有经济社会的组织基础，显然是不能自卫的，而在不能自己来机器工业化以前，至少还得从无中生有来让一贫如洗的人有饭吃，有衣穿，有事做，能自己互相帮助，自给自足。所以这慢慢腾腾的办法倒是迫切应急的必要手段。

问：请你不要再发议论了，还是讲讲这方案吧。

答：我看你跟我谈了这样久，足见你的兴趣可以持续，并非浅尝即沾沾自喜的人。所以我想不再多谈，干脆直接介绍甘地自己作的一个小册子:《建设方案之意义与地位》。这是一九四一年年底出版的,并非禁书。不过甘地的文章一句句斩钉截铁,不像尼赫鲁的流利畅达,所以你得准备受些"干燥无味"的磨难。

问:请你就马上介绍。

答:下面就是他这文章的全文。(下略)

一九四二年写于印度加尔各答。一九四三年三月在重庆出版土纸本,署名"止默"

附

原《后记》(摘录)

"这本小册子题做《甘地论》实在僭越。要论甘地,岂是我这样一个人,以及在印度这样短的时间,以及这样匆促写出的小文所能胜任的?名不能副实,这是应先向读者致歉的。"

"我们说了不知多少年的托尔斯泰(陶斯道),但他的《战争与和平》最近才有译本,而他的'勿以恶抗恶'现在也还在'不知是什么东西因而该骂'的范畴之内。我很担心,我这小册子会有什么后果。我不是'甘地教徒',因为我至今还在摸索与摇曳,并无教徒的坚持信仰之幸福。但我是甘地的崇敬者,因为我恐怕只能做尼采所说的'末人',自然要佩服'超人'的。我希望我的读者能由我引起兴趣与问题。"

"历史家惯于冷酷的以成败论人,但比较只看眼前的一般人还多一些公平的同情。然而迦太基虽灭,汉尼拔仍然为伟大的战将,何况印度并非迦太基。"

"至于'不抵抗主义',甘地也偶用过这个词,但仍是译的'不害'的梵语,而其意却在坚持真理,对于罪恶及违反正义拒绝到底,因此而引起之任何屈辱与苦痛之后果皆忍受不辞,而决不停止对罪恶之反抗以趋屈服。所以其意却毋宁是'不屈'。……专以名词字面当商标,因而不看货就评价,实在是危险的事。"

原来的《后记》和《又记》注明是一九四二年十月和十二月写的。小册子是一九四三年三月在重庆用土纸印刷出版的。作者署名是"止默"。出版者是"美学出版社"。

作为题词的《吠陀》诗是从英译转译的文言诗体。后来我从梵文原本译出的这首诗是白话体的,题为《夜》,在前面的印度古诗中。

一九九七年四月底记

谈外语课本

自从梁启超提倡"和文(日文)汉读法",严复编出《英文汉诂》以来,现代中国不知出版了多少部外语课本。外国人为中国人编的和解放后屡次修订重编的各种统一外语教材不算在内,恐怕种数也不会少。从戊戌变法(一八九八)以后有了译学馆,清政府正式承认外语课程算起,也快要一百年了。解放三十五周年已过,好像还没有来得及总结一下解放前几十年的现代经验。现在新的外语课本,包括函授和录音磁带的,层出不穷,日新月异。为了考试对付标准答案,自然只好硬背中国的或则外国的标准课本,可是为了教和学外国语,还是得作点"回顾展"之类的工作吧?

我从未经过任何外语考试,现在若应考也必然没有一门能及格,所以对于如何准备考试取文凭以及通过什么"托福"之类,我是纯粹的外行,一窍不通,没有发言权。不过,我学过也教过几种外国语,而且经历过不止一种教、学外语途径,包括函授和直接从外国人学,在小学和大学上课,个别教学。所以我也不妨谈谈自己的当然不配称为经验的体会。这不值专家一笑,却也许可以对青年愿学外语者提供一点参考资料。这不是正面的,成功的，也未必都是反面的，失败的。主要谈谈我用外语课本的感想，等于讲闲话。

我想从我教中学英语的可怜经历谈起。

抗战初期，我经一位教大学英语的朋友推荐，到新搬来偏僻乡间的一所女子中学教英语。一方面是学校匆促在战火逼近时搬家，没有一个英语教员跟来，"病急乱投医"；另一方面是我急于找一个给饭吃的地方，贸贸然不自量力；于是我欣然应聘前往一处破庙加新房的中学去，见到那位当时当地颇有名望的老校长。他比我年纪大一倍还多，一见我时仿佛有点愕然。我想若不是学校已经开学，实在无办法，他是不会请我这个青年人去教女子中学的。不过他还是很客气，说明要我教四个年级，共四个班，从初中一到高中一；高中二和三是师范班，不学英语。现在是下学期，已经上课，学生都有课本，上学期学了一半，现在就接着教下去。时间很紧，本周来不及，下星期一开始上课。每班每周三次，各一小时。四个班共有一百多学生，每周都得批改作业，辛苦些。以后有了高二、高三，共六个班，还要请英语教员。他随手把一叠课本和四个班的点名册交给我，便站起身来。我捧着这些本子回到新搭起来的教员宿舍。一看课本，不禁吃了一惊。不知是不是原来都是兼职教员，还是年年换教员，还是作实验或则别的什么缘故，四个班的课本是四个书店出版的，商务、中华、世界、开明，各有一本，体系各各不同，编法互不一样，连注音方法都有三种：较旧的韦伯斯特字典式，较新的国际音标，较特别的牛津字典式。离上课只有两三天，这几种课本我都没学过，必须赶快熟悉四种教学体系，还得找各班学生问明白学到哪一课，以前教员如何教的，立刻准备下一课的教案，免得老校长问起来不好答对。当然学生名册也得先看一遍，怕有的名字古怪，一下子叫错了。好在我学英语是"多师是汝师"的，三种注音法我都会，几种语法教学体系我也还不陌生，估计两三天内还不会赶不及。结果是不但要备课，还得陪同屋的教"国文"的老先生谈时事，谈天；星期日又要赶到十里外的大学去向推荐我的朋友报告情况，免得他不放心，来回要走二十多里路。晚上不得不足睡八小时以上，不能点煤油灯开夜车扰乱同屋的老先生休息。这些都没有难住我，难关却出在学生身上。女孩子在十几岁时正是发育时期，一年一个样。初中一年级的还像小学生，打打闹闹，初二的就变了样，初三的有点像大人，高一的已经自命大人，有的学生俨然是成年女郎了。我仿佛被抛进了女儿国。课本是死的，学生是活的，上课一星期，我就明白了过来，光会讲课本还不能教好学生，必须先了解学生。首先必须使她们把对我的好奇心变成承认我是教她们的老师，而且还得使她们愿学、想学、认真学英语。在以上这些条件都具备之后，我碰到的问题是：要让学生适应课本呢？还是要让课本适应学生？这才是个根本问题。我不知道怎样解决才好。

我有个朋友学过不止一种外语，而且学得不错。他常对我说，自己脑筋不灵了，学不好什么学问了，只好学点外语，因为学外语不费脑筋。他不是开玩笑。这在很久以后我才明白过来。学语言不是学语言学，不能用学什么"学"的同样方式。学外国语是学第二语言，又和小孩子学第一语言不同。当然都有共同点，但就不同点说，学语言不是靠讲道理，不能处处都问为什么，这个"为什么"，语言本身是回答不出来的。语言自然有道理，讲道理是语言学的事。学了语言道理不一定学会了语言，会了语言未必讲得出道理，讲出来也未必对。为什么要译成"反馈"而不用"回喂"呢？为什么译"情报"不如译"信息"好呢？为什么这在外国语中可以用一个词而汉语要分成两个呢？为什么"科学"一词英、法文都用从拉丁文来的词而德、俄文偏偏不用呢？汉语为什么不能通行自己的"格致"而要用外来的日文汉字"科学"呢？语言是有道理的，但学语言似乎是不必讲很多道理的。有些语言中的冠词和形容词要跟着相关的名词变形，那么，后面的词还没出来，怎么就知道前面的词要变成什么形呢？若是先想好后面的词的性、数、格，再去照样变出前面的冠词或形容词，那样能讲话吗？更不必说长句子了。有些语言的动词是在句尾的，主语和谓语中间可以夹上一大串，动词没出来时不知讲的是什么。是不是想好了后面才讲前面呢？讲出话是线性的一串，但讲话又不是线性的。从一种语言到另一种语言，开头总是格格不入，总觉得人家的舌头和头脑特别，说话别扭无理。那么，有冠词的，无冠词的；代词有性别的，无性别的；哪种更合理？"是吗？""阿是？""是不是？"哪句更有理呢？学语言不费脑筋，不是说不用力气，只是说不必钻研。我于是照他的说法去试教学生，不以课本为主，而以学生为主，使初一的小孩子觉得有趣而高一的大孩子觉得有意思。她们一愿意学，我就好教了。我能讲出道理的就讲一点，讲不出的就不讲，让课本服从学生。我只教我所会的，不会的就交给学生自己，谁爱琢磨谁去研究，我不要求讲道理。我会的要教你也会，还要你学到我不会的。胜过老师的才是好学生。教了一学期下来，我发现四个书店的课本的四种体系，各有各的道理，却都不完全适合中学生学外语之用。处处讲道理，也行；"照本宣科"，谁也会；模仿也能学会外语；但我觉得不如灵活一点，有趣一点，"不费脑筋"，师生各自量力而行。这样试验的结果是学生没有赶我走。老校长大概放了心，没有找我谈什么问题。介绍我去的人后来对我说："起初我是不大放心的。有位朋友说,像你学的这样的英文能教中学吗?我相信你能教,果然教下来了。"实际上我的讲课和改作业不见得不出错,不过总算是教过来了,不能说是"误人子弟"。

我从这段经历认识出了一个三角形。教师、学生、课本构成三个角。教师是起主要作用的,但必须三角间有线联系,循环畅通;一有堵塞,就得去"开窍";分散开,就成三个点了。这又是一个立体的三棱锥,顶上还有个集中点,那就是校长,他代表更上面的政府的教育行政和当时当地的社会要求。在抗战初起时,这个顶尖还顾不得压住下面的三角形的底,"天高皇帝远",所以我混下来了。我趁机又多了解一点当时的各种外语课本体系,这对我的学外语和教外语都有点帮助。随后我又在大学里教第二外语法文。这要利用第一外语,因为前一教员选用的课本是用英文讲的,是外国人编的,体系是外国的,不是为中国人编的。这又有了新的困难,也有方便之处,又得找寻新路子。我两边兼课教了一些时,好比在不同国家之间来回转,进了《镜花缘》。不过我那个三棱锥还是照旧。只要上面的顶尖不压下来,我还是底上的平面三角形的主动一角。

解放后情况大变,不过我还是在教外语的圈子里转,教了一种又一种。我仿佛是打桥牌时用不着的多余的那张牌,在打别的牌时还用得上。我本来是个不合规格的外语教员,能教什么,会教什么,自己也说不上来。我不编课本,仍利用外国人编的,自己只编一点补充教材,不过对那些年年编年年改的其他语言的课本、讲义还有些了解。我仍以为课本只是三角之一角,不可能固定不变,也不必年年修改。需要的是基础教材,灵活运用并作补充。反正没有一种教外语的体系是完全适合中国一切学生的,所以只有靠教师和学生在实践中自己不断创造。看来我的三角形思想还顽固不化，真是不可救药。

对我来说，新发现的问题并不是出在课本的教学体系上，而是出在课本的内容上。本来我一直不觉得这里有什么问题，左右不过是题材、体裁、思想性之类。直到近年来，学外语风气大开，我偶然打开收音机，刚好听到广播日语讲课，正提到首都。我以为是讲日本东京，听下去才知道是讲北京。为什么学日语不讲东京讲北京呢？了解北京何必用日语呢？又有一次听到讲一段对话，也是中国的工人、农民讲中国的工厂、农村。这又何必用日语呢？近来电视台连续开了英语、日语、法语的班，这使我坐在家里也可以参观教学了。我发现这些都是外国人的一套，教的全是外国东西，和我在广播中曾经听到的以及解放后多年来所知道的外语教学内容大不相同。我才明白，三十多年间我们的外语教学都是为对外宣传服务的，所以教的都是自己已经知道的东西。所谓听、说、写、读、译都是指的把我们的话翻译成人家的，好像旅游的向导一样。不会把中国东西用外语讲出来就是不会外语。至于外国东西呢？那自有专门研究外国的机构和人才去关心。何况外国除了社会主义国家和资本主义国家中的无产阶级著作家以外，很难找到没有形形色色的资产阶级思想感情的，自然不适合作为教材向学生进行教育；若作为批判材料，不用说决不能多，而且必须提防副作用。由于我的教学还在五十年代，而六十年代前期教的又是外国古文，所以并不觉得有什么问题。现在一看今天外语教学，才恍然悟出这里面大有文章。好比贸易的进口和出口或则借方和贷方一样，只偏于一边就难于平衡了。可是两边并重又怎样教学呢？电视中的外语教学背后都有教学法理论体系和实践经验，但是用来教现在的中国人恐怕还是试验。从前忙于学我们的事情和说法如"双百方针"等怎么用外国话讲，不管外国人自己讲什么。现在像电视中的《学日语》教中国留学生怎样适应日本环境,《法语入门》教人到法国去怎样适应。这是不是能适应普通中国人呢？这是教中国人到外国去上学或旅游,是他们的出口货。可是对我们不去外国的人说,除增加常识外,不经实践,学得会吗？从只讲中国到只讲外国,从大讲语法到大讲口语,是不是从一个极端跳到另一个极端呢？我们的外语教学是不是只培养单方向的翻译呢？

事实上,学习的具体目的才是主要的,其他都附属在这上面。现在我好像发现了前面说的三棱锥的核心是学习目的。教本国人外国语和教外国人本国语的内容、方法都不相同,但都要服务于各自的目的。一套外语课本的中心是其目的,由此决定其体系。所有的外语课本都是文化内容,选什么内容要看其教学目的。是否能达到目的还要看所预定的使用者(师、生)的凭借。因为知识和能力是有层次的积累的系统,不会是凭空而来的。无论语言和文化都只能在原有的基础上增加或改变。学外语是接触第二种语言和文化,有意无意都得结合第一种。接不上头,从头学起,不注意文化内容,会有无从下手和摸不着头脑之感。这在学第三种语言即第二外语时尤其明显。若是两种外语属于一类语系和文化,那就容易得多。例如有几本从英文学德文的课本,几十年前编的,只讲不同于英语的德语特点,十几课后就是连续读物。有一本是印度人编的,四十年代初出版,标明"特快"。目的明确,是为会英语的人学看德语书。语法不多,练习不少,可以自修。课文分别文科、理科,选用材料不同,直截了当,所以"特快"。它强调的应用就是阅读原文,大量练习。这种"单打一",不但要求外语的凭借,还要求文化的凭借,所以文科和理科分开,学起来入门更快。这些都是过时的旧书,这里不是推荐，只是举例。

学本国古文其实和学外国语文类似，也不仅是语言问题。本国古人同外国今人都有许多看法、想法、说法和今天的我们不同。这是由于思想文化背景和"语境"不同。有凭借能和内容接上头，剩下的语言裂缝容易弥合。若内容不接头，只攻语言形式，很难深入，持久。因此读古书和外国书有同样难处。看起来读书是从形式达到内容，其实往往是从内容达到形式。学外语若没有文化内容（包括思想、知识）的准备，只学形式，往往事倍功半，半途而废。除非小孩子，可以形式内容两样同时学，因为他还没有"底"。硬背和模仿帮不了很久的忙。外国影片配音还需要有个导演，许多话还不见得都能照原样。实际上，我们在自己语言中已经学了不少外国语，例如科学、哲学、物理、化学，甚至新闻、出版、文化、广播、信息等等词，还有不少长句子和习惯说法。如"你好"、"再见"之类，我们从前不这样说，古时只有"喏喏"、"告辞"，再古，又不一样。若外国词语积累得多，又习惯于外国文化中的一些说法以至想法，学起外语来就会比较容易；同外国人"对话"也会较容易了解人家并使人家了解自己；否则会好像讲的是一样的话，其实还是聋子对话，各讲各的，未必互相了解。读书也是一样。学数学和理、工科的能看本行的几种外语的书不是什么大难事。也许除了文学作品较复杂以外，其他都可以先从本国语中学外语。据我看来，成人和青年学现代外语都最好在本国语言中学点现代外国文化，预作准备。

年逾古稀，所学多半遗忘，无知妄谈，恐怕连"野人献曝"也算不上吧！

（一九八五年）

奥卡姆剃刀

老来随手乱翻书，随看随忘，又随时有点感想，多是陈年古话，说出来可供年轻人一乐，信不信由你。

这本《春秋左传学史稿》字很大，便于老人随手翻阅，生些遐想。沈玉成、刘宁父女合著此书，十二章中后四章讲清代及现代的左传学是女儿写的。刘著书时是一个二十来岁的大学生，能花费这样大的劳力和心思写出十万言的四章书，广搜资料加以排比评论，虽有父亲指导，也是不容易的。不免多看几眼，又想谈几句。

书中引《诗经》句中有个字印成盐字的繁体，实是另一字，从"古"而非从"卤"。钱穆的《刘向刘歆父子年谱》，"谱"印成"表"。用"形式逻辑"和"模糊数学"不准确，这是现在常见用法。引用国际上研究只有陈旧的高本汉的书，不知查过袁同礼编的近几十年外国汉学论著目录没有。作者刘宁论述三顾（顾炎武、顾栋高、顾颉刚）和左传学中其他重要人物都有自己的意见和说法。最后一章说到现代，有那么多长辈先生，自然比前面讲清代古人更难，但也不仅排比且有评议。不过讲辨伪而说了一通曹雪芹的像和诗的近人近事，以今例古，似可不必。结论是这类争执应当结束，说得很好，但未明白说出如何结束。左传学历时一千几百年，有多少是探讨《左传》本身内容意义的？试用当代新解说的有几个？这和"红学"相仿。该结束的不断，该创造并发展的不兴，无可奈何，何止这两学？

啰嗦半天，我要谈的不是左传学，不过是书中两次提到的"科学方法"。她先说，"历史考证法的始倡者是胡适"。又说，"自胡适将这种自然科学的研究法则用之于中国的社会科学开始"。这是把顾颉刚的"提出了大胆而科学的假说"认做"发端于近代自然科学研究的归纳和假设"，把胡适所说的"大胆假设，小心求证"当做他所提倡的"科学方法"。这里面有误会，正和有些人把胡适的"实验主义"当做杜威的实用主义类似。虽然胡适自己这样说，但我觉得杜威的哲学很难懂。他虽来中国作"五大讲演"，由胡适翻译，但在中国起作用的还只是他的教育思想，由他的另外弟子改造应用而流行。中国的实用主义有自己的传统，不是杜威的美国式。胡适的"实验"往往是他的《尝试集》中说的"尝试"，不是科学实验。他所谓"求证"不等于数学物理的证明和推导，也不是可以重复对比的实验，不定量，也没有操作规程，尽管考据早有一些不成文的严格规定，但向来并不严格被人遵守。

科学方法的形式很多，原理原则也不止一条，但只要是科学，其出发点就只能是同一个。出发点不同也很有效的方法不能说没有，但不必叫做科学方法。科学指的是近代科学，特别是，但不限于，以自然界为研究对象的科学。下面抄几位科学家自己的说法。

伽利略无疑是近代科学的创始者。他在《两门新科学》中写出三个人的生动对话。他说："我的目的是提出一门新科学来处理一个很古老的课题。"他用问答方式讨论并且解说了他的观察实验和发现，不是出发于"假设"，更不是先要打倒亚里士多德才"假设"重物不比轻物落地快。

牛顿更是不可否认的科学家。他有一句名言便是"我不杜撰假说"。尽管"杜撰"的原文拉丁字 fingo（feign）还可以有别译，但万有引力断然不是从"大胆假设"得来的。牛顿的这句话的全文是："直到现在，我还未能从现象（观察和实验）中发现重力之所以有这些属性的原因，而且我不杜撰假说。"（参看《牛顿自然哲学著作选》，上海人民出版社一九七四年版）牛顿在《光学》中较详细地说明他用的方法："在自然科学里，应该像在数学里一样，在研究困难的事物时，总是应当先用分析的方法，然后才用综合的方法。这种分析法包括实验和观测，以及通过归纳法从中作出普遍的结论。……在实验哲学中是不应该考虑什么假说的。……用这样的分析方法，我们就可以从复合物论证到它们的成分，从运动到产生运动的力，一般地说，从结果到原因，从特殊原因到普遍原因，一直论证到最普遍的原因为止。这就是分析的方法。而综合的方法则是假定原因已经找到，并且已把它们立为原理，再用这些原理去解释由它们发生的现象，并证明这些解释。……"（《物理科学的概念和理论导论》中译文，人民教育出版社，一九八三年版）

笛卡儿是近代思想的开山祖师，是发明解析几何的数学家。他开创了一种以在逻辑推导中极为方便的符号语言来表示几何形状和物理过程的强有力的数学方法。他的著名的《方法谈》的开头两章说明他的思想历程和他在二十三岁时所达到而且开始运用的方法，联系到这方法与几何、代数、算术相关的数学意义。他列举的四条最先完整地表达了近代科学思想方法的出发点，不可断章取义。它也不是包括全部，更非没有缺点，只是出发点。以后的许多发展都不是另外有什么出发点。这大概已成为科学界的常识不需要有人再提了。他说的四条的大意是：第一，不接受任何不能由理性明确认为真实的东西。第二，分析困难对象到足够求解决的小单位。第三，从最简单容易懂的对象开始，依照先后次序，一点一点一步一步达到更为复杂的对象。第四，要列举一切，一个不能漏过，才能认为是全面。简单说就是：一、审查依据。二、将复杂对象解析到简单才着手。三、由简单逐步引向复杂。四、要求全面。这四条合起来很可能就是我们平常不自觉的接收、分析、综合、理解外来信息的自然程序。不过是脑中运转极快成为习惯，所以不觉得。这是脑中的抽象转换过程。是不是和笛卡儿的通连几何图形及代数符号的解析几何也有相通之处？是不是连所谓电脑也是如此？

《方法谈》在三十年代已有汉译，现在又有新译，不过我劝读者参看法文原文，或是英文或其他欧洲语言的译文，只看前两章到他讲几何代数算术部分就可以，不是研究笛卡儿。文很短，不过万言吧，很有趣。因为全文开头第一个词至今我也没想出汉语中有什么相对等的词（"理性"的俗语说法），所以劝大家参照原文。他和伽利略、牛顿写的都是三百年以前的文，用词有些古老，但并不难懂。

这种科学方法的出发点在自然科学以外也多被应用，成果辉煌。我想举两个毫不相似的例证，只论学术方法。一个是《资本论》，笛卡儿四条全合，且和牛顿、伽利略相同。一、排除不可靠的说法。二、将资本分析到最简单的单位，商品，再解剖其中的价值和劳动。三、从此开始一步步引向最复杂的资本主义社会结构及其运转。四、任何一点也不漏过。看马克思自己的第一卷第二版《跋》就可知道。马克思也是数学家。另一个是王国维。他的一些古史考辨文章之所以成功而为人称道也是不离这个出发点。因此，他用之于新开辟的园地和对象，无论是甲骨文献、蒙古史地、宋元词曲，都可以有创获，一新耳目。恐怕他是得力于读康德，受了那种思维方式的影响。康德也是科学家，提出过天文学的星云说。

从三百多年前的这个出发点到二十世纪初期，特别是到第二次世界大战以后，科学方法大有发展，都没有离开，更不是违反这个出发点。尼采、柏格森等人不用这种方法，他们也不说自己用的是科学方法。泰戈尔明明白白反对科学的割裂、分析、抽象，而主张对宇宙人生直观亲证整体，复归自然。他当然不说"亲证"是科学方法。他要求具体，反对科学的抽象。胡适的"大胆假设，小心求证"不是牛顿说的分析方法，倒像是牛顿说的综合方法，从想当然的原理（假设）出发，先"假定原因已经找到，并且已把它们立为原理"（牛顿，见前引文）。顾颉刚也是这样。郭沫若研究甲骨卜辞自己说为的是给恩格斯的既定原理加些证明，其实也许更为的是参加当时苏联和中国的社会史论战。所以陈独秀的《实庵字说》就和他针锋相对。同一原理，同一资料，结论大不相同，这是先有了结论分属"两大阵营"之故。两人用的方法并无不同，出发点不是笛卡儿、牛顿、伽利略的。

欧洲中世纪有个著名的"奥卡姆剃刀"。英国奥卡姆的威廉是十四世纪的经院哲学家。他提出所谓"思维经济原则"，名言是"如无必要，勿增实体"。所谓"实体"即"共相""本质""实质"等可以硬加上去的经院哲学的抽象普遍概念。他主张唯名论，只承认一个一个的确实存在的东西，反对唯实论，认为那些空洞的普遍性概念都是无用的累赘废话，应当依此原则一律取消。这句名言和这一原则被称为"奥卡姆剃刀",被教会认为异端邪说。他被捕后越狱逃出,逝世后留下了这把"剃刀"。现在凡事讲求效率,思想也要"经济",恐怕有不少古人古书需要"剃头"。《左传》真伪和层累历史问题就可参照现代阐释学方法来解说。作研究首先需要考察所问的是不是经院哲学式问题,不会有一个答案,或者是在《圣经》里及教会中早已有了答案。所有无谓的多余的空话废话可以一刀剃去。剃不动不要紧,那是另一回事。胡子太硬,而且有些胡子还是必要的。现在不是要结束,是要另行开始。要有王国维,但不是拖着辫子去投湖。

这本左传学史是父女合作的书。屠格涅夫发表《父与子》至今已有一百多年,此时两代人怎么样了?子女可以接着父母的路走,但不必跟在父母后面走。走路要先问什么路,什么方向,怎么走,记住无形中有一把剃刀被历史愈磨愈快。

(一九九三年)

约伯与浮士德

甲 《圣经·旧约》里约伯的故事，你以为怎么样？上帝和魔鬼打赌，让魔鬼去折磨约伯以证明他对上帝的忠诚，未免太荒唐了吧？

乙 不可冒犯上帝。正邪不能平等，怎么能打赌？那是考验。《约伯记》里不是明明白白说："上帝所惩治的人是有福的"吗？考验你吃苦，受冤屈，就是看重你。孟子不是也说："天之将降大任于斯人也，必先苦其心志，劳其筋骨……"

甲 别背下去了。我知道中国的天就是上帝，但还是不明白。约伯被剥夺了财产、亲人和健康。他诅咒自己时，三个朋友来劝慰他。那三场对话是精彩的诗剧。朋友要求约伯认罪，认为上帝是在惩罚他。约伯不承认自己有罪。又有第四个人出来歌颂上帝公平又因为那三个人未能折服约伯而发怒。结果是，约伯信仰上帝不动摇，魔鬼失败，上帝恢复了约伯失去的一切，命令那三个朋友给约伯送礼。这是怎么回事？我实在不懂。也许是我记错了？了解错了？

乙 读这类"圣书"，除好奇求知外有三种态度。一是信仰，二是欣赏文学，三是研究历史。谁跟你去讲道理？讲道理是神学，不离信仰。看来你还没有分别上帝和魔鬼。你看不出双方依据的是两条不同的原理。那三位朋友不知不觉用了和魔鬼相同的原理议论上帝，自然不对。你也危险。

甲　你的话使我更加不懂了。我看不出双方的不同原理。

乙　你以为上帝和魔鬼打赌，这就是说，双方在平等地位上作公平交易，等价交换，以约伯的态度定输赢，这就错了。这是魔鬼的原理。约伯信奉上帝。魔鬼认为这是因为上帝给了他财富、子孙和健康，所以他以信仰回报。若没有好处，他就不信了。这就是依据平等交换原理。上帝授权魔鬼去一层又一层剥夺约伯所有的一切，只是不准伤害他的性命。这不是打赌，是考验约伯，证明魔鬼的原理错误。双方不是处在平等的地位上，否则魔鬼就不需要上帝允许了。权在天上的上帝一方，魔鬼只能照他自己说的在地上游荡。

甲　那么，三位朋友又是怎么回事？

乙　他们要求约伯认罪，这就是认为上帝的惩罚必是对着罪恶。这仍然是平等交换原理，正和魔鬼同路，所以第四人认为他们错。约伯明白上帝的原理，对上帝无限忠诚，无限崇拜，所以只是诅咒自己。信仰是不能讲条件的。雨露雷霆都是上天的恩德，"天下无不是的父母"。"君要臣死，臣不敢不死。父要子亡，子不敢不亡。"这里没有什么道理可讲。"五四"时讨论"孝"。胡适说，父母不要放高利贷，让子女还一辈子债。子女也不要做白吃不付账的主顾。这是地道的市场交换原理，对忠孝不适用，也不适用于"以服从为天职"的军人，当然更不合乎宗教，包括拜金钱教。

甲　你这样一说，我有点开窍了。我来推演一下你的说法。魔鬼在欧洲中世纪还有一件传说，由德国诗人歌德编写成著名诗剧。我说的是浮士德博士和魔鬼订契约的事。浮士德本是巫师，后来被写成有学问有思想的人。他的追求永远不得满足，便和魔鬼订立契约，规定一旦他满足了愿望，自认幸福，他的灵魂便归魔鬼所有。于是浮士德在魔鬼帮助下再成为青年，再活到老年，经历了无数荒唐事，随心所欲，无往不利，最后才在为公众谋福利成功时满足了。大诗人歌德把浮士德的这一生描画得有诗情，有哲理，真不愧为世界名著。不过浮士德的灵魂没有照契约规定属于魔鬼。上帝进行干预救出了浮士德。契约有效，上帝更有效。上帝不必对魔鬼讲信用。上帝永远正确。魔鬼永远是失败者。平等交换的契约是受上帝制约的。

　　乙　你是不是又要说，魔鬼的存在是为了证明上帝的伟大？那又错了。信仰，崇拜，是不需要讲道理证明的。讲道理的前提是各方平等。平等起源于市场交换，然而事实上从来没有过无条件，独立不受干预、全面的平等。卢梭作《社会契约论》、《人类不平等的原因论》，想得太天真了。"此山是我开……留下买路钱。"举刀做买卖，平等不平等？

　　甲　我们这样谈《圣经》，谈伟大名著，乱发议论，是不是不妥当？

　　乙　你提醒了我。我们有多大的学问见识？算得了什么？自己渺小而闲话伟大，自然是不对，快闭嘴吧。约伯的信仰，浮士德的怀疑，和我们有什么相干？

（一九九五年）

读书·读人·读物

读书·读人·读物

据说现在书籍正处于革命的前夕。一片指甲大的硅片就可包容几十万字的书，几片光盘就能存储一大部百科全书；说是不这样就应付不了"信息爆炸"；又说是如同兵马俑似的强者打败病夫而大生产战胜小生产那样，将来知识的强国会胜过知识的弱国，知识密集型的小生产会胜过劳动力密集型的大生产。照这样说，像过去有工业殖民地那样会不会出现"知识殖民地"呢？这种"殖民地"是不是更难翻身呢？有人说目前在微型电子计算机和机器人方面已经有这种趋势了。从前农业国出产原料廉价供给工业国加工以后再花高价买回来，将来在知识方面会不会出现类似情况呢？不管怎么说，书是知识的存储器，若要得知识，书还是要读的，不过读法不能是老一套了。

我小时候的读书法是背诵，一天也背不了多少。这种方法现在大概已经被淘汰了。解放初，有学生找我谈读书方法。我当时年轻，大胆，又在学习政治理论，就讲了些什么"根据地""阵地战""游击战"之类的话。讲稿随后被听众拿走了，也没有什么反应，大概是没多大用处，也没有多大害处。后来我自知老经验不行了，就不再谈读书法。有人问到，我只讲几句老实话供参考，却不料误被认为讲笑话，所以再也不谈了。我说的是总结我读书经验只有三个字：少、懒、忘。我看见过的书可以说是很多，但读过的书却只能说是很少；连幼年背诵的经书、诗、文之类也不能算是读过，只能说是背过。我是懒人，不会用苦功，什么"悬梁"、"刺股"说法我都害怕。我一天读不了几个小时的书，倦了就放下。自知是个懒人，疲倦了硬读也读不进去，白费，不如去睡觉或闲聊或游玩。我的记性不好，忘性很大。我担心读的书若字字都记得，头脑会装不下；幸而头脑能过滤，不多久就忘掉不少，忘不掉的就记住了。我不会记外文生字；曾模仿别人去背生字，再也记不住；索性不背，反而记住了一些。读书告一段落就放下不管，去忘掉它；过些时再拿起书来重读，果然忘了不少，可是也记住一些；奇怪的是反而读出了初读时没有读出来的东西。忘得最厉害的是有那么十来年，我可以说是除指定必读的书以外一书不读，还拼命去忘掉读过的书。我小学毕业后就没有真正上过学，所以也没有经历过考试。到六十岁以后，遭遇突然袭击，参加了一次大学考试，交了白卷，心安理得。自知没有资格进大学，但凭白卷却可以。又过几年，这样不行了，我又捡起书本来。真是似曾相识，看到什么古文、外文都像是不知所云了。奇怪的是遗忘似乎并不比记忆容易些。不知为什么，要记的没有记住，要忘的倒是忘不了；从前觉得明白的现在糊涂了，从前糊涂的却好像又有点明白了。我虽然又读起书来，却还离不开那三个字。读得少，忘得快，不耐烦用苦功，怕苦，总想读书自得其乐；真是不可救药。现在比以前还多了一点，却不能用一个字概括。这就是读书中无字的地方比有字的地方还多些。这大概是年老了的缘故。小时候学写字，说是要注意"分行布白"。字没有学好，这一点倒记得，看书法家的字连空白一起看。一本书若满是字，岂不是一片油墨？没有空白是不行的，像下围棋一样。古人和外国人和现代人作书的好像是都不会把话说完、说尽的。不是说他们"惜墨如金"，而是说他们无论有意无意都说不尽要说的话。越是啰嗦废话多，越说明他有话说不出或是还没有说出来。那只说几句话的就更是话里有话了。所以我就连字带空白一起读，仿佛每页上都藏了不少话，不在字里而在空白里。似乎有位古人说过："当于无字处求之。"完全没有字的书除画图册和录音带外我还未读过，没有空白的书也没见过，所以还是得连字带空白一起读。这可能是我的笨人笨想法。

我读过的书远没有我听过的话多，因此我以为我的一点知识还是从听人讲话来的多。其实读书也可以说是听古人、外国人、见不到面或见面而听不到他讲课的人的话。反过来，听话也可以说是一种读书。也许这可以叫做"读人"。不过这决不是说观察人和研究人。我说的是我自己。我没有那么大的本事，也不那么自信。我说的"读人"只是听人说话。我回想这样的事最早可能是在我教小学的时候。那时我不过十几岁，老实说只是小学毕业，在乡下一座古庙里教一些农村孩子。从一年级到四年级都在大殿上课，只有这一间大教室。一个教师一堂课教四个年级，这叫做"复式教学法"。我上的小学不一样，是一班有一个教室的；我的小学老师教我的方式这里用不上。校长见我比最大的学生大不了多少，不大放心，给我讲了一下怎么教。可是开始上课时他恰恰有事走开了，没有来得及示范。我被逼出了下策，拜小学生为老师，边教边学。学生一喊："老师！先教我们，让他们做作业。"我就明白了校长告诉的教学法。幸而又来了两位也不过二十岁出头的教师做我学习的模范。他们成了我的老师。他们都到过外地，向我讲了不少见闻。有一位常在放学后按风琴唱郑板桥的《道情》，自己还照编了一首："老教师，古庙中，自摇铃，自上课……"这一个学期我从我教的小学生和那两位青年同事学到了很多东西，可是工资除吃饭外只得到三块银洋拿回家。家里很不满意，不让我再去教了。我觉得很可惜。现在想起来才明白，我那时是开始把人当作书（也就是老师）来读了。现在我身边有了个一岁多的小娃娃。我看她也是一本书，也是老师。她还不会说话，但并不是不通信息。我发现她除吃奶和睡觉外都在讲话。她发出各种各样信号，不待"收集反映"就抓回了"反馈"，立刻发出一种反应，也是新信号。她察颜观色能力很强，比大人强得多。我由此想到，大概我在一岁多时也是这样一座雷达，于是仿佛明白了一些我还不记事时的学习对我后来的影响。

我听过的话还没有我见过的东西多。我从那些东西也学了不少。可以说那也是书吧，也许这可以叫做"读物"。物比人、比书都难读，它不会说话；不过它很可靠，假古董也是真东西。记得我初到印度时，在加尔各答大学本部所在的一所学院门前，看到大树下面有些大小石头，很干净，像是用水洗过，有的上面装饰着鲜花。后来才知道这是神的象征。又见到一些庙里庙外的大小不同的这样的神像石头以后，才知道这圆柱形石头里面藏着无穷奥妙。大家都知道这是石头，也知道它是像什么的，代表着什么，可是有人就还能知道这里面有神性，有人就看不出。对于这石头有各种解说。我后来也在屋里桌上供了一个这样的石头，是从圣地波罗奈城买来的。我几乎是天天读它，仿佛学习王阳明照朱熹的"格物"说法去"格"竹子那样。晚清译"科学"一词为"格致"，取《大学》说的"格物致知"之意。我"格物"也像王阳明一样徒劳无功，不过我不像他那样否定"格物"，而是"格"出了一点"知"，觉得是应当像读书一样读许多物。我在印度鹿野苑常去一所小博物馆(现在听说已扩大许多倍),看地下挖出的那些石头,其中包括现在作为印度国徽的那座四狮柱头,还常看在馆外的断了的石柱和上面的刻字。我很想明白,两千多年前的人,维持生活还很困难,为什么要花工夫雕刻这些石头。我在山西云岗看过石窟佛像,当时自以为明白其实并不曾明白其中的意义,没有读懂。我幼时见过家里的一块拓片,是《大秦景教流行碑》,连文字也没有读懂。读《呐喊·自序》也没明白鲁迅为什么要抄古碑。有些事情实在不好懂。例如我们现在有很多博物馆,却没有听说设博物馆专业和讲博物馆学,像设图书馆专业和讲图书馆学那样。有的附在考古专业里,大概只讲古,不讲今。听说南京大学和杭州大学有,但只是半个,叫做"文博"(文物考古和博物馆?)专业。北京大学曾有过半个,和图书馆学在一起,不知为什么取消了。我孤陋寡闻,不知别处,例如中山大学,还有没有。我们难道只是办展览会把古物、今物给别人去读么?可见"读物"不大被重视,似乎是要"物"不要"读","读物"不如读书。记得小时候一位老师的朋友带给他一部大书看,说是只能当时翻阅,随即要带还原主。老师一边翻看,一边赞叹不已。我没见过那么大的书,也夹在旁边站着看。第一页有四个大篆字,幸而我还认得出是《西清古鉴》。里面都是些古董的画。我不懂那些古物,却联想到家中有个奇怪的古铜香炉,是我哥哥从一个农民那里花两块银洋买来的,而农民是耕地耕出来的。还有一把宝剑,被人先买走了。我想,如果这些刻印出来的皇宫古物的画都得到老师赞叹,那个香炉若真是哥哥说的楚国的东西,应是很有价值了。我却只知那像个青铜怪兽,使我想到《水浒》中杨志的绰号"青面兽"。我家只用它来年节烧檀香。这个香炉早已不知何处去了。我提到这个,只希望不再出现把殷墟甲骨当作龙骨,当药卖掉,吃掉;只想说明到处有物如书,只是各人读法不同。即便是书中的"物"也不易读。例如《易经》的卦象,乾、坤等卦爻符号,不知有多少人读了多少年,直到十七世纪才有个哲学家莱布尼兹,据说读了两年,才读出了意思。这位和牛顿同时发明微积分的学者说,这是"二进位"数学。又过了两百多年,到二十世纪四十年代才出来了第一台电子计算机,用上了我们的祖宗画八卦的数学原理。听说《河图》《洛书》中的符号在外国也有人正在钻研,有些是科学家、工程师,是为了实用目的。读《易经》《老子》的外国人中也有科学家,各有实际目的,不是无事干或为了骗人。物是书,符号也是书,人也是书,有字的和无字的也都是书,读书真不易啊!我小时念过《四时读书乐》,到老了才知读书真不易。

从读书谈到读人、读物,越扯越远,终于又回到了读书。就此打住。

(一九八四年)

读书——读语言世界

我从小到老学语言,一种又一种,兴致不衰,但是没有一种可以说是真正学会了,自己嘴上讲的和笔下写的中国话也在内。语言究竟是怎么回事?越学越糊涂。就广义说,语言是交流信息的工具。那么动物也可以说有语言,甚至植物也在互相通过香气之类中介交流信息。太阳、星辰、河外星系都在不断地向我们发信息。但是语言总是指人类的语言,这不仅仅是中介或工具。人类社会创造了商品,却又产生所谓"商品拜物教"。是不是有"语言拜物教"?不敢说。人能创造工具,但工具一被创造出来,它就独立于人之外。好像上帝创造了人以后,或则说人创造了上帝以后,被创造者就不完全服从创造者,创造者就不能完全认识被创造者了。于是被创造者往往还会支配无知的创造者,创造者会受被创造者支配而自己不知道。这个创造者和被创造者(创造物)的关系是人类对自己所创造的世界的关系,也是自然界对自己内部创造出来的人类的关系。人类语言是特殊的工具,是特殊的通讯工具,是特殊的交流信息并能指使行动的中介。一个人对自己讲的话也不能知道它的全部意义,就是说,只能知道自己所要表达的意思,不能完全知道别人听了以后所理解的意思。一句话讲出以后就不属于讲话的本人了,也就是独立出去了。这好像人类创造了生产力和生产关系但不能由自己意志去支配它们一样。浮士德召了魔鬼来,就得受魔鬼支配。问题在于他和魔鬼之间订下的是什么契约。这往往自己也不知道。语言也可以说是这样一个魔鬼。到现在我们还没有弄清楚,究竟和它订下的是什么样的不可违抗的契约。弄清楚了,我们便能支配魔鬼了,也算是得救了吧?

我小时候读过梁启超在小说《新中国未来记》中译的拜伦的《哀希腊》诗的一段,至今还记得:

马拉顿山前啊,山容缥缈。
马拉顿山后啊,水波环绕。
如此好河山也应有自由回照。
难道我为奴为隶今生便了?
不信我为奴为隶今生便了!

如独立于其外的世界那么大,但它总是比任何一个人所能感觉到的世界大。每一个人都在一个或大或小的语言世界之中。彼此处在一个共同世界中,但各自的世界却是交错的,不是等同的。缺少听说语言能力的人、动物、植物以至无生命的物体之间的交互传达信息关系不属于人类语言这个层次。对一般人来说,一个人既生活在一个现实世界中,又生活在一个大家共同而又各有不同的语言世界中,无论如何出不去,自己困住了自己。不可言说的世界也是不可思议的世界,是另一回事。

语言化为文字,换了符号,成为文本或一本书,又出现了另一个语言符号世界。书本世界不能完全符合口语世界。书本被创造出来以后自成一个世界，自有发展并且限制了进入其中的人。人进入书本世界以后常常通过书本认识世界，和通过语言认识世界一样。这个世界对一个人来说也是可大可小的。它不是一个人单独创造的，也不是人人相同的。

　　人类除现实生活的世界外还能通过自己的创造物认识世界。人所创造的通讯（交流信息）中介不仅有语言和书本，还有艺术和数学等，各自构成不同的世界。语言和书本的形态也不止一种，所以可以说一个人可能生活在几个世界中，确切些说是在他所认识到的几个世界中。当然这几个世界都出于一个世界，但又和那原始的世界不同。一个小孩子和一个天文学家同时看的天是一个，但两人所认识的天彼此大不相同。小孩子只见到一个天，天文学家见到了两个天：一个和小孩子所见的一样，另一个不一样。讲共同的天的语言彼此才能通信息。天文学家讲天文的语言，小孩子不懂，他还没有进入那另一个世界。艺术和数学等等也是这样。不同的语言说着不同的世界，或则说是宇宙的不同世界形态。所有的各种世界本身都是开放的，但你没有进入那个世界，它对你就是封闭的，似存在又不存在，没有意义，你从中得不出信息。任何人都能看见一个数学公式，但只有进入那个数学领域的人才认识那个公式，其他人只见到一排符号，站在无形的封闭的世界外面，不得其门而入。

　　由此可以说读书是读一个世界，读一个世界也好像读一本书。后一句怎么讲？是不是可以这样说：看一本书要知道它的意义，也就是书中的世界。读世界也要知道它的意义，也就是这个感觉所得的世界中的世界。这同听人说话一样，不止是听到一串声音，还要知道其中的意义。若是听到自己所不懂的语言，那就不懂意义，收不到信息，或则说是没有进入其中的世界。认识一个人也是这样。对不认识的人只知道外形,对认识的人就知道他的或多或少的事,也就是这个人的世界。严格说这只是自己所知道的那一部分,是自己组合起来的那一部分,不是那个全人。因此听话、读书、认识世界都不能不经过解说。看一幅画和听一支歌曲也是同样。这都要经过解说而进入一个世界,也可以说是由自己的解说而造成一个世界。解说不能无中生有,所以有来源,有积累,有变化,也可以不止一种。这些都可以用读书来比譬。从一个个字和一个个句子结合读出整个文本的内容,也就是由解说构拟出一个世界。有各种各样语言(口语、书面语、数学语言、艺术语言等),有各种语言的世界。我们都生活在一个多层次世界中;有的人的世界层次少,有的人多。

我幼年时到手的书都看,老来才明白这是对五花八门的世界发生好奇心,想通过书本进入一个又一个世界。几十年过去了,仍然觉得不得其门而入,却还是想由读书去读各种世界。这真是如《楚辞》的《九章·涉江》开头所说:

> 余幼好此奇服兮,年既老而不衰。

可惜我把语言世界、书本世界、艺术语言世界、数学语言世界、感觉所得的现实生活世界等弄混淆了,没有分别不同层次,只知其同,不知其异,更没有知道解说的重要,不知道所知的世界是个经过解说的世界,好比经过注释的书,而且对解说也还需要经过解说。由此我一世也未能解开世界的九连环,不知道这个连环的整体。我只明白了所处的是一个不能不经过解说的隐喻世界。

(一九八九年)

闲话天文

近年来翻印古书和翻译古书忽然流行，早已超过了《四库全书》时代。可是讲怎么读古书的还很少。是不是大部头古书只为包装摆起来好看？谁有那么多时间读古书？赏鉴古董？"博览群书"只怕是属于有电视电脑以前的时代，不属于现代或者"后现代"了。

不过有书就会有人读。现在人读古书和一百年以前古人读古书不会一样。现在人有些想法是古时人不会有的。我想起一个例。

清初顾炎武的《日知录》大概是从前研究学问的人必读的。记得开篇第一条便是"三代以上人人皆知天文"，举了《诗经》的例证。现在人，就说我罢，读起来就有些看法，是八十多年前离开世界的我的父亲想不到的。我想的是什么？

顾老前辈是明末清初的人，自命遗民，怀念前朝，自然更多今不如昔的复古之情。夏商周三代以上是圣人尧舜治世，是黄金时代。夏朝有治水的大禹，周朝有演周易八卦的文王和制礼的周公，当然是后代赶不上的。那时人人都知天文，不分上等下等男人女人，真正是"懿欤休哉"的盛世。但我想，古人没有钟表和日历，要知道时间、季节、方位，都得仰看日月星辰。"东方红，太阳升。"日出在东方，是早晨，永远光明。日落在西方，是黄昏，接近黑暗。"日出而作，日入而息。"作息时间表是在天上。"人人皆知天文"，会看天象，好像看钟表，何足为奇？现在是"六亿神州尽舜尧"。照五十年代统计，全国有六亿人口，个个都是圣人，尧舜也不稀罕了。人人知道，地球是圆的，向东向西都会回原地。古人不知道。

我说这些话当然不是要讲现在人怎么读古书，只是由此想到今天是不是还要人人知道一点天文。古人说的天文只是天象，抬头就可以望见。现在都市兴起，处处是高楼大厦，夜间灯火通明照耀如同白昼，再要仰观天象只有去广阔天地才行。现在说天文也不再是观赏星空，望望银河边上的牛郎织女了。三十年代我在北京还能够看星空认星座谈天文。过了六十年，不但看不到星空，天文学也起了大变化。那时我译的《流转的星辰》《通俗天文学》和因抗战未能出版的《时空旅行》都大大过时了。那时的天文学家爱丁顿和秦斯讲宇宙膨胀，写通俗天文学书，我看得津津有味。他们力求普及深奥的新理论，相对论、量子论，现在都是古典了。我也快成为古人了。科学一定要有新知，否则就成为玩古董。现在人看古时人读古时书无论如何也不会摆脱现代人眼光，这是不由自主的。现在的天文学讲大爆炸，讲黑洞，早已脱离古时诗意的广寒宫和北斗七星以及神话的猎户和仙女了。现在的小学生的课本里都有太阳系、银河系的常识了。还需要提倡"人人皆知天文"吗？

不过我仍然认为，至少是读书人，现在也是有点天文常识，看点通俗天文书为好。从我的微薄经验说，看天象，知宇宙，有助于开拓心胸。这对于观察历史和人生直到读文学作品，想哲学问题，都有帮助。心中无宇宙，谈人生很难出个人经历的圈子。有一点现代天文常识才容易更明白：为什么有些大国掌权者不惜花重金去研究不知多少万万年以前发生而现在光才传到地球的极其遥远的银河外星系、超新星、黑洞等等。这些枯燥的观察、计算、思考只要有一点前进结果，从天上理论转到地上实际，就会对原子爆炸、能源危机产生不可预计的影响。最宏观的宇宙和最微观的粒子多么相似啊！宇宙的细胞不就是粒子吗？怎么看宇宙和怎么看人生也是互相关联的。有一点宇宙知识和没有是不一样的。哪怕是只懂小学生课本里的那一点点也好。古时读书人讲究上知天文下知地理，我看今天也应当是这样。不必多，但不可无。

我还想提一点是近代和现代天文学发展历史的通俗化。这会有助于破除流行的不准确认识。例如日心说和地心说是早就有的，困难在于科学论证。哥白尼神父有了第一次大成功，但完成还在开普勒的算出行星轨道。尽管人已能飞出地球，行走在太空，但太阳系里还有不少难题。牛顿对神学是有兴趣的。科学和宗教是两回事。科学可以研究宗教，但不能消灭人的信仰。要用科学实验破除迷信也不容易，还需要破除迷信中的心理因素和社会因素。如此等等。要知道历史事实，知道科学进步非常困难，科学家是会有牺牲的。

我想现在一定出了不少讲新天文学成就的通俗易懂的好书，可惜我不知道。希望读书人不妨翻阅一下，可能比有些小说还要有趣。

一九九六年十一月一日

虚字·抽象画·六法

印度人念咒，中国人画符。印度佛经每部一开头都是"如是我闻"，是听来的。中国人向来轻视"耳食"，嘲笑"以耳代目"，不信"道听途说"，认为"耳听是虚，眼见为实"。印度书籍历来以口传为主，在"贝叶"上刻字较晚，在纸上抄写更晚。印刷书籍十九世纪初才开始。所以晋朝法显去西天取经，居然许多庙里无经可抄，全靠口头传授。中国人从刻甲骨起就写字。竹简和帛书以后，很早发明纸张。晚唐五代已刻板印刷。这两大发明竟不为印度邻居所重视，没有传过去。腓尼基人将埃及象形字变为拼音以后，许多语言全用拼音记录。印度也用拼音字母，形式多样。各地语言照音拼成文字，分歧很多，只有背诵古文基本一致。日本借了中国汉字去也作为拼音字用。唯有中国独传汉字，重形不重音。古今和各地读音不同，一个字可念成几个音，但字形一样。有时念起来听不懂，一看就明白了。《诗经》的《国风》，各地读音不会一样。写下来，未必都经过翻译，就和《周南》《召南》《雅》《颂》没有多大语言差别了。印度的佛经，用巴利语传下来的，在东南亚各国都没有翻译，保留原文。近来有译文，念的仍是原文。中国不同，一进来就译成汉文，除咒语外不念原文。西藏也是传进来就译成藏文。印度的菩萨"观自在",经过中亚一传进中国,便成为"观世音",简化为"观音"。"音"也要"观",中国人很能欣赏。正好配季札观乐(《左传》)。也许是自从画八卦以来,中国人就重形过于重音。东汉已有《说文解字》,而南朝才讲四声,《切韵》到隋朝才定下来,宋朝才有《通志·七音略》。

以上说的情况人人都知道,但注意的人不多。重形象是中国人思想的一种习惯倾向,是心理结构或模式中的一个特点。"抽象"这个词是外来语。记得小时候听说,有人自作聪明,解释"抽象"是从事物中"抽"出一个"象"来,传为笑柄。"对象"也是外来语。总离不开"象",离不开画八卦的老一套。这两个词现在成为普通话,但怎么解释,只怕不但不识字的茫然,连识字的也未必说得清楚。

再举两个外来词。"逻辑",本来译为"名学",后来改为"论理学",终于通行了"逻辑"。据有人解说,这是译音兼译意。"逻"是演译,"辑"是归纳。语源上溯到"逻各斯",仍是译音,种种意译都未通行。"逻辑"已成为中国话,往往有中国用法,向外国话还原会有困难。"理性",据说也是译音兼译意的外来语,好像是从康德那两部书定下来的。什么是"纯粹理性""实践理性"?"理性"就是英文字 reason 的译音,又表示康德哲学中的意义。这本来是普通字,又成为哲学术语。现在变成了中国话,又有了中国用法。"逻辑",忘了是译意;"理性",又忘了是译音。用来用去,仿佛大家都明白,其实很不容易解说清楚。为什么译音?恐怕有一个原因是抽象词难译。我们的思想习惯是喜欢有个"象"。"道"本来是道路。"仁""气"之类本来也都是有"象"的。"先验"在我们一般中国人看来是不可思议的。所以康德那本

《纯粹理性批判》开头说一切知识起于经验,读来正合我意。我们从来都是相信经验,以为过去可以当成未来的。可是第二段引到"先验"就有点隔膜了。以后这也"超越",那也"超越",恐怕能跟着他"超越"过去的人不多。好在他有他的"批判",我们会我们的"批判",照我们的了解来"批判"他就是了。不仅是康德,柏拉图的那个什么"理念",经过种种翻译尝试,不知现在是否已经定下来了。这些例子都是老词,现在又引进了许多新的。不少是从科学技术的词转化的,我们也能广泛运用。往往一篇文章好像是用汉字写成的外国词的组装,却又未必能直接倒回去还原成为外国话。有的文章中,中国思路的外国话不比外国思路的中国话少。有些论中国的哲学、文学、艺术的话很像是外国人说的,却又不像外国话。仿佛出现了一种中外合资的语言和思想,没有化而为一,是联而不合。这是题外话,由讲中外语言思路不同想到的。

再举个例:"存在"这个词是外来词,是非常难办的一个词。在欧洲以及印度的语言里很简单。他们的"是"和"有"是一个字,而这个"有"不兼"所有"的意思。"有"只是"有一个人"的"有"。所以这个最普通的词变成哲学术语对他们也不陌生。哈姆莱特的著名独白开头就是这个字,可难为了中国译者。有种种译法,现在好像是变成"活还是不活","存在还是毁灭"了。汉语的"是"和"有"没有统一起来的词。"有"又有歧义。所以只好译成"存在"。"存"是在时间中继续。"在"是在空间中定位。都不是超脱时空的抽象词。外国的这个本来普通的词原是朦胧、模糊,变成汉文,更加晦涩。什么存在主义,什么"此在",不比当年的"涅槃""佛性""刹那生灭"容易懂。可是外来新词用起来也有方便之处,因为它朦胧、模糊,可以灵活运用。

中国人了解外国人思想，若懂了对方的语言，也许可以比外国人了解中国人思想稍为容易些。我们会中国话，习惯于中国的思想方式，还往往不大说得清楚自己的思想，无怪乎外国人学会了中国话，和中国人打交道或则读中国书，照他们的一套来理解，就往往觉得难懂了。这不妨碍他们喜欢讲《易经》《老子》，因为这也有方便之处，同样是由于朦胧、模糊。

将中国、欧洲、印度、日本的语言和其中的思想习惯比一比，这是一件极有趣味的事情。我们中国人比较知道一点汉语中的思想习惯。我觉得，好像比别的语言思想更为突出不同的是符号性质特强。这引出两方面：一是特别喜欢对偶，对于对偶很敏感。好像代数符号，总有正负两面。二是特别喜欢形象，善于用形象表达抽象。符号有两个基本点：一是能为感觉所知。在这方面，我们重形过于重声。二是由本身引出另外的"意义"。这不仅是外国所谓"隐喻"。这两者是汉字的特点，也是汉语的特点，又是我们思想习惯的特点。符号化的语言和思想，外国不是没有，只是不如中国的强烈、普遍、持久。"言近而旨远"，"因指见月"，是我们的特长。这两句话中也都有对偶，有形象（近、远，指、月）。古今这类例子不可胜举，不限于诗、赋。有兴趣可以从古书一直查到报纸，俯拾即是。"一天等于二十年。""东风压倒西风。"这些不都是我们所喜欢而又容易记住的形象符号的词句吗？

啰嗦一大通，不过是想由此谈谈符号化思想的三点表现。话休絮烦，点到为止。

虚字。这是本身没有独立意义但对其他词或全句有意义的符号。有点像外国话的语尾或介词，但不是附属品。单独指示疑问的"吗、么、呢"符号好像是别的语言中少有的。日文中有个问话尾巴。世界语中有个标示疑问的词,不知创造者柴门霍甫是不是从汉语得到灵感。(世界语数词构造与汉语相同。)印度语中有个词可以加上去使全句变为疑问,可是那个词的本身意义是"什么",并非虚字。《千字文》末尾说:"谓语助者,焉、哉、乎、也。"向来认为,虚字是"助"词,不能独立,用其独立意义时便是另一个字,不是虚字了。其实虚字不是可有可无的助手,往往在全句中有举足轻重的作用。《论语》:"礼云,礼云,玉帛云乎哉?!乐云,乐云,钟鼓云乎哉?!"(《阳货》)"觚不觚。觚哉!觚哉!"(《雍也》)用了那么多虚字。减少一个便会使全句失去意义。"君子人欤?君子人也。"用意全在两个虚字上。"欤"表示不定。"也"表示确定。可以说,虚字是表示抽象意义的符号。《论语》中很多虚字,实中夹虚,接近口语。《易》《老》中几乎不用什么虚字,符号居多,接近数学公式。《易》《老》中所用的"实字"大都和"虚字"类似,是别有用意的抽象意义的符号。孔、孟是讲实事的,所以用虚字在实字中表示抽象意义。"不亦乐乎?""亦有仁义而已矣。""乎"和"而已矣"所指示的意义是很难用普通话一句说出来的。这些是特殊词,是表达抽象意义,如疑又不疑的问、限定等等的符号。"道可道,非常道。"便是确定了表示抽象意义的符号"道"了。从《论语》《孟子》《易经》《老子》的语言、文体也可以窥见其思想模式以至"心态"有所不同。后二者更多断语,更自信,抽象虚字少。所有这些都表示,中国人表达抽象的方式自有特色。

抽象画。据说现在世界上抽象画盛行。中国对此好像是难于引进推行。我看若就"画"的传统一贯的"所指"来说,抽象画自成一类,不必算"画",可称为"意象图"。若将"画"字的意义扩大,凡是色彩(黑白在内)和线条、点、面构成的平面图形,不论表形或表意，都叫"画"，那么，抽象画也算是画的一种。照广义的画说，中国早已有了抽象画，而且很多，很好。一是藻井之类，特别是西藏的许多为外国人赞为神秘象征的"曼荼罗"。这些本是画，不必多说。二是汉字书法。不但篆书和草书，对不认识的人来说，是抽象画，隶、楷、行书也是。中国书法的奥妙，就在于能以图形表达抽象（包括思想、感情），是"意象图"。用刀斧在石壁上顺势凿出的"杨大眼"之类魏碑的字形，也能用毛笔在纸上写出来，成为有特殊美的字，其实就是画。中国字和中国画互相通气。表面上一是抽象的，一是形象的，实际上两者有同一性质，都是符号，一样的"言近而旨远"。若就书法字去求词句的意义，那就好像见画的是苹果便想吃一样了。可是书法又不能完全脱离词句意义。类似画中的形象，词又是帮助了解书法的"画"义所不可少的。例如王羲之的《兰亭序》和颜真卿的《祭侄稿》。文以字而显，字以文而意义更丰富。孙过庭《书谱》中说了他从王羲之的各种帖找出写时的各种心情。这是他对书法符号的一种解说。看字如同看画。单是文章，那就经常是借助于想象而以形象词表达抽象意思了。陆机《文赋》："谢朝华于已披，启夕秀于未振。"若将形象中的抽象意义概括再表达为"承先启后"或则"批判继承"，和原文能一样吗？后者为有限，企图确指；前者为无限，所指边界模糊。诗、文与书、画在中国是通气的，全是以形象表抽象，妙在符号的运用。中国哲学也有同类特点。讲中国书法美学，若参照外国的种种抽象画理论，也许可以有新意。用中国书画理论讲外国画也会同样，难在化为现代语言，更为费力。例如可试用"六法"解"蒙娜·丽莎"。

六法。南齐谢赫的"绘画六法"自张彦远作唐人解说以来，不但千余年有种种解说，而且现在尚有争论（见《美术研究》一九八九年第一期吴甲丰文《解惑篇》)。我也想提一点外行看法。中国习惯，列举一二三四的并不都是平列。(印度也如此。南齐时佛经已来，可以互证。)不但主要的或在首或在尾，而且用字遣词常用符号意义，即由此见彼。说"罕能兼之"也不能证六者平列，而是有总有分，有主有从。吴甲丰文引宗白华之说(《美学散步》)得其要旨。但六句读法尚有分歧。(钱锺书亦有一说。)我以为，若以第一句为总纲，指全局，则所列似可一分为四，读成"一曰：气、韵，生、动是也"。四字不联读，各为当时常用术语，亦即符号。"气"为道家言。"韵"亦自有涵义。程千帆多年前即有《陶诗"少无适俗韵"韵字说》一文(现收入《古诗考索》)，由《世说新语》证晋时流行之"韵"字有"风度""性情"等义，惜未继续研讨。"六法"若首指人物画而非静物画，则"气、韵"并非一事。"气"指人所凭借(形)、"韵"指人所显现(神)。"生、动"二字亦可分开讲。"生"(活的，非死的)指形，"动"(非静的)指神。"形""神"对偶也正是六朝时思想习惯。"气"欲其"生"，"韵"寓于"动"，以后释前，形神交错，如两仪、四象。准此，下句是否可读成"二曰：骨法，用笔是也"。是技法总纲。再以下各句是否亦可将四字一分为二，以后释前？我对美术完全外行，所见极少，不敢置喙。

我越来越觉得中国古人的符号思想，由显见隐，由此及彼，"见微知著"，在古书中处处可见。"寓言十九"不仅《庄子》有，其他书讲理论时也常用故事或史实或形象以表达抽象意义，甚至用词也如此。《庄子》讲庖丁解牛"以无厚入有间"。真谛译印度文中的宇宙构造的最小基本单位(今译解为原子)为"邻虚"(玄奘改译"极微")。两者都可为例证。这不是不立文字的禅宗所独有而是我们的思想习惯。不妨抄一段《论语》："子夏问曰：诗云：'巧笑倩兮。美目盼兮。素以为绚兮。'何谓也？子曰：绘事后素。曰：礼后乎？子曰：启予者商（子夏）也。始可与言诗已矣。"(《八佾》)所引《诗经》的三句都是形象的。孔子和子夏的对答也不是抽象的。可是三者是三件事，如何联得起来？这就是由此及彼，用形象表达抽象，又转为另一形象表达。这正是符号化的语言和思想。《论语》另一处，孔子称许子贡说："赐（子贡）也，始可与言诗已矣。告诸往而知来者。"(《学而》)情况类似。在《论语》中，"学诗"是和"为政"相连的。诗不仅是文学。由此可见，中国人不是不会"抽象思维"，而是用形象语言符号作"抽象思维"。这是思维的一种形态。若将形象化为符号，便可出现抽象的数学公式。中国语言习惯最喜举数概括，如"三纲、五常""三教、九流"之类，亦是符号语言。至于这样的情况今天还有多少存留，那是另一问题了。

（一九九〇年）

文体四边形

《孟子·离娄》中说：

王者之迹熄而《诗》亡。《诗》亡而后《春秋》作。

前一句是叙事加解说，后一句是说事实。《淮南子·氾论》也说《诗》和《春秋》都是"衰世之造"，但没说一个亡而另一个兴。问题是：这合不合事实？为什么《诗》和《春秋》可以作为一条线上的先后相续的相关作品？韵文和散文，诗和史，其间有什么同一性？

《诗》三百零五篇结集以后，确实是再也没有了。《补亡诗》（见《文选》）不能算。传说孔子删《诗》编成定本（将风和颂及大小雅合在一起），作《春秋》。古诗结束，史书开端，确实是在孔子之时，挂在他的名下，时代不错。这两部书一先一后也正是西周、东周两代作品。先诗后散文也合乎文体发展的一般情况。可是散文怎么能代替诗？诗为什么会亡？又为什么会变成纪实的史？是没有"王"就没有《诗》了吗？

《孟子》和《淮南子》两家说法属于同一种解说而有所不同。

可能说的同是《诗》而一个指"盛世"雅颂，一个指"衰世"风谣。再看一下现存的最早书目《汉书·艺文志》，就可以发现正好有四条线各占一边。古人由亲身感受而知道，再由思路的线性习惯而作解说，将诗文画成一条又一条线。现在将几条线列成四边形就很明白。这可算是今天解说古人的解说吧？

《诗》是集子，最早的仅有的文学结集，内分风（南）、雅（小、大）、颂。显然风和小雅是一条线，大雅和颂是另一条线。春秋时出现了史书《春秋》，随即是战国时出现了骚赋，即楚辞。这又是两条线。

《汉书·艺文志》说：《诗》三百零五篇"遭秦而全者，以其讽诵不独在竹帛故也"。诗是口传的，所以烧不掉，禁不绝。又说：《春秋》"有所褒讳贬损不可书见，口授弟子。弟子退而异言"。所以有各家不同传授。又说："《春秋》所贬损大人，当世君臣，有威权势力，其事实皆形于《传》，是以隐其书而不宣，所以免时难也。及末世口说流行，故有公羊、穀梁、邹、夹之《传》。四家之中，公羊、穀梁立于学官，邹氏无师，夹氏未有书。"很明白，《诗》《春秋》和《传》都是口传下来的。《春秋》中批评大人物的话都隐而未说出，免得当时遭难。《传》是背景材料。

《诗》也有《传》，有鲁、齐、韩三家。西汉时"三家皆列于学官。又有毛公之学，自谓子夏所传，而河间献王好之，未得立"。奇怪的是到东汉时西汉官府承认的三家《诗传》都亡了，反而《毛诗》传了下来。《毛诗》篇篇有小序，指出这篇诗的用意是"美"，是"刺"。拥护什么，反对什么，诗中暗示的，序中都明说了。还说明背景，"祀""颂"什么人，《鲁颂》出于东周等等。

《春秋》寓褒、贬，《诗》中风、小雅含美、刺，又都不明言而靠《传》说明，这是共同之点，两条线平行。大雅和颂不仅赞美，而且歌颂，不但明说"文王在上"，而且还"於昭于天"。所以这些在《诗》中又另成一条线。还有一条独立的线出于春秋战国时南蛮之楚而大盛于两汉，称为骚和赋。四条线结成平行四边形。不是正方形，有短长，有倾斜。

民间歌谣不会断绝，只是长期无人搜集和拟作。汉武帝时设立乐府，是以音乐为主，雅颂为主，虽说兼采风谣，已没有《诗》的地位。"风"《诗》确实是亡了。

赋是否和《风》《春秋》一类？《艺文志》中说：在春秋之后，"学诗之士逸在布衣，而贤人失志之赋作矣。大儒孙卿（荀子）及楚臣屈原离（遭遇）谗忧国皆作赋以风（讽），咸有恻隐古诗之义。"以后宋玉、唐勒及汉朝的枚乘、司马相如、扬雄便着重辞藻而"没其讽谕之义"了。又说：汉武帝"立乐府而采歌谣"，于是又有了"代、赵之讴，秦、楚之风"。《汉书》作者班固的《两都赋·序》说："赋者，古诗之流也。昔成、康没而颂声寝，王泽竭而诗不作。"还说前汉的"言语侍从之臣"留下的赋在成帝时就编了千有余篇。这说明了赋的由风而雅颂和由民而官的过程。

民间的风谣未断，部分入于乐府，和《诗》的采"风"类似。官府的雅颂在乐府中为正声，连绵不绝。到《元史·礼乐志》中还有，不知蒙古族皇帝祖先听得懂听不懂。文人的"风""雅"（小雅）转为《春秋》（史记）和"赋"。诗人成为"布衣""失志"作赋。南风北渐，项羽作《垓下歌》，刘邦作《大风歌》，两人都是楚人。楚辞成为诗文正统，诗、骚合一。赋和风一样由民间进入官府，直达朝廷。《春秋》本是官书，所以整个文体四边形到东汉时都属于官府或是收为官有了。

这些还是不是"衰世之造"？恐怕是世未处衰而作诗文之人是越来越倒霉了。"失志"而作赋，因为诗成为"经"，不便用来发牢骚了。文士在东汉比在西汉更倒霉，所以到东汉时三家《诗》不传（仅存《韩诗外传》），而讲"美、刺"的《毛诗》独传。从风谣引出的五言诗，《羽林郎》咏"酒家胡"女被调戏，《陌上桑》咏罗敷拒官，《孔雀东南飞》伤焦仲卿夫妇（梁、祝前身？），都出来了。特表同情于妇女，因为文士自觉受屈了，不再是"言语侍从之臣"了。变化不仅是四言五言形式问题。形式可以交错以至并存，但是要"失志"而"言志"，《诗》不行了，《春秋》（史）不行了，《乐府》歌谣不行了，赋不行了，都收归官府所有了，得志才能写出了。东汉的书生和东周、西汉的书生处境大有不同，因而"文体"（不止是语言构造还加上风格）非变不可了。五言的"流行歌曲"应运而兴了。张衡《四愁》，梁鸿《五噫》，是创新之作，是先驱。

　　诗、赋、《春秋》和《大雅》《颂》不同，都是符号书。作者以符号隐其"失志"时的"讽喻之义"。读者从符号引申出原来有的和原来没有的自己之意。太史公司马迁在《报任安书》中说，文王演《周易》，仲尼作《春秋》，都是"发愤之所为作也"。"发愤"就是发泄愤慨，和《论语》中的"发愤忘食"不同。"元亨利贞""春王正月""关关雎鸠"，有什么愤慨？这就是说，《诗》《春秋》和《易》同样是符号之书，可以供读者作各种解说。司马迁的解说是"愤慨"，从文字符号看出其意义是愤慨，是有感而作，不是无病呻吟，不是千金卖赋。因此，他作的《史记》也是发泄愤慨，成为"谤书"。史官为官府所忌，春秋时董狐、南史氏等人已经开始。司马迁受刑，班固入狱，范晔被斩，前四史作者只有陈寿贬官未死。当然罪名都不说是修史。汉晋非"正史"的史书不传。《晋书》是唐太宗亲自主编的，他还动笔写《王羲之传》。史书即使是私人所作，也须"钦定"。此后"正史"几乎全是官修。新朝的第一件事便是修前朝史，因为涉及本朝，有忌讳。非官修的如欧阳修的《新五代史》官气也足，否则不会入"正史"。私人修史书是大禁忌，是清代文字狱的大案。《春秋》的"发愤"传统断绝了，变出另外的文体"野史"即笔记小说了。有愤总是要发出来的，不过是变个样子。

不仅史官，一般书生遭难也一代比一代重，所以符号之书也一代比一代多。文体屡变而不离其宗："发愤"。这是一条线。《大雅》《颂》歌，朝廷《乐府》以及科举诗文，应世之作，另外自成一线。现在人认为文学意义重的多数是符号之书，"发愤"的牢骚之作。"失志"而隐其意，编出各种各样符号诗文，这和读书识字人的社会地位生活情况是分不开的。

东周时文士武士都称为"士"。武士供人驱使，如"二桃杀三士"的勇士和专诸、荆轲等侠士。文士此时最为得意，可以各国奔走游说做官。有四大公子孟尝君等供养为"客"。可以到齐国稷下去高谈阔论。可以如孟子"后车数十乘，从者数百人，以传食于诸侯"(《滕文公》)。可以如苏秦、张仪当说客，逞雄辩，挂相印。可以如孙武教练兵，孙膑当参谋打仗。可以如李斯作为最后一名最得意而下场也最糟糕的士当客卿宰相。可以如孔子及其门徒以及老、庄、墨、杨、许行等等后世知名与不知名的诸"子"(先生)收门徒当传授本领的老师。口头传授以外还可以由自己或门徒刻竹简著书传之后世。至少还可以当隐士如《论语》中所记的那些人。倒霉的自然也不少。百里奚被卖为奴，价钱是五张羊皮。范雎差一点被害死。他们由于后来成了秦国宰相而知名。秦国也因为收罗这些各国人才而强大。韩非入秦遭忌入狱而死以及秦始皇"逐客"而留下"谏逐客"的李斯，这可算是疑案。倒霉而没有发迹又没有书、没人提到的可能更多，如鬼谷子就只剩个名字（书晚出）。士的倒霉还往往是被士所害，孙膑断腿传说就是老同学庞涓害的。

秦统一天下之后，武士转为侠，文士只准许"以吏为师"学秦法。于是文士转而与当时受重视的方士相结合。可能方士出于齐而文士（儒生）出于鲁，两者化而为一。殷商的甲骨占卜，挂文王周公招牌的八卦卜筮，吸收神仙之说，又加上楚国巫师的降神招魂法术，混合起来，提高了，放在孔圣人名下，用上好听好看又含糊的字眼，排成系统。有《经》，有《纬》，有古，有今。如《礼记·中庸》里的孔子仲尼已经成为天神了。这些人在汉代上升到朝廷。先是叔孙通演"礼"，后是董仲舒论"天人"，受到本来不喜文士的刘邦、吕后的后代的欣赏，因为他们自觉江山坐稳了，要当神仙了。西汉文帝和武帝时各种人物进入朝廷，包括文人。司马相如会作赋，可以既得有厚奁陪送的寡妇卓文君为夫人，又能得皇帝宠幸当御用文人，还能以千金卖赋给皇后，然而这些文士表面上受尊崇，实际上被玩弄。司马迁自己说，史官是"近乎卜祝之间，固主上所戏弄，倡优所畜，流俗之所轻也"（《报任安书》）。普通老百姓也瞧不起文人，当他们是弄臣。夸赞之词是他们自己作的。东方朔有学问不过是给皇帝说笑话。在皇帝眼中这些人有什么地位？《汉书·王褒传》中记汉宣帝引《论语》中孔子的话说，"不有博弈者乎？为之犹贤乎已"。宣帝说，辞赋是"贤于倡优博弈远矣"。远也还是一类，并不与天心民意治乱相干。这是说那位献《圣主得贤臣颂》得宠的王褒比"倡优"即艺妓之类好。和王褒同列于一传的共有九个文士。其中多半做了官又被杀，如以休妻留名而以"说《春秋》言楚辞"得到皇帝赏识的朱买臣，"下笔语妙天下"的贾捐之（贾君房），以要求用长缨系南越（两广）王而出名的终军。只有论"天下之患在于土崩，不在瓦解"的徐乐,仅录下一封精辟的"上书"而未提生平。这些文人还学"长短纵横术",论征伐南越(两广)。但在皇帝眼中不过是"倡优"同类,高兴时就用,得罪了就砍掉脑袋。这时名为"尊儒",实际上《经》早已不行,只在学官中的"博士"诵习辩论,敷衍门面,自夸自赞。皇帝爱好的是神仙和武功,不是儒术和文章。《纬》书出现配《经》书,可惜汉以后亡了,只剩断简残篇,不见当时朝廷与民间的"显学"全貌。

东汉时谶纬流行,皇帝用宦官掌权,文士靠名流推荐。名气大了,于是拉帮结派议论政治,惹出"党锢"之祸。大学者郑玄在民间编注古书以授徒为业。西汉末严君平卖卜,东汉初严子陵钓鱼,梁鸿当雇工,隐士多起来了。文士不再向朝廷集中而散处四方,接近了"风谣","发愤"也不全作已由官办的赋或史了。要革新文体,于是新的诗兴起,五言诗盛行。以妇女为内容的诗多了,有些像《诗》经。恐怕不是妇女地位忽然升高(诗多是男子作的),而是作诗的男子自己感觉到地位低下和当时的妇女差不多,同样受玩弄,受凌辱,受欺骗,又有时受宠幸,所以借同情发泄愤慨。情况相似,不过是女悦人以色而士悦人以才罢了。同时书也多了,有了纸,不是西汉时只有简帛了。知道的事越多,牢骚越大,厌世之情随做官之难并起。《古诗十九首》正是不折不扣的"发愤"之作。作者是文士乎?"倡家女""荡子妇"乎?请读《文选》便知。三国六朝文体于东汉已见萌芽,可惜不久又被皇帝收进宫廷了。

唐代改汉代"选举"(推荐)为科举(考试),提倡诗文,收录文士。此时通用纸张,读书著作比从前容易,新出诗文不比《诗》《春秋》、赋可以归于一统,收不全也堵不住了。文人的生活道路也多了。李白可以当宫廷供奉作《清平调》娱乐皇帝和妃子，也可以走遍江湖不愁衣食，还作豪言壮语说："千金骏马换小妾，笑坐雕鞍歌落梅。"虽是说大话发牢骚，也不是以前文人说得出的。杜甫在长安"朝叩富儿门，暮随肥马尘，残杯与冷炙，到处潜悲辛"，后来还能在成都草堂住下。"得归茅屋赴成都，直为文翁再剖符。"节度使严武可以照顾他。打秋风，受礼，或如韩愈"谀墓"，吹捧死人卖文等等，生活来源比秦、汉时多了。直到后来清朝的袁枚，在南京住在自称是《红楼梦》大观园的随园里花天酒地，大作《诗话》，靠的是两江总督和一些他以吹捧诗为报酬的官僚送礼，显然不是靠他当短短一任县官就能过后半辈子阔佬生涯的。

公元九○七年是个可作为标志的符号年。这一年唐朝亡了，是后梁元年，同时是契丹（辽）太祖元年，十国纷起，还有南诏、于阗。五代不能算朝代。后晋石敬瑭受契丹册封，自称"儿皇帝"，割地燕云十六州，岂能称为一代？这不过是宋朝人为了争正统拉出一条线来，掩盖多族多国多文化的新春秋战国南北朝的形势而已。公元一二○六年，即蒙古（元）太祖元年，是另一个符号年。以后直到公元一八四○年，清道光二十年庚子才有另一个符号年。

这一千年中的文体变化依然是四边形，上下为文、词曲，两旁为诗、笔记，与唐以前的图形相配合。

清道光三十年庚戌岁末，照阳历算是一八五一年初，太平天国起义。这以后，四边形加上外来影响又变了。上下为散文、戏剧，两旁为诗词、小说。

文体之变不仅是时代之变，也是文人之变。从此以后不能这样用四边形简单概括了，复杂多变了。也许要用圆锥曲线表现了。但是，"发愤"完了没有？至少是到清末民国初还没有完。符号书的性质变了没有？可能是到清末变了。《官场现形记》《二十年目睹之怪现状》《新中国未来记》等凭书名就不能在这以前出现。为什么文人忽然敢于不用符号了？允许读者索隐了？因为他们可以躲进外国人管辖的租界甚至去外国了。但是，在租界消亡而且对外国人也要"发愤"时，只怕在外国也还是免不了要用符号的。

现在文体不再是四边形了。《诗》和《春秋》早已不是当代符号书了。然而，不靠文字传下来的一线之统是不是已经在盛世中结束了而不再有"衰世之造"了呢？

"《诗》亡而后《春秋》作。"诗去史来，是这样吗？

（一九九四年）

文化三型·中国四学

眼前道路无经纬
皮里春秋空黑黄
　　——薛宝钗

△　听说你近来看了几本新书，又有了不同寻常的怪论，是不是？

□　这是你听来的，不是我说出的。

△　那么你现在说说，好不好？

□　我要说的不见得是你要听的。你听去的也未必是我说出的。对话不容易。现在有人进行问答，如同接见记者或口试，这不是对话。有的双方经过别人翻译，成为三人双重对话。还有的仿佛是对话而实际是聋子对话，各说各的。也有的进行辩论，不聋了，仍旧是各说各的。我们能不能对话而不属于这几种？

△　我不知道你怎么看柏拉图式和狄德罗式的对话，或则《论语》式、《孟子》式、《金刚经》式等等对话。恐怕你说的那几种还不能概括。

□　概括？谈何容易。现在很多人谈论中外文化；又有人进行中外对比，说是比较文化；都未必能概括所说的对象。有时看来有点像比较三角形和正方形，或者比较空气和灵魂。各比其所比，各有巧妙不同。

△ 不论怎么说，讲文化的定性、变革、动向，总是反映世界上文化"交会"时产生的所谓"张力"（或说矛盾激化）吧？这是世界性的世纪末的焦灼状态。各国论文化者的目光都是从本国望到世界，或者从外国望到本国；讲的也许是往古，眼光却遥指下一世纪。不论讲得多么抽象或超然，总会有狐狸尾巴在隐隐现现。

□ 上个世纪末欧洲有文学中的"世纪末"颓废派。现在不是颓废而是惶惑。世界上的人，不论生活圈子大小，眼光远近，地位高低，恐怕是不安的多而安的少。不过有的人是自安于不安，不觉得。也有人喜欢别人不安，惟恐天下不乱，可并不想乱自己，结果却往往是事与愿违。

△ 你不由自主又在概括了。也许是欧洲人喜欢分析而中国人喜欢概括吧？

□ 你也是在概括，自己证明自己的话，你也是中国人。

△ 你也是中国人。那么，你对世界文化也会有概括看法吧？

□ 请问，怎么讲文化？是照符号学或者结构主义的路子，还是照诠释学（解说学）或者存在主义的路子？现在又在吵什么解构主义，是想打破这两种路子，好像还没有定型。前进了一些，提出了新问题，作了新探索，甚至文体也有新花样（如法国人德利达），不过还是可以用前面两条路子概括吧？至于实用主义，那是到处都有的，不在话下。

△ 据我看，国际上讨论的主题是客观性，问题在语言和思想。据我所知，法国人黎克尔想打通一条合二而一的新路子，但仍是偏于一方。他将弗洛伊德化为"玄学鬼"，好像是企图把本

世纪的各种思潮，语言学、心理学、物理学，包括相对论、量子论和格式塔理论等等都纳入一个思想体系。看来喜欢概括的不仅是中国人。你我前面说的不准确。

□　可以有种种概括法。我想从思想传统来概括。目前世界上争论文化和哲学的都着眼于传统。德国伽达默和法国德利达都解说过传统。结构主义人类学者法国列维-斯特劳斯的概括原始社会思想也是追溯传统。传统是指传到今天的。这是逃不出也割不断的，仿佛如来佛的手掌心，孙悟空一觔斗翻出十万八千里也出不去。因为这不仅仅是在时间和空间的量度之内的。现在外国人提出的"语言先于思想"（伽达默尔）或"书写先于文字"（德里达）的问题，仍然是客观性（结构、系统）或主观性（主体、意识）的问题。这也是如何看待传统的问题。这样说有点玄虚。外国人照他们的参照系说话，对于中国人又隔了一层。加上或换上中国传统哲学说法也会同样玄虚。我们还是用普通人的语言来谈吧。

△　普通就是寻常，也就是一般，这也是概括。

□　概括文化，划分类型，虽然出于本世纪，也是古典或古董了。我们为了从所谓东西文化或者中外文化的说法稍稍前进一步，不妨在世界文化中概括出大类型。我看可以概括出三个（当然不能包罗一切）。这是很普通的看法，但也不是持各种观点的人都承认的，只算是概括的一种吧。这三型是：一、希伯来—阿拉伯型。二、希腊—印度型。三、中国—日本型。

△　你说的这三型毫不新鲜。听听你的解说。

□　三型名称只是符号，并不是说中国人个个必属于中国型。三型中可以用第一型为标尺。这一型中的要点是：一、上帝。有一个上帝创造世界和人，主宰一切。二、原罪。人类始祖违反上帝禁令，被逐出乐园。从此人类有了后代，个个人生下就有罪。要到世界末日审判时才能回乐园和上帝再到一起。三、灵魂。每人都是上帝创造的灵魂。灵魂是不会消灭的。四、救世主。上帝为拯救人类使世上出现救世主（弥赛亚、基督、先知），信仰他的人得救。信仰不需要讲道理。五、"选民"。人类中有的人，例如犹太人，或则信仰基督、耶稣的人，信仰先知穆罕默德的人，是上帝的"选民"，受到上帝特殊眷顾，是从乐园来又回乐园去的。其他人属于另一种。这一文化型可以把犹太教、基督教各派、伊斯兰教两派、一直到上帝教都概括在内。这种文化可说是有上帝和一元的文化。

△ 我可以由此推出第二型。那是无上帝和多元的文化。所谓上帝是指创造一切并主宰一切而又独一无二的上帝。古希腊和印度都没有这一类型的上帝。他们的神不是上帝，管不了什么事，而且多得很，互不相下。他们的神都很快乐。人也不是生来有罪命定吃苦而是以享乐为第一要义的。希腊神话、宗教和哲学以及印度教各派、耆那教两派都是这样。佛教也是这样，有过去、现在、未来（这三个原词都是印度字）三世佛。佛多得不计其数。说一切是苦，只因以乐为标准。苦不是第一义。乐不了，才处处觉苦，力求从苦中解脱，"往生极乐世界"。没有灵魂、原罪、救世主、"选民"。无论阿弥陀佛或则观世音菩萨都是要你颂他的称号。闻声救苦，不叫就不见得会应了。神、佛、菩萨、耆那（大雄）和救世主的意义不同。"我""命"和灵魂也不同，仿佛是没有个性的。

□ 这两型都要用宗教语言说，因为各种形态的宗教历来是文化的综合表现，最为普及。可是文化并不只有宗教形式。文化是遍及各方面的。"上帝、救世主、选民"不是都采取宗教形式和名称的。灵魂可化为意识、自我、主体、存在等等，哲学家一直追问到今天。"乐园——世界——乐园"的公式，黑格尔的绝对精神也没能逃出去。这两型文化的想法对立而问题共同，所以可以用第一为标尺而说第二。若以第二为标尺，以印度为准，那就要首先提出循环论。世界是无始无终的。有始有终的世界是要循环、要重复的。循环的宇宙有始终而又无始终，"如环无端"。人也是要"轮回"的，生而复死，死而复生。希腊只讲人神相混，无始无终，不重循环而重还原，另有发展。希腊讲的智和印度讲的智不同，但都不是信仰。重还原，于是哲学上有柏拉图、亚里士多德以及赫拉克利特、毕达哥拉斯等人的种种宇宙解说。他们都从外而内，从现象到本质，由二元、多元追一元。印度讲循环也是说明多而实一，无穷而有限。他们说的不是希伯来—阿拉伯那样的由上帝到人再由人到上帝的循环，而是生老病死、成住坏空这样的循环。这一文化传统并没有随古希腊、罗马灭亡，仍散在各处，不限于印度，特别是在哲学思想中。

△ 中国—日本文化为什么列为第三型？看来好像是前二型的混合。用第一型作标尺来看，这一型更原始些，还没有达到第二型，更没有达到第一型。

□ 十九世纪欧美人从基督教观点出发持有这种进化论的看法。近代印度也有不少人受其影响，极力把印度传统文化的多神解说为一神，但并不成功。二十世纪中对所谓原始社会思想的看法改变了。野蛮未必低，文明未必高。十八世纪的卢梭讲复归自然，并不是倒退而是前进。现在对原始文化改变看法也不只是历史的如实还原而是要前进。大家看到了文明的德国暴露出纳粹的野蛮。现在的人忽然大讲传统，有两种情况：一是保卫被破坏的，一是去破坏现存的。两者都可以打出传统的招牌。其实革新也有类似情形：有的是迎新，有的是复旧。两者都可以打出新招牌要求改变现状，和打出传统招牌一样。

△ 仍以第一型为标尺，这第三型该怎么解说？

□ 说中国—日本型，因为日本已有不少发展而中国也正在变化，只说中国概括不下日本。这一型的文化也同第一型对立，却又不是第二型。简单说，中国是无上帝而有上帝，一而又多，多而归一。也许正因此你说看来好像是前二型的混合或者未完成，其实是另一类型。中国没有创世兼主宰的上帝，但是又有不固定的上帝。中国是把前二型中分为双重或者三重的都归入人间。乐园和地狱都在现世，可以"现世现报"，从根本上改变了印度的报应说。可以"魂飞魄散"，又从根本上否定了不灭的灵魂。中国可以收容前二型，但必加以改变，因为自有一型。中国重现世，因此重人，可是中国传统说的"人"不等于前二型文化所认为的人。第一型的人是归属上帝的灵魂，大家都有原罪。第二型的人是无拘无束各自独立或者各自困在"业报"中一切注定的人。中国的是另一种"人"。有些欧洲语和印度语中有不止一个人字，而汉语中只有一个。"人格""人道"，中国没有相应的传统词，只好新造或用旧词改新义。在社会表现中，对待人的中国的律、刑决不等同于罗马和欧美的法，也不是印度的"法"（佛"法"、"法"论）。中国的礼、俗也不相当于欧美的法。不能把同类作为相等。中国的"心""物"在哲学中和欧洲的、印度的都不相同，因为文化中的"人"不一样。在中外对话中恐怕不止是人、心、物、法这几个词各讲各的，还有别的词，由于意义有差别，也是对话的障碍。我们往往只见其同，不见其异。例如"对话"就可以不专指两人相对讲话，其中有歧义。

△ 所以不仅要研究正解，还有必要研究"误"解。为了破

除中外对话的障碍，找不到共同语言，只好用彼此了解的对方语言。一个讲英语，一个讲日语，双方又不能共用法、德、俄语，只好是讲英语的懂日语，讲日语的懂英语。那样，各讲各的，可是又各自懂得对方说的是什么。中国家庭中有夫妇各讲自己方言终身不改的。

□　可是要懂得对方必然要有个翻译过程，或者说是自己不觉得跳过去又跳回来的过程。对传统文化也是这样。我们要能把传统文化用两种语言解说，要能同传统"对话"。

△　文化范围太广，还是缩小到可以扩充为文化的哲学思想核心吧。不过我们不是还原古人怎么想，而是问古人想的和讲的现在怎么样。这是传到今天的传统。然后，传统语言化为今天语言，中国语言又化为外国语言。这是现在和过去的对话，又是中外对话。由解说而了解，又由了解而解说；由主观到客观（文本、原作者），又由客观回到主观（解说者）。这个循环过程是对话过程，也是思考过程，又是转化过程。从书本理论到实际行动也是这样一个循环过程。在解说之中，从符号到意义，得出代码本结构，再由符号体系到意义体系。由部分到全体，又回到部分，由语言到意义，又回到语言。如此等等，都是日常不知不觉进行的对话和循环过程。隐喻意义不同于符号意义；还有"剩余意义"和言外之意。象征不同于符号。象征既是能指，又是所指。例如神像不是神，却等于神，同样不可触犯。"故居"的意义往往是新居，有新意义。如果照这样进行对传统文化思想的"翻译"对话过程，那么我们对中国文化可以挑选什么书来着手？

□　照这种途径，我觉得有四个对象是有中国兼世界意义的，可是被忽略很久了，不妨由此着手。已经有国内外讨论的大题目不在内。这可以说是四种学吧。一是公羊学。二是南华学。

三是法华学。四是阳明学。

△ 这不正是儒、释、道的史学、哲学、宗教学、政治学吗？这是现在还存在的传统吗？难道要把这四者说成读史之学、处世之学、传教之学、经世之学吗？

□ 还不仅如此。《春秋公羊传》既是汉朝今文经学的要籍，又是清朝龚自珍、康有为等改革派想复兴或改造的经典。书的内容是史论，制度论，又是表现诠释文本的方法，又是由口传而笔录的对话及思考过程的文体。这是非常重要的一部书。古今解说不少，还需要现代解说。"尊王"思想在日本明治维新中起过作用。"大一统"（不仅原意）的说法我们现在还在用。既有历史意义，又有现代意义，可作很多新解说。《南华经》即《庄子》，正是现在国际间哲学语言中所谓"寓言""隐喻""转义"的书。《逍遥游》《齐物论》，古今有多少解说和应用？不久前还在人们口上说和心中想。就其意义的多层复杂和文化影响的巨大说，岂止是道教的主要经典？是否可以说是一部流行的处世秘诀？其中的宇宙观也未必不能像《老子》那样和现代天文学及物理学挂钩。《法华经》全名《妙法莲华经》，原文本的语言是文白夹杂，内容是包罗万象，和印度孔雀王朝佛教之间有很大距离。可能是公元前后南亚次大陆西北部由大月氏人建立的贵霜王国的流行读物。书由西域进入中原，鸠摩罗什的译本传诵极广，一直传到日本。其中的"三乘"归一（三教合一）以及观世音（包公、济公、侠客）闻声救苦是中国文化思想的一部分。古今以至全世界研究的人很多，也有用现代方法解说的；但是中国还缺乏以现代"语言"作新解说。至于王阳明（守仁），近来才在国内有人提到，不以唯心论而摒弃。王学是有大众影响的。日本明治维新志士曾应用王学。在明末清初衰落，实际上暗地仍有发展。不但由他可以上溯朱熹、陆九渊直到汉代的《大学》，而且可以由他的"知行合一"下接孙中山的"知难行易"。他提出的四句话可略改数字："无善无恶心之体，有善有恶意之动（心之用），知善知恶是良知，为（行）善去恶是格物。"这样，"无、有，心、物，体、用，善、恶，知、行"五对哲学范畴都有了。"物、心"对上了"天、人"。他说的"心"指什么？"良知"指什么？从前人人都会说"凭良心"，这是什么意思？他为什么这样说？对什么人说话？有什么影响？就这个人说，他既作高官，又被贬谪到最低层；能文、能武；有儒、有禅；既重事功，又讲义理；具有中国人心目中的诸葛亮式格局，却不是柏拉图的"哲学王"。

△ 这也是第三型文化和前两型相区别的一个要点吧？不但又合（一）、又分（多），又常、又变；而且又文、又武，赞美文武双全的风流儒将。像中国这样的多战争、善兵法、长于武术而又重文的文化，世界少有。

□ 中国"人"的理想形态，既不同于希伯来的"选民"，也不同于希腊和印度的"英雄"。王阳明属于这种孔子（至圣先师）式的具体而微的"完人"（包括缺点），也属于神化的老子（太上老君）式的"仙人"（包括俗气）。还有一点，阳明学要研究的"上下文"是，上承秦、汉、唐、宋、元，下启清代、民国的明代的关键时期（十五、十六世纪）的文化和思想。这也是全世界文化大汇合、大转变时期（十五世纪末哥伦布到美洲发现"新大陆"）。至于王守仁这个人的是非功罪、高大或渺小，那是另一问题。提出这四部书，讲的是学，是思想和文化，不限于书本及其作者。《传习录》和《大学问》并不是王阳明自己作的书，是他的学生记的。

△ 至于这些在今天中国的文化思想中还有没有，是什么形

态，起什么作用，和现代化有什么关系；若消灭了，那又是为什么；这些更是另一层的问题。我们的"三型""四学"就谈到这里吧。

□ 我们的对话是一个思考过程。意见不一定正确，总算是一个思考结果吧。

（一九八六年）

显文化·隐文化

客：你的独白太长了吧？让我来插嘴行不行？

主：正好，我有点说不下去了。古人说："独学而无友，则孤陋而寡闻。"（《礼记》）我看不仅是"孤陋"，简直是无对话即无思考了。自问自答总有限度，内部翻腾常陷于反覆，这就需要外面来的刺激。同也好，不同也好，不同可以变成同，同也可以变成不同，只要心态能相通。有变化就是有发展。至于变的方向趋势好不好，那常是依评价者的自身利害和观点而定的。评论往往是事后才有的。历史发展本身无所谓好坏，它是不问人的评价如何的。

客：你似乎想做总结，未免抽象了吧？我想问你，你从新诗溯到《论语》，又跳进《文选》，还下了《人间地狱》，难道得出来的就是这一点仿佛现今时髦的"耗散结构"的说法？原来我们想追索的本身内部矛盾问题怎么样了？"文化之谜"打破了没有？还在原地踏步吗？

主：差不多。不过先得弄清楚一点。我虽然从符号讲到了信息场，用了以自然界为对象的科学的术语，但不是说文化的"信息"和"场"和自然界的一样。各门科学有自己的特定对象，是不能原样照搬的。电磁场的规律不能都应用于文化场。所以也不能说我引用了"耗散结构"说法。以人类文化为对象和以自然界为对象的研究有很大的不同。自然科学一般需要重复检验,得到的规律要能应用于预测。人文研究不能由人作重复实验。曾有人设计并安排了环境条件去作社会心理试验,并不成功。可以把人当作自然界的一部分作生物学、生理学以至生物化学等等研究,但对于人群活动所创造的文化,这类实验研究无能为力。文化不能在控制的条件下重复。有人以为可以随心所欲指挥人群,例如打仗或操演。可是这仍然不能控制结果,甚至往往造成表面文章或假象,因为无法全知对象的指导行为的心理的或精神的内在活动,而且不能控制有关的其他条件,例如敌人和自然条件的变化。西楚霸王项羽的打了很多胜仗的兵怎么垓下一战就会瓦解呢?真是只由于张良吹箫吗?没有长期积累的内在原因吗?因此人的文化总是带有不可准确测定的几率的,不能全用数学公式表达和确定。假如是兵马俑或者机器人,可以控制了,却又不是活人,失去了主动性和创造性以及个别与一般的差异,而这恰恰是人文和自然的重要不同点。我们相信,星球的运转,电子的活动,是没有主动选择性的。太阳黑子的出现决不是太阳由自己意志随意做的。我们虽不能控制太阳做重复实验,还可以靠观察,靠重复不断进行归纳解说,靠预测的验证,来进行研究。对于哈雷彗星和古生物的进化也是这样研究的。这也是研究人文所用的方法,只是要加入人的意志。人群的活动大都是一次性的。死了不能再活。第二次不会和第一次完全一样。时间在人文活动中是非常重要的因素,不仅是物理的。先后是不可逆转的,而在思想中可以回溯。对人可以作自然科学的研究,这只是说,对人和自然界共同的部分,对人文活动的部分,可以作和对自然界大部分一样的研究，但还需要有类似对天象等的研究而又加入思想活动和意志取向。说研究人体的电磁场可以。说研究一次庙会的人群的"电磁场"，那就不同了。除描述分析外大致只能作平行譬喻式说法和检验预测，或者说，应用解说的方式，类似对天象的研究。人固然是自然界的一部分，研究自然界的科学却又是人文活动的一部分，因此两者又通气又相异。我们说人文活动有"场"、"信息场"，只是把人对自然界的理解用在人文方面。通用术语决不是将自然和人文等同。在十九世纪的科学成就面前，狄尔泰（一八三三——一九一一年）提出了所谓"精神科学"，想另辟蹊径。到二十世纪就不一样了。自然科学愈发展，愈发现和人文科学的差异，同时，很奇怪而有趣，又仿佛愈来愈向人文科学靠近，或毋宁说是两者仿佛愈相远又愈相近。十九世纪自然科学君临一切。对人文的研究好像只有模仿当时的自然科学才能立足。到二十世纪在有些方面模仿得差不多了，然而检验预测结果却大大不如。研究人文也运用研究自然界的方法，因为自然科学也属于人文，同时又必须发展自己的研究方法，因为人毕竟和自然及动物有所不同。这不仅是解说和检验预测，当然也不会是近代自然科学以前的老套。现在世界上已经有人在这方面努力了，不仅是哲学家。在我看来，他们有所前进的是解说而不是建立体系。外国人对建立体系特感兴趣，不怕"削足适履"。可惜的是体系完成，立刻僵死，而自然和人事仍在前进。他们喜欢的是一个上帝创造世界，而不是盘古凿开混沌，也不是一个人统率一切。

客：你又来一通独白。人文和自然的不同，是不是相对说来，一个快些，一个慢些。"慢"的意思是指自然界不断重复，其每一重复的变化，人不那么容易察觉，所以觉得慢。天文、地质、生物都是这样。人文变化就快得多。"朝菌不知晦朔"(《庄子》)。菌再出现时，在人看来，简直一样。人虽可活百岁，可是自己不重复，儿女也不能重复父母原样。人群活动，用时间尺度衡量总是觉得变化快。条件复杂，变化迅速，以致不能用实验室控制。认为"日光之下并无新事"(《旧约·传道书》)的人不多。

主：所以要有一种和对自然界又同又不同的解说方式去解说文化。同属文化一类型也不能全用同一解说。例如我们说的信息场。可以都当作信息场，但解说庙会不能和解说妓院相同。日本人的庙会和中国人的庙会相似却又不一样。可以用同样的方法考察，恐怕不能作同样的解说。照样作，预测就会不准。假如凭成见作相同的解说，那就不用去考察了。作为庙会，全世界到处都一样吧？那就只要搜集资料排比分类就够了。甚至连这也不需要。都一样，还搜集什么？认为现在用电脑之类就可以得出人的思维以及人群和社会的活动的数学公式，那是科学已到尽头的想法，是十九世纪很流行的。这好像从前有位科学家说，给我一个支点，我能用杠杆把地球举起来。话是不错的，可惜至今还没有这样一个支点。假如我们能知道人类全体和每一个人的从思想到行为的活动规律，能够预知，那么，不仅科学，连人类的变化也到尽头了。我们中国人好像从秦朝以来就好同恶异。"一以贯之。"(《论语》)"乾坤定矣。"(《易》)

客：是不是这种到尽头的思想从画八卦以来我们就有了？

主：这也许是值得考察的。我们可以考察人文变化的轨迹，由此多少可以预测一点趋势方向。不过，过去考察依据的是有文的文化居多，加上一些考古所得的实物，不大重视无文的文化，大多数人的文化，或者说民俗心态。

客：那么，我们何妨就依这一条轨迹先从《易》考察起。其中的民俗资料说的人多了，只说八卦吧。

主：画八卦以概括人类社会以至宇宙的变化方式，这是思想发展的一个重要标志吧？若不这样追求概括，恐怕什么科学、哲学都没有了。然而这里又埋伏着知识已到尽头，宇宙和人已经全归掌握的想法。这就会从求知变成不再求知终于变成不知。从知之甚少可以变成知之甚多，也可以变成一无所知。从八卦符号看来，乾坤或阴阳两爻的分合，或者说由阳爻一道线分出阴爻两道线，好像亚当分出肋骨化为夏娃，一人变成两人，或者盘古分开天地，而不是两道线合为一道线。这是第一步的原始符号，已经可以概括一切了。《红楼梦》里史湘云对丫环讲的就是一切都可以分属阳或阴。这不是太简单了吗？太笼统也就是包括得太多，或者说符号所含歧义太多。所以要再行分解以表示变化。于是由二而三。三爻相叠的排列变化次序成为八卦。八卦再重叠变为六十四卦，完成了。能不能再变多？汉朝扬雄画出四爻，叠为八爻，编造出一部《太玄经》，自比《易》。这是枉费心机。因为照这样还可以再加多爻数，违反了原来要求概括基本及变化的目标。概括的意义就是反无限。一定要以有限来概括无限。《易》的"十翼"解说卦爻的意义和运用。用天地人"三才"概括一切，又归于乾坤即阴阳。又二，又三，两个三爻成一卦。所以画八卦的第一义是用数的符号排列概括一切，包容变化，因而可以由此预知未来，即占卜。画完了，排列完了，剩下的事只是解说了。有趣的是，以符号概括可以有限而穷尽，解说却是概括的分解，那就不可能穷尽。变化不完，解说也完不了。列举数目字作符号以概括从来就是我们最喜欢做的事情。这又便于作种种不同的解说，所以更为我们所喜爱。从一到十哪一个数字不曾成为概括的符号以容纳随时变化的解说？从"三皇五帝"到"三纲五常"到"三民五权"，时时都有，处处都是。数字概括，排列分合，符号有限，解说无穷。识字不识字，有文无文，都视为当然，心态相通。若不是这样，那也就不会有卦摊从商周摆到现在了。

客：数的排列分合是符号的一种。是不是还有图像符号，例如太极图？

主：数目符号和图像符号都有一条极为重要，那便是序列。先后序列，上下序列，主从序列。这是从"排列"出来的。在《易》的《系辞》《说卦》《序卦》这三"翼"中，除解说卦的意义外便是解说卦的序列。"天尊，地卑，乾坤定矣。"（《系辞》）"有天地然后有万物，有万物然后有男女……"（《序卦》）图案明白，如太极图，阴阳合而仍分，分而又交错，一望而知，但不便上口。数的符号更具神秘意味。太极加八卦的图形从古以来到处都有，据说能"辟邪"，还传到国外，远达欧洲。数字如代数，图形如几何，正好是对宇宙及人生的抽象数学思维的两分支。在中国人的心态中二者又可分可合。太极图没有中心，没有序列，是静态的，但能产生序列：太极生两仪，两仪生四象，四象生八卦（《系辞》）。序列是动态，又表示主次或主从，这更重要。上下，先后，尊卑，长幼，无处不有序列。《千字文》从"天地玄黄"排到"焉哉乎也"，由实而虚，教识字也有序列。序列就是从古到今所谓"天道"。它包括了"人道"。"顺天者存。逆天者亡。齐景公曰：'既不能令，又不受命，是绝物也。'"（《孟子·离娄》）这不仅是孟子一人一派的意见。人是排定了序列的，有主次，有主从的。人对人，要么是下命令，要么是服从命令，两样都不干，便是"绝物"。人与人之间没有平等订契约立合同彼此都遵守"法"的关系，只有"令"和"受命"的关系。不仅孔孟，老庄杨墨都是。标榜"齐物","兼爱","为我",作为理想,这就是叹息于现实的不合理想而理想的难以实现。韩非更不用说,是肯定现实。这样的"不平等序列观",在中国比在别处更明确,严格,普遍而持久。卢梭的平等空想是在欧洲到十八世纪才出现的。在卢梭以前的欧洲,恐怕没有像中国这样严格的简明的以数字序列概括人人处处不平等的想法。古希腊和古印度的序列观还是比不上中国的广泛吧?在中国,排座次,进门出门次序,先后左右,是最有讲究,千万错不得的。

客: 我觉得不着重序列的图像排列同样重要。不妨转到第二部古书《书》。整整齐齐排列图形的首先是《禹贡》,分天下为九州,列举河道,"东渐于海,西被于流沙"。其次是《洪范》,也标榜禹,"天乃锡禹洪范九畴"。首先是"五行":水、火、木、金、土。到第九畴是"五福""六极"。至少这"五福"是从前差不多人人知道总名的,而内容则前三项,"寿、富、康宁",都承认,后两项,"德、命"就不大提了。《洪范》也记数,好像是那时对人文看法的一个总结。再次是《周官》《吕刑》。"三公""五刑"也是常用词,指的什么,倒不一定人人都知道。这是数字概括的妙处。

主: 这里面仍有序列。可以说,在中国汉人心中,无论今古,有数就有序。数和序是显露出来的符号。意义是隐藏在里面的。解说是连接二者的,可以说是要求"深厚"的,即,由表到里,由形到心,由显到隐。本来是由计算对象而得数,以数概括后便会失去原对象而展开解说。《书》,汉朝有今文古文之别,后来合一了。到清朝又闹派别纠纷。争的其实不是文,不是书,而是意义。不论如何,《书》是上古时期一个文告档案汇编,从虞、夏、商、周到秦穆公(秦国所订?)。从草创到修订成书为时不短。从这书里可以看出一点。我们谈有文和无文的文化。"文"有两个常用义。一是指文字,没有相对立的字,只好说有文、无文。二是指和武相对的文。历代都将文置于武之上,好像我们是重文轻武的。在清末民初一段期间内,因为一次又一次挨外国打,许多人愤怒而提出"尚武"。体操、武术抬高了身价。许多人认为,中国之弱就是因为不好武。这是真的吗?且看这部上古文告集。《甘誓》《胤征》《汤誓》《泰誓》《牧誓》《大诰》《秦誓》都是战时文告。还有一些篇是战后的"安民告示"。首先就是商汤用武力推翻并流放了夏王桀以后,"有惭德",说是怕"来世以台(我)为口实"。于是发了《仲虺之诰》以自辩。在刻甲骨的年代以前未必能作出这样的文章,但也不会全是很晚的伪作。文开头就说:"唯天生民有欲,无主乃乱。"其中不仅未说打仗不好,反而是东征西征都是应老百姓的要求。(亦见《孟子》。)再看据说是孔子编订的《春秋》,这更是一部战争编年史。以后的,可以翻看《资治通鉴》及其续编,征伐之事史不绝书。流传在民间的几部古典长篇小说,《三国演义》《水浒传》《西游记》都是讲打仗的。不讲打仗的《金瓶梅》是禁书,末尾也提到打仗。《镜花缘》、《儒林外史》是有文之人看的,也免不了写一点打仗和武术。《红楼梦》言情不言武,也还要加上一员女将"不系明珠系宝刀"。柳湘莲还很会打架。焦大是打仗中立功的。诗歌和戏曲中少不了武。文人骂武,但事实上武事不断而且好武的文人也不少。诗人辛弃疾、陆游是最有名的。能不能说,有文的文化中不但藏着无文的文化,而且还有大量的"武化"。文显武隐。"崇文""宣武"相辅而行。隐显并不是两层,甚至不是两面。说表层、深层不等于说显文化、隐文化。"隐"不一定是潜伏在下,只是隐而不显罢了。解说文化恐怕不能不由显及隐。有的隐显难辨。即就文的说,只讲小说。《人间地狱》和《春明外史》同时出来,又都自称写民国初期，但很不一样。可以说，上海的是清末以来旧章回小说的结束，北京的是新章回小说的开始。京新于海。这是俗文学。雅的，旧诗文不说，新小说，也不同。上海新而北京旧。双方都有外国影响。看来是上海多重日俄潮流而北京多守欧美标准。这都是明摆着的。谁新，谁旧，谁显，谁隐？能只凭几本文学史吗？书上讲的是显，不讲的是隐吗？看张恨水的不比看茅盾的人少吧？

客：这使我想到，我们说隐还有隐讳之意。隐文化也包含了隐讳说的文化。例如《春秋》开始于鲁隐公元年。为什么"隐"？因为他是被臣子杀死的。开篇并不说他"即位"为君。作解说的三《传》都在无字中见出名堂，说："不书即位，摄也。"明明是隐公，又说他没当国君，是既为死者讳，又为生者讳。这类忌讳也应该算在隐文化之列吧？

主：不知忌讳，难读明白中国古书。也可以说，不知隐文化，难以明白显文化。即如战争也是忌讳的，总要宣扬文治而讳言武功。愈是武功盛，如永乐、乾隆，愈是讲文事，修《永乐大典》、《四库全书》。有人责备儒家重文轻武。儒家，不敢说；孔子并不轻武。《论语》中说："礼乐征伐自天子出"，"礼乐征伐自诸侯出"（《季氏》）。征伐武功是和礼乐文事并列的。孔子说："军旅之事未之学也。"（《卫灵公》）不会打仗不等于反对战争。"陈恒弑其君"，孔子还"请讨之"，主张出兵制裁。（《宪问》）孔子还说："以不教民战，是谓弃之。"（《子路》）这是主张教民作战，即练兵。"民"未必是奴隶。春秋时，若弃的是奴隶，那有什么可惜，值不得一提了。中国人不能说是好战，但中国地方大，人口多，是个多战之邦。世界上没有一个国家能和中国比赛战争的规模之大，次数之多，时间之久，战略战术之精。当然用火器的战争除外，只说用冷兵器的。

客：武的文化不必多说。这不是隐而不见的，只是隐而不说的。文人好武并不少见。几十年前高呼"武力统一"中国的不是秀才出身的军阀吴佩孚吗？"投笔从戎"传为美谈。初唐王勃年纪轻轻"一介书生"，还说："无路请缨，等终军之弱冠；有怀投笔，慕宗悫之长风。"(《滕王阁序》)晚唐的温庭筠也自称："莫漫临风信惆怅，欲将书剑学从军。"(《过陈琳墓》)诸葛亮本来不是书生吗？哲学家王守仁很会打仗。近代曾国藩、左宗棠、李鸿章都是会打仗的文人，不过不会用火器，不会打外国人就是了。

主：所以隐文化可分两类。一是隐瞒不说的，也就是忌讳的。从秦始皇忌讳他的名字"政"字，并且只许天子自称"朕"以来，各种忌讳，口头的，笔下的，多得不得了。唐朝韩愈作过《讳辩》。现代学者陈垣有《史讳举例》。这对于考证古书古物年代有帮助，但也给读书添了麻烦。孔子说过："父为子隐，子为父隐。"(《子路》)"隐"是长久以来的习惯。不识字的人口头也忌讳。不吉利的字是不能出口的。船上不能说"帆"，要说"篷"，忌"翻"。有些典故也是为换个名称用。或为典雅，或为隐讳。有的为尊敬，有的为鄙薄。由语言文字而及事物，许多都隐蔽起来了。这种代语在中国文学中普遍存在。由此譬喻文学特别发达。印度譬喻故事随佛教传来也大受欢迎。但双方譬喻不同。印度的照套子举例。中国的是代语，花样繁多。不仅《离骚》的美人、香草，《诗经》的"比"和"兴"也是。这不是修辞而是文体。《庄子》等子书多寓言。《西游记》的故事能说成隐语。这比外国的复杂得多。张冠李戴，李代桃僵，成了文学手法。《诗经》的毛《序》讲美、刺就是索隐。

客：这一类隐文化是明显的，有点谜语味道。是民俗，但心态不好讲。你说有两类，另一类是隐而不显的吧？不一定是有意隐瞒而是表面看不出来，或者大家不以为意，甚至都知道可不说出来，作为不是那样。前面谈的"武化"隐于"文化"之中就是这一类吧？还有什么可说的？

主：另有一种隐文化，和"武化"或"武文化"相似，很普遍，但大家不注意，不承认，不说。这值得探索一下。我指的是女性文化。

客：这不希罕。从外国到中国近来谈得很热闹。这不是女权主义吧？那是外国的，情况和中国不同，连日本的也不同。你是不是指妇女中心的文化？或者母系社会的遗留？

主：不要忘了我们着眼的是文化中的民俗心态，是从有文查无文，所以不用管这些说法和招牌，先考察一下妇女在文化中的地位和女性在创造文化中的作用。不是着重性别，而是考察性别的文化作用。因为中国历来大家承认的文化符号序列中是男尊女卑，女性处于附属地位，好像不许也不能发挥什么作用，所以出个女皇帝或者女诗人就大惊小怪当作例外。若事实不是这样，那就是隐文化了。这里面就有民俗心态了。

客：还是从有文的经书查起吧。

主：在中国的符号体系中，从《易》起，阴阳或乾坤就并提而不可偏废。阳刚阴柔是指性质，不分上下。分上下如阳强阴弱或阴盛阳衰应当是都不平衡，为什么前者可以容忍而后者就招致不满呢？不单是男的不满，连女的也不以为然，好像男的必得盖过女的。大家这样想，然而事实呢？事实是不是太极图式的呢？是不是阳显而阴隐实则并列而互有盛衰，共同组成文化的全部呢？乾坤，阴阳，互为先后。文学不必说。从《诗经》《楚辞》一直到鲁迅的《祝福》，女性不是文学的中心也是不可分离的部分。对不对？要考察的是其他方面。

客：依我看，男尊女卑，重男轻女，男性中心，父系社会，这些都不错，是显文化。女性是受压抑的，但同时又是反压抑的，并不是那么卑，那么轻，那么无权。这是隐文化，也许因此不占主导地位。

主：隐文化不显著，不受重视，这不等于不能起主要作用。就政治方面说，看起来打仗的，做官的，从皇帝起，都是男性。有个武则天，出个花木兰，就成为特殊人物。这是迷信符号。当皇帝，主持政权，不一定要有称号。妹喜、妲己、褒姒起什么作用，姑且不论。《诗经》一开始就是《关雎》，毛《序》说是指"后妃之德"，足见后妃作用不可忽视。不用寻找，《左传》开篇的《郑伯克段于鄢》中共叔段闹大乱子以致庄公几乎杀了弟弟。兄长是嫡子，是继承人，弟弟如何能有权去侵犯他的政权？因为姜氏母亲溺爱。这就证明姜氏对政权有重要作用，庄公只好暂且听从。她虽然失败了，但不是无权。这类例子历史上有的是，当然都是挨骂的。秦始皇的太后使吕不韦掌握政权。汉高祖的吕后是无称号的女皇帝。韩信是她杀的。有段时间江山几乎姓吕。汉代外戚掌大权。权倾人主的霍光，掌兵权的卫青、霍去病、窦宪都是皇后家里人。唐朝除武后外还有韦后。杨贵妃能使杨国忠掌权。至少在逼她死的军人眼中她是能左右朝政的人。宋明的后妃也不是对政治无影响。清代开国有孝庄后，亡国有慈禧太后，下退位诏书还是隆裕太后主持。如果说帝王专制大权独揽，那权中有不小一部分是属于女性的。经济上秦时的巴寡妇清以发财得名。一般是男主外，女主内，家财常是妇女主管。何况有"季常之癖"的"惧内"的男人从来不在少数。"忽闻河东狮子吼，拄杖落地心茫然。"（苏轼）女的不但能文，而且会武。有李清照，也有农民起义军领袖唐赛儿。当然这些都不能掩盖妇女受压迫被歧视的事实。她们是在重压下抬起头来的。打骂、买卖，裹小脚，不许识字，不当作人，都不能使所有女性屈服。男对女的一项措施是不许妇女识字读书，使她们只能有直接见闻得来的知识。可是妇女并非人人不识字而且无知可能闹事更大。总之，女的固然在地位上受男子玩弄欺凌以致被认为并自认为轻贱，但她们又何尝不能玩弄男子于掌上，驱使他们，甚至干涉他们的政治态度及前途，如明末的名妓对名士（《桃花扇》）？所以从整体说，从全社会说，以性别分，女性是受男性压抑的。这是显文化，不容否定。同时，从局部说，从一个个人说，男性受女性支配的事并不希罕。这是隐文化。应当说，文化是男女双方共同创造的，而女性起的作用决不会比男性小多少。连《文选》里都有两位古代女作家，班婕妤和班昭（曹大家）的诗赋，后一位还是大学者，是经学家，史学家。

客：这种情形不能说外国没有。印度的，日本的，欧洲的，各有其女性隐文化，不过和中国历史上的不一样。欧洲的圣母，印度的女神，日本人的世界最早的（十一世纪）长篇小说女作家紫式部都是中国没有的。欧洲中世纪的英雄美人也和中国的不同。法国宫廷中活动的贵族夫人也不是中国的后妃。现代变化很多，中外还是有不小的差别。也许这就是外国高呼"女权主义"时中国人不大响应的原故吧？女性文化的现代兴起可能在中国更旺盛。女作家，包括台湾香港的在内，现在不是越来越多吗？不过这属于隐文化，是不会大嚷大叫的。能不能说，以性别分人群，则女视男如符号而男视女如意义；男女仿佛谜面谜底，谜底是不露面的。

主： 我们从应用"场"和"序"说到显文化和隐文化，又提到了"武文化"和"女性文化"，还得问问民俗心态吧？那就要另起话题了。

（一九九〇年）

"治"序·"乱"序

客：我们谈到了文化可分显隐。我想就隐文化提一个问题。中国的文化历史中，春秋战国以后，秦是个承上启下的总结时代，年代不多，影响极大。显文化大家知道，已有许多研究。有没有隐文化需要注意的？

主：秦代形成了一个从来没有这样大规模的统一文化场，也就是信息场，以帝国政府为中心，但秦始皇帝决不是以前的周王。这是从东周几百年间的文化纷争产生出来的。可是没有多久秦朝就亡了。到汉朝经过两代才有稳定的"序"，所谓"文景之治"。秦、汉和后来的隋、唐以及元、明的情况差不多。三次变化从模式说非常相似。这不是一姓王朝的兴衰快慢问题，可以说是文化的"场"由一种"序"变为另一种"序"的过程问题。史实和形势很清楚，需要的是解说。可以有不同角度的解说。若主要从文化说，广义的，包括显的和隐的，可以有什么样的解说？我想简化一下，撇开中间的隋、唐，比一比秦、汉和元、明。不过元朝是蒙古族当政，有个种族文化作为重要因素，不如将秦和明来比。明朝的开国之君，太祖朱元璋和永乐皇帝朱棣，很像秦始皇。接下去的皇帝，直到末代崇祯之前，都不见得比秦二世高明多少。秦宦官赵高比明太监刘瑾、魏忠贤还高明些。激烈的农民起义推翻朝廷，秦末明末一样。可是为什么秦只二世而明可以维持近三百年？信息中心的强弱系于什么？能不能从文化上找一找解说？若不是只换术语和框架，这就会把隐的显出来。

客：你是不是说，从战国形式的分立的"乱"达到稳定而有"序"的"治"的统一的大"场"，要经过一段过渡期，表现为一个短促的王朝？是不是说，秦、隋、元分别是达到汉、唐、明的过渡期？那么，明的朝廷并不强却能长久维持，而且接下去的清朝未经过渡又稳稳统治了两百多年。那么多的内忧外患未能使清像秦那样一下子就垮台。这是为什么？若朝廷作为一个"场"的中心，秦和明相比，除皇帝个人外，还有什么不同？元朝忽必烈如同隋朝杨坚，不亚于唐朝李世民，何以稳定不下来，而相差不多的朱元璋、朱棣反而稳定下来？这当然不能仅从皇帝和朝中少数人作解说，恐怕不是中心而是全局的问题。先乱后治的道理是不是比先治后乱的道理更难讲？从文化说，不乱是不是比乱的原因更"隐"些？

主：我看先得把治、乱的文化意义说清楚。是不是可以说，"场"总是有"序"的。"序"可以有两类，一是治，一是乱，各有各的"序"。历来圣贤都是讲理想的治的序而不讲实际的乱的序，以为乱就是无序。试想假如乱中无序，那么治的序从何而来？用武力推行文化以至思想是不大见效的，几乎是不可能的。治序必定是从乱序中出来。同样，乱序不能只是治序的打乱破坏而是另一种序出来要代替原来的序。有时两序相仿，例如梁山泊的排座次和宋朝廷的座次属于一个模式，那不能说是两种序，只能说一是山寨的序，一是朝廷的序。乱序和治序不是这样，是不同的序。同序的不一定能相互代替，要看其他条件。不同的序相代也不能突变。两种序包含着不同的民俗心态。一个趋向"乱",一个趋向"治"。古人常说的"人心思乱"或"人心望治"就是指这个。

客: 既已"开宗明义",那就来看看相隔一千年以上的秦和明两次"场"中的"序"有何不同?为什么一个不能"治"下去而另一个可以?从统治者方面说,明朝廷比汉、唐都不如,为什么也能稳定而治?难道秦制是乱"序"而明制是治"序"?为什么汉承秦制又治了?只是除去"苛法"和建同姓王国吗?从《史记》的《秦始皇本纪》能看出什么?

主: 从这篇以始皇、二世、李斯、赵高为主要人物的政治文化总述我们可以发现,战国时期的重要的文化"场"的"序"到秦统一天下时改变了。变成什么?汉朝贾谊的《过秦论》一大篇(全文见《史记》,中段见《文选》)总结秦之亡为一句,"仁义不施而攻守之势异也"。对秦之兴总结不出来。唐朝杜牧离得远些,在《阿房宫赋》中用六个字描写秦之兴:"六王毕,四海一。"和司马迁的论述相合。秦朝的特色是将中国合成一个大统一的"场"。这是前所未有的。其所以能成功,当然是历史发展的要求。秦始皇当然是历史的工具,不过他是一个有思想有意志的工具。他所想的和所做的有什么是达成这个统一场的呢?那要看同他合作的李斯。秦用李斯建立王朝创立许多制度,而李斯被用由于上书谏逐客。秦始皇是很不喜欢"客"的,而战国时列国,包括秦,是用"客"而兴的。"客"是战国文化场中最显著最活跃最起作用的分子。从李斯这篇上书和贾谊那篇论中所列就可以看出来(两文都入《文选》)。这些周游列国游说之"客"中还应包括孔、孟、墨、庄、荀、韩非、孙膑等圣贤诸子及其门徒,做官未做官,出名不出名,著书不著书的,都在内,不仅是苏秦、张仪之流。这些人公开地或隐蔽地在各国之间串连，出许多富强以战胜他国以至一统天下的计谋。他们的祖师言行录，门徒备忘手册，本门要诀之类的书都是内部读物或者对外宣传品。这些书包括《老子》在内，都是有一定读者对象的，是多半在口头传诵的，所以不能都存留下来。若没有这些人，战国只能混战，只是一些文化板块，如何能一统天下？东汉许慎在《说文》中说，七国是"田畴异亩，车途异轨，律令异法，衣冠异制，言语异声，文字异形"。使各国串连通气的正是"客"。（经济上是陶朱公范蠡之类的商，史书留名的多兼充当政客。）"说客"中苏秦"合纵"使各国攻秦，张仪"连横"使各国降秦。他们是战国分立的"场"中所必需，因而为一统的"场"中所必除。秦始皇见到这一点，所以逐客时单用了李斯而不用韩非（据说两人都是荀子的弟子）。他统一了天下就再也不允许有"客"存在并活动。不必等到秦二世，秦始皇在认为李斯的作用耗尽时也会杀他的，正和当年秦王杀商鞅一样。由此可见，分立板块而由"客"串连是战国文化场的特点，是乱"序"。由此达到"一统"，而统一场中就再不容"客"。秦朝的文化政策几乎都是为堵塞"客"的产生而制定的。这是不是战国板块文化场和秦朝统一文化场的重要不同点？

客： 从春秋孔子起，这些"客"不但周游列国，还能到处讲学、收门徒或求学（如苏秦游学），使文化流通和发展。当统一的场形成以后，多块合成一块，自然就废"私学""游学"，烧去"非秦纪"的史书和"非博士官所职"的"诗书百家语"，废除六国文字，达到"书同文字"了。李斯、赵高各自编出新文字的识字课本（李斯《仓颉篇》，赵高《爰历篇》）。建立"博士官"（高等学府）统一教育。非官方的书只留下医药、卜筮、种树等技术书。要学"法令"只许"以吏为师"。这一大套文化教育法令是统一文化场所必需的。问题是：这有什么不好？为什么行不通？何以这一套到汉朝经过公孙弘、董仲舒才定下来，而私学私书还除不尽？为什么到西汉末期，刘向、刘歆、扬雄又在天禄阁校勘官藏古书，去认六国的"古文奇字"？（可见书未烧完。《左传》这时出现还不被承认，"博士"不立专业，要刘歆去信争。《文选》中有此信。）战国时乱轰轰的"百家"有什么好？"一统天下"后的一家有什么不好？我们不要用两千几百年以后的世界的眼光来看，要照当时的形势看。

主：不错，从板块文化场变为统一文化场正是从战国到秦的变化。这在当时是必然的。由此而来的，由丞相李斯建议和始皇帝批准颁布的一系列法令措施也是应运而生的。（"客"将分立场串成了统一场同时消灭了自身存在的依据。）然而不行。秦始皇太自信了，太乐观了，以为灭了六国，一统天下，要防的仅仅是六国的后代和他们的谋士"客"，于是对文化作了严格的统一规定以防"客"，想不到"客"会有后代，想不到要有什么人来代替"客"。始皇不认识，那时也不可能认识，文化的意义。他看轻了文化。他知道文化是对付人的，又误解了人。人虽可以变成兵马俑，听从统一号令，但人又不是俑，不可能和兵马俑完全一样。军事上这样做都有危险，兵士中会出现陈胜、吴广。政治上经济上统一"场"、"序"必须具备成熟的足够的条件。第一要件便是活人。兵马俑不是活人，只能在墓中和死人在一起。活人有合乎六国的"序"的，有合乎秦"序"的，不像俑没有分别。统一文字并通行隶书再设立"博士官"确是合乎需要而又具备可能，但若以为这就够了，那是只知其一，有文的文化，而不知其二，无文的文化。那些无文的大多数人呢？仍然处在板块文化之中。上层出现了统一文化，下层仍然是互不相通的板块文化。《孟子》

里一说"南蛮鴃舌之人",二说楚人学齐语要到齐国去,否则学不了(俱见《滕文公》)。当时恐怕只有上层通用语,可以供"客"到处游说,可供各国首脑办外交,引《诗》以结盟。《诗》是将各国"风"化为通行语的标准课本。所以孔子说:"不学《诗》,无以言。"(《季氏》)然而极大多数的人是各守其板块文化的语言和风俗而不改习惯的。当时明显的文化板块有:中原的从殷商以来的文化,包括"桑间""濮上"的"郑卫之音"。(这里有女性的呼声,是进步还是落后?)还有西方的周秦文化。(内含西戎?)不算北方的其他民族,燕赵也自有文化。东边海滨有齐文化。(鲁似近中原。)东南先有吴越,随即并入庞大的南方荆楚文化而成为吴楚相通的长江流域文化。(这力量能和北方对抗而刘、项以楚亡秦。)这几大板块仅仅靠"行商"如弦高"座商"如陶朱公以商品流通来联系是不够的。他们可以促成统一,但维护一个大板块还远远不够。经济通气之外还需要人的通气。怎么能那么快就不再需要"客"的流通和"私学"的传授了呢?像萧何那样的吏除了教法律政令之外还能做什么呢?何况原来六国的无数"萧何"也不是很快就能都成为秦吏的。虽经李斯、赵高强迫推行,文化的统一场终究是表面文章,不如军事政治统一得快。汉又分封王国。文帝不采贾谊的"治安策"。那策是只知除病,不知病除掉以后本身没有元气恢复健康,又会得病。景帝试了一下,不成功。武帝时才初具规模,仍是表面。直到元明清三朝大统一才能消化板块,但也化不净。已经一千几百年了,显文化一统江山,隐文化照旧板块。始皇、李斯虽有开创之功,只是开创而已。战国的板块文化场的"序"是不能化为秦朝要求的兵马俑文化的"序"的。统一场的"序"在两千多年前是不可能形成的。秦使天下为一国,文化上不能适应。文化是以经济为基础而与政治相应,又内含喜乡音而守乡土的民俗心态，所以分立不断。汉封王，唐不封王而有藩镇，宋无藩镇而辽、金、西夏、大理、吐蕃多国分立。元统一不久，明朝又裂土封王。清朝才出现政治文化统一场的局面。这是着急不得的。秦始皇以为有了白起、蒙恬、章邯率领兵马统一天下，有了连六国长城为一以防范北方异族，销六国兵器铸为金人十二（显然是象征），这就够了，其他无足重轻，可以随意制定。这是原始的天真，是不知道也不相信有文化场，而文化场是活人的民俗心态力量的集聚，不能任意指挥的。秦初并天下的第一个诏书中一再说"兵吏诛灭"六国。他想不到"兵吏"不能制造并率领统一文化场。

客：由此是不是看出了一条？中国之大，必定文化分成板块，但又趋同，所以要一步一步形成统一文化场的"序"。这不是秦始皇的功过问题。他本人在统一天下后车马不停，南北东西奔走，毕竟不能代替当年"客"的流通。"博士"消灭不了"私学"。能背诵《尚书》的伏生还是活下来了。这显然是两种"序"。能不能说战国的文化场"序"是乱"序"而秦朝的是治"序"呢？这是不是有点像欧洲的罗马帝国而缺少基督教？乱"序"不能由少数人统一管理，所以比治"序"更难办。然而若有人以为可以平稳地由乱"序"而治"序"，恐怕是不懂文化。欧洲的国小，罗马帝国以后还变了几百年，而且各国不同。中国的情况不能比。硬套不是解说。

主：先不忙定符号招牌，只可试试。战国是板块文化而有间隙通气。这是不是乱"序"，和后来的东晋十六国、五代十国属于一个类型？不敢说。至于秦始皇所想做到的恐怕不会是治"序"。

客：可是一直到明朝还是这一条秦始皇思路。明太祖、成祖也可以称为秦若干世。明代的裹小脚是使妇女成为不容易自由行动的俑。八股文是使读书做官人成为头脑不容易自由思想的俑。这种俑化思路以为大家一样就是治、平。这好像不是秦以前诸子百家提倡过的，也不像是孔孟的。李斯是荀子的学生。这也不像荀学。恐怕还是秦始皇在秦国情况下才能有的思路。李斯不过是迎合而出谋划策。可是开国名王的第二代往往不行。秦二世不用说。汉高祖以后惠帝不行而吕后掌权。唐太宗之后高宗不行而武后掌权。明太祖之后建文帝不行而成祖继任。这又是为什么？

主：吕后、武后仍是继续不断的后任，不过是由隐文化的妇女出面了。名王的儿子或孙子不行，这是另一问题。主要是那条思路及其执行继续下来了。可以问的是：秦为什么二世换了朝代而汉、唐、明可以不换？

客：这是不是说，后来的思路和所作所为多少还合乎治"序"？秦二世是第一次作试验所以不成功。

主：不是第一次试验。秦国已实行多年了。秦始皇是想把天下变得和秦国一样。秦二世和赵高不懂或不赞成继续始皇和李斯的思路，以为天下已定不必再像始皇那样操心亲自每天阅一大堆文件亲自到各处跑了，不知新的文化场未能形成正是危急之时。这里面有一个对人（不论贵贱）的看法问题。人的俑化和俑的人化是两回事。人化俑不行。俑化人可以。始皇对此不能明白。他把"黔首"（老百姓）搬来搬去，一搬就是多少万。不仅迁奴隶，还迁富户（当然连带他们所有的奴隶）。这是把人当成俑。他以为兵和吏是俑，民也是俑，活着时就可以像死后在墓中那样排列整齐，以为这就是治"序"。错了。所以不成功。若有俑化人，那可能构成文化场的序。人化俑只能构成坟墓里的序。那不是治序而是死序。从陈胜、吴广当戍卒可见秦的兵是俑。兵的来源，既不是征，也不是募，而是"一锅端"（闾左）。秦实行的是商鞅以来的耕战两分法，也就是孔子教导的"足食、足兵"二分法。（《论语·颜渊》）不过法家是硬来，儒家是软干，但都要求"民信"（商鞅徙木立信）。始皇把"民"硬性分割，一边人去种地，一边人去当兵。这很简单，是把人当俑。没想到大雨误了行期，当斩，于是陈胜、吴广开动了思想。怎么样都是死，造反还可能活。有选择了。人是能选择的动物，不是无选择的俑。加上秦二世、赵高的糊涂和六国板块文化的余力，又没有板块王国可以缓冲而由皇帝独自挑重担。这样，秦就垮了。在统一场中人的活动作用比在板块中大。若反而把人当作比在板块中更少活动的俑，统一场自然有瓦解危险。这不是统一场不行，而是统一场的"序"所依靠的人尚未形成又受到阻挠。不知这样说法通不通？

客：什么是"俑化人"？还不清楚。

主：我想到十九世纪中叶，英国议会中有位名人演说。他主张英帝国统治殖民地要兴办教育。不是普及教育，而是办大学教育，培养少数人当官吏。同时确定文官制度，用中国式的考试办法。他预言，将来会有许多官吏，人是当地的人，但说的是英国话，想的是英国人的想法，用英国文明治理当地。这就是俑化人的理论构想吧？确实是人，但实际是俑。这和人化俑不同。那确实是俑，但实际是人。那很危险。一旦人由隐而显要自作主张，作选择，就会出陈胜、吴广。俑化人不同。确实是人，自己思想行动，自有选择，但实际是俑，所有自以为是自己的一切都是外人教会的，自己不知不觉暗中照人的样，等于听从自己以外的指挥。那样就可以治。是不是治"序"？不敢说。秦始皇需要培养俑化人，可是他只相信"兵吏"，只要人化俑，所以失败。他不是两千多年后的英国的维多利亚女皇。

客：你这套俑论或人论太抽象。还是回到秦和明、统一和板块的问题上来吧。就中国历史说,乱"序"存在于板块文化场,治"序"存在于统一文化场。秦是统一的大"场"。明像汉一样分割为板块。为什么秦治得短而明治得长?两朝皇帝都是开始英明继任昏庸的。

主：明朝虽然裂土封王,却不是战国、十六国、十国那样的板块。货和人的流通比以前不知扩大了多少倍。文化比以前更像统一场。上层分封对朝廷不是利而是害。到亡国时还闹福王、唐王、鲁王、桂王的纠纷。秦和明都是统一文化场,用相类似的治"序"。明晚了一千几百年,各方面有大发展,应当是照秦"序"更不行,为什么反而行呢?是不是秦"序"需要更为发达的条件,当时才开始,汉朝还得分封板块,同时定于一尊,到元明时代才有更多的条件,更多的需要,齐国公羊高讲《春秋》的理想要求"大一统"才可以实现了?

客：明朝廷从上到下有什么发展了或变更了秦的不成功的制度的?

主：这就还得回到人和俑的问题。文化的主体是人的活动。政治更是要看人。秦的"治"是靠"兵吏"。兵属于军事,是另一回事,不必谈。吏,在秦是主要的,因为有"苛法"和"酷刑"要吏来执掌,而且吏还要教"法令",培养后继人。全国这么大,又不分割为属国而一并划为三十六郡,朝廷直接统治而不间接统治,这就更需要听指挥的直到最下层的官吏。东周列国时是贵族依血统分封,层层把关。从《论语》可以看出,鲁国的国君是周的贵族下放。季氏三"家"是分别为鲁君掌权的又一层贵族。阳货以及孔子门人冉有、季路等"家臣"是又一层掌握实际直接治民的大小不等权力的。官吏从何而来?除贵族出身的以外,从办私学的孔子那里来。阳货可以明劝暗令孔子做官。孔子的门徒除早死的颜回外几乎都是官，或是可以做官的候补者。国君也常问孔子有什么门徒可以做官（从政，为政）。大弟子冉有、季路都是季氏的家臣。季氏要出兵打仗，这两位还向老师报告，挨了一顿批评（《季氏》）。还有弟子原思等人当地方官。孔子经常出外周游列国作"客"。他是办私学培养并推荐官吏的，同时充当国和"家"的政治顾问，"从大夫之后"（《宪问》）。用这一眼光读《论语》可以看出开篇讲的"学""习"就是学政治，学做官。孔子办的是政治大学，向各国政府输送官吏。秦统一天下，当然不要这些给六国尽力的"客"和"私学"，一律取消。可是官吏从哪里来？"以吏为师"。哪里来的那么多的吏？秦国原有的也不够用。只好仍用当地原有的以及新由皇帝提拔出来的。这些官吏很靠不住。萧何就是一例。他很能干，能当宰相，可是当小吏而不为秦用倒造了反。汉代在"萧（何）规曹（参）随"袭用秦制以后才开始了新办法，"选举"（选拔，举荐），也就是由当地名流推荐，于是有了"名流""门阀"。闹腾到三国时还不行。太学、博士只念经书争派系无能力培养人。秦有七十多"博士"，恐怕是书呆子居多。曹操、诸葛亮的兵法不知是从哪里学来的。唐太宗想出个统一考试办的法来，一直传到明朝。分散培养，统一考取。分散的私学自然照统一的取录标准教。《文选》中有"策秀才文"，那在唐以前。唐考诗赋，诗盛。宋考策论，散文兴。明太祖出自民间，深知必须将人俑化，决定了将"经义"定为八股。这是秦以后的大发明，一直行到十九世纪末。八股的好处暂不论，和小脚一样是明代文化的大题目。可以说，到明代，秦制中心的官吏的从培养到选拔到控制使用的全套办法才完成了。这个统一文化场有了治"序"的"人"的依靠了。这个文官制度和英国先在印度后在本国实行的文官制度有异曲同工之妙。各有为各自的"场"的"序"服务的功效,为治大帝国所必需。

客:恐怕还不止这一条吧?八股文培养书呆子,如何能进行有效的"治"呢?

主:不错。这又是明清两代的大事。有个"僚"或"师爷"的系统。这仍是秦代"以吏为师"的延续。大概各朝代都有。不过元明以前做官比较简单。白居易、苏轼以诗人当刺史、太守,只要喝酒作诗就可以。在杭州各修一道堤就是了不起的大事,至今还叫白堤、苏堤。元以后不同。文化场扩大而且复杂化。当官作吏不那么容易了。萧何也罢,宋江也罢,都不够格了。吏需要专业化。于是出现了一些会做官而又做不上官的人给官当实际工作人员,也就是"僚"。低的本地人就当"吏",像京戏《四进士》里的宋士杰,或是《红楼梦》里给贾雨村大人出主意的"门子"。"僚"有门派,例如出名的"绍兴师爷"。这是战国时"客"的转化,也是从周朝开始的"士"的演变。贵族大官除外。一个穷念书的,或是阔少爷,考取进士,没在朝廷等候做大官而下放当知县,得到肥缺或瘠缺。这比在翰林院陪皇帝候放差实惠。怎么当官?没学过。于是亲戚朋友以至于同学、同乡、同榜考取的"同年"都来荐信了,荐来一批专业化的"师爷"或称幕僚帮助当官。这主要有三行:一是"刑名"即司法,管问案子,要懂法律案例,可以捞钱。"绍兴师爷"是这一行中最出名的。二是"钱谷"即财务,管税收和会计,造假账,懂"四柱清册",会办"交代"。("四柱"是:旧管,新收,开除,实在。)要贪污,不可缺少。三是"文案"即秘书,掌管文书往来。看来不重要,可是公文和书信中一字一句用对用错可以升官或革职。应酬人的"八行"书信更是写得好未必有功,写错了一定有过。"文案"还能代表官去联络关系，少受嫌疑。有了这些"僚"或"幕"就可以"走马上任"了。到任上还得用好当地的"吏"，交结好当地的"绅"，如退休在家的"老大人"和有在京在外当大官的家属亲友以及什么"霸天"，否则也当不成官。这些都有了，那就可以作诗喝酒打牌娶妾什么都干了。不用说上面还得有靠山。这一整套是明代完成的治"序"，适合于大一统文化场。正史、实录、野史、诗、文、小说、戏曲里到处都是例子。这是做官。要发财，这还不够，另有门路，就不必讲了。

客：清末《老残游记》中的老残摇着串铃出入于官场和其他场，是不是也还有一点战国板块文化场的乱"序"里的"客"的味道？他以医卜为生走江湖，不是串连各文化信息场的一个"量子"吗？是两千多年的传统不衰还是残余呢？能不能说，统一文化场需要一个一个的人作为"基本粒子"而以个人的各种平等结合来组成有某种"序"的"场"；板块文化场不需要这样，是以家族或某种不由自主的血缘、乡谊之类关系组成的集团为"分子"的？是不是在统一文化场出现时才逼出一个一个的人，才发生所谓"人化俑"或"俑化人"的问题？

主：秦始皇禁"挟书"只留下"博士"，烧书只留下医药卜筮农书，这就给方士开了大门。他相信方士，求神仙。到汉代出现了儒生和方士的结合。天人、谶纬之学兴盛起来。儒生本也属"客"。各种的"客"，包括讲"纵横"的"说客"，也和方士结合了。战国的"客"化为后世走江湖和居庙堂的会读书作文又会占卜和治病的"士"，以传说的姜太公和诸葛亮为首。大概板块文化场从未清除，还时时占上风。有民俗心态作"窝主"，所以乱"序"中的人消灭不了，不要这些人的治"序"也安稳不了。有文的文化成为统一文化场，那无文的文化场还照旧遵从板块文化的

"序",仍行板块文化中的行规、帮规,有不结帮的帮。

客: 秦汉儒生和方士结合,后来的佛徒也是方士吧?

主: 这种"士"的问题是一时讲不明白的。

(一九九〇年)

从孔夫子到孔乙己

客：我们是不是谈得太多了。记得是从用符号解说文化开始，要追查什么民俗心态的。怎么走上了信息场。现在越谈越远，仿佛谈一种"历史物理学"了。岂不是荒唐之至。讲这些历史上的"场"啊，"序"啊，与民俗心态何干？与我们预定试破的中国文化之谜何干？讲句时兴的话，谈这些难道就可以算是找寻中国文化的"软件"吗？

主：我觉得并不是离题万里。到底是走了一段路，从有文的文化追到无文的文化，后来只能用符号来解说"文心"了。假如我懂物理学，我也许会列出什么公式来表现中国人的民俗心态的不变模式。这一点我做不到。不仅是因为我不懂物理学，而且是由于我们对自己的民俗心态的了解还远远没有达到能列公式的程度。恐怕连下定义，作界说，也办不到。硬要做，也不过是新的八卦五行，换个符号罢了。符号是抽象的形式，意义却是多种多样千变万化的，具体的。

客：那么，我们是不是就只能谈这些了？

主：我觉得还有两个人物值得提一下，也算是把谈过的空话略为落实一点吧。这两个人都姓孔，一个是孔夫子，一个是孔乙己。前一位是"至圣先师",是历史人物,我们谈过的《论语》中的主角。后一位是落魄识字人,是小说中的虚构人物。两人真假有别,地位悬殊,又相隔两千几百年,好像万万不能相提并论,可是又不妨联系起来,不能说是一脉相承,至少可以说是并非毫无关系。先说真假。孔乙己是虚构的,连名字都是编的绰号,不必索隐核实。即使找得出原型,甚至作者也会点头,还不是小说中的那位。化为真人,上了舞台银幕荧屏,也是另一个人。说他是假的,这不错。可是孔夫子就那么真实,是真的活人吗?谁曾见过?代代相传而已。说历史真实,一真一假;说在我们心中,两人一样,都得靠我们虚拟。不过孔子资料多,可以编造一生;孔乙己材料少,只有几件事。这不只是量的问题吗?当然历史和小说是有区别的,不可否认孔子的曾经存在。但是说两个名字,两个人,都可以当作符号,挂在意义上面,各自传达许多信息,不是也可以吗?何况孔子也不是一个。在这个符号下面有一个是我们谈过的《论语》里的。还有一个是从汉代起尊为先师,后来高升为文庙中的神,同帝王列入一等,本来只称"素王",后来竟得封号为"大成至圣文宣王"。这是成神的孔子,和《论语》中记的活人孔子不是同一意义,只是同一符号。此外还有一些孔子,那是各门各派奉为祖师爷或掌门人的。例如董仲舒尊的是照公羊高讲解的《春秋》发挥出来的。宋明的程、朱、陆、王又各讲各的孔子。清末康有为又讲出一个"改制"的孔子。还有更早的,如孟子也标榜孔子,荀子据说也归入孔子门下,还有庄子等也给孔子加上一些说法。这各种意义都挂在一个符号之下,当然互有关联,可是也不能等同。这些孔子还不如孔乙己确切,只有一个。

客:那怎么谈孔子?全网罗进来拼凑,构拟?是还原历史,还是尊一家之说？或者是纳入外国人所习惯的框架来谈？能不能将孔子现代化，国际化？

主：孔子毕竟是历史人物，所以我们可以把汉以后的作为第二解说而"悬搁"起来，或说加上括弧，把秦汉间所传的作为第一解说来考察。照这样看只怕要以《论语》为主，因为这里解说的孔子断了后代，是独立的。此书在西汉本来不十分受尊重，后来的种种解说都是借此符号发挥自己认为的意义。所以虽说是东汉郑玄编为定本，还可以相信是西汉所传诵的三种本子的合订本。同时这书又是一个丰富的信息场。我们以前谈的是书，现在可以谈谈书中之人。

客：怎么说断了后代？不是说曾子、子思传下来了吗？还有子夏(卜商)挂名写了《毛诗》的《序》。还有大戴、小戴的《礼记》。还有《春秋》和《易传》。

主：《论语》中的孔子和你说的经过这些人解说的不一样。举例说，《论语》中曾子解说孔子学说的"一以贯之"的所谓"一"是"夫子之道忠恕而已矣"(《里仁》)。其他处的曾子是忠恕并提吗？《论语》明明说，"夫子之言性与天道，不可得而闻也"(《公冶长》)。《礼记》的《中庸》篇(宋以后独立)开口便是"天命之谓性"。又说："仲尼祖述尧舜，宪章文武，上律天时，不袭水土，譬如天地之无不持载，无不覆帱，譬如四时之错行，日月之代明"，如此等等是《论语》中的那位孔子吗？《论语》中的孔子门徒没有一个真有嫡传人到汉代。找《史记·仲尼弟子列传》也不行。《论语》中记得最多的首席大弟子颜回不用说，早死。子路、子贡、冉有、子游、子夏、子张、有子等等还有不少，谁是汉代哪个门派的祖师？只有曾子据说传了孔子的孙子子思(孔伋)，还有《孝经》《礼记》也称道他。但这些挂曾子名号的话只能作为《论语》中孔子的一部分教导的发挥,不能肯定即为曾子所传的孔子。从前学塾中供的孔子牌位旁边的四位是颜、曾、思(子思)、孟。后两位是晚辈,不在《论语》中。前两位无传人。所以我们讲孔子还是专讲《论语》中的孔子吧。这是独立体系。虽也杂,还有根有据。而且例如《论语》说"齐景公有马千驷"(《季氏》),现在山东临淄发掘出据说是齐景公的墓,内有殉葬的马几百匹,可见所说属实。不过我们也只能照此书作出一种解说。若照其他解说讲孔子,可以以《春秋》为主,或者以《易传》为主。那是另外的孔子,也可以成立,但不能混淆。历史上存在的孔子是否兼备,那是另一问题。事实上我们讲秦汉孔学的经典传播无非依据孔安国的伪《古文尚书序》和刘歆的《移让太常博士书》,加上《史记》所载。刘向、刘歆父子天禄阁校书才是整理政府的图书馆、档案库,说不定里面还有萧何从秦朝政府那里搜图籍时带出来的。《汉书·艺文志》是依刘氏《别录》。刘氏父子是经书主编,曾否掺假暂不必论。刘歆明明说:"夫子没而微言绝,七十子卒而大义乖","道术由此遂灭"。孔安国说到孔府墙中藏书的发现和散失。他的《尚书传》虽伪,这些话即使出于东汉或更后也不会是凭空捏造的吧?所以说《论语》中的孔子及其门徒的传授的线断了,只有以《论语》为原始依据了。

客:不必考证了。这些都是讲古典文学的人的常识。我只问你,为什么将孔夫子和孔乙己扯到一起?

主:孔子是有文的文化的大宗师。但若不管其他书,只说《论语》中的孔子,他又是属于无文的文化的。在这一点上和两千多年后识字而沦落的孔乙己可以算同一类人。不过一个不断飞升,一个难免堕落,毕竟相隔太久相差太远了。

客:有文的文化中的孔圣人当然也是《论语》中的那位。无文的文化怎么说得上？孔子是显文化的赫赫人物，难道又是隐文化中的不出名的代表者？这信息从何而来？从戏曲小说及民俗仪式看，在无文的文化中，孔子的地位不比老子高。

　　主：你说的是太上老君吧？老子也有好几位，和孔子一样，这且不提。说孔子同时也属于无文一方面，不是毫无道理的。首先是他没有书。《论语》是他的门人的门人记下的传闻。从书内称谓看，总是在第三代以下，不会是第二代的著作。这正像释迦牟尼的《经》是不止一代以后各派弟子将所传诵的"经"几次结集起来一样。"结集"的原文本义是"合唱"或"集诵"。大家到一起来背诵本派所传诵的所听说的，以"如是我闻"开头。耶稣也同样。他的言行是四大使徒分别记下的《四福音书》。苏格拉底也是靠色诺芬和柏拉图所记，自己未曾著书。这四大圣人本来都是在无文的文化之中的，也是本来属于隐文化的。《论语》第一次编集为《齐论》、《鲁论》两部，是两地所传。再次编集加上散失的用古文字写的《古论语》，成为一部书。书中有些重复句子，可见是编集而未删。孔子和门人并没有著书，只是口头传授。《论语》中讲到的书只有《诗》，再三提起并征引。关于《书》《易》的话不仅少而且含混。学《诗》不仅为修养，又是为了"言"和"政"以及"使于四方"办外交（《子路》）。传说孔子删《诗》，也不是作诗。《易传》算不得孔子自己的著作。《春秋》是鲁国史书，说是经过孔子编订，也不是他作的。孟子所说的自己也不一致（《滕文公》《离娄》）。齐公羊高、鲁穀梁赤两家所传之外，《左传》是后出的，还有"真伪"争论。现在流行的本子是晋朝大将军杜预编订的。杜预那篇《序》可以算是中国古代"释义学"的开创，比欧洲讲《圣经》的释义学（后来发展为阐释学）未必多让。《春秋》的公羊学或左、杜学都不是孔子及其门人的。再从《论语》所记的内容看，孔子自称"吾少也贱，故多能鄙事。君子多乎哉？不多也"(《子罕》)。这也有孟子的证明："孔子尝为委吏矣。曰：会计当而已矣。尝为乘田矣。曰：牛羊茁壮长而已矣。"(《万章》)管账目，看牲口，当时自然是"贱"役。"子入太庙，每事问。"(《八佾》)可见他不是按时进太庙的贵族，号称"知礼"而未见大世面。他讲的礼、乐都不是书本子，是可以口传的。三《礼》不是他的著作。他也不重视读书。子路说："何必读书，然后为学？"他也只说是"佞"，即巧辩(《先进》)。他还说过"行有余力，则以学文"(《学而》)。孔子并不以有文的文化为高。他还要"从"(依从)"先进于礼乐"的"野人"(《先进》)。他是教政治和为人之道的。因此他不必看重书本而且不和"隐者"绝缘，反而再三说他同情隐者(《微子》)。所以他和那些"耦而耕"的，芸田的等等非"君子"人是通气的，比对阳货之流掌权人物还更亲切。他显然接近于无文而离有文较远。还有，孔子最赏识的弟子颜回是穷饿早死的人，和孔乙己是同类，不过不丐，不偷，学问大，道德高，但生活上高不了多少，住在贫民窟("陋巷")里。孔子重视的另一个门人是子路。这是个"好勇"的人，直爽，说话算数("无宿诺"，《颜渊》)，"衣敝缊袍与衣狐貉者立而不耻"(《子罕》)，"愿车马衣轻裘与朋友共，敝之而无憾"(《公冶长》)。孔子说自己"乘桴浮于海"时"从我者其由(子路)欤"(《公冶长》)，还说他"升堂矣，未入于室也"(《先进》)。子路的言行不像书生而像侠客。他是战死的。又一个得孔子喜爱的门人是善于"言语"的子贡。这是个"货殖"专家，会做生意，据说还会办外交，以其财富地位在各国串连并为老师宣传(见《史记》)。古时商人地位是很低的。这是不是个江湖人物？把《论语》和《孟子》一对照，立刻可以看出孟子是多半和国王大臣打交道的，是住"上宫"(高级宾馆)的，是"后车数十乘，从者数百人，以传食于诸侯"的阔"客"(《滕文公》)。孔子却是"栖栖"道路，仆仆风尘，又"在陈绝粮"，以致从者都饿病了(《卫灵公》)。又"畏于匡"(《子罕》)，这时几乎死了大弟子颜回(《先进》)。他会见各种各样的人都平等相待，和王公及权臣打交道不多，也不十分擅长，不如孟子会说话。如此说来，若有文无文不是仅指识字不识字，《论语》中的孔子排在无文一边并不委屈。这实际是尊重他。无文的文化中有极大多数的人，他们和孔子在《论语》中的许多主张是完全可以相通的。孔子讲名分，讲忠、信。江湖上难道不讲？梁山泊为什么要"排座次"？洪秀全为什么要称天王？李秀成不是"忠"王吗？反孔的太平天国尚且没有完全跳出孔子画的圈子，其他可想而知。反过来，那些号称尊孔的帝王是遵守孔子的教导吗？不孝，不悌，教臣下忠而自己不信，为夺皇权不顾名分，种种违背孔子在《论语》中的教训的是有文的高高在上的人，还是无文的处于社会下层的人？孔子设下的轨，江湖之人不全遵守，庙堂之人又何尝不是经常出轨？孔子说卫灵公"无道"，只因为他任用了能干的臣子所以未"丧"(《宪问》)。有文的文化中的孔子只是招牌。有文之人尊孔是要求别人照办而自己在外的。无文之人虽不尊孔却实实在在是和孔子有些心态相通的。当然这只是说的《论语》中的孔子及其门人，不是那位至圣先师及其名下的其他解说。《论语》也不能照朱熹的解说，那是朱不是孔。

客：若就民俗心态而论，能不能说出一点孔老夫子给后世留下了什么长久不衰的东西？

主：我以为有三位大人物的三条在从秦汉到民国的两千几百年民俗心态中一直起作用，仿佛球场上大家承认的规则。尽管不断有犯规的，但守规和犯规的规是同一的。若以为可以将"犯规"提高,提倡破坏一切规,以"无规"为"规",不是糊涂便是别有用意,而且是做不到的。人群不可能有无序的序。无论玉皇大帝或元始天尊都做不到同时立序又毁序或以毁序为立序。这会像孟子所预测的:"缘木求鱼,虽不得鱼无后灾。以若(你)所为求若(你)所欲,尽心力而为之,后必有灾。"(《梁惠王》)当然也许不会"灾及其身",可是必定逞一时痛快而后患无穷,后人倒霉。我说的三位三条不是这样。第一位是孔夫子。他在《论语》中有很多教导。其中不靠汉武帝下令尊儒术在"博士"中设专业而越来越深入人心的不是礼、乐、仁,而是"忠孝"二字。君父是一体,所以这二字实是一事,就是忠于一个活人,在家是父,在国是君。这要无条件的,主动的服从,崇拜。外国多有宗教,拜一个上帝或不止一个神。以一个活人为神而且人死成神的以中国为首。所以中国不产生外国那样的宗教而可以收容外国神。连"宗教"这个词也是外来的。忠孝意识(规)伴随不忠不孝行为(犯规)一直在民俗心态中占越来越大的地位,有越来越多的解说。外国人难以理解这样的极端。第二位是秦始皇。他宣布"天下大定","分天下以为三十六郡",实现了《禹贡》的"九州",将孔子常称的"天下"具体化。他的一切言行都是照齐国公羊高对《春秋》第一句中"王"字的解说,"大(动词)一统也"。这个"一统""天下"由秦始皇创立,越来越成为绝大多数人的心态。开口闭口"天下"。分裂也不忘"一统"。第三位是汉高祖刘邦。他破秦之后当众宣布:"父老苦秦苛法久矣。诽谤者族。偶语者弃市。……吾当王关中,与父老约,法三章耳:杀人者死。伤人及盗抵罪。余悉除去秦法。"(《史记·高祖本纪》)这三条"法"只有一条意义,就是人人对等取值,也就是"公平"。不"族"。不罪"毁谤"(对朝廷)及"偶语"(私议)。杀人、伤人、偷抢,各自

"抵罪"。罪和刑相"抵"（相等）。后代一直是大家承认的"杀人偿命，欠债还钱""一人做事一人当"，就是这三章"约法"。这个立法的对等原则是极其重要的，是孔夫子和秦始皇都想不到的。这在中国历史上是破天荒的。这是从家族本位转换为个人本位的第一声呼唤。自从刘邦宣布以后一直传下来。承认和否认，实行和破坏，也一直是正负并行，越来越成为民俗心态。不论有文、无文，显文化、隐文化，打官司、打仗，不是要求对等，就是要求不对等，总离不开这一条。孔夫子、秦始皇、汉高祖，"忠"、"一统天下"、对等"抵罪"（报仇），是不是在中国两千几百年来的民俗心态中根深蒂固？是不是中国的三大神？三神各有缺点：孔夫子招牌空中挂。秦始皇有钱不会花。汉高祖说话不算话。

客：你把孔子和帝王并列不要紧，又把孔子和孔乙己拉到一起，是不是会使我们的邪门歪道的闲谈既亵渎了孔子又唐突了鲁迅，对这两位伟大人物不敬？

主：讲无文的文化本来就亵渎圣人。不过我觉得这实在是尊重他们，把他们和我们的绝大多数人的心态连起来。我不以为他们本人会见怪。

客：不谈大人物，还是谈孔乙己吧。

主：《孔乙己》这篇小说不过两千多字吧？发表时我还在描红，写"上大人孔乙己化三千七十士"等等笔画少容易写的字。在《呐喊》中看到《孔乙己》时我已经小学快毕业了。一见题目就很奇怪。怎么会有人叫这名字？一读之下几乎终身不忘。完全相同的人和事是没有的。大致相同或有点相同的人怎么像是就在周围呢？甚至我害怕自己会不会成为孔乙己。怎么好像是看到我周围的正在沦落和将要沦落的识字读书人都有几分像孔乙己呢？我的哥哥喝酒时，我的小学老师讲古文古诗时，仿佛都有一股孔乙己气味向我扑过来。读古书时也觉得陈琳、李商隐这些人都有一股孔乙己气味。他们替别人写信写公文时恐怕还不如孔乙己饮酒时那样自得其乐。卖文和偷书究竟哪个高些？作诗和饮酒是不是一类心态？司马迁"下蚕室"时有没有孔乙己被打断腿时的心情？孔乙己写"伏辩"时有什么滋味？是"诚惶诚恐不胜战栗屏营之至"吧？我后来又看到《在酒楼上》，越来越觉得不对了。这一声声"呐喊"怎么那么尖锐，竟扎进我住的偏僻小城来而且进了童子的心呢？我有点害怕鲁迅的小说了。

客：这是你在特殊环境中的特殊心态吧？

主：我不以为是这样。我没有什么特殊。特殊是说只有这一个。我的情况不是独一无二的。我的哥哥便和我属于同一符号。《孔乙己》里的人都是些符号。符号化为人便不止一个。咸亨酒店是一个信息场，里面有戴着各种符号的人走来走去。长衫和短衫是两类符号。长衫客在里屋，短衫客在柜台外，信息是隔开的。掌柜的和伙计是在两者之间奔走串连的。酒客和孩子们各有各的符号。所有这些都如同《呐喊·自序》中所说的，"只能做毫无意义的示众的材料和看客"。这篇短短的小说就是把这个酒店信息场上的孔乙己及其看客来"示众"，同时也是传达一种信息，显出看示众和被示众的心态。孔乙己是长衫客，却不在里屋而在柜台外。这是一个信息。他读过书，会写好字，是雅人；又偷东西，是俗人；又雅有俗，这是另一信息。书生加乞丐成为一个人，在偷书中合一了，这又是信息。好喝酒，不欠债，终于死后还欠下十九文铜钱的债。这是不得已的。他死去也不安心吧？举人"家里的东西，偷得的么"？自然要写"伏辩"，低头认罪，被打断腿。断了腿还要爬去喝酒。自己不能考中"半个秀才"，还要教孩子们认字。人家不懂的话还要讲。这些都是信息。难道这些符号所传的信息都是特殊的吗？掌柜、伙计、大人、小孩，全觉得他可笑，所以他成为"示众"的材料，有"看客"。我看了不觉得可笑，反而有点恐惧，怕成为孔乙己，被"示众"。我不是乞丐，也没有偷东西，只是识几个字，懂得"多乎哉？不多也"，而且知道上下文。这样就会成为孔乙己吗？可是我又恍惚觉得曾经被当作，而且自己也认为，是孔乙己，并且被"示众"。那不是梦吧？我们真是那么喜好"示众"吗？在信息场里，人人是传达信息的符号。符号的所指是可以转移的，不是特定的，只有一个。符号各有特色，但不是特殊。符号需要解说，这便是信息。"示众"便是组成信息场。

客：照你的说法，我们谈了半天，加上你的独白，好像也有点着落了，只是还嫌抽象，朦胧，不大明白。

主：酒店是信息场。在《孔乙己》里，无文的文化，短衫客，有文的文化，长衫客，由于孔乙己的兼差而连起来了。他是有文而陷在无文的包围中示众，所以可笑。《呐喊》中另一篇小说《药》写的是茶馆，那更是信息场了。前半是法场，后尾是坟场，都是信息场，不管在场者说话不说话。不在场的告密的那位三爷，在场不说话只忽然大叫一声的乌鸦，还有那始终不露面只见鲜血的死者，吃血馒头终于死去的小栓，不都是传出信息的符号吗？说夏瑜就是秋瑾，就不可以说是别的人例如徐锡麟吗？

客：还可以说出这几个信息场中各种符号所指出的显文化和隐文化以及其中的正负"序"吗？

主：这有什么难？两篇小说写的都是清朝末年的事，显然是治"序"。举人家的东西不能偷。造反要杀头。读书而考不中秀才活该当乞丐。"示众"和"看客"到处都是。这里面的隐文化呢？死了的造反者，飞走的乌鸦，"红眼睛"，黑衣汉子，"花白胡子"，这些是在治"序"中的，也可以是在乱"序"中的，是正号的，也可以是负号的。看客可以被示众。被示众的也可以是看客。一个小的信息场中有显文化，有隐文化，有治"序"，也可以有乱"序"，而且正负俱全。

客：有没有"无序"？

主：自然界中有没有，不知道。有序无序互相转化是一种说法。在人文中，或者说在人的文化活动中，不会有"无序"。总是有一种"序"，或隐，或显，或属治，或属乱，或正，或负，还往往兼而有之。除非死亡，没有"无序"。没有活人的文化活动了，自然界的"序"仍在。埋进土里会腐朽，烧了会化成灰。那个符号还会起作用，传信息。

客：这两篇小说中识字的人很少。酒店掌柜识字也不过是记账。《药》中的识字人只怕是那个被杀头的。

主：两篇中都是有文的文化被示众而无文的文化当看客。是不是这也和显文化与隐文化相对应呢？《孔乙己》中的一句话：举人家的东西"偷得的吗"？答"偷不得"，这是一种"序"。答"偷得，只是要挨打"，这又是一种"序"。答"偷不得，抢得，拿得"，这是另一种"序"。以举人划界是一种"序"。《儒林外史》中范进中举，立刻有张举人送房子。没有做官便能收礼，这是"礼"的妙用，也属于举人符号的意义。传说张献忠打进四川时，凡举人以上都要杀。举人是读书人做官的第一步吧？这不是"序"吗？

客：我们从你的小册子《文化的解说》和符号学谈起，到现在谈到了《孔乙己》和《药》，究竟我们前进了多少呢？恐怕中国文化这个谜还是没有破开吧？

主：文化毕竟不是谜语，是又有谜底又没有谜底的。讲符号，讲"场"，讲"序"，总想把意义定下来，总是定不下来。讲自然界总要用上数学，要"设定"。可是人文并不跟自然界一样。这是人和自然的或者说活人和死人的区别吧？

客：我们谈得太多了。你在《文化的解说》末尾写了四个五言句。现在是不是重复一下另写四句？西方也读的东方《圣经》的《旧约·传道书》说："已有的事后必再有"，"日光之下并无新事"。若只就符号体系论，好像是不错的。模式常常重复：人，生、老、病、死；物，成、住、坏、空。阴阳能括一切。一切有序，成场。若就符号的解说论，就意义或内容论，又是不断变换从不照原样的。不管怎样，你就再说四句吧。

主：好，有了，不止四句。

> 解说文化难，破谜亦不易。
> 老去学雕虫，九年徒面壁。
> 岁月纵无多，河山不我弃。
> 旧俗识新民，轨外依轨内。
> 无文是文心，瓦砾成珠玉。
> 谈笑信息场，隐显皆有序。
> 仰视浮云行，赋诗不成句。
> 掷笔起彷徨，安知天地意。

一九九〇年八月—十一月

台词·潜台词

　　谈话必有对方,正如下棋必有对手。
　　一个人谈话是自言自语,也就是以自己为对方。或则是有看不见的听众,现在的,将来的,甚至过去的古人。这在舞台上叫做独白,这也可以是旁白,实际上是不对台上人说话,而对台下人说话。古今中外的作书人大概都是这一类。
　　下棋的两个人的无声对话,口不言而心谈话。有时心中的话还没有变成语言,你来我去互猜心思。你这一着棋是什么用意?我该怎么回答?猜出你的,再用棋子语言表示我的。所以下棋称为手谈,一点不错。
　　用语言讲话和用棋子讲话属于同一类型。书上的话和口头的话有些不同,仍是一类。互通信息,互猜心思,彼此心中有数。不过猜得对不对,合不合对方的意,那可不一定。谈话和下棋面对面,可以当场验证。用书谈话,作者在先,读者在后,那就难以取证,大半是各说各的。
　　英国十九世纪作家盖斯凯尔夫人在她的小说《克兰福镇》中说过:"她自己心中有数,我们心中也有数,她知道我们心中有数,我们也明知她知道我们心中有数。"这下面应当还有一句话,作者没有说出来："不过大家都不说出来罢了。"

在舞台上，说出来的话叫做台词，没说出来的话叫做潜台词。不说的话往往比说出的话更重要。演员的本领常在潜台词上。

两人谈话称为对话。若有不说话的第三者从旁听到，若能再想到对话中的潜台词，好比看人下棋或摆摆棋谱，也别有趣味。戏剧、电影、电视、小说的吸引人常在这种趣味之中。中国古书记录一些对话，虽没有柏拉图的对话录那样世界著名，却也是别具一格。记下的决不是录音报道，自有记者的用意。他加了佐料，甚至就是他的创作也未可知。不过这一层往往被人忽略。

不到一百年前，读书的小孩子在"发蒙"以后正式读的第一部书是《论语》，这里面有不少"至圣先师"孔子和别人的对话记录。书中有注，多半是揭露潜台词，同时也是作注者的台词，里面还有他的潜台词。小孩子不知道这些，心中无数。可是用小孩子的眼光一看，又会看出另外的潜台词，会发出小孩子的问题。这会遭到大人谴责：小孩子懂得什么？书上讲的还有错？不可胡思乱想自作聪明。一句句读下去，能背熟就好，将来受用无穷。不懂不要紧。"书读千遍，其义自见"嘛。一遍遍重复，书上的也就变成你的了。

《论语》是孔子的对话或独白的记录。不见得忠实，但花样很多。研究并发掘孔子的潜台词的人和书古今中外多不胜举。他是圣人，自当如此。不过大家都重视圣人之言，不大注意谈话对方。对话的门人弟子是贤人，还有人注意。此外的对手就进入冷宫了。他们好像是陪圣人说话的道具。其实，将圣人和非圣人的对话合看，加上可以挖出来或则加上去的潜台词，也许别有风光。

例如孔子和阳货的对话。一个是圣人，一个是奸臣吧？总之，是掌权的坏人。这两人怎么谈得起来？记的是，开头阳货找孔子，"孔子不见"。送来了礼，一口猪。圣人不能缺礼，必须回拜。可是又不愿见他。于是打听到阳货大人不在家才去拜访。这个行动也是语言。其中的潜台词是："还了礼，可还是不见。你不在家，这不怪我。"偏偏运气不帮忙，在路上遇见了。很可能是阳货权大，手下人多，消息灵通。孔子名气大，行动无法隐瞒。所以阳货一得到情报，立刻堵上路口。这有点像廉颇堵蔺相如演"将相和"的形式，内容可大不同。这一相遇，圣与非圣之间出现了来回几次对答。阳货很不客气，到末了，直逼中宫，将了一军，说："年岁不饶人啊！"（"岁不我与。"）孔子回答："好吧，我答应你，我要出来做官了。"（"诺，吾将仕矣。"）这里有什么潜台词？一个心里说："我知道你不愿意在我手下工作，偏要逼你出来，看你怎么说？"一个心里说："你是掌权大官。我不过是个退休的老头，我拗不过你。你用一层又一层大道理（仁、智）逼我不能不承认。可是答应尽管答应，这是口说无凭。做不做官，还是我自己作主。大不了我跑出鲁国，再去周游列国便了。"这一篇精彩对话的记录者或则报告文学作者自然也附有潜台词。那就是，大家看看圣人怎么对付小人的。他以礼来，我以礼去，他讲道理，我顺着他。我本来要做官，答应也不是假话。可是到不到他的手下，那就不一定了。这类报道也许起先口头流传，也可能书面抄写，用篆字刻在竹简上。到汉朝，成为经典，从此又有一代一代人一层层发掘潜台词并且写出或讲出或想出自己的潜台词，也就是所谓心得体会。这一段话便是我的读后潜台词写成了台词，同当年初读时小孩子想法差不多，不免"贻笑大方"。

孔圣人的谈话对手很多，研究起来也许可以成为考什么学位的论文。这且不提。再谈谈"发蒙"后的第二部书。那是"亚圣"孟子的对白和独白的记录。大概书写工具有了发展，不但记的对话多而且篇幅也长了。有些谈话对手很不客气，简直像是有意挑衅的。孟老夫子的火气也不小。对王、公竟也有时针锋相对给他下不去，还背后说什么"望之不似人君"。当然也有时巧妙地绕弯子引对方上钩。有时当面给人颜色看，"隐几而卧"，比孔子的托病不见又让人知道更为严峻。

有一次孟老夫子带一群门徒来到滕国。住在高级宾馆（上宫）受招待。不料住房的窗子上原来有双鞋子忽然不见了。宾馆的人找不到。有人就问："老夫子的随从怎么这样藏起人家的鞋子来了？"孟子立刻反问："难道你以为这些人是为了偷鞋子来的吗？"那人只好回答："大概不是吧？"（"殆非也。"）接下去的几句话好像是那人替孟子作了解释，打圆场，说："您老先生开班招生，对于来入学的人是'往者不追，来者不拒'的。愿来学的就收下了。"这些话是替孟子开脱，却又仿佛是不否认有人偷鞋子。好像是说，孟子收门徒，来去自由，无法保证。（"往者""来者"和《论语》中"往者不可谏，来者犹可追"不见得一样。朱熹注说是不究既往，不查历史，与"来"对不上。）这段对话为什么会记下来？朱熹在注中说，这"合于圣贤之旨，故记之"。这到底是怎么回事？因为不知问话的人是谁，所以很难明白。只有"来者不拒"这句话倒是一直传到了今天。

不明白谈话的对手，难以追寻潜台词，圣人的话也就难以明白。《论语》中有个原壤，不知是什么人，挨了孔圣人一顿骂，又挨了一棍打，也没答话，或则是答话没有记下来。他怎么得罪了孔子？书中只说他"夷俟"，据说是蹲在那里等待孔子来，无礼已极。朱熹老前辈注解说，这位是孔子的老朋友，大概是老子一派，放弃礼法的，因为据说他曾经"母死而歌"。这是顺手给老子一棒槌。孔子说他幼年时不听话，长大了无所作为，"老而不死是为贼"。于是用手杖敲他的腿（以杖叩其胫）。大概潜台词是："看你还伸不伸出腿来！"那时没有椅子，古人是跪坐在席上的。伸出腿来当然是不敬，所以要挨打。原壤年纪不小，一辈子不知做了什么错事，说不定是什么事也没做，惹得圣人这样大发脾气，一点也不心平气和，不但动口，而且动手。孔子这时应当比原壤还要大几岁，为什么会骂一句"老而不死是为贼"？这句话竟然流传后世。孔子骂"贼"在《论语》中记的不止一次。"乡愿，德之贼也。""贼夫人之子。"圣人教导人"非礼勿言""非礼勿动"。圣人骂人、打人不用说都是合"礼"的。平常人可就不行了。只有圣人才配说，"礼法岂为我辈设哉？"（说这句话的不是圣人）。不是守礼才成为圣人，而是圣人的一切都是"礼"。孔子"七十而从心所欲不逾矩"。圣人到了七十岁就可以随心所欲了。非圣，例如原壤，那就是"贼"了。圣人就是对。"贼"人就是错。那还用说？这话本身就是潜台词，不需要说出来。习以为常，众所周知。

　　台词，潜台词，都不离问答；是语言，也是思想。考虑就是自问自答。没有问题也就没有思考。可是人类据说是"有思想的芦苇"，所以潜台词不断出现，而且和台词之间大有微妙关系。怎么能知道？从对手方可以知道。和下棋一样，一来一去，一问一答，用棋子说的话和没说出的话不会完全一样，却又可以推测出来。双方对话同时互测潜台词。

　　《文选》中有些问答文章是假设的，不是记录。宋玉的答楚王问最有名。其中的"阳春白雪""下里巴人"的话至今流传。东方朔、扬雄、班固的问答文章，从前也有很多人会背诵，现在不行时了。司马相如的一篇《难蜀父老》，假设皇帝派的使者和四川父老的对话，宣讲开发西南的正确，驳斥地方上人士的意见。对于这篇对话的潜台词有不同猜测。金圣叹认为"纯是切讽天子，更于言外得之"。说这不是歌颂而是批评。对《子虚》、《上林》两赋也有这样看的。这位司马先生以词赋得到汉武帝恩宠，写的文章有"迎合上意"的，可也有内含"谲谏"的。这篇台词是不是绕弯子说话的"反讽"呢？

说到金圣叹，他的文学批评主要是揭发潜台词。他评《西厢》，常揣摩戏中人心理，也就是潜台词。他评《水浒》，大挖宋江、吴用的潜台词，由此推出施耐庵的潜台词，还腰斩出一个"贯华堂古本"来证明。有人认为，那里的所谓施耐庵序也是金圣叹冒名顶替的。金圣叹喜欢批"应读作"什么。这就是说，书里记的是台词，而"应读作"的是潜台词。

何止金圣叹？中国古代文艺批评中有不少是发掘书中的潜台词以至于书的作者的潜台词的。对于诗文"命意"下"诛心"之论正是我们的古代读书前辈所擅长的。这一点，当已有不少大文论及，不必多说。

清末（光绪年代）陈廷焯的《白雨斋词话》说："金圣叹论诗词，全是魔道。""圣叹评传奇，虽多偏谬处，却能独具手眼。至于诗词，直是门外汉。"原因是金推重欧阳修的词，而陈不同意。陈说冯正中（延巳）的词"意余于词"，"不当作艳词读"，即潜台词不"艳"；而欧阳永叔（修）"不过极力为艳词"，即潜台词也"艳"。这明显是说，冯词的潜台词比欧词的高。可是这很难说。陈以为辛稼轩（弃疾）词"蓦然回首，那人却在，灯火阑珊处"是"了无余意"。可是随后没有过多少年，王国维《人间词话》却以这句词为一种很高的境界。很明显，陈只读台词为"艳词"，没什么潜台词好说。王却读出潜台词为抒写一种境界，那就不同了。究竟这些说法是辛的潜台词还是陈、王二人的台词，其下另有潜台词呢？作《新五代史》那么方正的六一居士欧阳公怎么会"极力为艳词"，而为官人品不高的冯正中君反而不是为"艳词"呢？原因何在？

　　作品和作者也可以看作台词和潜台词，不会完全一样。《白雨斋词话》也说："诗词原可观人品，而亦不尽然。"举了一些例子。又说："冯正中（延巳）《蝶恋花》四章，忠爱缠绵，已臻绝顶。然其人亦殊无足取。""诗词不尽能定人品，信矣。"诗文是台词，人品是潜台词。台词高妙，不一定潜台词同样好。"口不应心"，虽非必然，却是常有。司马相如、金圣叹也是这样。说不定中国古代诗文和诗人、文人有这样一种"传统"。原因可能是用于社会的文和处于社会的人极难一致。司马相如的文有两面，正如他的人有两面。用现在的习惯语说，他的一生和文章都是悲剧。遭遇很曲折，文章需索隐。文名极大，读者很少。到现在他又以附于妻子卓文君而留名。这岂非悲剧？

　　几年前看到法国德里达的几本书。对于他的所谓"解构"，我难以发言，只写过小文《解构六奇》。他有两篇文是一中有二。平行印出两篇，或纵（上、下），或横（左、右）。不知是不是一是台词，一是潜台词。反正我看后莫测高深，觉得两篇都是台词，无非捏合到一起而已。说两篇文是"合二而一"和"一分为二"都无不可。自己已经说出来，"潜"于何有？《小五义》中的"黑妖狐"智化口中发誓，脚下画"不"字，也不能一张嘴同时说出两种话来。这样文章，不指为"故弄玄虚"，也算是白费气力，因为难得有人明白，明白了又能得出什么？无非是台词之外有潜台词，或则是解开"双关语"。

以我浅陋所知，欧洲人论文，从德里达上溯一直到亚里士多德、柏拉图，对于潜台词的重视似乎都不如中国。他们极力要把潜台词变成台词。现在是一面着重分析台词本身，另一面又着重挖掘没讲出的潜台词，"分道扬镳"。然而，总之，都是要把不明白的讲成明白，把明白的讲成数学公式，其实是更加不明白。中国自从毛《诗》大《序》提出"比、兴"起，经过《文心雕龙》直到《人间词话》，都不放弃讲潜台词。但讲法是把明白的讲成不明白，不明白的讲得更不明白。好比佛家讲《妙法莲华经》，把一个"妙"字讲得无穷无尽。(竺法护译"妙"为"正"便不妙了。原文此字 sad 在这里只指"正法"之"正"，也是"真"，单讲才深奥。)我们看轻潜台词不过是近几十年的事，到不了一百年。可是找"黑话"之风有一时期还声势浩大，仍然是重视潜台词的传统。可见不说不等于没有。

　　台词是明白讲出来的，可以分析；潜台词就不然。欧洲人历来大多讲求明白，说话要划清边界，极力把不明白讲成明白，连"神秘"也明白说出；可是也往往越追求讲得明白越不明白。罗素、维特根斯坦就是眼前例子。海德格尔更不用说。中国人历来大多讲求不明白，或说含糊，说话常闹边界纠纷，往往把明白讲成不明白，引起过不少人愤怒。可是偏又有人不断称妙，所谓"妙不可言"。"不可言"就是潜台词不能转为台词。印度人处于中、欧两者之间，摆的架势很明白，喜欢一二三四报数，但演的什么又不明白；很讲划界却总是划不清；仿佛是台词和潜台词不分。也许正因此，欧洲人把他们认作本家，而中国人也把他们看作亲戚。"此在"(欧)，"刹那生灭"(印)，"方生方死，方死方生"(中)，三句台词仿佛可以相通，但潜台词恐怕是大不一样：一个肯定，一个否定，一个不定。

世界正在迅速变小。世界上的种种台词和潜台词也正在激烈冲撞汇合。看来可能是世界台词越来越趋向欧洲语言，而潜台词反而像是越来越向中国语言接近。"中国的"和"中国人"并不相等。围棋是中国的，围棋的世界大赛冠军不一定是中国人。所以我这句"卜辞"并非中国人自高自大，不过是一句旁白而已。

（一九九〇年）

古"读书无用论"

"读书无用论"这个名字起得好。其来已久。最古的主张者也许是孔子的得意门徒仲由,即子路。他曾对老师说:"有民人焉,有社稷焉,何必读书,然后为学?"记在《论语》里(《先进》)。这就是说,有了人,有了土地(社)、粮食(稷),还读什么书?有饭吃就是"学"了。书能当作饭吃吗?这话是从一个人做官引起的,可见用意在于做官就是为学。孔子不赞成,也没有驳回。孔子的私淑弟子孟轲也说过:"尽信书,则不如无书。吾于《武成》,取二三策而已矣。"(《尽心》)一捆竹简他才取两三条,公然说无书胜有书。诵读诗书的儒家祖师爷尚且有此论调,"绝圣弃智"的道家和"摩顶放踵"的墨家之流更不必提了。这是两千多年前的话。

不仅如此。"读书无用"实指书生无用,文人无用。此论也是由来已久矣。试看司马光在《资治通鉴》里记载的,一千年前的五代时期的一些"妙人妙事"。

五代的国号是梁、唐、晋、汉、周。除第一代以外总是后一个比前一个更古。若再有第六代,那应该是殷商了。不错,接下去的是宋。春秋时的宋国据说是殷人的后代。只不知赵匡胤取国号时是否考虑过这一点。照国号看，这些国君应当是"信而好古"的。然而不然。这都是文臣的主意。后唐明宗即位时，有人建议自建国号。这位皇帝问："何谓国号？"（卷二七五）他"目不知书。四方奏事皆令安重诲读之。重诲亦不能尽通"（同上）。这才"选文学之臣，与之共事，以备应对"（同上）。选出来的便是翰林学士冯道。他是历事四朝，历来挨骂的，当时却被尊重如圣人。他官大，名大，其实不过是"以备应对"，起点咨询作用的无足轻重的人。他自己也说："我书生也。当奏事而已。"（卷二八七）不过有时上上条陈提点意见罢了（《通鉴》里记了他的一些意见）。后唐明宗是沙陀族人，不识汉字是不奇怪的。刘邦、项羽是汉族人，也是著名不读书的。

后晋一位掌权大臣说："吾不知朝廷设文官何所用。且欲澄汰，徐当尽去之。"（卷二八四）胡三省在这下面的注中大发感慨说："呜呼！此等气习自唐刘已为文宗言之。……非有国者之福也。虽然，吾党亦有过焉。"（同上）他说的"吾党"就是"我辈"，指的是做官的文人。他说不必怪武人（"夫何足责？"），而怪文人自己，有点自我批评精神。

五代的后汉时，大官们曾吵过一架。一个说："安定国家在长枪大剑。安用毛锥？"另一个说："无毛锥则财赋何从可出？"（卷二八九）这后一位是管财政的。在他眼中，"毛锥（笔）"的用处也就是收税记账。他不算是"文官"。所以他同样"尤不喜文臣。尝曰：此辈授之握算，不知纵横，何益于用？"（同上）因此他给文官的"俸禄皆以不堪资军者给之"（同上）。俸禄大概是实物，不能军用的才给文臣，而且故意高估价值，实际是打了折扣。（"吏已高其估，章更增之。"）除这个"毛锥论"以外，还有个理论。后汉高祖任命的一位最高掌权大臣"素不喜书生。尝言：

国家府廪实，甲兵强，乃为急务。至于文章礼乐，何足介意？"（卷二八八）这实际上是孔子早已讲过的："足食，足兵，民信之矣。"（《论语·颜渊》）国家有了粮食（廪实），有了武器（兵强），老百姓还能不听话信从吗？所以商鞅相秦，讲求耕、战。可见所谓儒、法两家的政治主张并不是水火不相容的。

为什么武人不喜文士？为什么胡三省要文人自我反省？五代的后汉一位武官"尤恶文士。常曰：此属轻人，难耐。每谓吾辈为卒"（卷二八八）。文人瞧不起武人，当然要挨骂。可是顺从附和也不行。后梁太祖还没当上皇帝时，曾和僚佐及游客（门客之类）坐于大柳树下。忽然他说：这柳树可以做车毂。有几个游客便跟着说"宜为车毂"。这可遭殃了。这个未来皇帝"勃然厉声曰：书生辈好顺口玩人，皆此类也。车毂须用夹榆。柳木岂可为之？"他随即"顾左右曰：尚何待？"于是"左右数十人捽言宜为车毂者，悉扑杀之"（卷二六五）。不但武人，文人也自相攻击。有一位官员"屡举进士，竟不中第，故深恶缙绅之士"。他趁那位未来皇帝大杀朝士的时候建议："此辈尝自谓清流。宜投之黄河，使为浊流。"（同上）被杀的都被"投尸于河"。这个建议人"见朝士皆颐指气使，旁若无人"。"时人谓之鸱枭。"（同上）也有不这样的，处境就不妙。后晋时一位大臣（节度使），"厚文士而薄武人，爱农民而严士卒，由是将士怨之"（卷二八一）。结果是引起了一场兵变。

还有更倒霉的。黄巢入长安建立齐朝后，"有书尚书省门为诗以嘲贼者"。结果是："大索城中能为诗者，尽杀之。识字者执贱役。凡杀三千余人。"（卷二五四）可见读书又会作诗，不但无用，而且有害了。

以上这些不过是从几本《通鉴》里抄出来的。若不嫌麻烦，大翻典籍,"读书无用论"的传统恐怕是代有新义的。不过分析起来,认"读书无用"者即认书生无用者,也只有两派。武官不喜文官是一派。文人也不喜文人是又一派。后一派中,不仅有讲政治经济实用的瞧不起"舞文弄墨"的,还有"文人相轻"的。

上溯到孔、孟,可发现他们和后来的不一样。孔老夫子很重视学习。《论语》一开头便是"学而时习之"。以后又多次讲为"学"。不赞成读书的子路也说"何必读书,然后为学?"他否定书,并不否定学。除此处以外,《论语》中没有再提到"书"。读的书好像只是"诗"。写定了没有,也不知道。《孟子》里有两处提到"书"。一是"尽信书,则不如无书"(《尽心》)。一是"颂(诵)其诗,读其书,不知其人可乎?"(《万章》)早期"读书无用"的宏论可能有两点原因。一是书少。二是书不可靠。

书少。孔、孟当时的古书还是刻在竹片上的。也可以写下来,例如"子张书诸绅"(《论语·卫灵公》)。《孟子》的长篇大论不像是刻竹简。不过直到汉朝还是帛和简并用。书的抄写、保存、传播都不容易。殷商的甲骨卜辞在春秋战国时大概已埋进土里了。口传和有文字的书是《诗》和《书》。所以《论语》多次提到学"诗"。《孟子》才提到读"书"(《尚书》)。这两者一是文,一是史,不是两者合一的史诗。《论语》说"文献不足",说"史之阙文",好像《尚书》还未成书。只有《述而》中一次提到"易"("假我数年,五十以学易")。不知是不是《周易》这部书。《春秋》是孔子时才有的。古时不但书少而且多半口传,所以《论语》中记载,有人问孔子的儿子学什么,以为圣人可能"私其子",另有传授(《季氏》)。从春秋到战国,大约书写工具有发展,书多起来了。这才有"其书五车"之说,而孟子也才有"不如无书"之叹。书少,自然"为学"不能仅靠读书。学,靠的是经验。重口传，不重"本本"。

　　书不可靠。不但孟子引了《武成》，说明其夸张，也不仅是《庄子》中"寓言十九"，就是在《孟子》这部书中，就有很多故事难说真假。乞食的人竟有一妻一妾（《离娄》），且不说，以《万章》一篇为例，其中舜的故事成批，一个接一个，上继尧，下接禹，很完整。子产的故事活灵活现（"得其所哉！得其所哉！"）。伊尹的故事中自吹自擂："天之生斯民也，使先知觉后知，先觉觉后觉也。予（我）天民之先觉者也。予将以斯道觉斯民也。非予觉之而谁也？"百里奚自卖自身当宰相的故事也有说明。孔子、伯夷、柳下惠都有故事作为孟子讲道理的佐证。孟献子、晋平公、齐景公以及缪公对待子思的几个故事也是这样。孟子又说到孔子周游列国的故事，说是"好事者为之也"。又说舜的一个故事荒唐，"此非君子之言，齐东野人之语也"。齐国东部靠海，是"百家争鸣"之处。那里的荒诞之说也不会仅邹衍一家，早有此风气，所以孟子把荒诞派这顶帽子送给齐东人。《孟子》中故事不少，《万章》篇更是故事集。

　　古书中故事多，不足为奇。这是古人的一种思想模式，或则通俗些说是思想习惯。用故事讲道理，故事就是道理。不仅中国有，外国也有，但在中国特别发达，长久而且普及。也许因此佛教进来后其中故事流传很多。中印思想习惯有些不同，故事转化也快。"太子"出家的意义在中印双方大不相同。这和"读书无用论"也有关系。因为故事多，寓言多，习惯用隐喻说话、写文，所以就不是事实，不可靠了。不是事实，又不好懂，当然除了吃饱饭的人以外谁耐烦去猜哑谜？何况汉字最少要认识一两千才能读书，还不一定懂。（其实拼音文字要记的词更多，并非一拼字母就懂。各国都一样。）

早期古人不过说"何必读书",不尽是"信书",后来的人一再提出"读书无用论",重点却在一个"用"字,而且着重在读书的人无用。这好像深了一层,其实所依据的是一样。不识字,不读书,照样当皇帝,做大官,指挥兵马,富可敌国。识字也不过记姓名(项羽说的),记流水账(包括《春秋》记事和给皇帝编家谱)。书,既不能吃,又不能穿。读书常和挨饿相连。但是有的书还有用。萧何收秦图籍,知道了各地出产,能搜刮多少。这些大概是《禹贡》一类,记下"厥土""厥贡",所以对于治国有用,而且是"速效",能"立竿见影"的。不过这类"图籍"好像不算正式的书,只是档案。萧何也不是读书人。靠读书吃饭的儒生、文士,除了当"文学侍从之臣"以外,只有"设帐"收几个孩子教识字。这怎么能吸引人呢?孔、孟是大圣大贤,都没有说过"读书高"。"天子重英豪,文章教尔曹"的歪诗本身就不像是读过多少书的人作的。

不论孔子和子路讲的"学"是什么,"学"不限于读书倒是真的。秦朝规定"以吏为师"。官吏就是教师,教"律法"。口口相传,照着样子做,依靠经验,不就行了?可是书总烧不完。中国的书口传笔抄,到唐末才印出来。五代还有活字版。印刷术兴起,冯道才建议刻"九经"。宋代起,刻板和传抄并行。口传的还有,只是秘诀之类了。奇怪的是当晚唐、五代天下大乱,民不聊生,"读书无用论"正是兴旺之时,为什么印刷书的技术偏偏会发达起来?难道是,读书无用,印书有用;在朝廷上无用,在民间反倒有用吗?书是有用的,但用处不在给人读,尤其是不在于给人读懂。多数人不识字,也要书,例如流通佛经就有利益。大乱的南北朝和五代十国并不缺少书,兵火中一烧再烧,也没烧完,正像大乱的战国时期书也大发展那样。这是什么原故?为什么总不缺少读书和作书的书呆子呢？书对他们究竟有用没有？有什么用？古来读书人是极少数，处在不识字和识字而不读书的人的汪洋大海中，而竟然从"坑儒"以来没有全部"灭顶"。"读书无用论"两千多年未绝而读书还在继续。这些坚持读书的极少数人究竟迷上了什么？世上竟有迷上"无用"的人？

恐怕实际上"读书无用"并无此"论"，也没有"书无用论"或则"书生无用论"。讲实用者对于能为我所用的书，对于读书而能为我所用的人，当然决不排斥的。司马光的《通鉴》（原名《历代君臣事迹》）不是以"资治"之名而传吗？几千年来，有人识字读书，有人识字而不读书，有人不识字不读书，有人不上学读书而跑书摊买画报看，各得其所，并不都是书呆子。不是个个人都那么打算盘讲眼前实用效益的。冻饿而死的"卖火柴的女孩"不是还在亮光一闪中得到安慰吗？有书就有人读。谁知道有没有用？"天生我材必有用"。不见得。人和书一样。

（一九九〇年）

一梦三千年：周公

《论语》里记载大圣人孔子说过："甚矣吾衰也！久矣吾不复梦见周公！"能在孔圣人身强力壮时梦中常见的自然是了不起的大人物。

周公是什么人？

周公是一个谜一样的人物，是有血有肉的宰相符号。确切点说，他是三千年来中国宰相的代号。大大小小有名无名的相爷都多多少少有他的影子。

宰相是什么人？是陪伴皇帝老虎替他办事的人（"伴君如伴虎"），从秦始皇的李斯到慈禧太后的李鸿章都是。

周公是《尚书·周书》的主角，在《毛诗·豳风》中的作诗人和主题。他还被认为在《周易》的卦爻上加解说，因而是用八卦卜筮的必不可少的祷告对象之一，与文王、孔子并列。在历史传说中他是周朝制度的奠基人，是《周礼》或《周官》的制定者。他带兵打过仗，建设过洛阳城，受过贬逐，又是诗人、文人。他是个属于历史兼理想的政治人物的艺术形象。

"周公一世"是几个朴素形象的合成。后来的或优或劣或局部或全体的复制品越来越扩大化，复杂化，细致化。时代环境不同了，要处理的问题不同了，要对付的人不同了，但是当宰相的，不论有无宰相的名义，都带有一些周公形象，学得不好不得善终，如李斯。学得好的如萧何，就会保全自己，只是当差，办后勤。除推荐韩信外，自己不出主意。杀韩信时他不说话，好像还帮了忙。

诸葛亮是"周公二世"。他本来也是朴素的形象，越来越传奇化，成为另一种圣人。中国人无论识字不识字谁不知道诸葛亮？三个"臭皮匠"也敢和他比一比。可是三分天下一到手，诸葛亮就远远超过皮匠了。他"官拜武乡侯执掌帅印"。皮匠仍然是皮匠。然而刘备活着的时候，诸葛亮不过是萧何。掌帅印的刘备死了，他仍然只当宰相。六出祁山不打仗，和司马懿心心相印。两人都拥兵在外，自己不做皇帝。曹操曾经自比周公，作诗说："周公吐哺，天下归心。"这几位相爷都是周公的后代。

外国人不懂诸葛亮，又不懂曹操，就不懂中国人。若从根本上说，不懂周公就不懂中国人。扩大化了的难分解，不易懂，不如原始的比较容易像语言一样"分节"了解。晚期的宰相如李鸿章，就难懂。周公得美名。李大人受恶名。他是长江航运招商局的大股东，是大资本家，在第一批由官僚转化的资产阶级之列，这一点谁记得？中日甲午战争不是他主张打的。打败了，主战的皇帝和大臣没责任，却要他去日本求和。他在马关挨了一枪，又招来俄国干涉，才使日本军阀肯在稍稍降低条件的条约上签字。义和团也不是他召进京城杀"洋鬼子"和"二毛子"的。八国联军来了，慈禧太后跑了，面临"瓜分"亡国，又派他来丧权辱国一次，再戴一顶汉奸帽子。主犯隐藏，从犯遭殃。自古没有犯错误的皇帝，帝王永远正确，亡国怪手下不尽忠。但这也不是没有代价的。李鸿章打仗起家，联络外国人又周游列国见过世面，办海军，办陆军，办招商局，让外国人开矿修铁路，接替曾国藩，终于挖空了满族朝廷，由他的"北洋"将领袁世凯等人接班。他本想"以夷制夷"，结果是"以夷制夏"。无数资本家都是买办化身。他做"周公末世"，恐怕周公在天之灵未必愿意。然而末世周公只怕也只能是这样。功罪难以评说，还是看看"周公一世"吧。

周公姬旦是周文王的儿子，周武王的弟弟，周成王的叔叔。武王灭殷时大功臣是姜太公，即姜尚，姜子牙，胜利后封到山东半岛靠海的齐国。周公本封在周，这时封到山东半岛南部的鲁国。这姬姜二姓两大族分据东海的山东，和周朝的根据地陕西遥遥相对，扼住黄河上下游。姜子牙去齐国了。周公派大儿子伯禽去鲁国，自己留在朝廷掌大权。亡国的殷纣王的儿子武庚，大概是作为"可以教育好的子女"封在原统治地河南，夹在周、齐间，周公的弟弟管叔、蔡叔封在武庚周围，奉命监护也就是监视亡殷的"顽民"。陕西、河南、山东，整个黄河流域是周公家族的统治地区。这就是所谓"封建"。这个战略部署好极了。后来的皇帝中有本领的得天下后往往照这个格局布置。例如周公以后两千几百年的明太祖朱元璋就自己定都南京，封最能干的儿子朱棣做燕王，定都北平，也就是北京。版图扩大了，东西两都变成南北二京了，但格局照旧。清初削平异姓"三藩"之后也是以满族人任湖广总督、两江总督，统领"八旗"驻军，执掌地方最高权力。至于管、蔡后来竟然用武庚号召为殷复辟反对周公而遭镇压，那是后话。正如燕王后来打败侄儿成为永乐皇帝一样，不是原先布置的。这些属于另一档次，与战略布局不是一回事。

周公的另一大功业是在河南靠陕西这边建立了一个新城洛阳。这又是伟大的战略部署。不仅给周平王东迁建立东周准备了退路，向更发达的中原地区进了一步，而且眼光直射到西汉、东汉。以后东西对立转为南北相峙，黄河上下游的丰饶转为长江上下游的富足，是版图扩大，经济发达，交通便利，人口繁殖的结果，布局模式仍出不了周公的画策。他仿佛真有未卜先知的本领，无怪乎算八卦的不忘祷告周公。

周公的主要官职是在武王死后成王年幼时当了没名义的摄政王。这又是后来三千年中一个重要政治形象。最后王朝满清开国是摄政王多尔衮，亡国时也有个摄政王保小皇帝宣统的驾。从秦朝吕不韦起，有名义没名义的摄政王不少。不过这些摄政王在皇帝长大"亲政"后大都没有好下场。周公也是遭到自动或被动的放逐。传说他这时还作了《鸱鸮》诗。诗收在《诗经》中，作得很好，但若真是周公作给成王看的，那胆子未免太大了。摄政王还少不了一个皇太后。秦朝吕不韦，清朝多尔衮，都有皇太后合作。周公如何？看《诗经》以《关雎》开篇，传说与周文王结婚有关。重"后妃之德"，周公也未必没有皇嫂做内应。夏、殷不算，西周亡国的幽王的故事就是烽火戏诸侯引王妃褒姒一笑。从此亡国的罪名有可能就加在后妃头上以保全皇帝威名。周公据说还曾祷告神要自己代替武王死，又保密，又在贬逐时泄漏给成王知道，因而能回来重掌政权。这些故事说来话长，虽然本身简单，却是后代再三变形式重复的历史模式。

周公的故事足够一部长篇小说或电视连续剧。到底是小说还是历史？说不清楚。学者们喜欢研究这类问题，普通人不耐烦去问真假，没法定。眼见未必是真，何况眼不能见的？当代流行所谓"纪实小说"。"小说"一词在外国话里本是"虚构"之意。我们又有"事实与虚构"的小说，两者夹杂分不清。这一直可以上溯到上古的历史文献如《书经》《史记》《左传》等。这是我们的悠久传统，割不断，灭不掉，砸不烂的。打倒再踏上多少只脚也只能把自己垫高些，真假照旧难分。当事人自己口述回忆、日记、书信就那么可靠？靠不住得很。这问题不好办，不问为妙。也许正因此，"假作真时真亦假"的《红楼梦》才会一出现抄本便风行，直到今天还不衰，还要查清事实和虚构。孔子衰了就不再梦见周公了。若是《红楼梦》和许多被当成历史的小说以及被当成小说的历史也衰了，那是不是圣人衰老"不复梦见周公"的时代快到了呢？何必寻根问底？正是："周公原是梦，一梦三千年。"

一九九三年十二月

荒诞颜回传

《论语》是一部现代派或后现代派或未来派的小说。虽是两千几百年以前的作品,但恐怕要到公元二千年以后才有可能逐渐被人真正认识。

我背诵《论语》,是在五岁前后。那时还不到"五四",陈独秀才在上海创办《新青年》,"新文化运动"刚刚开始,"批孔"不过是萌芽。从此一别《论语》,直到七十年代初期,不知为什么忽然"批孔"大潮掀起,《论语》又时兴。不过来潮快,退潮也快。到了八十年代才渐渐知道"批孔"只是借招牌,《论语》照旧是《论语》,从世纪初到世纪末,屡经风潮仍安然无恙。

我过了八十岁才想起这位幼年老友,有了一点再认识:原来《论语》是小说。

小说必有人物,英雄或非英雄或反英雄。《论语》里的英雄是超英雄。他们又在往古,又在未来,又存在,又不存在。孔门首席弟子颜回就是一个。

孔子给颜回的评语是一个字:"愚"。说他和颜回谈了一天话,颜回"不违,如愚。"然后,"退而省其私,亦足以发。回也不愚。"又不是愚,而是好像愚。老师说什么,他都说"是,是,是","不违",像是傻瓜。可是他退下以后,怎么"省其私"?"省"就是"审查"。圣人不会去私访或者派侦探,或者听小报告抓"活思想"、搞"背靠背揭发",怎么"审查"?而且什么叫做"发"?决不会是"发财"的"发"。

孔门弟子有位子贡,全名是端木赐。他会"方人",即议论人的长短,或说是对当代活人作比较研究,曾受过老师的善意批评。然而孔子有一次问他比颜回谁更强些。这明明是叫他"方人"了。子贡回答说:"回也闻一以知十,赐也闻一以知二,赐也何敢望回?"他很谦虚。可是颜回听到老师讲话只点头鞠躬称是,子贡怎么知道他听到"一"就知道"十"?当然是背后议论过。这种私自议论会不会有人向孔子禀报?

孔颜师徒对话有一项记录。孔子率领门人正在周游列国,中途遇难。好不容易逃了过去,却不见了颜回。随后颜回赶到了。孔子说:"吾以汝为死矣。"颜回答复:"子在,回何敢死?"对话很生动。一个说是"我以为你死了。"一个说是"你没死,我怎么敢死?"针锋相对,哪里像是愚人?

为人称道一千年以上直到现在的是所谓"孔颜乐处"。原来孔子称赞颜回时说他"一箪食,一瓢饮,在陋巷,人不堪其忧,回也不改其乐,贤哉回也!"这就是"贫而乐"。什么叫"一箪食"?他一个人还是一家,吃一顿还是一天?难道他一人一顿要吃一大锅饭?还是说只吃饭没有菜?"一瓢饮"是不是只有一瓢水喝?一次水太多,一天又太少。住在陋巷里是出不起高价房租吗?受不了这种"其忧"的"人"是谁?是左邻右舍吗?"巷"是北京的胡同,上海的里弄,住客个个愁眉苦脸,只颜回一个人"乐",所以真是"贤"哪!是"不改其乐",可见在这以前一直是"乐"到了"陋巷"里只剩一箪一瓢吃喝了还是"乐",这才叫"不改"。这是能上又能下,不管环境遭遇饮食居住变坏,照旧乐呵呵,好极了。可是为什么会变化?他是一个单身汉吗?《论语》里只说他有父亲,未说有妻子儿女。他靠什么生活?是待业青年吗?奇怪的是,当过"大夫"即部长级的官的老师孔子竟不帮助,反而叫好。孔子说过,"君子周急不继富。"他有个门人去做官,他送去"粟九百",门人不受,"辞",他还坚决给,说可以转送"邻里乡党"。这不是"继富",接济富人吗?颜回受苦,急需救援,他不送一点"粟"去,怎么不肯"周急",援助急需的人?这位最可爱的大弟子死时,颜回的父亲颜路去请孔子给车子"以为之椁"。孔子不肯,说是自己当过大夫,是官,不是百姓,不能"徒行"不坐车。孔子的门人,也就是颜回的同学,"厚葬"颜回。孔子不赞成,说自己的儿子死时也没有给他车子,叹道:"回也视予犹父也,予不得视犹子也。"这是父子师徒之间的"礼"吗?生不送粮,死不给车,自己一定要摆官架子,还不是现任,是退休了的。

颜回死后,有一回鲁国国君问孔子,有哪位弟子"好学"。孔子回答说:有个颜回"好学",然而"不幸短命死矣。今也则无。未闻好学者也。"又有个掌权的大官季康子问过同样的话,孔子也作了同样的答复。两次记录都很难懂。圣人门徒有谁不"好学"?不"好学",去拜老师做什么?《论语》一开头就记孔夫子教导我们说:"学而时习之。"怎么颜回一死,学生里"好学"的就一个也没有了?三千弟子,七十二贤,除颜回外,全不"好学"?他说,"好学"的,听都没听说过(未闻)。什么叫"好学"?

颜回大贤对孔子大圣的称赞是:"仰之弥高,钻之弥坚,瞻之在前,忽焉在后。"这几句话是诗的语言,意识流,象征派。仰头看,好比望泰山越望越高,不错。可是"钻"什么?当然是钻研"夫子之道"了。越钻越坚固，钻不动。"闻一以知十"的还说钻不动，那"十"是怎么知道的？都是下文说的用"文""礼""诱"出来的？忽然在前，忽然在后，团团转也看不见摸不着，这倒像是《老子》说的"道"，"恍兮忽兮"了，怎么是孔子？

看来颜回是个荒诞的人，孔子是一位超现实主义者。

颜回这样的人物，《论语》里写了很多。不仅有只露一鳞半爪的神龙式人物，还有对话、故事、议论和人物互相穿插，突破时空程序，另有逻辑结构，越想越觉得奥妙无穷。说是小说，也是戏剧，既是文学，又是哲学，还是历史。总之，说它是什么，它就是什么，想要找什么，它就有什么，而且可以非常现代化，甚至"超前"。开头第一句"学而时习之"的"之"是什么，我至今不知道。下半句是"不亦悦乎"，一学习这个"之"，就不会不悦，那是什么？说是什么，就是什么。假如学习而不"悦"呢？那就不知道了。

无力去查书抄书，只在脑袋里回想幼年背诵过的古书，记起来的一些话都不懂了，可是又有些懂了。原来古书可以当做现代新书。想把自己古代化，书就难懂。想把古书古人现代化，那就不难懂。两千年前的，一百年前的，前年去年的，昨天的，古话都可以化做今天或者明天的话。这就是说把文字语言当做可以含有各种意义因而能够传达各种信息的符号，只看你用什么密码本去破译。什么经史子集，禅师或朱熹或王阳明或其他人的什么"语录"都和最早的"语录"《论语》一样，和八八六十四卦形象的"爻辞"解说以及越来越多的直到今天明天的解说一样。这是不是人类文化中的中国特色？不敢说是，也不敢说不是，说不定。

(一九八九年)

试说武则天

帝王将相才子佳人在荧屏和银幕上纷纷展现了。当年赶他们下台的原是他们一伙，不过是换了姓名称号装扮。现在改装的下场，正牌的自然重新上场了。帝王又兼佳人的更为突出。不仅最早的夺汉刘邦天下的皇后吕雉急欲出台，满清开国的和导致亡国的太后，孝庄和慈禧，已经再三露面。终于她们的最辉煌的前辈武则天出来演大轴戏了。电视剧已出，不止一部电影将出，一下子又出现了几部长篇小说，可惜我还都没看到。武则天，对我可说是老朋友了。大约在十岁前后我就念了骆宾王讨她的檄文。"性非和顺，地实寒微。"出身不好。"杀姊屠兄弑君鸩母。"真是可怕。那时我又看到了一本石印的小说，《武则天外史》之类。讲的是什么，许多话我都不懂，只知道，她是个女人，是美人，又很凶，不把男人当人。

从此一别三十几年，到五十年代中，忽然郭沫若写出话剧《武则天》，田汉写出京剧《谢瑶环》。看了这两出戏，我知道这是在"古为今用"即一切为我所用的思想指导下出来的。至于用来干什么，我不知道，也不想问。

一眨眼又是三十多年过去，眼见"一代女皇"被人炒得翻来覆去,我才想起这位疏远的老朋友。我所知不多,不能也不必去查书,只是老来无事,不免闲谈一番。

武女士实在是中华民族(不止是汉族)的复杂文化心理凝结的晶体。她是古代的,又是现代的,是女的,又是男的。她一生关键是在出宫入庙当尼姑"闭关"修行时。武媚娘,武才人,成为比丘尼,从此转变为皇后,皇帝,皇太后。随着她,出现了令人惊心动魄的,宫内宫外大大小小的,爱与怨的交织,爱和死的角逐。

武媚娘,本是皇宫才人,现在剃了头发,一身尼姑装,盘膝对着佛像,手敲木鱼,口诵佛号,偶然抬起半闭的双眼望那庄严的佛面。她一心修佛法,心如明镜。镜中影像有三个。一个是眼前的佛像,现在佛。一个是过去佛,是相貌堂堂的皇帝(太宗李世民),能文能武,能逼父造反,能杀兄杀弟,能降伏大臣和百姓,又能和才人宫女调笑。这是她最佩服最羡慕也可以说是最心爱的一座偶像。另一个是未来佛,是温文尔雅,心性慈祥,缺少决断,和蔼可亲的太子(高宗李治)。这是一个可爱的形象,不是可敬和可怕的,不如他父亲。太子是人的未来理想。皇帝是人的眼前现实。现在、过去、未来,三世佛在她心中来来去去。她心如明镜,可以将三者统一映出,然而她自己的影像是女人,一个被男人看不起受男人欺负侮辱的女人。

不知不觉一炷香已焚完。她站起身来才发现,身后站着一个和她一同入寺修行的宫女,手里捧着一卷黄纸,说,"这是新译出来的经,正在传抄,还不完全。我连经名都读不下来。请才人过目"。展开来,赫然是一道长题:

大佛顶如来密因修证了义诸菩萨万行首楞严经

媚娘顿时记起,在家里听说父亲有一部《首楞严三昧经》,

还曾从一位禅师修习这种"三昧"禅定。后来又听皇帝(太宗)说过,和尚修禅要修到"三昧",修"三昧"又要修到"首楞严三昧"。她问什么是"首楞严"。皇帝说就是"英雄步伐"(健行 surangama)。皇帝还说,有个和尚叫玄奘,到西天住了许多年,取佛经回来,聪明能干,知道东西极多,虽是出家人却留心世事,深通西域国情。叫他还俗做官,他不肯,便叫他译经,还亲自给他写了一篇《圣教序》。

宫女说:大家都说这经名为《楞严经》。

才人说:不对,应当是《首楞严经》。

黄卷,青灯,木鱼声歇,武才人,比丘尼,在照例"功课"以后,展开新得经卷。想不到一读之下万念涌来,如同进入千岩万壑别有洞天。原来经中说的是摩登伽女迷惑阿难和尚,要他犯淫戒。文殊师利菩萨奉佛命救出阿难,降伏,也就是度化,摩登伽女。她把经中咒语念了又念。随即闭目凝神再打起坐来。入定之时,念念起,念念灭。

一念是,释迦佛在菩提树下金刚座上为群魔包围骚扰。自己仿佛成为一个魔女迷恋佛又尽力想使佛也迷恋自己。佛的慈眉善目,忽然放出英雄形象,耀眼光芒如利箭钢刀,自己立刻身不由己,又仿佛是才人在皇帝面前俯伏。忽然觉悟。佛已入"首楞严三昧",自己唯有同样修行,以"英雄步伐"前进,才能接近佛。

又一念出现《妙法莲华经》中的龙女。说变就变,当场化为男身成佛。自己是龙女。

再一念是在宫中读过的维摩诘居士所说的经。这是皇帝(太宗)曾经赞美的。他说,出家与在家,和尚与居士,一样能成道。经中有散花天女讲佛法。这位天女使男女身当场互换。所以女身和男身可以同是菩萨身。皇帝可以是神仙,也可以是菩萨。

当时自己梦想成为在室内散花的天女，皇宫便是维摩诘的居室。有无边法力能和这位居士对答妙道的正是救阿难降摩登伽女的文殊。

又出现了在庙中读的《大方广佛华严经》。经中的善财童子"五十三参"，参拜"善知识"，得见观世音，是由文殊得到大智慧点化。自己也曾想成为善财童子，只是何处觅文殊？自己若是摩登伽女迷惑阿难，便可得到文殊的降伏和度化。魔女、龙女、散花天女、摩登伽女、善财童子，有什么不同？都可以得到佛法度化。庙宇和皇宫，男身和女身，有什么不同？以女对男可以同于以男对女。扰乱、迷惑可以化为皈依。降伏也是度化。有凶狠才有慈悲。必须以"英雄步伐"前进，进入"首楞严三昧"。

武才人恍然大悟。她是才人，成为尼姑，也可以是皇后，成为皇帝，可以慈悲如佛，也可以凶狠如魔。一心不乱，万念俱灰，刹那生灭，不复存在。蒲团上坐的是魔女，龙女，也是天女，是女，也是男。

眼前又出现了幼年见过的各种各样胡人，"长安市上酒家胡"。胡女从西域来，黑头发，异色的眼睛，雪白而微泛黄的肤色，修长的身材，无拘无束大大方方的笑语神态。魔女从西域来，也是胡女。自己为什么不是？

她从蒲团上站起来，已是中夜。步入中庭，抬头望见一轮明月，满天星斗。入紫微垣，当令文武百官如天上众星围我旋转。不入紫微垣，也当如天上明月，光辉压倒群星。女身要胜过男身。才人可成皇后，就是皇帝，杀人，救人，只要一句话，一个字。

她默念皇帝的《圣教序》。忽然明白，皇帝的这篇序讲的是和尚，又是道士，又是宰相，又是皇帝，实在是讲他的治国平天下降伏臣民的大道理。他作的《帝范》讲皇帝之形,这里才讲到皇帝之心。做给人家看的和自己心里想的不是一回事。这就是《序》中的"有象"和"无形"。想起皇帝当时的一言一行都是教自己怎么当皇帝。太子做了皇帝(高宗李治),自己若是皇后,一定要他续写一篇《圣教序记》。太子是未来佛。未来佛是弥勒。《圣教序》中说的和尚玄奘译弥勒为慈氏。才人难道不是慈氏?(武则天曾有尊号"慈氏越古"。)

一《序》,一《记》,都由大书法家褚遂良写字,刻上石碑,永存长安。武媚娘,才人,尼姑,皇后,金轮皇帝,则天皇太后,女身,男身,魔女,龙女,天女,一一过去了。至今存在的只有一尊佛像,一天星斗,一轮明月,两块石碑。一块是刻上《圣教序》的有字碑。另一块是据说立在武则天墓前的无字碑。

俱往矣!我心中的形象也同荧屏上的一样闪过去了。可惜看得见的没有一个像我所想的。我不是阿难,自然遇不上摩登伽女,更难得见到文殊师利。

(一九九三年)

九方子（又名《古今对话录》）

前　　篇

一　楔子

古时伯乐善相马，他还推荐九方皋。这位九方先生相马不看性别和颜色，只看能不能"日行千里，夜行八百"。他的相法大概和伯乐的不一样。伯乐传下了《相马经》。没听说九方皋著书立说收徒弟。他是怎么相马的？可惜他没有作出一部《九方子》。

相人是不是也有伯乐和九方两派？外国有选美的。看那些什么地方"小姐"和"世界小姐"的照片也看不出特殊的美来。听说选美是要把美人身体一寸一寸量过，看是不是合乎标准。原来那是一寸一寸的标准美。不管全人？若是把瘦子赵飞燕、林黛玉当标准来量胖子杨玉环、薛宝钗，或者反过来，谁美谁不美？到底谁是标准？

伯乐的相马术可能是和选美一条道，是有规格，有依据的。是科学吧？九方先生好像有点邪门歪道，凭印象，凭眼力，不讲道理。可是相人才的好像是九方的门下不比伯乐的门下少。九方祖师是怎么传授的？是有道理讲不出口只能秘传吗？

记者近来忽然有幸遇见一位高人。他具备超级特异功能，不愿透露姓名，知道我的愿望，为我安排了一次访问。这是相隔两千五百年的古今对话吧？

九方先生可能因为年纪太大，不知是不能还是不愿，总不肯正面系统答复问题。东一句，西一句，记者也只好零星杂记下来，供读者有暇一览。

正是：

　　九方相骏马　　四海访奇人

二

记者在一间通明而不见光源的石洞里见到九方皋先生。他戴着一顶高帽子掩盖挽在头顶上的发髻，坐在一块大石头上。双目炯炯有光，银髯飘拂胸前，身披一件非丝非麻的长袍。他面前有张石桌，上面刻着一副棋盘，两旁堆着黑白棋子。一见到我，清癯的脸上微露笑意。不等我问，他先问我："你是新闻记者吧？"

我大吃一惊，结结巴巴回问："老先生怎么会说现在的话，知道现在的事？"

他面转怒容，大喝一声反问我："你以为我这两千五百年是白死的吗？"

这更使我吃惊："您，您，您老人家不是还活着吗？"

他更生气了。

"谁说我活着？你见过活两千五百岁不死的人吗？"脸色转为和蔼："你们常说不死不活，我就是。死了，同活着一个样。活着,同死了一个样。这叫做两个一样。"到底是两千多岁的人,不发脾气,随即问我:"你想问什么?"

"我想请问关于二十一世纪的事。"

"什么?用那生在马槽死在十字架上的人的年纪来纪年?他比我年轻好几百岁呢。你们这样'西化',连数目字也化成西方符号。我的这个'九'字不许改。'中'国也不许化成'西'国。"

"我想问的是世界的未来大势。"

"什么未来?不是现在吗?从我活的时候说,你们的现在就是我的未来。所以我的过去也是你们的未来。"说着,他拿起一枚棋子往棋盘中心一放,说:"七国争雄,三分天下,这是我的未来,也是你们的未来。过去就是未来。"

正是:

  棋心立一子 鼎足话三分

三

前文说九方先生在棋盘中心放下一枚棋子。这时我才看出棋盘纵横各十九道,共三百六十一个交叉点,是和后世一样的棋盘。这位老先生真够现代化的。我顾不得谈棋,忙问他:"先生的话我不懂,请多谈几句。"

"我那时天下分为九州。你们现在有几州?"

"现在说是七大洲。"

"这不是七国吗?伯乐兄把我引出来给秦国找到一匹好马。我反而受到一顿嘲笑,赶忙躲起来。不料后来竟有冒充列子的人给我传名,闹得我再也不敢出头。这种人你们现在叫做记者。我实在怕你们。你所说的七洲都有你们这种人，无事找事，专喜欢给人传名，好名坏名也分不清。"

我不管他发牢骚，照旧提问题："请问三分是什么意思？"

"这一百年间地上连打两次大仗，还要打第三次。打出了什么？前一百年是英吉利的天下，好比齐国。两次大战把他打垮了，挥舞着胜利的旗子退下去。美利坚上来了。人家打仗，他占便宜，自以为了不起，好比楚国。真正利害的是秦国，全国成为兵马，兵马一统天下。我若不给那位秦穆公找到好马，他能懂马，会用马，能得天下吗？"

我看话要扯开，连忙插嘴："请问现在秦国在哪里？"

"在二十一世纪。这是照你们的说法。美国有个身体。英国剩个脑袋。两个拼凑起来。一个姓邱的给一个姓罗的出主意。这叫'合纵'，对付秦国。西边有个威廉谋划先霸欧洲再打天下。东边有个明治谋划先霸亚洲再打天下。这两个娃娃不懂马。谁能成事，要看谁能找到我。"

正是：

三家争骏足　一语定乾坤

四

前文说到九方先生谈英美和德日三分天下。他今古不分，以今为古。我连忙提醒他，问他是不是说欧美亚好比齐楚秦。

"你说的什么？我那时战国七雄还未出现。天下是五大块。东齐、西秦、南楚、北晋，中间有周王和一些弱国，徒有虚名。后来晋国分裂。北方的燕赵韩魏都不争气，所以成为三分。你知道那些国为什么不成气候？就是因为没找到好马。有好马也埋没了。"

我明白了。他念念不忘自己的专长和得意之作，必须随时拉他回到本题。可是拉不回来。

"好马在西北，然而有马无人。人都成了泥人，样子威武，不中用。东南缺马有人。东齐在桓公和管仲时又富又强，靠山傍海。不料出了个不肖子弟景公，爱马，收罗了几千匹。他死后又叫几百匹马跟他死。爱马而不懂马，把马当玩意儿，摆样子，装门面，从此齐国完了。没马又没人，富强长不了。楚国打不过秦国，从西往东跑，到了淮河一带，有了人。原先伍员、文种、范蠡都是楚人往东跑去吴越。这时吴越徐淮都成为楚国。照九州说是徐州。这一带出了陈胜、吴广、项羽、刘邦，一路往西打，打到西北，得到好马，天下成为楚人的。刘邦怎么得天下？有人又有马。项羽只有一匹乌骓马，只能当霸王，不能当天子。他那匹马在我眼中还算不得第一。他打了天下还自号西楚霸王，只记得楚国老家，太小气了。"

"老先生说的楚国是不是美利坚？"

"什么？美利坚？花旗？那是齐国吧？有马无人，靠外国来客。秦国逐客，留下李斯。那是一匹好马。秦二世杀他，所以亡国。刘邦这小子懂马又懂人，收下了不成材的韩信。你知道韩信跟萧何、刘邦谈的什么，让他们一下子就拜穷要饭的当大将？"

正是：

　　　　一谈知国士　三角见天心

五

两千五百岁的九方皋老人将我说得昏头昏脑,不懂他说的到底是什么。我还没有问韩信对萧何、刘邦讲什么,他接着便说:"你们喜欢讲什么诸葛亮。他对刘备讲了什么让刘备那么相信他有才干?那篇《隆中对》记录不全。里面埋伏了什么?天下三分谁看不出来?曹操、孙权互不相下,你刘备还想分一份,那当然只好三分了。马有四条腿都会跑,怎么知道跑得快慢?"

"正要请教。"

"什么叫马?什么叫人?齐国国王变了姓田的,收罗了不少名流学者去高谈阔论。不到一百年,亡国了。齐宣王聚人好比齐景公聚马。这两个宝物都不如秦穆公——"

我知道他又要提自己了,赶快打断。

"请讲讲韩信、诸葛亮讲了什么要紧的话?"

"那时没有你们现在的能偷听的玩意儿,我怎么知道?我是问你。你连这点门道都没有,还来访我,会观神望气相马的九方皋?哈哈!"

他见我不作声,自己说了:"告诉你吧,他们讲的是马。"

我几乎不能相信自己的耳朵。是不是老先生思想不能集中?可是他不等我问,又问我:"千里马有什么用?秦穆公为什么要找千里马?伯乐为什么又举荐我?他要千里马去干什么?伯乐知道。我也知道。所以韩信也知道。诸葛亮也知道。惟有你不知道,白白过了两千多年。你还是个什么新闻记者,连旧闻都不明白。古时的马你都不懂,还想懂未来的人?未来还要看马,知道不知道?"紧接着又说:"千里马就是跑得快,懂不懂?不是跳,不是飞,是跑,一步一步脚踏实地地跑,明白吗?老实说,我不是相千里马的。可你连什么是千里马都不懂。真叫我生气。"

正是：

有马行千里　无人听一言

六

我访问九方皋。他出了一个又一个问题考我。我答不出又挨了一顿批评。这还没完，他又问："你来访问我，我是什么人？"

"您是相马专家，胜过伯乐。"

"错了。伯乐才是你说的那种人。他的相马本领天下第一，古今第一，没有能胜过他的。我和他不是同行，所以他才举荐我。"

"你老先生不是去给秦穆公找千里马的吗？"

"你又错了。千里马是你们的说法。秦穆公要的不是那一种。他问伯乐有没有徒弟后代，说伯乐老了。伯乐懂得他的意思，回答说后人都是一般相马的，没有胜过自己的。这样他也蒙混不过去，有危险。知道吗？他年纪大了，没用了，又有人接班，还要他干什么？所以他把我推出来，让我冒这个险。他成为第二名，就不怕了。我和他是好朋友，没办法，只得出山。过了三个月，给那位王爷找到了一匹他所要的'天下之马'，救了伯乐。我问你：那三个月我干些什么？为什么三个月，不多不少，就能找到？找到了，为什么我自己不牵回来，要王爷另派人去？我说的马的骊黄和牝牡都不对，去的人怎么知道是那匹马？为什么他牵马回来才试出果然是一匹所谓天下之马？这时我到哪里去了？为什么从此我无影无踪在这间石室里过了两千五百多年才见你？又为什么肯见你?还有,我一见你便看出你是新闻记者。你一见我怎么知道我是你要见的人?"

他这一连串的问题直问得我无言可对。

"好了。传说我是见所见而不见所不见。这是什么意思?是不是废话?你是相反,见所不见,不见所见。回去吧。好好学学。你能当新闻记者,不能当旧闻记者。"

我的第一次访问九方皋就此结束。是成功?是失败?能不能再去?再去还能问出什么?这就说不准了。

正是:

古事多疑问　世间有解人

后　篇

一

九方皋访问记发表以后,记者以为再也不会见到他老人家了。不料有一天我正在暖融融的春季太阳下打盹,忽然发现自己又到了那间石室,又见九方老人端坐在石头上。一切照旧,只是有一样不同。九方子头上生出了两只弯弯的羊角。

这次他变得客气了。开口便说:"我邀请你来采访。你认识我吗?"

"您是两千五百岁的九方皋老先生。"

"不对。我是作《公羊传》的公羊高。你不见我头上有两只角?"

我大吃一惊。他明明是长了角的九方皋,没错。

"午马年我是相马的九方。未羊年我自然是公羊了。时光真快,一转眼我年轻了不止一百岁。年纪真不饶人啊。"

他越来越年轻还叹气。马年相马,羊年成公羊,那猴年呢?

"到申猴年我当然成为孙悟空。这还用问?"他立刻知道了我的心思。

我又想,到酉鸡年戌狗年他变什么?没问出口,他就答复。

"我不是年年变的。我没有变。九方皋、公羊高、孙悟空本是一个人。这个,你没法懂。你想不到我给秦穆公找的天下之马就是公羊高讲的大一统,也就是孙悟空保唐僧取来的真经。佛经是幌子,掩盖着真经。唐僧回国送给皇帝一本《大唐西域记》,这不是天下吗?孙悟空天宫海底南海西天都到,不比天下还大吗?"

"您讲天下三分,您也是诸葛亮?"

他忽然发怒,说:"诸葛亮算什么?他是个官迷。自比管仲乐毅,只是称霸一方的货色。齐桓公九合诸侯不过是当各国会盟时的主席。会一散,谁也不听他的了。他算什么天下之马?更不是公羊。天下滔滔都跟着母羊走,只知见羊就拜,不分公母,还自命是九方的后代。九方相的马是天下之马。这些人连一方之马也不认识。齐国有些乌七八糟的羊叫声,你们说是百家争鸣。其实没有百家,只有两家,一是我公羊高,一是穀梁赤。我问你:马怎么变成羊?怎么分别公羊母羊?"

正是:

一席谈今古　千秋论马羊

二

公羊高，也就是九方皋，见我答不出为何马变为羊，也不生气，叹口气说："这也难怪。你们喜欢给死人做寿，可就是不给真正的祖师爷做寿。当然这也符合他的教导，不做就是做。他算来该有二千二百二十岁了吧？那年是庚午，马年，秦始皇正当时。过了十年，他统一了天下。又过十年，他得了病。第二年，皇帝是秦二世。你们的祖师爷便把长了角的叫做马了。从此原来叫做鹿的就成为马了。你们现在还有逐鹿中原的说法。那鹿就是我给秦国找到的天下之马。以后我成为公羊高，没人找我相马了。"

我明白了，但不服气，问他为什么要把千秋唾骂的赵高说成祖师爷。

"这还用问？白马非马，传不下来。指鹿为马，千秋不断。你们的《百家姓》透露了消息。第一位赵，就是赵高。第二位钱，有钱走遍天下，无钱寸步难行。第三位孙，是孙悟空，七十二变。第四位李，是李老君。他讲一句话就可以有不知多少种说法，怎么说，怎么有理。他讲无为也就是无不为。你们像念咒一样唱赵钱孙李。那才是真经。"

"请问您老人家怎么这样重视指鹿为马？"

"这一句话奥妙无穷。你说是鹿，就是反对他。你说是马，就是说假话，可以利用，但不可信任。你说不知道，那是装糊涂，心怀鬼胎，更要不得。你不说话，必定另有想法，有阴谋，腹诽。一句话把所有的人都测出原形来了。真了不起。我问你，你知不知道马年在你们那里出了一件大事，那是什么？"

"是不是中东战火？那已经过了年了。"

"庚午年还没有过，还是马年。这一年最大的事，配得上那位祖师爷的生辰的，是三毛之死。这一生一死，马便成羊了。"

正是：

鹿马羊三变　　赵钱孙一家

三

九方皋——公羊高说马年大事是三毛之死，我实在不能明白，他便自己解说："孙悟空脑后有三根救命毫毛，这就是三毛。三毛救不了命，不是大事吗？到猴年我成为孙悟空，靠什么救命呢？三毛活着和别的毛没有什么大不同，一死就轰动，从鸿毛变成泰山了。我再问你：你来采访什么？"

我觉得不是我采访他，是他采访我了。他又说："我当年讲《春秋》课，开口说大一统，末尾说拨乱世反诸正，中间讲的是内中国，外夷狄，对不对？"

"我学的正是这样。"

"你们不读我的书，不懂，多年被一个姓左的引得不停向左转。《春秋》从隐公开始，历史就是从隐开始的。秦穆公要我找天下之马。那是他的隐语。我拖延了三个月才告诉他千里马就是百里奚，卖价要五张羊皮。我说过就躲起来，怕被杀。后来秦对商鞅、李斯都是用完了就杀掉。韩非不该作书。有了他的书，还要他这个人干什么？百里胜千里，不急着为秦得天下，用处没耗尽，所以不被杀。"

"韩信和诸葛亮呢？怎么被重用的？"

"韩信给刘邦出的主意是分兵给他去抄后路消耗敌人兵力，

最后合起来包围项羽。不过这很危险。韩信有兵有地就自封齐王。只有刘邦敢用他。刘邦是豁达大度。能豁出去是豁达。又非得全天下不过瘾是大度。韩信只想当个齐王,所以刘邦不怕他。诸葛亮劝刘备的是明对敌人暗算自家人。刘家的荆州益州可以不用兵就得到。家里事外人管不着。曹兵让孙兵去对付。这些人全是赵高祖师的门下。我在讲书时给三千年以后留下两句话。你知道是哪两句?"

"不是大一统和拨乱反正吗?"

"错了。是陨石于宋五和六鹢退飞过宋都。"

正是:

纵横谈五六　　今古贯三千

四

九方公羊子说他留下的两句话是,陨石于宋五和六鹢退飞。这使我大惑不解。他自然看得出来,便接下去说:"这是我和齐国同乡孙武子以及鲁国同道穀梁兄共同商定的。孙说了九天之上九地之下。我和穀梁分别解说《春秋》的五石六鸟,指出眼见和耳闻以及数字先后语言顺序。这是隐语预言。两千多年过去,你们还未全懂。战争打到九天之上,天上掉下能炸裂的石头,现在你们知道了。可不懂九地之下是:知六鸟怎么退飞。要懂,还得等些年。九地之下不是深挖洞和什么地下试验。那只算刮地皮。九天必须配上九地才灵。你们不明白,因为你们对自己还不明白。不知人怎么知天地?"

"请多多指教。"

"我已经给你指出了赵高祖师。还有两位是一千几百年来无数人的祖师,五六百年前有部真经《三国演义》传授过。曹操和诸葛亮两位祖师各留下一句要诀。"

我连忙追问。他接着说:"曹操的要诀是从周文王学来的,要实权不要虚名。一定留着汉献帝当招牌。诸葛要诀是对人宽而对己严。"

"这是不是一忠一奸?"我问。

"诸葛派关羽在华容道放走曹操。这不是对人宽吗?不放曹操,谁能对付孙权?万不可让吴国捉住曹操杀掉。诸葛一斩马谡,二杀魏延,三气周瑜,这不是对自己人严厉吗?这三个人是万万留不得的。魏延要带兵出子午谷就是当韩信。要留下司马懿制曹。对魏延非杀不可。没有周瑜,吴仍能抗魏。有个周瑜,说不定这位赤壁之战的青年统帅会挺进中原代替老头曹操。哪里还有三分天下?让他病死最好,还可充好朋友吊孝。"

他这样说法有点古怪。不等我问,他又问我:"你们喜欢讲三角形。你懂得两角形吗?"

正是:

三角忽成二　一人能化多

五

九方公羊子说到两角,我实在不懂,只好请问是不是指直线。他一伸手把头上的两只角取了下来。原来是装在帽子上的,不是头上长出来的。他重又安好角,对我说:"这样的两角可戴可摘,是帽子,不稀奇。脸上的两眼不是各有两角吗?一张嘴不是也有两角吗?"

"头上的角和眼角嘴角和三角形的角不一样吧?"

"你们不是同音就通用吗?确实方便,一个字音可以讲成各种各样。这也是赵高祖师的遗产。比如我叫皋就是九方,叫高就是公羊,可不是赵祖师高。同音又同形,可是两个人。我找你来采访就是声明我作九方作公羊都可以,就是不姓赵,不当祖师。只怕你回去一说又正好说反。这是赵祖师教导了两千三百年的。好在你们都熟悉这一套。你若说我姓赵,大家都会想到是九方公羊冒充的。赵祖师决不会认我是本家。所以九方把黑马黄马公马母马讲错,别人照样能找到。因为秦人那时已经能懂这种话,所以后来能统一天下,出祖师。公羊留下三句话:所见异词,所闻异词,所传闻异词。这是我为你们指明以后另有个叫高的会传授鹿马妙诀。将来你的两角嘴一开一合会讲出什么异词来,我也不管了。"

我回答说:"九方公羊的话和鹿马相通,您不是祖师,是太老师。您的话我一定照传不误,但不担保别人会不会听成异词再说成异词。我初见时问您的话还请答复。在两千五百岁的阁下看来,今后世界会怎样?"

他把手向外一指。我回头一看,只见洞外纷纷如同下大雪。出洞抓起一把,片片都有个什么字,好像是谎字。再回头时,洞已不见,只有峭壁。忽听山崩地裂一声,一块巨大山石带着那个字从天上向我压下来。我一惊之下闭目等死。不料一阵和煦春风吹得十分舒服。睁眼时才知仍睡在暖融融的太阳光中。

正是:

漫天撒怪雨　出洞失真人

评曰：于荒唐中见巧思，内有无数问题待读者自行解答。汉武帝下《求贤诏》以人才为马，说只要会驾驭，不怕马怎么野。这是帝王口气。他驾驭了李广、李陵、苏武、张骞、司马迁许多人才，既给草料又鞭打。韩愈自认为马，求伯乐，文人口气何其卑也。"老骥伏枥""老马识途"，以人为马，自居为马，实在是太平常了。识马者，伯乐之外惟有九方，独树一帜，是以难得。

三访九方子

近来有些恍恍惚惚。自知没有修炼，不会"走火入魔"，可能是快成为"恍惚的人"了。恍惚之间竟又到了来过两次的光明石洞，又一次拜会了两千五百岁的九方皋老先生。这次可不是有意访问。

老前辈仍旧坐在那块大石头上，高冠宽带，银须飘拂，一见到我，开口便说：

"三次见面，可算得老朋友了。尽管岁数相差两千几百年，也是忘年交。以前我拒绝你访问，这次也不接受采访。只因你想到我，我就活过来了。死人活在活人的记忆上。这句话你想必知道？"

我知道不能由他随意闲谈，立刻打断他：

"那么老先生还是不肯回答我的关于未来世界的问题了？"

"怎么？谈过两次你还没明白过来？死人当然只能谈过去，可是过去就是现在，又是未来。三世是通连的，随处可断，又是任何处也不会断。谈来谈去还是千里马。"

"现在有了喷气式飞机，千里马只能赛跑，为体育或者游艺项目之用了。"

"那是伯乐兄所相的马。我从来不是找那种马的,所以赢得他说我是相马于牝牡骊黄之外。实际上我是相马于牝牡骊黄之内。内就是外,懂吗?"

"伯乐说您观察马时注意性别和毛色以外的别的特色。你老人家说的是相马要考察性别和毛色等等外表以内的内部特性,也就是马的本身,因此是你说在内而他说在外。你们两位一说外,一说内,其实是一回事。对不对?"

"不完全对,或者说,也对也不对。我和你谈过赵高祖师爷的指鹿为马,还记得吗?"

"我把鹿说成马。你若说是马,那么你不是说谎拍马,就是傻瓜不用头脑。你若说不是马,那是当面提不同意见,给我下不去。你若说又像是马又像是鹿,那你是滑头投机不说心里话。你若说可能不是马也不是鹿,那你是不负责任,装傻或是真傻。你若是一言不发,那你心中不知在想什么,包藏祸心,腹诽。你若说出一篇道理,说马和鹿不过是符号,说是什么就是什么。那你就是日本话的'马鹿'(傻瓜)了。"

"你果然不愧为赵祖师的隔代弟子,深通鹿马哲学,知道人人都不可信赖而只可利用。可是你知道这和千里马的关系吗?"

"不懂。"

"在我那时代,日行千里的马就算快。现在最快的马是光是电,一眨眼就是多少万里,甚至不能用里计算。现在我说的千里马,不是给秦王找的百里奚那样的人而是物,是你们叫做电子计算机或者电脑的那种东西。"

"那和赵祖师的遗训说鹿是马有什么相干?"

"大有关系。现代千里马靠的是伏羲老祖宗画的乾坤阴阳二分法,也就是零和一或无和有的算学。可是从零到一之间的路很长，有许多不明不白的中间站。这几年有人把这类东西装进了算学或者你们叫做逻辑的玩艺儿里面，叫做什么模糊数学、模糊逻辑。其实不对，这不是模糊而是让模糊变准确。这玩艺儿钻进了所谓电脑，千里马又增加了功力。可是还差一步没有大跃进，大爆炸。这一步就是要能算出内就是外，鹿是马或马是鹿，零和一可以对换。这才合乎实际。所有计算都是依靠不变，实际上一切都在不停地变。一百年来不少人分析大自宇宙小到越分越细的微粒，发现都在变，从我们那一代经过两千几百年到你们这一代，进步就在于认得变，懂得变，我说的千里马的毛色、性别和找来的马不对号。千里马变成了百里奚，马成为人，做了大臣。内是外，鹿是马，人是物，零是一，都不停地在变。说了半天，你懂不懂？"

"太深奥了，不懂。"

"你是懂了装作不懂吧？从我算到你，两千几百年，一年年，一月月，白天夜晚出了多少事？中国有编年的历史书。书里记载，讲的多是好话，做的多是坏事。骑的是马，偏叫做鹿。年年打仗，叫做太平。不懂这个，怎么懂过去那些话，那些事，那些人，又怎么懂得现在，怎么懂得未来？中国人的说法、想法最切近实际，有意把变说成不变。你们不发挥自己的这种长处，使千里马真正再大跃进一步，难道这也要让给外国人，自己只夸耀祖宗？"

我觉得他越讲越玄，便打断他说："我斗胆提一个不同意见。说零就是一和指鹿为马不同。不如说一可以无限接近零，但永远达不到。零好像是绝对零度。零是抽象的，但不是不存在。明天的千里马就是把一变成不断变化接近零。这更接近实际，可是现在办不到。先生以为如何？"

"好！秦王要强好战，现代战争更是比赛千里马的快跑。谁能先看清对方就能先发制人。然而我能使你看错，指鹿为马，那我就能后发制人。你堆积大量破坏物不过是炸毁你自己。你把自己当作了敌人。鹿比马快，可不是马。"

"老前辈中计了。这一次我没来采访却得到了最初访问的答案。两千五百岁的人果然能知道两千年以后的事。现在离两千年只有几年了。"

九方子似点头非点头，霎时不见。

我明白，我确实成为"恍惚的人"了。

一九九六年

孔乙己外传

引子

孔乙己,何人也?《外传》,何书也?狗尾续貂欤?抑东施效颦耶?传其归来,传其托梦,传其化身,传其友,传其情,而不知其人所终。嗟乎!窃书之冤未白,伪托之传忽来,东扯西拉,南腔北调,真真假假,实实虚虚,孔乙己夫子之幸乎?不幸乎?

辛卯小阳春即所谓二十世纪末岁杪
辑评者记

还乡

孔乙己站在咸亨酒店大厦前面,不禁感慨万分。他不认识咸亨,咸亨也不认识他了。

他穿着一身藏青色西服,打着红色领带,腰背挺拔,面无胡须,除了满头白发没有染,哪里像一个百岁老人?腿完全好了。据说是全球名医通过网络会诊动了大手术的辉煌效果。辫子没有了。换上去的是美容师为他创造的新发式。

他望着店门口那座铜像，拖着辫子，穿着长衫，弯腰曲背跛腿，好一个落拓文人。

"这是我吗？"他想。

忽然，他旁边冒出一位白须白发的佝偻老人，满面惊奇对他望着，脱口而出一句话：

"你老是孔二爷吧？真正的不敢认了。我是给你老人家温酒端茴香豆的小伙计啊。"

故乡遇故知，孔乙己满心欢喜，连忙问道：

"你都长这么大了。老板呢？"

"唉，别提了。前些年，有人揭发他的历史问题，说他在酒里掺过水，逼酒债。先去劳改，现在只怕是在什么净罪界里作检讨呢。你老人家怎么返老还童，回老家来了？这一身打扮真够豪华时尚的。"小伙计变成了老伙计，讲的是现代话，不过绍兴口音没变。

"一言难尽。简言之，我一交摔倒，昏了过去，人事不知。过了也不知多少年月，忽然醒来。眼前有三位洋人，两男一女。两位德先生，一位赛女士……"

"怎么会有两个德先生？"

"一分为二，德就是民主。有布尔乔亚阶级民主，有普罗阶级民主，所以是两个。"孔乙己的语言也现代化了，口音当然照旧。

"赛先生怎么只有一个，又是女的？"

"也是一分为二。人类首先是依照性别分为男女。女权运动兴起后，把难以划分阶级的赛先生抢过去，说是男权吵民主，女权要科学。不过救我的不是他们，是另外一些人，大概是医生。

德先生,一是德国的康德,一是法国的孔德;赛女士是美国的赛珍珠。亏得赛女士会讲一口中国淮河流域口音的话。要不然,我怎么能和他们谈话?"

"后来呢?"

"他们见我醒来,十分欢喜。我一见洋人,手足无措,不知怎么才好。赛女士满面笑容,伸手过来和我握手,引我到一面镜子前。我才忽然觉得腰腿活动自如,精神百倍,对镜子一望,吓了我一跳。赛女士指了指头发,问我要染什么颜色。我连忙说,不染,不染。那时,我就已变成现在这种模样。两位老洋人过来和我握手,赛女士一一介绍,又说她自己生在中国,虽是美国人,却把中国认做第二故乡。这时,我才看出我们是在一间大厅里。他们请我落座,有人送茶来。我一尝,居然是西湖龙井。还没有等我开口问,赛女士就滔滔不绝将前因后果说给我听,我才明白过来。随后……"

"到底是怎么一回事?"老伙计插嘴问。

"这可说来话长了。简言之,中国有些人嚷嚷邀请德先生、赛先生,惊动了他们。可是等到他们惊醒过来,样样恢复了,不远千里而来中国,却没有人欢迎,谁也认不出来。那时,只见一片战火纷飞,日本人和中国人正在开战。好在他们已是半人半神之体,到处不受阻碍,于是游遍中国,了解官情民情,越来兴趣越大,认为中国人和他们欧美人大不相同,有另一种文化。三人碰到一起,同意找出一个人来代表中国文化,可是太复杂,不知找谁。赛女士在重庆见过一个孔二小姐,又在昆明见过一个龙三公子,孔和龙是中国文化,这两人也代表一个方面,但与老百姓无关。读书人能上能下,可官可民,亦穷亦富,知古知今,代表的方面广,最好是孔夫子的后代。于是找到了我,用尽了全世界的力量使我重新出现，再把我打扮成现在这般模样。他们对我说了前因后果，又说我需要知道他们的文化，也让他们那里的人见识我这个中国文化人。所以，我要同先祖一样周游列国，我游遍了全世界，和种种人打交道，才明白自己的孤陋寡闻。原来以为自己读圣贤书，知道得很多……"

"多乎哉？不多也。"老伙计插嘴说。

"不错，对于世界实在知道得很少。不过，经过这一番周游列国，已经大开眼界。不是只看了山水、房屋和名流，主要是了解人情，也不是只访贫问苦，是什么人都看，不管死活。我见到了拿破仑，对他谈起秦始皇。他惊叹不已，认为自己赶不上，不该东征俄国，应当筑一道万里长城封锁东方，还可以借此留下旅游点扬名后世。他说只知道罗马帝国留下了一部罗马法，他也留下了一部拿破仑法典，问我秦始皇留下了什么法。我告诉他，秦法都是刑律。中国的法历来以刑法为主，惩办罪人。什么亲属继承等等属于礼法，由族长处理。至于财产分配纠纷都照习惯老规矩解决。百姓打起官司归地方官判断。中国传统是重义轻财，所以不必制订什么法束缚自己。他听了大惑不解。我说，不到中国不能知道中国文化的高深奥妙，中国人自己也弄不清楚。……"

"你老人家这些事以后再慢慢谈，好不好？"老伙计打断他的话，接着说，"酒店老板被打倒以后，我因为苦大仇深，接管了店。后来我也退下来，随即人事不知。过了不知多少年，忽然醒来，才知道酒店实行股份制，十分兴旺发达。老字号需要老人做招牌，起用我做总顾问，刚刚上任，就看到你老人家还乡大喜。你老现在已经名满天下，小学、中学课本里都有你。难得你又是从外国讲学归来，我想策划一个中外合资集团，由你老挂名，取名就叫孔乙己集团，立刻集资，上网宣传。你老诸事不用问，只要出面号召，一切由我办。三两句话讲不清楚，请你老先进店里去接受欢迎。"

"慢着，"孔乙己说，"我先得举行一次宴会，请一些人来各抒己见，同时答谢他们在我访问时对我的接待，也让他们见识一下我们中国。"

"那更好了。我立刻通知传媒，开记者招待会。你老开出名单，我叫人马上发电子邮件。现在，请！"

老伙计总顾问一举手，酒店的门自动打开，两人昂然走进去。

一九九七年十一月

夜谈

近来神思昏昏，忽醒忽睡，昼夜不分，恍惚之间，见有一人，微有胡须，身穿纺绸长衫，手持折扇，出现在我面前，开口便说：

"你怎么胆敢写我的外传？写了一章《还乡》，又不写了。你胡说什么德先生和赛先生救活了我，又说德先生是康德和孔德，方法是全球生命科学专家网上会诊，真是胡说八道。你忘了那位歌德，就是歌功颂德的歌德，德先生。他写的《浮士德》里的那位浮士德博士，不是中国的五经博士，也不是现在的博士前博士后，是欧洲中世纪的学者，现在叫做神学家，又是一位德先生。他精通巫术，和魔鬼订有契约，用古代克隆巫术使我复活。"

我恍然大悟，原来是孔乙己先生大驾光临，连忙说："实在对不起。我写的名为传记，实是小说，跟我的《三访九方子》《新镜花缘》一样，不能当真。务请多多原谅。"

孔先生："我不和你计较这些。告诉你，浮士德博士救活了我，开口便问我：你是中国古圣人孔二先生的后代，读过《圣经》里的《传道书》没有？我说那是洋书，我怎么会读？他笑了一笑，说，那书里有一句话是，日光之下并无新事。埃及法老王的木乃伊躺在金字塔里早就知道死人能复活了。"

他接着说："我不能让洋人看不起我们，立刻反击，说：博士老先生读过《四书》里的《大学》没有？那里面说：'日日新，又日新。'所以后来人说'日新又新'。其实那是汉朝人念错了古字。本来应当是：'祖（写做且，像神主，读成了日）曰（日）辛（新），父（又）曰（日）辛（新）。'新本来是辛，是商朝帝王的名字。他们好用天干起名，有太甲、武丁、盘庚等名字。中国人早就知道什么是新了。"

我忍不住插上一句："那么，是你老先生和《新青年》一同出世以后才有新了？才讲拥护德先生和赛先生了？"

孔先生："《新青年》出世时在第一次世界大战开始后一年（一九一五），叫《青年杂志》，也没有新字。新是后来加上去的。主编陈独秀说是拥护德先生民主和赛先生科学。其实没过多久，俄国十月革命以后，李大钊就在那上面宣布《布尔什维主义的胜利》，拥护苏俄的无产阶级专政了。陈独秀也是同样。那刊物上也没有什么科学发明的论文。他们提倡成功的是白话文和新文学。胡适讲科学方法是大胆假设，小心求证。

"我醒来以后，赛女士，就是赛珍珠女士，主动当翻译，陪我仿效先祖周游列国，见到许多外国人。见牛顿时，他说，他不是先假设万有引力，然后去证明的。达尔文也对我说，他不是先假设进化论，然后再去找证据的。后来跟胡适博士一谈。他说是为了纠正中国人爱讲空话的缺点，才要求'拿证据来'。又说他的那两句话的意思是,在科学研究过程中遇到问题,可以尽量设想种种解答,但是必须有充分可靠的证据证明才能下结论。他说自己没有说这就是科学方法的全部。我看胡博士的政治大大不行,可是他的《尝试集》里有些思想倒是很有意思。'自古成功在尝试。'这有点像摸石头过河。'努力努力往上跑'像是力争上游。还有'我们的口号,干,干,干!''这棵大树很可恶,它碍着我的路'等等。这些也不是他发明的,是我们几千年的老一套,算是传统吧。他说,他的实验主义就是他的老师美国人杜威的实用主义。可是我恐怕这也还是土产,不是地道洋货。我见到杜威,听他讲他的哲学,连美国人赛珍珠女士都说听不大懂。我听赛女士的翻译,他说来说去好像尽是真理标准问题。是不是说有实用价值的才是真理,我不能断定。今年是兔年。胡博士就是属兔的。那时有所谓卯字号,他是其中之一。还有刘半农。"

我不得不再一次打断他的话:"你老人家光临寒舍必非无故。"

孔先生:"正是有一件事要你办,因为你还只是快到九十岁,比我年轻得多。我本来是一个被人打断腿的知书识字的穷叫花子,被人救得复活又出国游历,才知道一些事,也想到一些事。第一次世界大战以后,梁启超和蒋方震同游欧洲。两人原本是一文一武。回来以后,出版了《欧游心影录》。梁先生说是欧洲不行了,要用东方精神文明去救西方物质文明了。日本士官学校的高才毕业生,中国陆军学校校长,蒋百里,也就是蒋方震,写了一本《欧洲文艺复兴史》。梁给这书写序,写成一本书,想复兴清朝的所谓乾嘉之学。我环游地球,大开眼界。依我看,欧洲人说是复兴希腊,实际上是创新。中国的新文艺也不是复兴清朝而是好像要复兴明朝。

"因此，我想要你重写一本文艺复兴史，不仅讲欧洲，也讲中国的同一时期。双方有相似之处，又有很大不同。不必写全面，只写两个人和两本书。欧洲的人，写达·芬奇（一四五二——一五一九）；书，写《莎士比亚戏剧全集》。中国的人，写王守仁，也就是王阳明（一四七二——一五二八）；书，写《水浒全传》。达·芬奇是艺术家、科学家、工程师、哲学家。他很注意收集当时失散了的亚里士多德等人的著作抄本。他画出了《蒙娜丽莎》《最后的晚餐》。王守仁是军事家、政治家、哲学家、文学家。《古文观止》里收了他的一篇《瘗旅文》，里面含有小说、诗歌、议论。还收了一篇《象祠记》，文中表明他对西南许多民族的重视。象是大圣人舜的弟弟，著名的恶人，但是有一些民族修他的祠堂，纪念他（据说舜封象于西南地区）。王阳明说，由此可见恶人最后可以成为善人。他的意思是，少数民族可以和汉族同样文明，显出他平等待人，没有种族偏见。这两篇文是很容易找来看的。至于他的生平和思想，为什么一直挨骂而又骂不倒，那就难说了。不多年前不是还有人说要"狠斗私心一闪念"之类的话，甚至公然改头换面引用他的心学语录吗？挑出这两位同代人合起来一看会很有意思。此外，那两部书表现了那一时代的中外社会情况。莎士比亚的戏里表演的方面多，人所共知。《水浒》里写的人物层次几乎包罗了那时的全社会，上上下下，里里外外，可说是无所不有，但注意解析这一方面的人恐怕很少。

"我提出这二人二书要你写出一本别开生面的世界史。所谓文艺复兴的'文艺'二字是我们这里加上的。外国人用的原文只说是复兴、再生。其实这是一个新时代的开端，是货物流通兴旺、城市市场繁荣，但农村经济破产，因而思想和文艺改变面貌、原有道德标准遭破坏，要经历多少年的大时代。这种情形，中国外国一样。这是好是坏暂且不论，反正世界所有地方从此门户开放再也关不住了。开门有危险，关门要吃苦。明朝烧海船，设海禁，招来了李自成进北京，满洲兵进山海关。现在有许多问题都是从那时来的。洋人把创新叫做复古，说是重现古希腊。我们喜欢把复旧叫做革新。换个名堂，打出新招牌，新中有旧。可是旧招牌下面又出新货，老王麻子剪刀用的是不锈钢。哎呀不好，咸亨酒店为我开的招待会到时候了。我还欠店里十几文铜钱的酒债，不能不去给它做广告。"话音未完，人已不见。

我睁开眼，原来不是黑夜，已经红日满窗，不过太阳好像不在正中，但看不清是偏向东方还是偏向西方。

一九九九年一月

评曰：小说中发议论由来已久，例如梁启超的《新中国未来记》、刘鹗的《老残游记》等。外国的如卢梭的《爱弥儿》，几乎全是议论而题下署Roman，即法文中的长篇小说。"孔乙己"系列借中国落拓文人纵横谈古今中外，仅成二篇。据说尚拟有阿孔与阿贵（阿Q）谈论辛亥革命，应可成篇，终以作者老病无力而废，惜哉！

占卜术

占卜之术，如果"迷"而又"信"，必致"走火入魔"，导向危险，不可提倡，但值得探究。这不仅是作为民俗，因为自己占卜的人从古至今有不少是军事家、政治家、哲学家。这里说的占卜是指中国的两大体系：周易和六壬。其他如"太乙神数""奇门遁甲"之类不在其内。

占卜之兴由于要求预测。狩猎、牧畜、种植都有未知数要求知。科学预测在某处成功，某处的占卜预测即让位。例如天气预报，又如预测生男生女出生死亡日期，科学预测不久即将驱除占卜。凡科学还不能作确定预测之处，占卜就消灭不了。有些大事，例如战事结局，科学既测不准，占卜也说不定。古时人以占卜作为辅助决心或欺哄他人之用，现在只能成为个人游戏了。所以究其起源，占卜与科学本是邻居，都供预测需要，讲到作用和效果就大不相同，如占星术和天文学或者炼丹术和化学。

若不迷信也不为摆卦摊而试学占卜术，有一点必须预先知道。从古以来各行各业都有职业秘密不能外传。即在现代，盗窃技术情报也没有断。市场预测更加靠信息的迅速准确。因此，占卜术有"秘诀"口传，单靠书本不行。书上说得详细，暗地留有一手。即如周易用蓍草卜卦方法久已失传，书上所说多是残缺加臆测。《易·系辞》的宗旨是解释易理。"大衍之数五十，其用四十有九"，说来明白。左右手四四而分也可以懂。但还有要点就没有说。一者其目的不在教卜卦，只说卜卦合乎四时历法等等。二者这是秘传，另有途径。例如变爻变卦不可缺少，竟无一言。后来通行用金钱卜课就容易多了，但也有要点隐瞒。例如卦数为六十四，又不限于六十四，加上年月日时阴阳变化可以多得不计其数。由此又分派别，各家不同。

我幼年时见哥哥迷上此道，把家中的《卜筮正宗》《增删卜易》等书都搬出来照着学。学来学去，总是有疑。《易经》只解爻辞和结构意义。《易林》之类多是卜人用以参考的手册，不明算法便无用处。加上"官鬼""妻财"之类更难排列判断。变爻一来，便是"某之某卦"，行话称为"之卦"。这一变更难办了。我看他排来排去，算过来算过去，只能查出书上解说下判断，却说不上排得对不对，离开书，自己断不了案。到底是古人错还是他自己错，弄不清。卜卦预测本来靠不住，所以不能用灵不灵作对不对的标准。他并不相信，只是觉得好玩，如同解方程式。后来有一位前辈到我家，正好遇上他在忙卜卦。客人一看便问了一句，顿时把他问倒。老者哈哈大笑，传授了书上含糊过去的诀窍，不过指点几句话。他恍然大悟，豁然贯通，已得要领，失去好奇兴趣，以后渐渐不再卜卦了。

我想和哥哥争胜，便私自找书学"六壬"。同样是紧要处不明白。我一生气便练"掐指一算"。一手"地盘"，一手"天盘"，硬在心中记住排"三传""四课"、干支变化、各种神将。好在年幼记性好，居然能"袖占一课"。只在脑子里转来转去，比哥哥的掷铜钱还方便，更神秘。不久，我明白了，原来这不但锻炼记忆，而且要求心中记住各种条件，不但排列组合，还得判明结构关系，解说意义，认清条件的轻重主次及各种变化，不可执一而断。我这时才想到，古来哲学家演易卦还是锻炼思维能力，和下围棋及做数学题是一个道理。对兵家还有实用价值。八卦九宫是阵法符号、密码。秦皇墓兵马俑排的也许是白起或蒙恬的阵法。当时我竟然以为"万法归宗"，怪不得八卦、六壬迷了几千年无数人，原来妙用并不在于占卜预测对不对。

现在有了电子游戏机比占卜省力。可是头脑的工作让一部分给机器，锻炼思维的功能机器未必超过头脑。然而思维方法是否有古今之别？陶朱公、吕不韦做买卖的预测和决算的思路，能适应今天的市场经济吗？还有没有"奇货可居"？也说不定。

后 记

我父亲那一代辛亥革命前后出生的学人，幼时有许多是既受过旧式私塾教育，又受过早期西式启蒙学堂教育的。对他们来说，古文经典脱口而出，文言写作随心所欲是很自然的事。那一代学者，还有不少人用毛笔写文言比用钢笔写白话更顺手，旧学根底是幼时基础，中西贯通是后来成果。文史类学人自不必说，自然科学家往往也是如此。我曾听到过化学家黄子卿教授随口背诵《左传》《史记》，见到过物理学家王竹溪教授亲手所记电路图一般工整精确的围棋古谱。至于数学家华罗庚、水利学家黄万里的旧体诗文功力，就更是众所周知了。华罗庚先生去世后，我父亲曾叹息有些问题再不能和他探讨了，否则一定会有共同兴趣的。

记得父亲曾说过，解放初期开会听报告，就有人用外文记录，有人用文言记录，速度都极快。当然，这是给自己看的。至于要上交的学习体会、思想汇报之类，不必说，是绝不能用文言，更不能用外文的。后来，在他们学术水平与研究能力处于高峰时，中外文化都成了所谓"封资修"文化，多数人失去了钻研学问的权力。同时，不止一代青少年失去了学习传统文化的机会。

时过境迁，社会变动、科技进步不仅改变了人的生活，也改变了人的思维方式。许多过去很难的事今天非常容易，也有过去很平常的事今天成了专门学问。用惯电脑的人往往连用钢笔写字都嫌麻烦，能用毛笔写文言的更是万里挑一。顺便说一句，老一代学者中，也有不少会用电脑，我父亲就是其中之一。十几年前，高龄的语言学家周有光就已在大力宣传电脑的好处，鼓动朋友们使用电脑。看来，懂旧学未必妨碍接受新知识，也许还有助于掌握新知识，用惯传统工具的人也可以学会利用新工具，全在乎个人学不学。反过来，懂新知识，用惯新工具的人学旧东西，可能更不容易，因为没有那个环境了。我不知道，延续了千年的教育方式是否真的一无是处，社会前进是否一定要以牺牲传统文化为代价。过去学生必背的古书，今天也许其中不少只是专业相关或有特殊兴趣的人才会去读吧？喜欢读书的人，不一定出于功利目的，多读书、长学问至少可以开阔眼界，愉悦自身。老一代人将他们读书的方法、经验告诉大家，或许可以让人少走些弯路，了解那一代人读什么书，怎样读书、做学问，是否也自有其意味呢？这本《书读完了》是从父亲诸多文章中选出的，记录了父亲读书、治学的心得和体会，对喜欢读书的现代人来说，或者也不无裨益吧。

　　那一代命途多舛的学人，绝大多数已渐行渐远。幼时既受过旧式私塾教育，又受过早期西式启蒙学堂教育的人不会再有了；求学时遭逢战乱，学成后又遇浩劫的事，但愿也永不再有。

金木婴
2005 年 11 月

增订本后记

2006年,《书读完了》由汉语大词典出版社出版。初印很快销售一空,不久就重印了一次。2007年7月,因出版社改制合并,此书移至上海辞书出版社再版一次。此次增订出版,距离初版,也已经过去十年了。

书出版之后,常有师友们提起,我也看到一些不相识的读者对此书的谈论。这些来来往往的消息,让我觉得编选此书的初衷基本实现。尤其是2011年,搜罗较全的《金克木集》刊行,日月出而爝火息,更让我觉得这个选本的使命已经完成。

或许是因为选择标准限于谈论读书,局限竟成了特点,自去年以来,有不少新老朋友问起这本书,为此书的绝版感到遗憾。听得多了,我便渐渐萌生了增订再版的念头。与金木婴女士联系之后,获得了再版许可,于是就找出重读一过,并再次检查编选标准,确定了增订篇目。

此次再版,增加了七篇文章,删除了两篇,并调换了部分文章的位置。增加的部分,或是当年因篇幅关系删除,或是当时没看出与所选篇目的内在关联,或是补足此前未足之义。删除的两篇,是因与辑中其他篇目关系不太紧密。调换文章位置,则为了让全书在气息上更为纯净。

原先的前言《有这样一个老头》，此次再读，因认识有所变化，觉未惬与未尽之处太多，但既经印出，也不能任我由着性子改写或是重写。然而，这些文字毕竟记在我的名下，因此我也就有限度地削补了些内容，算是新版的前言。

感谢肖海鸥女士。没有她的全力玉成，再版的念头就只能是一个空想。

黄德海

2016 年 10 月 10 日

图书在版编目（CIP）数据

书读完了/金克木著；黄德海编.-上海：上海文艺出版社.2017.5(2023.5重印)
ISBN 978-7-5321-6311-3
Ⅰ.①书… Ⅱ.①金…②黄… Ⅲ.①随笔－作品集－中国－当代
Ⅳ.①I267.1
中国版本图书馆CIP数据核字 (2017) 第077760号

发 行 人：毕　胜
责任编辑：肖海鸥　田肖霞
封面设计：好谢翔

书　　名：书读完了
作　　者：金克木
编　　者：黄德海
出　　版：上海世纪出版集团　上海文艺出版社
地　　址：上海市闵行区号景路159弄A座2楼 201101
发　　行：上海文艺出版社发行中心
　　　　　上海市闵行区号景路159弄A座2楼206室　201101　www.ewen.co
印　　刷：上海盛通时代印刷有限公司
开　　本：890×1240　1/32
印　　张：15.375
插　　页：5
字　　数：355,000
印　　次：2017年5月第1版 2023年5月第13次印刷
ＩＳＢＮ：978-7-5321-6311-3/I·5039
定　　价：75.00元
告 读 者：如发现本书有质量问题请与印刷厂质量科联系　T：021-37910000